U0041881

RIKTPRIS
:95

TEA FOR TWO
TEARS ON MY PILLOW

SUSIE DARLIN'
ROCKIN' ROBIN

V

失戀排行榜

High Fidelity

Nick Hornby

尼克‧宏比 著　盧慈穎 譯

對《失戀排行榜》說幾句話......

五月天瑪莎

我不會說《失戀排行榜》救了我，一本書才沒那麼偉大，除非這句話是要拿去當作宣傳的書腰，那我願意改口。

在這八年裡，我總是會在下一步不知道該往什麼地方去的時候把它從書架上拿下來翻一翻，然後配上幾首那個章節裡提到的音樂。

詩人林則良

......然後他站起身來，打開房東的 CD 唱盤，放進一張他昨天才剛買的 David Sylvian 新專輯 Blemish，售價差不多二十英磅，他把聲音轉到接近最小，電吉他及電波重重疊疊如海浪在房間裡持續緩慢迴盪，在安靜的夜裡，他推開窗門；他坐在陽台的白色塑膠椅；他望著對面枯萎的樹在緩緩婆娑；他望著對面屋頂、街道、停放的汽車閃閃發光的碎冰；他撫摸煙灰缸的冰冷，以及融化了的冰的水珠；他慢慢抽起一支煙，在倫敦偏西北的 Kilburn，他緊緊抱住他自己。這只不過是他無期徒刑的某天夜晚。

知名音樂人陳珊妮

其實我在回答自己〝我可以！〞
我想我是中了流行音樂的毒
背著剛買的CD我要去錄音室工作了　　每天都是做愛般的爽快持
久高潮不斷

作家陳德政

《失戀排行榜》是一部動人的成長小說，閱讀時讓人感覺一股年輕
的氣息灌注到體內，從鼻腔、咽喉、肺部，到右腳無名指的第二段
趾節。它也是一張雋永的唱片，躺在唱盤上以平穩的轉速將我們的
生命片段一圈一圈轉進去：平行的溝槽記載著深淺不同的事件，螺
旋的紋路蝕刻了一首首伴你多年的樂曲。

知名影評人膝關節

《失戀排行榜》是獻給樂迷的藏寶圖，滿布當代音樂人才能理解的
機關。若你不是樂迷，那麼請你從尼克・宏比古怪的都會筆觸理解
這些怪咖想法。假設你是位樂迷，那麼你就能幸運地透視尼克寫這
群宅客音樂咖的辯論是多麼饒富用心。你忍不住把書裡提過的專輯

從你家CD或黑膠倉庫裡找尋蹤跡，懷疑你當年喜愛及購買的原因是什麼？雖然你不見得會衰小失戀，但你這輩子都在制定屬於自己世界的排行榜、各種千奇古怪的排行榜。尼克‧宏比或許不能稱上最棒的小說家，但他絕對能被樂迷封為最了解當代音樂的怪咖。以及，懂得你為什麼喜歡這些音樂。那種會心一笑，只存你與書之間。

金獎設計人聶永真

一直對號入座我也是很困擾的啊（拍腦門）。

【對我說髒話】站長

尼克‧宏比今年五十四歲，但他仍是個長著老臉的青少年，嘴賤而敏感，尖酸卻善良。《失戀排行榜》中文版二〇〇三年初版一刷，那年我二十八歲，小說主角洛三十六歲。這個遜咖用他的機智和音樂品味優雅地對這個社會比中指，發現有人跟我一樣看到《天下》《商周》之類的財經雜誌會作嘔是件安慰的事。如今，這書要再版了，而我也到了洛的年紀，我要把書溫習一遍，提醒自己世上並非只有追求金錢權力然後被膜拜這樣的價值觀，下次看到《天下》《商周》還是要作嘔，吐在封面那些西裝男臉上。

目次

我的失戀排行榜

五月天瑪莎

　　為了寫這篇文字，我重讀了八年前買的《失戀排行榜》。那時候的自己看書有劃線的習慣，當時自己最喜歡的句子之一是：

　　「濫情音樂就是有種驚人的能耐，能將你帶回過去，同時又引領你進入未來，所以你感到懷舊同時又充滿希望。……我一向認為女人會拯救我，帶領我走向美好人生，她們能改變並將我救贖。」

　　我不知道那年二十六歲的自己缺少的是什麼，或許他媽的我其實什麼都不缺，但我偏偏就是覺得那個時候的自己缺少了什麼。

　　我有份不錯且不少人羨慕的工作（好吧，也許沒很多人羨慕，但至少本書主角把它排在夢想工作的第二和第三名，而且重點是也有許多免費的唱片可以聽），一些還滿不錯的朋友（至少他們不會在我面前表現出討厭我的樣子，儘管我自知有時滿討人厭），一本數字上還算不難看的存款簿（不難看純粹是自己覺得，也許帝堡的住戶看了會覺得我瀕臨破產邊緣），看起來還算是不錯的未來（只要你願意拋棄尊嚴並且犧牲妥協到了無法忍受的地步，你一定會說服自己那「算是不錯的未來」），以及好狗運地有過幾段算是刻骨

銘心的感情（從「請」跟我交往開始，然後「謝謝」你為我做的一切，最後都以「對不起」結尾）。

我也不是笨蛋，至少不是只會在旁邊附庸風雅的那種。我可以跟你聊七匹狼到底是哪七匹，但我也可以跟你聊蔡明亮如何在電影中描述了都市中現代人那種後現代的疏離和徬徨（就是有人喜歡這樣咬文嚼字的不是嗎？）。在KTV大唱「追追追」，同時也跟你討論某個團的樂風融合了「嘻哈／龐克／後搖滾／後電子／後宮佳麗／後甲國中」，這到底他媽的是什麼鬼東西!?

就是這樣，看起來其實沒有缺少什麼，但心底有個角落你就是確確實實地感覺少了一些什麼。那像是一個莫名所以的黑洞般存在著，不只存在，甚至在某些夜晚還硬生生地吸走了心裡曾經踏實而溫暖的情感，直到有天你躺在床上望著陌生的天花板發呆，空虛地想著到底何時才可以著裝起身離開。

後來讀了《失戀排行榜》，日子好像才慢慢明朗一點。

我不會說《失戀排行榜》救了我，一本書才沒那麼偉大，除非這句話是要拿去當作宣傳的書腰，那我願意改口。

在這八年裡，我總是會在下一步不知道該往什麼地方去的時候把它從書架上拿下來翻一翻，然後配上幾首那個章節裡提到的音樂。

有些書給你溫暖的故事，在現實生活糟得像是把醬油當黑醋加了一堆到你的蚵仔麵線的時候，它給你些微的光亮，讓你獲得一些力量。有些書塞給你各種的方法，它教你十個重點八點原則五種祕訣三項要領一個大方向，但他媽的我只是想好好地愛一個人而已，我要那麼多心理建設幹嘛?!

《失戀排行榜》不是這些書，它只是一本簡單的小說，一本後

青春期男子神經質且矛盾的自白。囂張地回憶著生命中所有的最愛，也發洩著生活中所有的不滿。你隨著主角的坦白和自嘲感同身受，對於音樂女人的排行榜拍案叫絕。然後你跟著他一起犯錯知錯難過悔過，最後終於明白人生中錯過的許多美好是因為自己的一錯再錯。在類似的故事發生在自己的生活之前（或不幸地已經發生了以後），你終於知道了生命中真正重要的是哪些，該拋棄檢討的又是哪些。

我還沒有排出我荒島書單的前五名，但至少，我確定它在我的前五名內。

這是屬於後青春期的「麥田捕手」，是交織著搖滾樂書寫出來的「伍迪艾倫」。

這是我一再重讀的原因，因為它總是讓我在上一秒鐘還尖酸刻薄地笑著，但下一秒就感傷了起來。

它也許不會明白地告訴我，我心中缺少的那部份到底會是什麼，但至少它用著像是「兄弟！我懂你」那樣的語氣給了自己一些提示和提醒。

它提示你接下來可能會碰到的問題：你高不成低不就的工作、你眼高手低紙上談兵的野心、你走馬看花不負責任的感情、你過頭的自信自負自尊心，

還有你其實幼稚地以為你是全世界僅存最後孤獨寂寞的那個彼得潘。

它也提醒你你這個平庸無奇的傢伙在三十而泣的這個年紀只會更加平庸無奇，你不會因為那些你奉為圭臬的搖滾樂而與眾不同，你只會掉進那些混蛋樂團的陷阱裡。你以為所有歌詞如有神諭，但其實那只是他兒子畫作的內容之一。你以為那幾十個小節的電吉他

獨奏是驚天地泣鬼神的神來之筆，但其實他只是愛上了好友的老婆所以嗑茫了做了這張專輯而已。它們把你弄得搞不清現實狀況，到最後你甚至也搞不定自己。

現在我三十四歲，坦白說我沒有真的比較清楚我到底缺少了什麼，但至少現在我知道重要的不是像無頭蒼蠅般盲目且忙碌地填補那個缺口。缺口是個無底洞，一直想要的結果通常最後是什麼都沒有。也許該清楚自己想要什麼，然後才能體認自己不要什麼；了解了自己需要的簡單平淡，才不會茫然地迷失在花枝招展。

最後，當然我也明白了不可以再讓那些混蛋搖滾樂團左右我的生活，就像Oasis在Don't Look Back In Anger唱的：Please don't put your life in the hand of a rock n' roll band, who'll throw it all away。是的，還好我沒交給他們，因為他們真的他媽的連鳥都不鳥我就散了！

現在看書沒習慣劃線了，所以這次讀著的同時我沒有做下任何記號。在回到台北的飛機上，自己卻在某段過去沒有劃線的段落停下了好久。也許表示這些年的經過，在書中這個男子的自白陪伴中，我也開始慢慢地走向在這些排行榜名單之外的另外一個段落。而需要高度傳真的，也不只是唱盤中的音樂，還有那個已經習慣了太多偽裝而扭捏的自己。

「就因為這是感情關係，而且是根基於一些濫情的東西，並不表示你就不能做出聰明的決定。有時候你就是必須這樣做，不然的話，你永遠什麼事也幹不了。這就是我一直以來沒搞懂的地方。我一直讓天氣、我的胃部肌肉和一個『偽裝者』合唱團的精彩和絃來幫我決定我的心意，而現在我要自己來。」

Passionless Moment

林則良

靈魂 / *Feeling of Gaze*

……而讓我有這一情況的是「靈魂」（âme）這個詞，當時皮埃
爾，即我兒子，與保羅在無拘無束的談論小提琴或低音樂器的「靈
魂」，我這才知道這類樂器的「靈魂」，在法語裡也指琴體內用來
支撐琴馬和連接兩塊面板的木片❶，它又小又脆弱，始終受著威
脅，隨時都有危險。

——德希達，《記憶：為保羅‧德‧曼而作》

　　他曾經預設過和他再一次相遇的場景。地點；季節；光線；那
當下空氣的溼度；以及現場的環繞聲音。他甚至將那一段時間配上

---

❶ 即英文中的soundpost，音柱。《音樂辭典》（貓頭鷹中譯本）上寫著：「在盒
　狀琴體（四邊的）的小提琴、古提琴及其他弦樂中，安置在面板（上部）與
　背板之間的小圓木柱。拉琴時，面板共振，音柱把面板的振動傳送到背板，
　進一步加強聲音。」

了過場音樂，就好像那已是一捲沾染了土色和鐵鏽的默片，會持續那麼一首曲子的時間縱深，曲子終結後那一段閃動的投影光線，和轉片機的單調轉動。那些已然不斷改變的「和他的再一次相遇」，就投影在他行走於下雨的樓梯間；就投影在他被煙薰出來的淚水朦朧裡；就投影在塑膠袋於空無一人的街道上跳圓舞曲；就投影在湛然如秋聲的天空中；就投影在燈光昏黃的小酒館……堅持它的沉默，陪伴著當下現場的環繞音效，以及每當它開始時就揚起的提琴聲。然後他會閉上眼睛，因為眼睛裡都是淚水。那一次次已然「過去了的」和他的再一次相遇。每一次轉片機還沒轉完他就忘了他——他就空白了；他就陰暗了下來。然後他會忘記他很久很久，一輩子那麼久。

當過場音樂 *L'Odéon*❷揚起時，他就坐在 Odéon 附近一處林蔭小路的鐵椅上。一個灰撲撲的早春下午；靠近入夜的時分；空氣中飄著荒涼的多天氣息；以及甜甜底烤栗子的味道；他撫摸著口袋裡就要融化成水的鑰匙。當提琴撥弦的聲音響起，他側耳傾聽他走過來的腳步聲，越來越近，他沒有抬起頭來，直到他就要走了過去。就在那一瞬間揚起另一把提琴拉弦的聲響，他抬起頭來，看見他的眼神停在他的眼神上，就三十秒鐘那麼久。他繼續跟走在他旁邊的另一個人低聲應答。然後繼續往前走。他望著他的背影，和另一個人的。他凝望他的背影，等著他轉過頭來。就在他站起身點一支菸，轉過身來的那一瞬間，他突然靈魂喊痛，提琴的「靈魂」立即斷裂，然而琴聲持續，就像早就錄好了音。他背對著他向前行走。

---

❷ 收在 Benjamin Biolay 為電影 *Clara et moi*（《愛轉身才開始》）所做的原聲帶，導演為 Arnaud Viard。

他和他背對著彼此越走越遠。他醒了過來。他已經「和他再一次相遇」了。爬起身來，他按下音響冰冷如新鐵的按鍵，*Feeling of Gaze* ❸，在提琴的拉弦中，如此清晰，巴黎五月某個禮拜天的早晨。

我醒了過來；你躺在身邊；我凝望著你；你背對著我；你還在睡；被褥充滿身體的溫度。凝望著你。我凝望著你。陽光透過百葉窗和押花紋路的鐵欄，落在白白的牆壁上和地板，越來越清晰，閃耀著。貓咪Mimie跳到我身上。你咕嚕了一兩聲。外面傳來手轉手風琴車的音樂。我凝望著你；你的腦後勺；你的臂膀；你。等著你醒來；等著你轉過身來。陽光充滿了白白的牆角和地板，收舊衣的手轉手風琴車的音樂隨風飄進屋裡，在巴黎五月一個平靜的禮拜天早晨。

回音裝置 / *Rhymes of An Hour*

echo chamber（回音裝置）。指在一個封閉的空間中裝上麥克風和揚聲器，使放大的聲音來回擺盪，製造出回聲效果的裝置。亦指在錄音或混音階段，產生回音的電子裝置。利用回聲裝置，可使聲音產生彷彿是在洞穴、教堂，或其他有回聲的地方錄下來的效果。

——《電影辭典》

---

❸ 收在Hope Sandoval & The Warm Inventions的專輯*Bavarian Fruit Bread*當中。Hope唱著：......got a feeling of gaze/ at the doorway again// I feel alone for you/ I feel alive with you/ I feel a sin fading/ celebrate, celebrate// gonna play my favorite song/ gonna play it all night long/ gonna feel a sense of falling/ gonna hush my heart so......

「我醒了過來；你躺在身邊；我凝望著你；你背對著我；你還在睡；被褥充滿身體的溫度。凝望著你。我凝望著你。陽光透過百葉窗和押花紋路的鐵欄，落在白白的牆壁上和地板，越來越清晰，閃耀著。……」當那些畫面迅速在眼前隱約消逝時，在他猛然醒來前的瞬間，在接近入夜的傍晚時分，外面開始下起了小雪。他突然醒來，感覺四周一片陰暗，眼前的電視正在播一部聖彼得堡正在下大雪的古裝電影，漫天蓋地的靜默和睏意如一床雪的被褥，他翻了個身，繼續蜷窩在小沙發裡。他閉上眼睛。等他醒來時，外面的路燈照進小小的客廳，浮漾著一層淡淡的橘黃，像是月光，在黑暗中，他就像從一葉小舟中醒來，漂浮在黑暗的大海當中。霹霹啪啪的靜電在空氣中；霹霹啪啪的電波在黑暗中；在接近二月底倫敦偏西北叫做 Kilburn 的小鎮；他在入夜的黑暗中醒來；小小的客廳裡電視在四壁間閃爍；外面的小雪已經停了；外面路燈照亮對面屋頂那一層閃閃發光的碎冰。

他伸了個懶腰，關掉電視，在遲緩的邊緣，在沙發上還迴盪著一首依稀的歌，他讓他的小 walkman 繼續轉，耳機繼續掉在那裡，他讓 Mazzy Star 的那首歌❹繼續在一個人的睡夢中轉動，Lie and sleep/ Under deep/ You know// While the cold winter waitin'/ While it's turning cold/ All these things we were searchin'/ Now we just don't know......。（當最後一輛捷運列車開過去，一陣光在我小小公寓的牆壁上閃動，牆上的白漆斑駁；掉落；空無一人黑暗的臥房；汽車

---

❹ *Rhymes of An Hour* 收在 Mazzy Star 的 1996 專輯 *Among My Swan*。Hope Sandoval 唱著：For the rhymes of an hour/ Now I'm going home/ And I can't believe I'm nothing/ 'Cause I'm coming down// Lie and sleep/ Under deep/ Do you know?

的車前燈在不透明的整片窗玻璃上跳舞；又暗了下來；夜一層又一層深了下來；電波的雜音在空屋裡啵啵啵啵；有人望向這漆黑的房間，又轉過身來，靠在陽台的欄杆上，點起一支菸。）

　　……然後他站起身來，打開房東的CD唱盤，放進一張他昨天才剛買的David Sylvian新專輯 *Blemish*❺，售價差不多二十英磅，他把聲音轉到接近最小，電吉他及電波重重疊疊如海浪在房間裡持續緩慢迴盪，在安靜的夜裡，他推開窗門；他坐在陽台的白色塑膠椅；他望著對面枯萎的樹在緩緩婆娑；他望著對面屋頂，街道，停放的汽車閃閃發光的碎冰；他撫摸菸灰缸的冰冷；他撫摸融化了的冰的水珠；他慢慢抽起一支菸——在倫敦偏西北的Kilburn，他緊緊抱住他自己。這只不過是他無期徒刑的某天夜晚。

　　幾個小時後雪在屋外下了起來。下了二十分鐘。等到他推開窗門望出去，天地只剩一片雪白，在月光下浮漾……誰都沒有來過，在倫敦偏西北的小鎮Kilburn，Walkman裡 *Rhymes of An Hour* 和音響裡的 *Blemish* 繼續轉動，電波和靜電在黑暗中啵啵啵啵。醒來，今天又會是一個陽光普照的冷天氣。陽光照不到的草坪和樹蔭底下還殘留的雪的痕跡。走過地鐵站轉角的小花店，一輛地鐵正停靠在前一站。我站在那裡等待列車到來。誰都安安靜靜的。他就這樣咧嘴笑了起來，「不管死亡在誰家築巢，誰都要安安靜靜的不准吵鬧。」❻

----

❺ *Blemish* 為David Sylvian於2003年出版的專輯，由他自己創立的唱片公司 SamadhiSound發行，在同名的歌曲中他唱到：I fall outside of her/ She doesn't notice/ I fall outside of her/ She doesn't notice at all// And mine is an empty bed/ I think she's forgotten/ And mine is an empty bed/ She's forgotten I know......

❻ 出自瘂弦的詩〈一般之歌〉，原詩句為「不管永恆在誰家樑上做巢／安安靜靜接受這些不許吵鬧」。

林則良，著有《對鏡猜疑》（1993，時報），詩集《與蛇的排練》（1996，時報），以及以筆名東尼・十二月爲筆名出版的日記體小說《被自己的果實壓彎的一株年輕的樹》（1998，商務印書館），正在整理兩本新書，包括小說《無傷感伴奏》，以及詩集《到底》。

半夜 4 點

陳珊妮（全天候創作歌手製作人）

我呆在空蕩蕩的錄音室　　試圖為這顆大鼓準備好完美頻率　　用一種謙卑而近似犬類靈感的渴求　　於是牆上的大喇叭以狂笑震動表達：〝讓我召喚你的靈魂吧！〞

我這才一下子醒來　　沒有印地安人　　一個錄音室助理不知道什麼時候開始睡死在沙發上　　我拿起退冰兩小時的可樂喝掉　　回到平常熟悉女歌星的呢喃　　原來是一些空氣式的思念吧　　我聽到音樂濃濃軟軟的唱　　唱到我說我愛你

然後我愛你無線電計程車負責將我運送回家　　我愛你無線電計程車上只有收音機音樂　　她們充滿著啜泣式的雜音和消逝殆盡的大鼓　　她們給了呢喃中的女歌星一耳光要她閃開滾一邊先退下自顧自的報起路況　　然而這並非我愛你無線電計程車的錯　　我忙著安慰大鼓和女歌星其實是我自己太脆弱　　愛音樂得了內傷

我的客廳裡有一些永恆的摯愛音樂　　像是 Jeff Buckley 和 Jeff Buckley 現場專輯和另一張 Jeff Buckley 等等　　其他還像是 Radiohead 和椎名林檎和舊的 Radiohead　　除此之外　　所有的 CD 一律被我隨便處置　　全數亂放　　黃耀明的封面裝著 Roxy Music　　還有 DJ Shadow 裡面的糯米團　　舊愛新歡的恩怨情仇都是沒有未來的無解　　他們逐漸蒼老破損　　但我無計可施一旦想到訂作一個 CD 架　　然後整理一個 CD 架　　還要再買兩個 CD 架這樣的事情　　新仇舊恨就注定要繼續蔓延　　要從垮掉的一帶撿拾一張曾經讓我心動的 Heather Nova 變成越來越困難的一件事

你不會真的認為我的人生會壞在思考訂作的 CD 架上吧　　他們會被我逐漸稱之為記憶的牆　　記憶的高塔　　記憶的城堡之類慢慢占據我的情人我的房子以至於控制我的排泄破壞我的生日　　我盡可能的買個不停　　然後表現出一付不在乎的樣子　　終於有一天失控了　　我讓客廳裡的 Jane Birkin 反覆唱著　　將其他 CD 們小心裝進紙袋裡　　用很長的時間交換一些遺言和咒語似的　　要我老公把他們帶到他那家叫做〝墳場〞的店裡好好安置　　大約在前期的 10 分鐘左右會有一股莫名的失落感　　就到了後期那種不能自己的清爽優越　　認為自己戰勝了一切　　那兩年前夏天的傷逝　　　想像他在打手槍種種　　全被我一一收拾　　稱之為所謂積極進取向前看

大約兩個月來一次　　我偷偷把幾張CD又從墳場裡面挖出來
又藏在客廳裡　　再移進書房　　又變成新垮掉的一帶　　我了解
這是一個循環

找出有著〝循環〞的1976CD擺在客廳裡　　聽阿凱的聲音咬著金
龍豬肉乾充滿無限恨意

我日夜製作和欣賞的流行音樂都非常無關緊要　　我這樣告訴過很
多人包括一些無聊記者　　而且我可以提出強而有利的證明　　只
要用單手拿起電視遙控器從39號TVBS新聞台附近亂按幾下　　就
知道這世界上的確有更重要的任務在等待著我們　　那麼多的商品
和公益廣告　　在在提醒我們有其他更重要的消費和期待救贖的靈
魂　　但是在一次〝讓我照顧你〞雞精的購買之後　　很快的我又
會拿起遙控器關掉電視　　回到我的永恆摯愛音樂懷抱　　我說流
行音樂不能治癒SARS　　不能改善今年稅收　　不能左右莫名其
妙的戰爭　　我說：〝你認為你可以嗎？〞

其實我在回答自己〝我可以！〞
我想我是中了流行音樂的毒

背著剛買的CD我要去錄音室工作了　　每天都是做愛般的爽快持
久高潮不斷

陳德政（作家，音速青春站長，著有音樂散文集《給所有明日的聚會》）

Did I listen to music because I was miserable? Or was I miserable because I listened to music?

　　活到二十一歲之前，我從沒想過這件事，直到約翰‧庫薩克——也就是洛，《失戀排行榜》的主角——坐在他的公寓裡，戴著耳機，眉頭深鎖對鏡頭拋出這個問題。他的鬱鬱不樂其來有自，他深愛的女友蘿拉即將離他而去。

　　那是2000年9月，「似乎要做點什麼重大改變以應付畢業前的焦慮」的大四上學期就要開始，我一個人在學校旁的外宿公寓，用大學生必備的光華商場廉價拼裝電腦，將朋友燒給我的VCD看完（那時DVD還不普及）。我記得他是在一座戶外溜冰場將片子塞給我。

　　「這是哪齣電影？」

　　「看就對了，你一定會喜歡。」朋友說。

　　當時我和交往多年的女友正走到一處因我的愚蠢行徑造成的絕境，委婉一點地說，我們遭遇了「瓶頸」。幾天後在我的堅持下，我們倆在我的房間觀看這齣電影，播放時我笑地比她大聲，播畢後

兩人相對無語。我們都有預感，這是最後一次以情侶身分一起看電影了。又過了幾天，我們協議分手。

分手那天上午，我坐在書桌前，用電腦喇叭聽著Radiohead的〈Bullet Proof..I Wish I Was〉，一邊寫信給她。那封信我寫了良久，曲子重播了十幾遍，我哭得稀里嘩啦。仿效電影劇情，我在信中寫下Top 5夢幻工作（其中一項是作家，但排名不在第一順位），和一些替彼此加油打氣、珍重再見的句子。主要是稀釋自己的罪惡感，在最低限度內還能稱自己是個「好人」。讓自己好過一點。

當晚她騎摩托車來載她的家當——書、CD、衣服和總是被我調侃「妳還這麼年輕爲何需要這麼多罐」的保養品。我站在她身後看她靜靜收拾東西，你曾深愛的人現在被你傷了心還要在你面前故作鎭定，我眞該給自己一槍。臨走前我將信遞給她，陪她把箱子拿回新找到的公寓，就在我住的地方附近。木柵的秋天幾乎每晚都會飄雨，是進入溼冷冬天的前兆；我們在雨中騎著摩托車搬家，狼狽不堪。

完成最後的分手程序，回家途中走在雨裡，我不斷問自己：「我究竟是在幹什麼？到底誰可以從這件事得到任何好處？」而最根本的問題是：「我要的究竟是什麼？」是自由，還是其他無以名狀說不出來卻自以爲渴望的事物。

開學後我到和平東路、羅斯福路交口的T-Wave唱片行，在販售西洋音樂的地下室找到電影原聲帶，側標印著「高度傳眞（暫譯）」，旁邊幾行小字寫著「收錄有Lou Reed領導樂團Velvet Underground、Bob Dylan等多首經典曲目」。暑假時我才和她在西門町用大三在唱片行打工的薪水買了一台有藍色冷光面板的JVC音響，可自製MD合輯（我錄了好幾卷在返回台南的長途巴士上聽），

且一次可放三片 CD。直到畢業前，這張原聲帶就在音響中固定占了一席之地。

　　整個冬天我反覆聽著狄倫的〈Most Of The Time〉，他在歌中唱著：

I don't even notice she's gone

Most of the time

I can survive and I can endure

And I don't even think about her

Most of the time

She ain't even in my mind

這是狄倫用來安慰聽者的倔強姿態，真的身處其中，完全不是這麼回事。往後幾個月，我寂寞，後悔，無時無刻都在想念過去。我終於獲得了自由，卻體會到看似缺乏刺激卻平順安穩的歲月，其實比自由更可貴。

　　喜歡聽音樂的都是念舊的人，心中某個卡樺都牽著、掛著一些放不下的事。尼克・宏比顯然和我們是同一國的，寫出我們的故事，說出共有的心聲，真切而生動地描繪出我們身邊那群無可救藥的音樂耽溺者群像──其中當然也包括你，對，就是你──在對方名字都搞不清楚以前只因共同熱愛的單曲就迫不及待和人開誠布公，在吧枱椅子尚未坐熱以前只因共同鍾愛的樂手就雙眼發亮和人掏心掏肺。

　　熱切地和同好爭論五花八門的個人最愛榜單，以浪漫的觀點，用飛揚的詞句，擴展彼此聆聽的向度。要聽的音樂永遠太多，可用的時間通常太少，每天都要吃飯睡覺做愛工作上學瞎忙沒完沒了，明天重來一遍，如此這般永無止境。恨不得在一首歌還沒結束之前就聽完地球上所有的音樂。

你身旁會有這些朋友，或者說《失戀排行榜》會讓你希望身旁有幾名這樣的朋友，為音樂癡迷。讓你希望有天能和才華洋溢的歌手談戀愛，或許她會把你放在唱片封面（即使是背景也好）的某個位置。讓你希望開間二手唱片行，不大不小、不偏不倚，就和書中的冠軍黑膠一模一樣。

2005 年 3 月，我從紐約跳上飛往芝加哥的班機，除了到公牛隊主場和喬丹銅像合影，目的是找尋電影中那間冠軍黑膠。當我佇立在 Milwaukee 大道和 Honore 街交口，早春的冷風讓人直打寒顫，可是「我正活在心愛電影場景裡」的喜悅和悸動卻溫暖了全身：是了，約翰·庫薩克正是從前方那座泛黃的高架鐵道走過來開店，正是在這條人行道上逮到在店內偷黑膠的龐克小鬼，而蘿拉正是在這扇門前等他下班。

但是夢想中的冠軍黑膠卻不在那裡，坐落在轉角的是間荒廢的空屋，鐵門深鎖，黑色外牆貼滿海報。原來影片只是借用外觀，唱片行的場景是在棚內拍攝，這是幾分鐘前鄰近的 Reckless Records 店員告訴我的。起先我還一廂情願地認為 Reckless Records 正是冠軍黑膠，為了留下紀念，我在店裡買了一張 My Bloody Valentine 的絕版唱片，收據保存至今。

離開芝加哥前一晚，我到 Double Door 場館欣賞半個月前剛發行首張專輯的英國樂團 Kaiser Chiefs，就算當晚演出的是一組名為「凱薩沙拉」的三流樂團我也會去，單純為了進 Double Door 晃晃，那正是傑克布萊克的「音速死猴子」樂團在片尾登台的場地。即便只有短短兩小時，又是一次活在心愛電影場景中的超現實體驗。

三個月後我在聯合廣場北緣的 Barnes & Noble 書店參加尼克·宏比新書《往下跳》的發表會，簽名時我逮住機會和他說，前陣子

才依片中線索去芝加哥尋找冠軍黑膠，他聽了哈哈大笑表示如果我早點問他，他會告訴我那間唱片行是不存在的。

不存在於真實世界，卻存在於每名讀者、影迷的心裡。

《失戀排行榜》是尼克‧宏比一鳴驚人的首部小說，書中情節和電影稍有不同：原著場景在北倫敦，電影則搬到芝加哥；原著也包含更多微妙的轉折、人物內心的刻畫、對通俗文化的速寫，及更多（通常是關於性愛）的幽默觀察。也許我先看過電影才回頭去讀小說，腦中兩者早已融為一體，沒有先後次序的問題。兩者都機智慧黠、迷人風趣，都用記憶中的旋律寫自傳——那些教人慾火焚身或痛不欲生的流行歌，聽不膩的搖滾樂。

演員的形象是那麼深植人心，彷彿約翰‧庫薩克「就是」憂鬱的洛，傑克‧布萊克「就是」欠揍的巴瑞，他們並非在演戲，而是貨真價實的書中角色閒得發慌時決定走出書頁透透氣恰好經過攝影機前被捕捉下來。套用他們的說法，無論我的 Top 5 音樂電影或 Top 5 音樂小說，《失戀排行榜》都在第一名的位置屹立不搖。（《成名在望》有時會威脅到前面那個 Top 5，不過仍相差幾釐米的刻度）

十多年過去，電影看了又看，小說翻了又翻，在心情愉悅或沮喪的夜晚，在特殊的紀念日或又一個普通尋常的日子裡。如今，總算有驚無險地抵達後青春期的尾端，從戀愛時處在逃跑邊緣、對承諾舉棋不定的二十歲人生，來到感情克制謹慎、以保護自我為首要條件的三十歲人生。

眼看已經比書中的狄克（31）還老了，很快就會追上巴瑞（33），再來會趕上片中的約翰‧庫薩克（34），接著向書中的洛（35）超車，轉眼間尼克‧宏比出版這本書時的年紀（38）也不遠了。然後是莫可奈何的中年期，最終無可避免地忽然變老，老到連

音速也找不回的那個青春。

　　然而我會在速度尚未消逝前，在更多心情愉悅或沮喪的夜晚，更多特殊的紀念日或普通尋常的日子裡重看這部電影，重讀這本小說，溫習舊的感動，體悟新的道理。或許和我的妻子一起（雖然我目前仍不知道她在哪裡，且暫時還不打算結婚），一旁可能還有我們的孩子在堆積木（雖然我不確定她想不想生）。

　　我和《失戀排行榜》的故事離謝幕仍有好多場戲，如今年在馬德里一家簡直是冠軍黑膠翻版的Discos Melocotón挖到收錄了〈Most Of The Time〉的二手狄倫唱片《Oh Mercy》；如自以為已認出全部細節，仍在第N次看它時發現約翰・庫薩克的公寓擺著Sonic Youth的《Goo》，冠軍黑膠的貨架藏著Smog的《Red Apple Falls》、Tortoise的《TNT》，而傑克・布萊克在店內張貼的「徵求團員」傳單上寫著應徵者必須同樣喜愛Primal Scream。

　　它是一部動人的成長小說，閱讀時讓人感覺一股年輕的氣息灌注到體內，從鼻腔、咽喉、肺部，到右腳無名指的第二段趾節。也是一張雋永的唱片，躺在唱盤上以平穩的轉速將珍貴的生命片段一圈一圈轉進去：平行的溝槽記載著刻骨銘心的事件，螺旋的紋路蝕刻了一首首伴你多年的樂曲。

　　當A面播完，你終於明白那些總是放不下的事，並不是放不下，而是不願放下──那些事構築了你生命中最純粹的部分。詩人W. H. Auden曾說：「A real book is not one that we read, but one that reads us.」《失戀排行榜》就是一本這樣的書，我們讀它的同時，它也讀懂了我們。

　　每天用音樂過著平凡瑣碎的生活，有時快樂，也有時悲傷的我們。

失戀排行榜
給Virgina

那時候……

我的無人荒島，有史以來，前五名最值得紀念的分手，依年代排名如下：

    1）愛莉森·艾許華斯

    2）潘妮·賀維克

    3）賈姬·艾倫

    4）查理·尼克森

    5）莎拉·肯竹

    這些人真傷了我的心。你有在上面看見你的名字嗎，蘿拉？我想你能擠進前十名，不過前五名可沒你的位置，那些位置保留給你無能於拯救的羞辱與心碎。聽起來或許比字面上更殘酷，不過事實就是我們已經老到無法讓對方悲慘度日，這是件好事，不是壞事，所以別認爲擠不上榜是針對你來的。那些日子已經過去了，而且他

媽的去得一乾二淨。那時候不快樂還真代表些什麼，現在則不過是個累贅，像感冒和沒錢一樣。要是你真想整我的話，你就應該早點逮到我。

1. 愛莉森・艾許華斯（1972）

幾乎每個晚上，我們都在我家轉角附近的公園鬼混。我住在賀佛夏（Hertfordshire），不過這跟住在英格蘭任何一個郊區小鎮沒兩樣。它就是那種郊區小鎮，那種公園，離家只要三分鐘，在一小排商家（一家 VG 雜貨店、一家書報攤、一家賣酒的）的馬路對面。附近沒有半點能顯現地方特色的東西。要是那些店有開的話（平常開到五點半，星期四到半夜一點，星期天整天），你可以到書報攤去看看本地的報紙，不過就算那樣大概也找不出什麼頭緒。

我們當時十二、三歲，才剛剛發現什麼叫做反諷——或者這樣說吧，就是後來才理解到那就是反諷的東西。我們只允許自己玩玩鞦韆和旋轉椅，任憑其他小孩子玩意在一旁生鏽，還要表現出一副自我了得的嘲弄冷淡態度。這包括模仿一副漫不經心的樣子（吹口哨、聊天、把玩菸蒂或火柴盒通常就能達到效果），或者從事危險動作，所以我們在鞦韆盪到不能再高時從上面跳下來，在旋轉椅轉得不能再快時跳上去，或在海盜船晃到幾乎垂直時固守在船尾。如果你能證明這些孩子氣的把戲有可能讓你腦漿四溢的話，那麼這樣玩似乎就變得合情合理。

不過，對女生我們可就一丁點反諷的態度也沒有，原因就只是根本沒時間。前一秒鐘她們還不在我們眼裡，或者說引不起我們的興趣；而下一秒鐘你已經無法避掉她們，她們無所不在，到處都是。前一秒鐘你還因為她們是你的姊妹，或別人的姊妹，想在她們

頭上敲一把；而下一秒鐘你想……老實說，我們也不知道我們下一秒鐘想怎麼樣，不過，就是那樣、那樣。幾乎在一夜之間，這些所有的姊妹們（反正沒有其他種女生，還沒有）都變得教人興致盎然，甚至心蕩神迷。

想想，我們跟之前到底有什麼兩樣呢？刺耳的喉音，但是刺耳的喉音不會幫你太多忙，老實說──只會讓你聽起來很可笑，而不會讓你性感半分。新生的陰毛是我們的祕密，嚴守於自己與褲襠之間，一直要到多年以後，才會有一個異性成員來檢驗它就長在該長的地方。另一方面，女生呢，則明顯地有了胸部，還有隨之而來，一種新的走路方式：雙手交叉放在胸前，這個姿勢一方面遮掩、另一方面又同時引起別人注意剛發生的改變。然後還有化妝品和香水，都是些廉價品，技巧也不熟練，有時甚至很有喜劇效果，不過，這還是一個可怕的徵兆，表示有事情不顧我們、超越我們、在我們背後進行著。

我開始跟她們其中一個出去……不，這樣說不對，因為我在這個決策過程中完全沒有任何貢獻。我也不能說是她開始跟我出去的，「跟誰出去」這句話有問題，因為它代表某種對等或平等的關係。而情況是，大衛・艾許華斯的姊姊愛莉森從那群每天聚集在長椅上的女生中脫隊接納了我，把我塞進她的臂彎下，領我離開海盜船。

現在我已經記不得她是怎麼做到的。我當時大概連怎麼回事都搞不清楚，因為在我們第一次接吻到一半時，我的初吻，我記得我感到全然地手足無措，完全無法解釋我和愛莉森・艾許華斯怎麼會變得那麼親密。我甚至不確定我是如何遠離她弟弟、馬克・葛夫瑞和其他人跑到屬於她那一邊公園的，或我們怎麼丟下她那一掛的，

或她爲什麼把臉靠近我、好讓我知道我可以把嘴靠到她嘴上呢？這整件事推翻所有的理性解釋。然而這些事都發生了，而且還再度上演，隔天晚上，以及再隔一天晚上。

我那時以爲我在幹嘛？她那時以爲她在幹嘛？現在當我想以同樣的方式親吻別人，用嘴唇舌頭什麼的，那是因爲我還想要其他的東西：性、週五晚場電影、作伴聊天、親人朋友圈的網絡連結、生病時有人把感冒藥送到床邊、聽我唱片和CD的一雙新耳朵，也許還有——名字我還沒決定——一個叫傑克的小男孩，和一個到底該叫荷莉還是梅希的小女孩。但當時我並不想從愛莉森‧艾許華斯身上得到這些東西。不會是爲了有小孩，因爲我們自己就是小孩；也不是爲了週五晚場電影，因爲我們都看禮拜六最早的那一場；也不是感冒藥，因爲有我媽就行了；甚至也不是爲了性，尤其是性，老天爺千萬不是，那是七〇年代早期最齷齪最恐怖的發明。

如果是這樣，那些親嘴的重要性何在？事實就是——根本沒什麼重要性。我們只是在黑暗中瞎攪和。一部分是模仿（我一九七二年以前看過親嘴的人：詹姆斯‧龐德、賽門‧鄧卜勒❶、拿破崙‧索羅❷、芭芭拉‧溫莎和席德‧詹姆斯，也許還有吉姆‧代爾❸、愛爾希‧譚娜❹、奧瑪‧雪瑞夫和茱麗‧克莉絲蒂❺、貓王，還有一堆我媽要看的黑白片人物，不過他們從來不會把頭左右擺來擺去），一部分是賀爾蒙使然，一部分是同儕壓力（凱文‧班尼斯特和依麗莎白‧柏恩斯已經好幾個星期都這樣了），還有一部分的盲目驚慌……這裡面沒有意識、沒有慾望也沒有情趣，除了腹中有一種陌生且微微愉悅的溫暖。我們不過是小動物，但這不表示到了週末時我們會把對方的衣服扒光；打個比方來說，我們剛剛開始嗅對方的尾部，而且並沒有被那個氣味嚇跑。

不過聽我說，蘿拉。到了我們交往的第四晚，當我到達公園時，愛莉森手勾著凱文‧班尼斯特坐在長椅上，依麗莎白‧柏恩斯則不見芳蹤。沒有人——愛莉森、或凱文、或我，或掛在海盜船尾巴還沒開苞的白癡——敢說一句話。我如坐針氈、面紅耳赤，突然間忘了該怎麼走路才不會為自己的每一小塊身體彆扭。該怎麼辦？要往哪裡走？我不想起爭執，我不想跟他們兩個一起坐在那裡，我不想回家。所以，我死盯住小徑上「六號菸」的空菸盒❻——那些空菸盒標定出男女生的楚河漢界——不瞻前顧後，不上下亂瞄，我直接回歸那一群掛在海盜船尾巴的單身男孩堆。在回家的半路上，我犯了判斷上唯一的錯誤：我停下腳步看錶，不過到現在為止我還不明白我當時試圖想要傳達什麼，或者我當時想唬誰。畢竟，有哪種時間會讓一個十三歲的男生從女生身邊離開，回到遊樂場，手心出汗，心臟噗通噗通跳，強忍著不哭出來？顯然不會是九月底的某個午後四點鐘。

　　我跟馬克‧葛夫瑞討了一根菸，然後一個人到旋轉椅上坐下來。

　　「人盡可夫。」愛莉森的弟弟大衛吐了一口痰。我感激地對他笑了笑。

　　就這樣。我做錯了什麼？第一晚：公園、抽菸、接吻。第二晚：一模一樣。第三晚：一模一樣。第四晚：被甩。好好好，也許我早已該看出端倪。也許是我自作自受。在第二個一模一樣的晚上，我早該看出我們已經落入老套，我拖著事情毫無進展，使她開始另覓他人。但是她可以告訴我啊！她至少可以給我幾天的時間把事情搞好！

　　我跟愛莉森‧艾許華斯的戀情延續了六個小時（從放學後到

Nationwild **❼** 前的兩小時空檔，乘以三），所以我沒辦法宣稱我習慣有她在我身邊，而我卻搞不定我自己。事實上，我現在幾乎記不得任何有關她的事了。黑色長髮？也許。小個兒？比我還小，八成是。吊稍眼，幾乎像東方人的眼睛，還有黝黑的皮膚？有可能是她，也可能是別人。隨便啦。但如果我們要依照悲痛程度、而非年代來排名次的話，我會把她排上第二名。這樣想想還挺安慰的，隨著我年紀增長，時代也不一樣了，戀愛變得更加精明老練，女性變得沒那麼心狠手辣，而臉皮更厚，反應更快，本能更發達。但是從此之後所有發生的每件事，都似乎帶有那一晚的元素。我其他的浪漫史似乎都是頭一個的混音版。當然，我再也不用走那長長的路，我的耳朵再也不會因為同樣的憤怒而發燙，我再也不必數著六號菸的空菸盒來逃避嘲笑的眼光和奔流的淚水……不用了，沒有了，不一樣了。只不過，有時候，還是會有類似的感受陣陣襲來。

2. 潘妮‧賀維克（1973）

潘妮‧賀維克是個好女孩，而現在，我就要找個好女孩，只不過當時我沒這麼肯定。她有一對好媽媽好爸爸，有一棟好房子，獨棟的，有花園樹木和魚池，還有好女孩的髮型（她金髮，頭髮留得有點時髦，很乾淨、很有生氣、司儀般的中長髮），和一雙親切、會笑的眼睛，還有一個好妹妹，每當我按電鈴時她都很客氣地微笑，而且在我們不希望她礙事時離得遠遠的。她很有禮貌——我媽很喜歡她——而且她成績一向頂尖。潘妮長得很好看，她最喜歡的前五名歌手是卡莉‧賽門（Carly Simon）、卡洛‧金（Carole King）、詹姆斯‧泰勒（James Taylor）、凱特‧史蒂文斯（Cat Stevens）和艾爾頓‧強（Elton John）。喜歡她的男生很多。她真的很好，事實

上，她不讓我把手放到她下面去，或甚至放到她胸罩上，所以我就跟她分手。只不過，當然啦，我沒有跟她說為什麼。她哭了，而我因此憎恨她，因為她讓我覺得自己根本是個大壞蛋。

我可以想像潘妮‧賀維克會變成什麼樣的人：一個好人。我知道她上了大學、成績很好、找到一份在「英國國家廣播公司」（BBC）當廣播製作人的工作。我能想見她很聰明，而且很認真，也許有時候太過認真，太有理想抱負，不過不是會讓你想吐的那一種。她是那種我們一開始都想成為的典範，而且在我人生的另一種階段，我會被這些美德所吸引。不過當時，我對這些優點沒興趣，我只對胸部有興趣，也因此她對我來說一無是處。

我很希望能告訴你我們有過有趣的長談，以及我們在青少年時期一直都是很要好的朋友——她會是一個很好的朋友——不過我不認為我們曾經交談過。我們一起去看電影，一起去參加派對和舞會，而且我們扭打搏鬥，我們在她房間裡搏鬥，在我房間裡搏鬥，在她家客廳、在我家客廳、在派對的房間裡、在派對的客廳，夏天時我們在不同的草地上搏鬥。我們老為同一件事搏鬥。有時候我為了要摸她胸部而被弄得厭煩不堪之後，我會試著去摸她兩腿間的地帶，一種帶有自我解嘲意味的動作：像是想借個五塊錢，被拒絕後，反而轉過頭來要借五十元一樣。

學校裡有些男生會問男生這些問題（一個只有男生的學校）：「你上了沒有？」「她有沒有讓你上？」「她讓你上多少？」這一類的。有時候是為了作弄你，等著聽一聲「沒有。」「你還沒上吧，對不對？」「你還沒摸到胸部，對嗎？」而同時，女生們只能滿足於被動的語言。潘妮用的是「攻陷」這個詞：「我還不想被攻陷。」當她把我的手從她胸部上移開第一千次時，她會耐心地，也許還有

點哀愁地這麼說（她似乎知道總有一天——不過不是現在——她總得棄防，而且當事情發生時她不會心甘情願）。攻擊與防守、侵略與反撲……彷彿胸部是一小片被異性非法吞併的領土——它本該屬於我們，而我們要把它討回來。

然而幸運地，對方陣營裡會有些叛徒，一些內賊。有些男生知道其他男生的女朋友會「讓」他們做任何事；有時候這些女生甚至會主動協助他們的性騷擾。當然，沒有人聽說過有哪個女孩子敢大膽到一絲不掛，或甚至脫掉或鬆開內衣。這樣的話會把合作關係搞得太複雜。就我所知，這些女生不過就是擺出一種誘人親近的姿態。克利夫萊‧史蒂文斯深表贊同地提起他哥哥的女朋友：「她縮小腹還有的沒的。」我花了將近一年的時間才弄懂這種女生戰略所內含的意義。難怪我到現在還記得那個縮小腹女生的名字（她叫茱蒂斯）；有一部分的我到現在還想見見她呢。

翻閱任何女性雜誌你都會一而再，再而三地讀到相同的抱怨：男人——他們的小弟弟不管是十幾或二十幾或三十幾歲以上——在床上皆無可救藥。他們對「前戲」不感興趣；他們無意去挑逗異性的性感帶；他們自私，貪婪，笨拙，不明事理。你不得不感到，這些抱怨，實在有點反諷。那個時候，我們所要的正是前戲，而女孩子卻不感興趣。他們不想被碰觸，被撫摸，被挑逗，被刺激；事實上，如果我們有意嘗試的話他們還會打人。所以，我們的技術欠佳也就不足為奇了。我們花了兩、三年漫長而影響深遠的年頭，被強力告知想都別想動這個念頭。從十四到二十四歲這幾年，前戲從男生要女生不要的東西，變成女人想要男人懶得理（他們是這樣說的。我呢，我喜歡前戲——主要是因為從前我全心全意只想碰觸的

年代在我心裡歷歷如新）。如果你問我，我想最完美的組合，就是讀《柯夢波丹》的女人和一個十四歲的小男孩。

如果有人問我為什麼這麼不顧一切要抓到潘妮·賀維克的一小塊胸部，我會不知道該說什麼。而如果有人問潘妮為什麼這麼不顧一切要阻止我，我敢說她也會被難倒。那對我而言有什麼好處？其實，我並不要求任何回報。為什麼她不要她的性感帶被挑逗？我毫無頭緒。我只知道，要是你努力探詢的話，你可以從第一根陰毛到第一個髒兮兮的杜蕾斯保險套之間——那段掩埋著飽受磨難的性愛空窗期裡——尋獲各種疑難雜症的解答。

而且更何況，也許我並不是真的那麼想把手放進潘妮的胸罩裡。也許其他人比我更希望我去摸她。經過跟潘妮在全鎮上的沙發上搏鬥了好幾個月後，我受夠了，我跟一個朋友承認，我什麼也沒上，如今想想我實在是個大傻蛋。我的朋友又跟其他朋友說，我成了一連串殘酷又可憎之笑話的笑柄。我試了潘妮最後一次，在我房裡，趁著我爸媽到市政府看本地話劇社演出《柳林裡的風聲》❽的時候。我對她使出的蠻力足以激怒並嚇壞一個成年女人，不過毫無進展，我送她回家的路上我們幾乎沒說一句話。

我下次跟她出去時完全沒有毛手毛腳，那晚結束後當她要吻我的時候，我聳聳肩推開她。「有什麼用？」我問她：「又不能怎麼樣。」後來她問我還想不想跟她見面時，我把臉別開。我們已經交往三個月了，這對中學四年級生來說幾乎算是一輩子要在一起了（她爸爸媽媽還見過我爸爸媽媽。他們互有好感）。接著她哭了，而我憎惡她讓我有罪惡感，我憎惡她讓我甩掉她。

我跟一個叫做金的女生出去，我知道她已經被入侵了，而且她（我的假設沒錯）不會反對再次被入侵；潘妮跟我班上的克里斯·

湯森交往，這傢伙有過的女朋友比我們所有人的加起來還多。我是自不量力，她也是。有一天早上，差不多是我跟潘妮最後一次肉搏戰三星後，湯森大聲嚷嚷走進教室：「喂，佛萊明，你這個小兒麻痺，猜猜看我昨晚上了誰？」

我感覺屋子在天旋地轉。

「三個月來你連奶頭碰都沒碰到，我第一個禮拜就幹了她。」

我信了他；所有人都知道他看上眼的沒有他得不到的。我被羞辱，被打敗，被比下去了。我覺得愚蠢而且渺小，而且比這個讓人看不順眼、體型龐大、又大嘴巴的低能兒還要、還要幼稚很多很多。原本這檔子事實在不足掛齒。湯森在有關下半身的事情上原本就獨樹一幟，而且四年乙班還多的是一大票連女生的肩膀都沒搭過的小怪胎。而我方的答辯詞，即便沒有發出聲來，對他們來說早算得上是經驗老道了。我並沒有那麼丟臉。不過我還是沒弄明白到底怎麼一回事。潘妮突如其來的轉變是怎麼生效的？潘妮怎麼會從一個什麼都不肯的女生，變成一個什麼都敢的女生？也許我最好別想得太用力；我不想為任何人抱憾，除了為我自己。

我希望潘妮後來一切平安，我後來一切平安，而且我懷疑甚至克里斯·湯森也算不上是世界最大的壞蛋。至少，我無法想像他會溜進他上班的地方，他的銀行，他的保險公司或他的汽車展示間，扔下他的公事包然後得意洋洋地告訴他的同事他剛剛「上了」——譬如說——他同事的老婆（不過，我倒是可以很輕易地想見他上別人的老婆。他看起來就像那種會上別人老婆的人，從小就像）。對男人感到不爽的女人——的確有很多可以不爽的——應該記得我們是怎麼開始的，以及我們已經跋涉了多麼漫長的一段路。

3.賈姬·艾倫（1975）

賈姬·艾倫是我朋友菲爾的女朋友，我從他身邊把她偷過來，慢條斯理地，很耐心地，花了我好幾個月的時間。那可不簡單。那很耗時，很費力，要連哄帶騙。菲爾和賈姬差不多在我和潘妮在一起的時候開始交往，只不過他們就這麼一直交往下去，經過傻里傻氣、賀爾蒙發達的中學四年級❾，世界末日般即將從學校畢業的五年級，到假裝大人般老成的六年級上學期。他們是我們的黃金佳偶，我們的保羅與琳達，紐曼與伍華德❿，他們是這個不忠不義、變幻無常的世界裡活生生的見證，證明有可能一同白頭偕老，或至少一同老一些，用不著每隔幾個禮拜就分手換人。

我不太確定我幹嘛要搞砸他們倆，還有所有需要他們倆長相廝守的人。那就跟你看到服裝店裡成堆的T恤，疊得美美的，照顏色分類，所以你就買一件？等到你拿回家卻完全不是那麼回事。你發現得太晚，它只有在店裡面才會好看，因為它有它的同伴在身旁。多少有點像那樣。我希望如果我跟賈姬交往，那麼像她那種心境比較成熟一些的女人的尊貴多少會感染給我，不過當然少了菲爾她就什麼也不是（如果那就是我企求的，也許我早該想個辦法跟他們倆一起交往。不過那種事連你長大成人了都很難搞定；在十七歲時那可能足以讓你慘遭亂石砸死）。

菲爾開始每週六在男裝店工作，我則趁虛而入。我們這些沒工作的，或是，那些像我一樣在放學後而非週末時工作的人，會在週六下午碰頭到主街⓫壓馬路，浪費過多時間過多金錢在哈樂肯唱片行（Harlequin Records），然後「招待自己」（我們不知怎麼的，竟學會母親輩在戰後戒酒令的用語）一杯濾泡咖啡，我們視之為法式酷風的最佳表徵。有時候我們會去探菲爾的班；有時候他讓我使用

他的員工折扣。這都阻止不了我背著他搞他女朋友。

我知道跟某人拆夥可能會很悽慘，因為愛莉森和潘妮早教會我這點，但我不知道跟某人打得火熱也可能會很悽慘。不過我跟賈姬的悽慘是一種充滿刺激的成人模式。我們偷偷摸摸地見面，偷偷摸摸地打電話，偷偷摸摸地上床，偷偷摸摸地說「我們將來怎麼辦？」這種話，然後談到如果我們不用再偷偷摸摸的話該有多好。不管那是真是假我根本沒認真思考過，哪來的閒功夫啊。

我試著不要太過度地說菲爾的不是——我搞了他女朋友還對他有的沒的，實在讓我覺得糟透了。不過這變得無可避免，因為每當賈姬表達對他有所疑慮時，我必須哺育這些疑慮，就好像它們是一窩瘦弱多病的小貓一樣，到最後它們變得又結實又強壯——那飽滿的不滿——讓它們用自己的貓爪任意劃過我們的談話。

然後有那麼一晚，在派對上我看見菲爾和賈姬一起縮在角落，菲爾顯然很難過，臉色蒼白，一副快哭出來的樣子，然後他回家去，隔天早上她打電話給我問我要不要去散個步，我們去了，我們再也不用偷偷摸摸地做這些事；接著我們維持了大概三個禮拜。

你會說這太幼稚了，蘿拉。你會說我把洛與賈姬以及洛與蘿拉拿來相比太蠢了，後者已經三十好幾，事業有成，住在一起。你會說成年人通姦打得青少年通姦落花流水，但你錯了。在那之後我曾數次身為三角關係的一角，但那是最尖銳的一角。菲爾再也沒跟我講過一句話；我們的週六購物伙伴也不太跟我們來往。我媽接到菲爾他媽媽的一通電話；有好幾個禮拜，上學都讓人渾身不自在。

要是現在我搞出那種飛機，比較和對比會發生的狀況：我可以去不同的酒吧和舞廳，把答錄機打開，多出去玩，多待在家裡，撥弄我的社交羅盤然後劃出一個新的交友圈（反正，我的朋友絕不會

是她的朋友，不管她是誰），避免跟不高興的雙親有任何接觸。不過，這種匿名生活當時並不存在，你得待在那裡忍受一切，不管你要忍受的是什麼。

讓我最最難堪的是賈姬在星期天早上打電話給我時，那種突然降臨的全然失望。我無法理解。我密謀這項獵捕已經有好幾個月了，而當對方投降時，我卻一點感覺也沒有——甚至比一點感覺也沒有還要沒感覺。顯然地，我對賈姬開不了口，另一方面我又完全無法表現出她所需要的激情，所以我決定將她的名字刺在我的右臂上。

不曉得。在我身上留下終身刻痕，似乎比告訴賈姬這全是一次荒誕的錯誤、而我只不過是在瞎攪和，要來得容易多了。我怪異的邏輯推算著，如果我把刺青秀給她看，我就用不著為了要擠出超過我能力範圍的句子而苦惱。我該說明一下，我不是那種會去刺青的人；我現在不是，過去也不是，搖滾小子那種**你見鬼去吧**的頹廢派，也不是成群喝啤酒的肌肉男。但當時在我們學校，刺青不幸正大大流行，我知道事實上有好幾個三十好幾的男人——像是會計師跟學校老師、人事經理跟電腦工程師——現在他們身上還帶著那個年代的蹩腳訊息（**曼聯大發神威❷，林納史金納❸**之類的），那烙進肉裡的猩紅字。

我只想刺個曖昧的「賈♥洛」在我的上臂，但是刺青師傅維特不吃這一套。

「她是哪個？賈還是洛？」

「賈。」

「那……你和這個縮寫叫做賈的馬子交往多久了？」

我被刺青店那種具有侵略性的男性氣概——其他的顧客（全都

屬於成群結隊喝啤酒的肌肉男，而且似乎莫名奇妙地覺得我很有趣）、牆上的裸女、服務項目的可怕範本——幾乎都直接就烙印在維特的前臂上，甚至，連維特令人不快的言語——都嚇到了我。

「夠久了。」

「這由我他媽的下判斷，輪不到你。」

我發現這種做生意的方式相當古怪，不過我打算改天再細心探究。

「幾個月了。」

「所以你要娶她，是不是？還是你把她肚子搞大了？」

「都不是。」

「所以你們只是在一起？你沒有被綁住？」

「對。」

「你怎麼認識她的？」

「她以前跟我的朋友在一起。」

「現在不在一起。他們什麼時候分手的？」

「星期六。」

「星期六。」他放聲大笑：「我不要你老媽跑來這裡跟我哭訴。給我滾出去。」

我滾了出去。

當然，維特的罩子放得很亮；老實說，每當我飽受這種心病所苦時，我常常會想把他找出來。他能在十秒鐘內告訴我這個人值不值一個刺青。但是即便在菲爾和賈姬欣喜落淚地破鏡重圓之後，事情並沒有回到從前的樣子。有些她們學校的女生，和有些我們學校的男生，認為賈姬利用我做為重新商議她與菲爾兩人關係的條件，而週六的購物午後再也不一樣了。我們不再仰慕那些在一起很久的

人，我們挖苦他們，而他們甚至挖苦自己。短短的幾個星期內，類似結婚的身份已經不再是讓人渴望的事，而是遭人嘲弄的原因。才十七歲，我們已經變得跟我們的父母一樣怨天尤人又不解風情。

明白了吧，蘿拉？你不像買姬一樣能讓周遭的一切風雲變色。對我們倆來說，這發生過太多次；我們只會回到從前的朋友、酒吧以及生活，然後就這麼算了，而且搞不好，根本沒有半個人會留意到。

4. 查理‧尼克森（1977-1979）

我在技術學院認識查理：我在上媒體研究的課，而她在學設計，當我第一次見到她的時候，我明白她就是那種從我大到想認識女生以來，就一直想要認識的女生。她很高挑，有一頭金色的短髮（她說她認識一些聖馬汀的人，而這些人又認識強尼‧羅根❶的朋友，不過我從沒有被引見過），她看起來與眾不同，又充滿了戲劇性和異國情調。連她的名字對我來說都充滿戲劇性、異國情調而又與眾不同，因為到那時為止我一直住在女生只有女生名字的世界，沒有這麼有趣的。她話說個不停，所以你不會碰到那種可憎的、講不出話來的沉默，這似乎是我六年級時大部分約會的通病，而且當她說話時，她說的都是極為有趣的事情——關於她上的課，關於我上的課，關於音樂，關於電影、書和政治。

而且她喜歡我。她喜歡我。她喜歡我。她喜歡我。或者說至少，我想她是。我想她是。這樣的文字邏輯還可以繼續推演下去。我從來就沒辦法完全確定女人到底喜歡我哪一點，不過我知道熱情會有幫助（連我都知道要拒絕一個認為你令人無法抗拒的人有多難），而我當然很熱情；我不讓自己——至少是不到最後關頭——

惹人討厭；而且我從來不久待——至少在還可以待的時候不會——討人嫌；但是我親切真誠善解人意全心付出，而且我記得她大大小小的事，而且我告訴她她很漂亮，而且我會送她不久前我們聊天時提到的小禮物。當然，這些完全不費功夫，也完全不用費盡心機：我發現要記住她大大小小的事很容易，因為我其他事想都不想；而且我真的覺得她很漂亮；而且我沒法阻止自己買小禮物送給她；而且我的全心投入不需要假裝。這裡面完全沒有努力的成分。所以有次當查理的朋友，一個叫凱特的女生，在午餐時充滿渴望地說她多希望能找到像我這樣的人，當下我又驚訝又高興。高興的是，查理聽到了，而且她不是說我的壞話；驚訝的是，我所做的一切只不過是出於自身利益。但似乎這就足夠了，這就足夠讓我變成一個被欲求的人。怪哉。

　　無論如何，搬到倫敦讓我比較容易受到女孩子歡迎。在家鄉，大部分的人從小就認識我，或者我爸和我媽——或者認識某個認識我，或者我爸媽的人——我向來都對自己的少年時期會被公諸於世感到不自在。當你知道你的童子軍制服還掛在衣櫥裡的時候，你怎麼能帶女孩子到酒吧未成年偷喝酒？假使有女孩子知道（或知道誰知道）就在幾年以前，你還堅持要把諾福克湖沼保護區❶和愛斯摩爾國家公園❶的紀念臂章縫在你的厚夾克上，她怎麼會想親你？在我爸媽的房子裡，到處都是一雙大耳朵的我穿著醜不拉嘰衣服，坐在農用牽引機上，在迷你火車駛進迷你車站時高興得手舞足蹈的照片；雖說後來令人苦惱的是，女友們都覺得這些照片真的好可愛喔，但在當時一切都壓得讓人喘不過氣來。從十歲變到十六歲我只花了六年的時間，難道這六年不足以造成巨大的轉變嗎？在我十六歲時，那件縫有臂章的厚夾克不過是小了幾號。

不過，查理不認識十歲時的我，她也不認識任何認識我的人。她只認識身爲一個年輕人的我。我認識她的時候已經老到可以投票，我已經老到可以跟她一起過夜，一整夜，在她的宿舍裡，已經有見解，可以在酒吧請她喝酒，而且安心地知道我駕照上鬼畫符似的年齡證明就在我的皮夾裡……我已經老到有過去。在家鄉，我沒有過去，只有一堆別人早知道的事，因此沒有重複的價值。

但是我還是覺得假假的。我就像那些突然剃了個光頭的人，然後說他們一向都是龐克，說他們在龐克都還沒被發明前就已經是龐克了。我覺得我好像隨時都會被抓包，會有人突然衝進學校的酒吧，拿著隨便哪張厚夾克的照片到處張揚，然後大叫：「洛向來就是個小男生！是個小傢伙！」然後查理會看見照片然後她會把我給甩了。我從沒想過她可能會有一整堆的小馬童畫書和可笑的舞會裝，就藏在她爸媽在聖阿爾班的房子裡。我知道的是，她天生就帶著超大耳環，穿著緊身牛仔褲，對某個隨處潑灑橘色油漆的傢伙的作品，有著超乎想像的那種世故的狂熱。

我們在一起兩年，每分每秒我都覺得彷彿站在危險的懸崖上。我永遠無法自在，如果你知道的話，我沒有餘地自在地伸展放輕鬆。我爲衣櫥裡欠缺亮眼的華服感到沮喪；我爲自己做她情人的能力煩躁難安；無論她解釋過千百遍，我還是不懂她到底看上那個橘色油漆男哪一點好；我煩惱我永遠沒辦法對她說出任何風趣好笑的話。我害怕她設計課的其他班上男人，我開始相信她會跟其中一個跑了。她跟其中一個跑了。

我被踢出重要劇情好一陣子。接著是次劇情，整個劇本電影配樂，中場休息時間，我的爆米花，演職員表和出口標誌。我在查理

宿舍的附近遊蕩，直到被她幾個朋友逮到，他們恐嚇要痛揍我一頓。我打算殺了馬可（**馬可！**），那個她跟著跑了的傢伙，在午夜夢迴時分花上好幾個小時運籌帷幄。雖然每次我撞見他，我都只是咕噥咕噥地向他打聲招呼然後就閃人。我到商店順手牽羊了一回，確切的動機我已經無跡可循了。我吃過量的鎮定劑，然後不到一分鐘內就把手指伸進喉嚨裡掏。我寫了無數的信給她，寄了幾封出去；我編寫了無數的對話，沒有一句說出口。當我回過神來，經過好幾個月的暗無天日之後，我猛然覺醒自己已經休了學，並且在坎登⓱的「唱片與卡帶交流中心」工作了好一陣子。

　　一切發生得很快。我本來還懷抱著我的成年時期會長久豐富又發人深省的那一類小希望，不過在那兩年裡就揮發殆盡了。有時候，從那之後似乎所有發生在我身上的人與事都只是小小的插曲。有些人從來沒跳脫六〇年代，或是戰爭，或是當他們的樂團在「希望之錨」（Hope and Anchor）幫 **Dr Feelgood** 樂團⓲暖場的當晚，窮盡畢生都在倒退；我從沒有真正跳脫查理。也就是我就停留在那些很重要的東西，決定我是誰的東西，就在原本要繼續往前的那個當下。

　　幾首我的最愛：尼爾‧楊（Neil Young）唱的 *Only Love Can Break Your Heart*（〈只有愛情令人心碎〉）⓳，「史密斯」合唱團⓴的 *Last Night I Dreamed That Somebody Loved Me*（〈昨夜我夢見有人愛我〉），艾瑞莎‧富蘭克林（Aretha Franklin）的 *Call Me*（〈打電話給我〉），隨便哪個人唱的 *I Don't Want to Talk About It*（〈我不想再提起〉）㉑。還有 *Love Hurts*（〈愛情傷人〉）㉒、*When Love Breaks Down*（〈當愛已逝〉）㉓，*How Can You Mend A Broken Heart*（〈你怎能修補破碎的心〉）㉔，*The Speed Of The Sound Of Loneliness*（〈寂

寬之聲的速度〉）**㉕**，*She's Gone*（〈她走了〉），*I Just Don't Know What To Do With Myself*（〈我不知該如何自處〉）**㉖**，以及……從我十六歲或十九歲或二十一歲起，這些歌有的我平均一星期聽一遍（頭一個月聽三百遍，後來就偶爾聽聽）。這怎會不讓你在某處留下瘀傷？這怎會不讓你變成那種當初戀破滅時就會變得支離破碎的人？是哪一個先？音樂還是苦難？我是因為很悲苦才聽音樂嗎？或者我這麼悲苦是因為聽了音樂的緣故？這些唱片會讓你變成一個憂鬱的人嗎？

人們擔心孩子們玩槍和青少年看暴力錄影帶，我們害怕某種文化暴力會占據他們。沒有人擔心孩子們聽上千首——真的是上千首——有關心碎與拋棄與痛苦與淒慘與失落的歌曲。浪漫一點來說，我認識最不快樂的人就是最喜歡流行音樂的人；我不知道流行音樂是不是造成了這些不快樂，不過我確實知道，他們聽這些悲歌的時間，比他們過著不快樂人生的時間來得久。

總而言之。以下是不做生涯規畫的方法：甲）跟女朋友分手；乙）野雞大學；丙）到唱片行工作；丁）此後一輩子都留在唱片行。你看到那些出土的龐貝城人民的照片時心裡會發問，真奇怪，你喝完茶玩個簡單的擲骰子然後你就被定住了，然後幾千年過去了人們就只記得你這副模樣。假設那是你第一次玩擲骰子遊戲呢？假設你只是陪陪你朋友奧古斯特玩一把呢？假設你剛剛寫完一首絕妙好詩或什麼的呢？被當成一個玩骰子的人記住難道不令人惱怒嗎？有時候我環顧我的店面（因為有整整十四年我都錯失良機！大約十年前我借錢開了自己的店！），以及禮拜六的老顧客時，我完全理解龐貝城那些居民的感受，如果他們有感覺的話（雖然重點是他們

根本無知無覺）。我就卡在這個姿勢裡，這個看店的姿勢，永遠如此，就只因為一九七九年有幾個星期我瘋瘋癲癲了一陣子。有可能會更糟，我想。我可能會走進募兵辦公室，或者附近的屠宰場。不過就算如此，我覺得彷彿我做了個鬼臉而生命之風突然就轉了向，然後現在我得做這個可怕的鬼臉過一輩子。

最後我不再寄那些信，幾個月後我也不再寫了。我還是狂想著殺掉馬可的過程，雖然想像中的幾場猝死都變得過於簡短（我給他幾秒鐘浮現，然後給他「碰」一槍！）——對那些緩慢凌遲的變態死法我可沒那麼耽溺。我又開始跟別人上床，雖然每一次豔遇我都視之為僥倖、視之為一次解脫，卻沒能改變我悲慘的自我認知（然後，就像《迷魂記》㉗裡的詹姆斯·史都華，我發展出一種「型」：短短的金髮，饒富藝術氣息，難以捉摸，喋喋不休，這些都導致好幾次死傷慘重的錯誤）。我不再喝那麼多酒，我不再帶著相同的病態著迷地聽那些歌詞（有一陣子，我把任何有關某人失去某人的歌都神經兮兮地當成有所影射，因為整個流行音樂都充斥這類的東西，同時因為我在唱片行工作，如此一來，表示我差不多無時不刻都神經兮兮的）。我不再編造讓查理一聽就悔恨自怨到在地上打滾的殺手式警句。

不過，我確保一件事，無論在任何事情上，工作或感情，我絕不陷入太深：我自己相信我隨時會接到查理的電話，而且我必須能立即採取行動。我甚至連要不要自己開店都拿不準主意，以免查理要我跟她一起出國時我根本無法及時動身；婚姻、貸款、生小孩連想都不用想。我也很實際：每隔一陣子我會更新查理的生活，想像她一連串悲慘的遭遇（她跟馬可住在一起了！他們一起買了一棟房子了！她嫁給他了！她懷孕了！她生了個小女兒了！）。為了要讓

我自己隨時保持警戒狀態，我需要一連串重新調整而且充滿變數的遭遇，好維持我對她的幻想永垂不死（他們離婚時她會無路可走！他們離婚時她果真無路可走，我必須扛起她生活的重擔！婚姻會喚醒她！照顧她和別的男人所生的小孩，會讓她見識到我是一個多麼偉大的男人！）。沒有我應付不了的消息，沒有任何她與馬可所做的事能說服得了我，說這一切僅僅不過是人生的某次過渡罷了。就我的認知，他們還在一起，而時至今日，我又再度孤家寡人。

5. 莎拉‧肯竹（1984-1986）

　　我從查理這場大潰敗學到的教訓就是別自不量力。查理不屬於我這種等級的人：她太漂亮，太聰明，太慧黠，太優了。我是什麼東西？平庸無奇，中等身材，不是世界上最聰明的傢伙，但當然也不是最笨的：我讀過像《生命中不可承受之輕》和《愛在瘟疫蔓延時》這類書，而且──我想──我看得懂（不就是跟女孩子有關，沒錯吧？）不過我並不特別喜歡；我有史以來最喜歡的五本書是雷蒙‧錢德勒寫的《大眠》❷，湯馬斯‧哈里斯的《紅龍》❷，彼得‧古洛尼克的《甜蜜靈魂樂》❸，道格拉斯‧亞當斯的《銀河便車指南》❸，以及，我不曉得，也許是威廉‧吉普生❷或是馮內果❸的書吧。我讀《衛報》和《觀察家》，也讀《新音樂快報》❸和通俗音樂雜誌，我不反對到坎登去看有字幕的電影（前五名有字幕的電影：《巴黎野玫瑰》❸、《地下鐵》❸、《捆著你困著我》❸、《神祕失踪》❸、《歌劇紅伶》❸），雖然整體說來我偏好美國電影（我的前五名美國電影，也就是有史以來最好的電影：《教父》，《教父第二集》，《計程車司機》，《四海好傢伙》，以及《霸道橫行》〕❹）。

　　我長得不賴，事實上，如果你把，例如，梅爾‧吉勃遜放在外

貌光譜的一端，然後把，例如，學校中以其怪異的醜陋聞名的伯基‧愛德蒙放在另一端，那麼我認為我完全屬於梅爾這一邊。有個女友曾經告訴過我，我長得有點像彼得‧蓋布瑞爾[41]，他長得不算壞，對吧？我的身高中等，不瘦，不胖，沒有不雅觀的臉部毛髮，我保持乾淨，通常都穿著牛仔褲和T恤和一件皮夾克，除了夏天時我把皮夾克留在家裡。我投工黨，我有一堆經典喜劇錄影帶——《蒙蒂蟒蛇》[42]，*Fawlty Towers*[43]，《歡樂酒店》[44]等等。大多數的時候，我能理解女性主義者在叨叨不休什麼，但不包括激進派。

我的天賦，如果可以稱之為天賦的話，就是把一整卡車的平庸無奇組裝在一個簡練紮實的軀殼中。我可以說像我這樣的人成千上萬，不過，實在不是這麼一回事。很多傢伙有無懈可擊的音樂品味，但是不讀書；很多傢伙讀書但是肥得要命；很多傢伙同情女性主義但是有愚蠢的鬍鬚；很多傢伙有伍迪‧艾倫式的幽默但是長得像伍迪‧艾倫。很多傢伙喝太多酒；很多傢伙一開起車來舉止愚蠢；很多傢伙愛打架，或愛裝凱子，或吸毒。這些我都不做，真的。如果我的女人緣不錯，不是因為我有什麼優點，而是因為我沒有這些缺點。

即便如此，當你自不量力的時候你應該要有自知之明。我跟查理在一起就是自不量力。從她之後，我決定我再也不要自不量力，所以有五年的時間，直到我遇見莎拉之前，我只在淺水區玩玩水。查理跟我不配。馬可跟查理相配；莎拉跟我相配。莎拉的吸引力尚可（個頭嬌小，苗條，甜美的棕色大眼，歪歪的牙齒，一頭看起來永遠需要剪一剪的及肩深色頭髮，即使她有多常到美髮師那裡去報到），而且她穿的衣服或多或少跟我的一樣。她有史以來最愛的五個錄音藝人：「瘋子」合唱團[45]，「舞韻」合唱團[46]，巴布‧狄倫，

瓊妮‧蜜雪兒 **❹**，巴布‧馬利 **❹**。有史以來五部最愛電影：《玉女神駒》 **❹**，《歌劇紅伶》（看！），《甘地》 **❺**，《失蹤》 **❺**，《咆哮山莊》 **❺**。

而且她很哀傷——就是哀傷這個詞彙最原始的感覺。她在幾年前被一個男人版的查理甩了，一個叫麥可的傢伙，他想在 BBC 當個什麼的（他沒成功，那個鳥人，我們從沒在哪一天於電視上看見他或在廣播聽到他，我們都對這暗自竊喜）。他是她的黃金時代，就像查理是我的一樣；當他們分手的時候，莎拉有一陣子對男人敬謝不敏，就像我對女人敬謝不敏一樣。一起對人敬謝不敏蠻合理的，共同集中我們對於異性的不滿又同時可以與人共享一張床。我們的朋友都成雙成對，我們的事業似乎一成不變，我們害怕下半輩子都會孤家寡人。只有擁有某種特質的人會在二十六歲時就害怕下半輩子會孤家寡人，我們就有那種特質。一切顯然比預期拖得還久，幾個月後她才搬來跟我住。

我們填不滿一個房間，我不是指我們的東西不夠：她有成堆的書（她是個英文老師），而我有上百張的唱片，而且我的公寓很小──我已經住在這裡超過十年了，大多數的時候我覺得自己像隻狗屋裡的卡通狗。我是指我們兩個似乎都不夠熱情，或不夠有力氣，以至於當我們在一起時，我意識到我們所占據的空間其實就只是我們的身體大小而已。我們不像有些情侶能夠投射放大。

有時候我們會嘗試，當我們跟比我們更安靜的人一起出去兜風時，雖然我們從沒討論過我們怎麼會突然變得尖聲刺耳、大聲喧嘩，不過我確定我們倆都知道有這回事。我們這麼做只是為了彌補生活無路可出的事實，好彌補在某個地方麥可與查理，跟比我們更有魅力的人在一起過著更美好的日子；製造一點噪音好像是一種不

服氣的姿態，一種一無是處卻有其必要的最低限態度（這是你走到哪都看得到的情境：過著中產階級的年輕人，當生活開始讓他們索然無味時，他們就會在餐廳、舞廳和酒吧裡製造噪音。「看看我！我不像你所想的那樣無趣！我知道該怎樣尋歡作樂！」真可悲。我真高興我學會留在家裡發脾氣）。我們是一種貪圖便利的結合，就像其他的結合一樣諷刺與互相利用，而且我真的認為我可以跟她共度餘生。我不介意，她還可以。

　　某次我在一齣情境喜劇裡看到一則笑話——也許是《一家之主》❺吧？——一則荒謬透頂的笑話。有個傢伙邀一個戴眼鏡的胖胖女晚上出去，把她灌醉，然後帶她回家對她上下其手。她尖叫說：「我不是那種女生！」他目瞪口呆地看著她。這傢伙說：「但是……但是你應該是呀。」十六歲看到這一幕時，我笑了，不過我就再也沒想起過這個笑話，直到莎拉告訴我她遇見了別人。我差點脫口而出：「但是……但是你應該不會呀。」我不是說莎拉不討人喜歡——不是的，怎麼說都不是的，更何況另一個傢伙一定喜歡她。我只是說她認識別人這件事與我倆達成的默契在整個立場上對立。我們唯一的共通點（對《歌劇紅伶》共有的仰慕，說實話，並沒有維繫我們超過前面幾個月）就是我們都被人甩了——我們都是甩人者的強烈反抗者——我們都反對甩人。所以我怎麼會被甩呢？

　　當然，我很不切實際。任何值得你花時間要在一起的人，你還是在冒終究可能會失去的險，除非你會對失去多疑到讓你去選擇一個萬無一失的人——某個對任何人都不可能有任何吸引力的人。要是你還想投身其中，你就得忍受它可能最後會慘敗，打個比方說吧，總會有個叫做馬可的人，或者這一次的攪局者叫做湯姆，半路殺出來惹毛了你。不過當時我可不是這樣想。我所看到的只有我已

經降格以求而事情還是不成功，而這像個詛咒一樣，讓我深陷在悲慘與自憐自艾的谷底。

然後我遇見了你，蘿拉，我們住在一起，然後現在你搬出去了。但，你知道，你給我的東西毫無新意。如果你想要讓自己擠進排行榜，你得更高明才行。我不像愛莉森或查理甩掉我時那麼脆弱不堪，你沒有像賈姬一樣改變我日常生活的整個結構，你沒能像潘妮一樣讓我覺得自己很糟糕（而你絕不可能像克里斯·湯森一樣羞辱我），而且我比莎拉離開時強健許多——除了被甩時打從心底深處不斷湧出的憂傷和自我懷疑；我知道，你並非我戀愛關係的終結者，你並非我最佳的選擇。所以呢，你明白就好。試得好。非常接近了，不過還不行。咱們改天見了。

這時候……

1

禮拜一一早，蘿拉就帶著一個萬用袋和一個背包離開。看到她只帶走這麼少的東西，教人猛然驚醒。這個女人珍愛她的東西，她的茶壺她的書她的照片和她在印度買的小雕像。望著那個袋子我心裡想，老天爺，這說明她有多不想跟我住在一起。

我們在門口擁抱，她哭了一會兒。

她說：「我不太確定我在做什麼。」

我說：「我看得出來，」半開玩笑半認真地。「你不必現在走，你留到什麼時候都行。」

「謝了。不過最難的部分已經過去了，我最好……你知道的……」

「那，今晚就留下來吧。」

但她只做了個怪表情，就把手伸向門把。

她離開的很笨拙。她沒有多餘的手,不過她還是試著開門,但開不了,所以我幫她開門。但我擋住了路,所以我得到門外讓她出來,但她得將門撐開,因為我沒帶鑰匙,然後我得在門自她背後關上前,從她身旁擠進去。接著才告一段落。

我很遺憾這麼說,不過有一種美妙的感受,些許的解放感與些許神經質的興奮感,從我的腳趾附近竄入,波濤洶湧地掃蕩過我的全身。我以前也有過同樣的感受,而且我知道這不代表什麼——譬如說,奇怪的是,這不代表接下來幾週我都會感到異樣的開心。但我的確知道我要配合它,趁它還在時盡情享受。

這是我慶祝自己回歸單身王國的方法:我坐在自己的椅子——那張會跟我留在這裡的椅子上,一點一點挖出椅子把手裡的充填物。我點了根菸,雖然時間還早,而且我也不是真的想抽,只不過因為現在起無論何時,我都能自由自在的在公寓裡抽菸,而不會引起爭執。我想著我是不是已經遇到下一個上床的對象,或那個對象是我現在還不認識的人。我想知道她長什麼樣子,我們會不會在這裡做,還是會在她的地方做,她的地方會長什麼樣子。我決定在客廳牆上畫上西洋棋唱片公司❶的標誌(在坎登有間店有所有唱片公司的標誌——西洋棋,史代斯❷,摩城❸,特洛依人❹——用模子噴漆在入口旁的磚牆上,看起來很棒。也許我能找到那個施工的人,請他幫我在這裡做個小一點的)。我覺得還不壞,我覺得很好,我出門工作。

我的店叫做冠軍黑膠片(Championship Vinyl)。我賣龐克,藍調,靈魂樂和節奏藍調,一點ska❺,一些獨立音樂的東西,一些六○年代的流行音樂——所有專業唱片收藏家該有的東西——就像櫥窗上可笑而過氣的標語所寫的。我們開在哈洛威❻的一條靜巷

中，小心翼翼地安置好吸引最低限度的過路人。除非你住在這裡，否則完全沒有理由到這裡來，但是住在這裡的人似乎對於我的 **Stiff Little Fingers** ❼白標唱片❽（二十五塊賣你，我一九八六年時用十七塊錢買的），或是我單軌版本的 *Blonde on Blonde* ❾並沒有太大的興趣。

我的生意還過得去，那是因為週六時專程到這裡採買的人——年輕人，永遠是年輕人，穿戴著約翰‧藍儂式的眼鏡，皮夾克和方形的斜肩背包——還有郵購的關係。我在精美的搖滾雜誌封底刊登廣告，接到年輕人，永遠是年輕人，從曼徹斯特、格拉斯哥和渥太華的來信❿，這些年輕人似乎花了不成比例的時間在搜尋「史密斯」合唱團被刪除的單曲，還有在「**首版非再版**」下加底線的法蘭克‧薩巴⓫專輯。他們簡直跟瘋了沒兩樣。

我上班晚了，等我到時狄克已經靠在門上讀書。他三十一歲，留著又長又油膩的黑髮，他穿著一件「音速青春」⓬的 T 恤，黑色的皮夾克試圖充滿男人味地訴說它的光輝歲月，只不過那是他一年前才買的，還有一個隨身聽跟一副大到可笑的耳機，蓋住不只他的耳朵還有他的半張臉。他的書是平裝版的路‧瑞德⓭傳記。他腳邊的斜肩背包——真有過光輝歲月的——廣告著一個紅得發紫的美國獨立唱片廠牌。他費了好一番功夫才弄到手，每當我們一靠近那個背包，他就緊張得不得了。他用它來裝卡帶，他聽過店裡絕大部分的音樂，他寧可帶著新貨來上工——朋友給的卡帶，郵購的盜版貨——也不願浪費時間重複聽同樣的東西兩遍（「狄克，要不要去酒吧吃午餐？」巴瑞或我每星期都會問他幾次，他會憂愁地望著他一小堆的卡帶，嘆口氣說：「我很想去，不過我還有這堆要聽完。」）

「早安，理查⓮。」

他緊張兮兮笨手笨腳要拿下他的巨型耳機，結果一邊卡住耳朵，另一邊落在他的眼睛上。

「噢，嗨。嗨，洛。」

「抱歉我遲到了。」

「不，沒關係。」

「週末還好嗎？」

　　我打開門鎖，他則七手八腳地找他的東西。

「還可以，不壞。我在坎登找到『甘草夾心糖』❶的第一張專輯。這張叫《青春遺囑》（*Testament of Youth*），國內從來沒發行過，只有日本進口版。」

「太好了。」我完全不知道他在鬼扯些什麼。

「我幫你錄一卷卡帶。」

「謝了。」

「因為你說你喜歡他們的第二張專輯，《流行文化、女孩及其他》（*Pop, Girls, Etc*），封面有海蒂・賈戈❶那張。不過你沒看到封面，你只有我錄給你的卡帶。」

　　我確定他錄了一卷「甘草夾心糖」的專輯給我，我也確定我說我喜歡。我的公寓裡到處都是狄克錄給我的卡帶，大多數我聽都沒聽。

「你怎麼樣？你的週末如何？很好？很不好？」

　　我無法想像如果我告訴狄克有關我的週末，我們會有什麼樣的對話。如果我說蘿拉離開我的話，他大概會崩潰並化為塵土。狄克不大熱中這種事。事實上，假使我要告白任何一點有關私人的事的話──譬如說我有一個母親一個父親，或是我年輕一點時曾上過學──我想他只會臉紅，結巴，然後問我有沒有聽過「檸檬頭合唱

團」❶的新專輯。

「兩者中間，有好有壞。」

他點點頭，這顯然是正確答案。

店裡聞起來有一股陳年菸味、濕氣和塑膠防塵套的氣味，狹窄又昏暗、髒亂又擁擠。一方面是因為這是我要的——唱片行看起來就該這樣，只有菲爾・柯林斯的歌迷才會去那種看起來乾淨健康得像郊區購物中心的地方，另一方面則是因為我提不起精神清理或重新裝潢。兩邊各有一個陳列架，櫥窗裡面還有兩、三個，CD跟卡帶在牆上的玻璃櫃裡。大小差不多就這樣，差不多剛剛好，在我們沒有任何客人的情況下，大部分的時候大小差不多剛好。後面的儲藏室比前面的店面稍大，但我們其實沒什麼存貨。只有幾堆沒人想花時間標價的二手唱片，所以儲藏室大多時候拿來混水摸魚。老實說，我對這個地方厭倦到了極點。我怕總有一天我會抓狂，把皇帝艾維斯❶的模型從天花板扯下來，將「鄉村音樂男藝人 A-K」的架子丟到街上去，到維京多媒體大賣場❶去工作，再也不要回來。

狄克放了張唱片，西岸迷幻的東西，幫我們倆泡咖啡，我則察看郵件。我們喝咖啡，接著他試著把一些唱片塞進擠到要爆的陳列架，我則打包一些郵購的貨。然後我做一下《衛報》上的填字遊戲，他讀美國進口的搖滾雜誌，然後輪到他做《衛報》上的填字遊戲，我讀美國進口雜誌。不知不覺間，就輪到我來泡咖啡。

十一點半左右，一個叫強尼的愛爾蘭酒鬼跌跌撞撞地闖進來。他大概每星期來我們這兒三次，他的光顧已經成為一種排練編寫好的例行公事，我們兩個都無意更動。在這個充滿敵意與不可知的世界，我們仰賴彼此提供一些可以相互依靠的東西。

「強尼，滾出去。」我對他說。

他說：「怎麼？我的錢你看不上眼？」

「你根本身無分文，我們也沒有你要買的東西。」

這是他的提示：開始來上一段丹娜的〈萬事萬物〉**⑳**的狂熱演出；而那是我的提示：從櫃檯後出來將他引回到門口；這是他的提示：向陳列架撲身過去；接著則是我的提示：用一手打開門，另一手鬆掉他緊抓在架上的手，然後將他掃地出門。我們幾年前發展出這套動作，已經演練得滾瓜爛熟了。

強尼是我們午餐前唯一的客人。這實在不是有雄心壯志者會想做的工作。

巴瑞一直到午餐後才現身，這沒什麼稀奇的。狄克和巴瑞都是受雇做兼職的工作，每個人三天。不過在我雇用他們不久後，他們倆就天天來報到，連星期六也來。我不知道該怎麼辦——假使他們真的沒地方混也沒別的事幹，我不想，你知道的，點明這一點，以免引發某種心靈危機——所以我給他們加了點錢然後不動聲色。巴瑞將加薪解讀為縮減工時的暗示，所以我就不再給他加錢。這是四年前的事，他也沒說過一句話。

他進店門時哼著一段「衝擊」合唱團**㉑**的音樂。事實上，「哼」是不正確的字眼，他發出那種所有小男生都會的吉他噪音，你得把嘴唇往外推，咬緊牙齒然後發出「噠噠噠」的聲音。巴瑞已經三十三歲了。

「兄弟們，好嗎？嘿，狄克，這是什麼音樂，老兄？臭死了。」他捏住鼻子做了個鬼臉。「嘔……」。

巴瑞常欺負狄克，到了只要巴瑞在店裡，狄克幾乎不發一語的地步。我只在巴瑞真的做得太過火時才介入。所以我看著狄克將手

伸向櫃檯上方架子上的音響，關掉卡帶。

「他媽的謝啦。狄克，你像小孩子一樣，得隨時有人盯著。不過我不知道幹嘛得由我來管這檔事。洛，你沒注意到他放什麼鬼嗎？你裝死啊，老兄？」

他講話講個沒完沒了，講的或多或少都是些胡說八道。他常常談論音樂，但也常常談論書籍（泰瑞‧普拉希特㉒和任何有怪獸和星球之類的）、電影，還有女人。《流行文化、女孩及其他》就像「甘草夾心糖」樂團的專輯名稱一樣。但是他的談話只不過是排行榜。如果他看了一部好電影，他不會形容電影的情節，或是他的感想，而是這部電影在他本年度最佳影片排行，有史以來最佳影片排行，十年來最佳影片排行中的名次──他用前十名和前五名來思考和發言，結果狄克與我也變成這樣。而且他老是會要我們列出排行榜。「好了，各位。達斯汀‧霍夫曼的前五名電影。」或是吉他獨奏，或是盲眼樂手灌錄的唱片，或蓋瑞與絲維雅‧安德森㉓製作的影集（「狄克，我不敢相信你把《不死紅上尉》〔*Captain Scarlet*〕列為第一名，他是不死之身耶！那還有什麼好玩的？」），或罐裝的甜食（「如果你們兩個沒有人把雙色糖㉔列在前五名的話，我現在就辭職。」）。

巴瑞把手伸進他的皮夾克口袋，拿出一卷卡帶放進機器把音量猛扭到最大。不出幾秒，整間店就隨著「卡翠娜及搖擺」的*Walking On Sunshine*（〈漫步陽光中〉）㉕曲中的貝斯而顫動。現在是二月，天氣又冷又濕，蘿拉走了。我不想聽到〈漫步陽光中〉，這不符合我現在的心情。

「把音樂關掉，巴瑞。」我必須要用喊的，像個狂風巨浪中的救生艇船長。

「沒辦法再更大聲了。」

「我不是叫你『開大』，你這蠢蛋，我叫你『關掉』。」

他大笑，然後往儲藏室走，大聲唱著喇叭伴奏，「噠噠！噠噠噠噠，噠噠，噠噠，噠噠」。我自己過去關掉，巴瑞回到店面來。

「你這是在做什麼？」

「我不想聽〈漫步陽光中〉！」

「那是我的新卡帶，我的週一早晨卡帶，我昨晚特地錄的。」

「是嗎？現在是他媽的星期一下午了，你該早點起床的。」

「要是今天早上你就會讓我放這音樂，是嗎？」

「不會，但至少我現在有了藉口。」

「你難道不要一點振奮人心的東西？爲你可悲的中年老骨頭帶來一點溫暖？」

「不要。」

「那你不爽的時候要聽什麼？」

「我不曉得，不過首先，絕不是〈漫步陽光中〉。」

「好，我跳過這首。」

「下一首是什麼？」

「*Little Latin Lupe Lu*。」

「**Mitch Ryder and the Detroit Wheels**❷⁶唱的？」狄克問。

「不對，是『正義兄弟』（**The Righteous Brothers**）。」你可以聽出巴瑞聲音中自我防衛的意味，他顯然沒聽過Mitch Ryder的版本。

「噢，這樣啊。算了。」狄克永遠也不會大膽到敢告訴巴瑞他搞混了，但是這個暗示夠清楚了。

「怎樣？」巴瑞怒氣沖沖地說。

「沒事⋯⋯。」

「不行，你說啊。『正義兄弟』有什麼不對的？」

「沒有，我只是比較喜歡另一個版本。」狄克有氣無力地說。

「屁話。」

我說：「表明喜好怎麼會是屁話？」

「如果這個喜好有誤的話，那就是屁話。」

狄克聳聳肩微笑。

「怎樣？怎樣？那樣自以為是的笑是什麼意思？」

「巴瑞，別惹他。這不重要，反正我們不聽他媽的 *Little Latin Lupe Lu*，所以別吵了。」

「這個店什麼時候變成法西斯專制了？」

「從你把那卷爛卡帶帶來以後。」

「我只不過想振奮大家的精神，不過是這樣。真是抱歉了。儘管去放那些悲慘的鬼音樂好了，我才懶得管。」

「我也不要什麼悲慘的鬼音樂，我只要能讓我聽而不聞的音樂。」

「好極了。這就是在唱片行工作的樂趣，是嗎？放一些你不想聽的音樂？我以為這卷卡帶可以變成，你知道，一個對話點。我本來要叫你們列出，在濕氣凝重的週一早晨放的前五名專輯排行榜，現在你把這全糟蹋了。」

「我們下星期一再做。」

「那有什麼用？」

如此這般，沒完沒了，也許我下半輩子的工作生涯都會是這樣。

我想列出前五名讓人毫無感覺的唱片。這樣一來，狄克與巴瑞

就算幫了我一個忙。至於我，等我到家後，我會放「披頭四」。也許是《艾比路》❷，不過我會用編輯選項跳過 *Something* 這首。「披頭四」代表著樂迷卡，週六早場電影《救命！》❷，塑膠玩具吉他，以及在校車後排座椅扯著喉嚨唱〈黃色潛水艇〉❷。他們是我的，不是我和蘿拉的，或我和查理的，或我和愛莉森·艾許華茲的。雖然他們會讓我有點感覺，但不會是任何不好的感覺。

我本來還擔心今天晚上回到公寓會是怎麼的光景，不過沒事：今早起就有的那種不可靠的身心舒暢感還跟著我。而且，無論如何，不會一直都這樣，到處都有她的東西。她很快會來把東西清掉，然後空氣中瀰漫著瑪麗皇后號船難般的氣味——床頭櫃上讀到一半的朱利安‧拔恩斯❶平裝本，及髒衣籃中的內褲——都會消逝（當我開始同居生涯之初，女人的內褲對我來說真是叫人失望透頂。我一直沒從發現她們的行徑竟跟我們臭男人一樣的驚駭中復原：她們把最好的內褲留到她們知道要跟別人上床的那晚。當你跟一個女人住在一起，這些褪了色、縮了水、花花綠綠的瑪莎百貨零頭布，突然出現在家裡各處的暖爐上。你的小男生色情夢以為長大成人代表被香豔刺激的性感內衣所圍繞直到永遠感謝主⋯⋯那些夢已然灰飛湮滅）。

我把昨夜創傷的證據清理掉——沙發上多的棉被，揉成一團一團的面紙，咖啡杯中的菸蒂浮在看來冰冷油膩的渣滓裡。然後放上「披頭四」，接著當我聽完《艾比路》和《左輪手槍》（*Revolver*）的前幾首歌，我開了一瓶蘿拉上星期帶回家的白酒，坐下來看我錄的《溪畔》❷精選重播。

跟所有的修女到最後都同時來月經一樣的狀況，蘿拉她媽跟我媽後來神奇地同步化她們每週的電話問候。我的先響了。

「喂，心肝，是我。」

「嗨。」

「都順利吧？」

「還不壞。」

「你這星期過得怎麼樣？」

「你知道的。」

「店裡的生意如何？」

「普普。有好有壞。」有好有壞就太好了。有好有壞表示有些日子比其他的來得好，有顧客來來去去。老實說，並不是這麼一回事。

「你爸跟我很擔心這一波不景氣。」

「是，你說過了。」

「你很幸運，蘿拉的工作這麼順利。如果不是有她，我想我們都要睡不著覺了。」

她走了，老媽。她把我丟給了狼群了。那個賤人已經甩了我滾蛋了……不行，不能這麼做。這好像不是宣布壞消息的好時機。

「天曉得她忙得不可開交，不用去擔心一間滿是舊兮兮流行歌

唱片的店⋯⋯」

怎樣才能形容生於一九四〇年以前的人說「流行歌」的方式？我聽我爸媽那種嗤笑的發音——頭往前伸，臉上一副白癡相（因為流行歌樂迷都是白癡），直到他們把字吐出來——已經超過二十多年。

「我真驚訝她沒要你把店賣了，找個正經工作。她撐得了這麼久真是奇蹟。要是我老早就丟下你自生自滅了。」

忍住，洛。別讓她惹毛你。別中了她的圈套。別⋯⋯啊，去他的。

「現在她丟下我自生自滅了，你該滿意了吧。」

「她到哪裡去了？」

「我見鬼才知道。就是⋯⋯走了。搬出去了。消失了。」

很長的，很長的沉默。事實上，這沉默如此漫長，以至於我看完了整段吉米與賈姬‧寇克希爾❸所起的爭執，都沒聽到話筒中傳來除了長長的哀聲嘆息以外沒有任何的聲音。

「喂？有人在嗎？」

現在我可以聽見有聲音——我媽低聲哭泣的聲音。媽媽們是怎麼搞的？這是怎麼回事？身為一個成年人，你知道隨著生命繼續下去，你要花越來越多的時間照顧那些一開始照顧你的人，這是一般的情況。但我媽跟我在我九歲的時候就互換角色。任何過去幾十年來在我身上發生的壞事——留校察看，爛成績，被欺負，被踢出大學，跟女朋友分手——都會變成像這樣，變成我媽看得到或聽得到的難過。要是我十五歲時就搬去澳洲，每個星期打電話回家報告我所捏造的偉大成就的話，對我們兩個都會比較好。大多數十五歲的人都會覺得很辛苦，一個人過日子，住在世界另一邊，沒錢沒朋友

沒家人沒工作沒學歷，不過我可不。跟週復一週地聽這種東西比起來，那就跟撒泡尿一樣容易。

這嘛……這不公平，是不公平，從來就沒公平過。自從我離家以後，她就只會哀聲嘆氣，只會窮擔心，然後寄來地方報紙上描述中學同學小小成就的剪報。這算優良家長嗎？我的書上可不是這麼寫的。我要的是同情，了解，建言，還有錢，而且不一定要照這個順序，但這些在坎寧區可都是天方夜譚。

「我沒事，如果你難過的是這個的話。」

我知道她難過的不是這個。

「你知道我難過的不是這個。」

「這才最應該是，不該嗎？不該嗎？媽，我才剛剛被甩，我覺得不怎麼好。」也不怎麼壞──「披頭四」，半瓶的夏多內白酒和《溪畔》都發揮了他們的功效──不過我不會這樣跟她說：「我自己都照顧不了，更別說是你。」

「我就知道會這樣。」

「要是你這麼有先見之明的話，幹嘛還那麼在意？」

「洛，你接下來有什麼打算呢？」

「我要在電視機前把剩下的半瓶酒喝掉。然後我要去睡覺。然後我會起床去上班。」

「然後呢？」

「找個好女孩，生幾個小孩。」

這是正確答案。

「如果這麼簡單就好了。」

「就是這麼簡單，我保證。下次我們講電話時，我會把事情都搞定了。」

她幾乎要微笑了，我聽得出來。光線出現在漫長幽暗的電話隧道底端。

「但是蘿拉說了什麼？你知道她爲什麼走了？」

「不太清楚。」

「我很清楚。」

這話叫人心驚了一下，直到我知道她要說什麼。

「這跟結婚沒有關係，媽，如果你指的是這個的話。」

「那是你說的。我倒想聽聽她怎麼說。」

冷靜點。別讓她……別大聲……啊，去他的。

「媽，你還要我說幾次，我的老天爺？蘿拉不想結婚，套種說法，她不是那種女孩子。現在不是這種情況。」

「我不知道現在是什麼情況。除非說你認識別人，你們一起同居，她搬走。你認識別人，你們一起同居，她搬走。」

說得沒錯，我猜。

「媽，閉嘴。」

萊登太太的電話幾分鐘後打來。

「喂，洛。我是珍娜。」

「嗨，萊登太太。」

「你好嗎？」

「好，你呢？」

「好，謝謝。」

「肯還好嗎？」

蘿拉的爸爸不太健康——他患有心絞痛，必須提前退休。

「還可以。有好有壞。你知道的。蘿拉在嗎？」

這有意思了。她還沒打電話回家。也許，暗示著某種罪惡感？

　　「她恐怕不在。她在麗茲家。要不要我叫她回電給你？」

　　「如果她不是太晚回來的話。」

　　「沒問題。」

　　這會是我們最後一次交談，大概吧。「沒問題。」是我對一個還算相當親近的人在我們的人生分道揚鑣前所說的最後幾個字。奇怪吧？你在某人家度過聖誕節，你為他們的手術擔心，你親他們抱他們送他們花，你看過他們穿著睡袍……然後，砰的一聲，就沒了。永遠消失。然後遲早會有另一個老媽，另一個聖誕節，更多的靜脈瘤血管。他們都一樣。只有地址和睡袍的顏色，在改變。

3

　　我在店後面，試圖收拾整理一下之際，無意中聽到巴瑞和一個顧客的對話──從聲音聽起來，男性，中年人，無論如何都絕對不時髦。

　　「我要找一張唱片給我女兒，給她當生日禮物。*I Just Call To Say I Love You*（《我只是打來說我愛你》）你們有這張嗎？」

　　「噢，有啊，」巴瑞說：「我們當然有這張。」

　　我知道事實上此刻我們唯一一張史提夫・汪達的單曲是 *Don't Drive Drunk*（《勿酒醉駕車》）。這張我們放不知道多少年了，還是沒辦法將它賣掉，即便它只要六便士。他在玩什麼把戲？

　　我出來看店裡面出了什麼狀況。巴瑞站在那裡，對他微笑，那傢伙看起來有點不安。

　　「那我能不能買？」他半帶笑意地鬆了口氣，好像他是個在最

後一秒鐘想起要說請的小男孩。

「不行，很抱歉，你不能買。」

那個顧客，比我原先想得更老一點，穿戴一頂布質的棒球帽和一件深米色的風衣，站在原地動也不動。你可以看出他在想，我本來就不想踏進這又吵又暗的鬼地方，現在好了，我被整了。

「爲什麼不能？」

「什麼？」巴瑞放的是尼爾·楊的音樂，而尼爾·楊剛好在這一秒大彈電吉他。

「爲什麼不能？」

「因爲那是一首濫情又俗氣的鳥歌，這就是爲什麼。我們看起來像是那種會賣他媽的《我只是打來說我愛你》的店嗎？現在，你走吧，別浪費我們的時間。」

老傢伙轉身走出去，而巴瑞得意地咯咯笑。

「多謝了，巴瑞。」

「怎樣？」

「你剛剛把一個他媽的顧客趕跑了，就是怎樣。」

「我們又沒有他要的。我只不過找點樂子，而且又不花你一毛錢。」

「這不是重點。」

「噢，那什麼才是重點？」

「重點是，我不要再看到你跟任何走進這家店的人這樣說話。」

「爲什麼不行？你以爲那個老笨蛋會變成常客嗎？」

「不是，但是……聽好了，巴瑞，店裡的生意不太好。我知道以前任何人詢問我們不中意的東西，我們常把氣出在他們身上，不過這種情形得停止。」

「屁話。如果我們有這張唱片，我早就賣給他了，你就會多賺五十便士或一塊錢，然後你永遠不會再見到他。有什麼大不了的。」

「他對你造成什麼傷害嗎？」

「你知道他對我造成什麼傷害。他的爛品味侵犯到我。」

「那不是他的爛品味，那是他女兒的。」

「洛，你年紀一大就心軟了。從前的你會將他逐出店門還追到門外去。」

他說得對，從前是。現在感覺上像是好久以前。我是再也無法凝聚起那樣的怒氣了。

星期二晚上我重新整理我的唱片收藏；我常在有情感壓力的時候做這件事。有些人會覺得這樣消磨一晚的方式很無趣，不過我不是這種人。這是我的人生，而且能涉身其中，讓你的雙手埋沒其間，觸摸它，感覺很不錯。

當蘿拉在的時候，我把唱片按照字母整理，更早以前我是按照年代順序，從羅伯‧強生❶開始，然後結尾是，我不知道，「渾」合唱團（**Wham!**）吧，還是某個非洲人，還是我和蘿拉認識時聽的隨便什麼音樂。不過，今晚，我想要一點不一樣的，所以我試著回想我買進它們的順序：我希望用這種方式寫我自己的自傳，不需要提起筆之類的事。我把唱片從架上拿下來，成堆放到客廳的地板上，找出《左輪手槍》，然後從那裡開始，當我完成時我充滿一種自我感，因為畢竟，這個，就是我這個人。我喜歡能看見自己如何在二十一步內從「深紫色」合唱團前進到「嚎叫野狼」❷；我不再為被迫獨身那整段時期反覆聆聽〈性愛癒療〉❸的記憶所苦，或者

爲回想起在學校成立搖滾音樂社，好讓我跟其他五個創團成員可以聚在一起談論 *Ziggy Stardust*❹和《湯米》❺而感到尷尬。

　　不過我最喜歡的，是我從新的編排系統中所得到的一種安全感；我已經讓自己比我本人更爲複雜難懂。我有好幾千張的唱片，你必須是我──或者是，最低限度，「佛萊明學」❻的博士──才能知道怎樣找到隨便哪一張。如果我想放，譬如說，瓊妮‧蜜雪兒的《藍》❼，我必須想起我在一九八三年的秋天爲了某個人買了它，然後覺得最好把唱片送給她，原因我現在不想深究。看，你對此一無所知，所以你抓不到竅門，說眞的，不是嗎？你得拜託我去幫你把它挖出來，由於某種原因，我覺得這給我莫大的安慰。

　　星期三發生一件怪事。強尼進了門，唱著〈萬事萬物〉試圖抓起一大把的唱片封套。然後我們上演我們的小小舞碼，往門外去時，他掙開我，往上看著我說：「你結婚了嗎？」

　　「沒結婚，強尼，沒有，你呢？」

　　他朝著我的腋下笑出來，一種恐怖、瘋狂的笑聲，聞起來像是酒味加菸味再加上嘔吐味最後全變成痰的爆裂聲音。

　　「如果我有老婆的話，你以爲我會淪落到他媽的這副鳥樣嗎？」

　　我什麼也沒說──我只是專注於將他帶領向門口去──但是強尼直接又悲哀的自我評量引起了巴瑞的注意──也許是因爲我昨天叫他閉嘴他還在氣頭上──然後他彎身越過櫃檯。「沒用的，強尼。洛有個心愛的女人在家等他，但是看看他，他糟糕得要命。髮型爛，滿臉青春痘，醜不拉嘰的毛衣，噁心的襪子。強尼，你跟他唯一的不同只在於你不用每個星期繳店租。」

　　我聽慣了巴瑞的這種調調。不過，今天，我受不了，我瞪了他

一眼要叫他閉嘴,不過他卻將之解讀爲可以進一步凌虐我的邀請。

「洛,我這麼做是爲了你好。這是我見過最醜的毛衣。在我會想鳥的人裡頭,我還沒見識過有哪個會穿這麼醜的毛衣。這是人類的奇恥大辱。大衛‧寇曼❽不會在*A Question of Sport*❾裡面穿。約翰‧諾雅奇斯❿會叫人以時尙罪將它逮捕。方‧度尼康⓫會看它一眼然後……」

我將強尼丟到人行道上,用力甩上門,一個箭步衝過店裡的地板,抓起巴瑞的棕色麂皮夾克衣領,告訴他如果我這輩子再聽到他那些無用、可悲、毫無意義又叨叨絮絮的任何一個字的話,我就殺了他。當我放他走的時候,我氣得發抖。

狄克從儲藏室走出來跳上跳下。

「嘿,伙伴們,」他小聲的說:「嘿。」

巴瑞質問我:「你這是幹什麼,耍他媽的什麼白癡嗎?如果這件夾克破了,老兄,你可要賠大了。」他真的這樣說,「賠大了」。天啊。他用力地跺步離開店裡。

我走到儲藏室裡的階梯上坐下,狄克在門廊徘徊。

「你沒事吧?」

「沒事,對不起,」我找了個簡單的方式脫身:「聽著,狄克,我家裡沒有心愛的女人。她走了。要是我們會再見到巴瑞的話,也許你能幫我轉告他。」

「洛,當然了,我會的。沒問題,絕對沒問題。我下次見到他時會告訴他。」狄克說。

我什麼也沒說,我只是點點頭。

「我有……反正我有其他事要告訴他,所以沒問題。當我告訴他其他事的時候,我就告訴他有關,你知道,蘿拉的事。」狄克

說。

「好。」

「當然，我會先說你的事再說我的。我的沒什麼，其實，只不過是明晚有人在『哈瑞·洛德』⓬演唱。所以我在這之前先告訴他，好消息和壞消息之類的。」狄克說。

他緊張地笑了笑：「或者，壞消息和好消息，因為他喜歡那個在哈瑞洛德演唱的人。」一個驚恐的表情劃過他的臉。「我是說，他也喜歡蘿拉，我不是那個意思。而且他也喜歡你，只不過是……」

我告訴他我知道他的意思，要他去幫我泡杯咖啡。

「當然，當然。洛，聽著。你想不想……談一談？」

有那麼一下子，我幾乎忍不住，跟狄克心交心將會是一生僅此一次的經驗。但是我告訴他沒什麼好說的，然後，有那麼一下子，我以為他要過來擁抱我。

4

　　我們三個去了「哈瑞・洛德」。跟巴瑞現在沒事了；他回店裡來的時候，狄克跟他說了，他們倆盡了全力來照顧我。巴瑞幫我錄了一卷精心註解的合輯錄音帶，狄克現在把他的問題重述四、五次，而不是平時的兩、三次。他們半推半就地堅持要我跟他們一起來聽聽這場演唱。

　　洛德，是一家無比巨大的酒館，天花板高到香菸的煙會在你頭上聚成一朵卡通雲。裡面破破爛爛，空蕩蕩，座椅的椅墊被割得亂七八糟，工作人員都很粗暴，他們的常客不是很嚇人就是不省人事，廁所又濕又臭，那裡晚上沒東西吃，葡萄酒可笑地難喝，苦啤酒全是泡泡又冰過頭；換句話說，這是一家平凡無奇的北倫敦酒吧。我們不常到這裡，即便它就在往北開的路上，因為來這裡演出的樂團是那種無法預測的次級龐克團，你會情願付一半週薪給他們

也不要聽他們的。不過，偶爾，像今晚，他們會祭出某些曖昧不明的美國民謠／鄉村藝人，有一票崇拜跟隨者的演唱者會都搭同一部車來。酒吧差不多有三成滿，算是相當不錯了，而且當我們進門時，巴瑞指出安迪·克簫❶和一個幫《號外》❷寫東西的人。洛德最引人注目也不過如此。

我們來聽她演唱的這個女人叫茉莉·拉薩爾；她在一家獨立廠牌出了幾張個人專輯，她還有一首歌被南西·葛瑞芬❸翻唱過。狄克說她現在住在這裡；他不知在哪裡讀到說她覺得英國人比較歡迎她做的這種音樂，這意思，可以說，是我們表現出來的是興高采烈地漠不關心，而非主動積極地滿懷敵意。這裡有很多單身男人——我指的不是沒結婚的單身，而是沒人作陪的單身漢。處在這種環境下的我們三個——我乖僻又少話，狄克神經質又害羞，巴瑞嚴格的自我把關——組成一次瘋狂的大規模辦公室出遊。

沒有暖場的樂團，只有一套破舊的音響設備嘎吱嘎吱放著好聽的鄉村搖滾。站著的人群托著酒杯讀他們進門時塞給他們的傳單。茉莉·拉薩爾在九點時站上舞臺（說是舞臺——就只是離我們幾碼外的一個小平台和幾支麥克風）；到了九點五分，讓我極度惱怒又尷尬的是，我淚流滿面，過去這幾天來我得以賴活的無感世界立刻消失得無影無蹤。

自從蘿拉離開後，許多歌我一直刻意迴避，但是茉莉·拉薩爾開場的那首歌，那首讓我哭出來的歌，其實並不是其中的哪一首。這首讓我哭的歌從前不曾讓我哭過；事實上，這首讓我哭的歌以前讓我想吐。當這首歌當紅的時候，我在讀大學，當有人——不外是某個地理系的學生，或是某個受訓要當小學老師的女生（我看不出怎麼會有人罵你太臭屁，如果你只不過是陳述一個簡單明白的事

實）——在酒吧的點唱機放這首歌的時候，查理和我通常會翻白眼，然後把手指頭伸進喉嚨裡。這首讓我哭的歌是茉莉・拉薩爾翻唱彼得・佛萊普頓❹的 *Baby, I Love Your Way*（〈寶貝，我就愛你這樣〉）。

想像跟巴瑞站在一起，還有狄克，穿著他的「檸檬頭」合唱團T恤，聽著彼得・佛萊普頓的翻唱歌，然後痛哭流涕！彼得・佛萊普頓耶！*Show Me The Way*（〈請指點迷津〉）！那個捲毛頭！他從前吹著愚蠢袋狀物的髮型，讓他的吉他聲音聽起來像是唐老鴨！*Frampton Comes Alive*（〈佛萊普頓復活〉）那首歌，攻占了美國搖滾排行榜差不多有七百二十年那麼久，大概每一個腦筋壞死、滿腦毒品、腦袋空空的洛杉磯人都人手一張！我了解我迫切需要一些症狀來協助我認清近日來滿目瘡痍的自己，但一定要這麼極端嗎？難道老天爺就不能將就將就，給我一個沒這麼恐怖的——比方說，像是一首黛安娜・羅絲的老流行歌，或是一首艾爾頓・強的原曲？

還不止這樣。因為茉莉・拉薩爾翻唱的 *Baby, I Love Your Way* ——「我知道我不應該喜歡這首歌，不過我就是喜歡。」她在唱完後厚著臉皮笑著說——我發現自己立刻處在兩種顯然互相矛盾的狀態中：甲）我突然強烈地思念蘿拉，過去四天以來我完全不會想她，還有，乙）我愛上了茉莉・拉薩爾。

這種事會發生。至少，會發生在男人身上。或者在這個特定的男人身上。有時候。很難解釋你為何會或如何會發現自己被同時拉往兩個不同的方向，顯然某種程度不切實際的非理性是先決條件。但這裡面也有一套邏輯。茉莉長得不錯，一種近乎鬥雞眼的美國式俏妞——她看起來像是在演完《鷦鴒家庭》之後、接演《洛城法網》❺之前、豐滿一點的蘇珊・戴❻——而且如果你打算對某人發

展這種不由自主、毫無意義的暗戀的話，還可能會有更糟糕的（有天週六早晨，我醒來，打開電視，發現自己迷上《現場直播》❼裡面的莎拉・葛林，當時我對於這種熱情表現得相當低調）。而且就我所知她很迷人，而且不算沒才華，一旦她將彼得・佛萊普頓逐出她的歌單，她就只唱自己的歌，那些歌都不錯，充滿感情，又幽默又細膩。我有生以來一直想跟一個搞音樂的人上床──不，是談戀愛，我想要她在家裡寫歌，問問我對它們的看法，或許她會把某個我們的私密笑話寫進歌詞裡，然後在唱片封套上感謝我，也許，甚至還會把我的照片放在內頁裡，在背景某處，然後我可以在後台、在側舞台看她現場表演（雖然在洛德會看起來有點蠢，那裡沒有側舞臺，我一個人站在那裡，每個人都會看得一清二楚）。

那麼，茉莉那一邊很容易理解。蘿拉這檔事就需要多加說明，但我想，這回事應該是這樣子的，濫情音樂就是有種驚人的能耐，能將你帶回過去，同時又引領你進入未來，所以你感到懷舊同時又充滿希望。茉莉是充滿希望、未來的部分──也許不是她，而是某個像她，某個能讓我煥然一新的人（正是如此，我一向認為女人會拯救我，帶領我走向美好人生，她們能改變我並將我救贖）。蘿拉是過去的那個部分，一個我從前愛過的人，當我聽見那些甜美、黏膩的木吉他和弦重現我們在一起的時光，然後，在我發現以前，我們已經在車子裡唱著 *Sloop John B*❽的和聲，然後搞錯了曲調，然後大笑。我們在現實生活中從沒這樣子過。我們從沒在車子裡唱過歌，而且當我們搞錯某件事的時候也絕對笑不出來。這就是為何此刻的我實在千不該萬不該聽流行音樂。

今晚，這都無關緊要了。茉莉會在我轉身要走的時候，走過來問我要不要去吃點東西；或者我會回到家，而蘿拉就坐在那裡，啜

著茶緊張地等待我赦免她。這兩種白日夢聽起來一樣吸引人,但兩者都沒辦法讓我開心。

　　茉莉約一個小時後中場休息。她坐在舞臺上,咕嘟咕嘟地喝著百威啤酒,有個男的拿出一箱卡帶放在她身邊的舞臺上。卡帶要價五磅九十九分,但是他們沒有一分錢,所以實際上是六塊錢。我們全部都跟她買了一卷,然後嚇我們一跳的是,她跟我們說話。

　　「你們玩得還愉快嗎?」

　　我們點頭。

　　「那好,因爲我玩得很愉快。」

　　「很好。」我說,這似乎是我目前能做的最好表現。

　　我只有十塊錢,所以我像隻蝦子一樣站在那裡等那個男的撈出四磅零錢給我。

　　「你現在住在倫敦,對嗎?」

　　「是啊,事實上,離這裡不遠。」

　　「你喜歡嗎?」巴瑞問她。問得好。我就不會想到這點。

　　「還可以。嘿,你們大概是那種找得到門路的人。這附近有什麼好的唱片行?還是我得到西區去?」

　　幹嘛覺得被冒犯了?我們就是那種知道哪裡有好唱片行的人。那就是我們看起來的樣子,而我們正是如此。

　　巴瑞跟狄克搶著說時差點摔倒。

　　「他開了一家!」

　　「他開了一家!」

　　「在哈洛威!」

　　「就在七姊妹路上!」

「冠軍黑膠片！」

「我們在那裡工作！」

「包你喜歡！」

「來看看！」

她被陣陣襲來的熱情惹得很開心。

「你們賣什麼？」

「什麼好東西都賣。藍調，鄉村，老式靈魂樂，新浪潮❾……」

「聽起來很棒。」

有人想跟她說話，所以她甜甜地對我們笑了笑然後轉過身。我們回到之前站著的地方。

「你們幹嘛跟她說店的事？」我問他們。

「我不知道那是機密，」巴瑞說：「我是說，我知道我們沒有顧客上門，但是我以為那是件壞事，而不是，經營策略。」

「她才不會花錢。」

「對，當然不會。所以她才會問我們知不知道哪裡有好唱片行。她只想來店裡浪費我們的時間。」

我知道我很傻，但我不要她來我店裡。如果她到我店裡，我可能真的會喜歡上她，然後我會無時不刻都在等著她上門來，然後當她真的上門時我會緊張得笨手笨腳，然後可能會演變成用一種拙劣、繞圈子的方式約她出去喝一杯。然後不是她搞不懂我在幹嘛，讓我覺得像個白癡，就是她當場拒絕我，讓我覺得像個白癡。表演完後在回家的路上，我已經在想她明天會不會來，如果她來的話會不會有別的意思，如果有別的意思，那是對我們三個當中哪一個別有居心，雖然巴瑞大概沒指望了。

幹！我痛恨這種事。到你幾歲它才會停止？

等我到家時有兩通電話留言，一通是蘿拉的朋友麗茲打的，一通是蘿拉打的。內容是這樣的：

1. 洛，我是麗茲。只是打電話來看，嗯，看你好不好。有空給我電話。嗯……我沒有站在誰那邊。還沒有。祝好。再見。

2. 嗨，是我。我需要一些東西。你能不能早上打電話到我辦公室？謝了。

瘋子可以從兩通電話讀出各種訊息；正常人會得到以下結論：第一個打來的人比較溫和有感情，第二個才不管你死活。我可沒瘋。

5

一早我就打給蘿拉。撥著電話號碼，我覺得不舒服，當接線生幫我轉過去時，我就更不舒服了。她一向認得我，但現在她聲音裡一點感情也沒有。蘿拉想在週六下午，在我去上班的時候，過來拿幾套內衣褲，我沒意見；我們本該就此打住，但我試著談點別的事，她不想，因為她正在工作，但我一意孤行，她哭著掛我電話。我覺得自己活像個蠢蛋，但我克制不住自己。我辦不到。

如果她知道我同時因為茉莉要來店裡而神經緊繃，我懷疑她會說什麼？我們剛通過電話，我表示她把我的生活搞得一團糟，就在通話的幾分鐘內，我深信不疑。但現在——我可沒發愣也沒對自己不滿——我操心的反倒是我該穿什麼衣服，我該留點鬍髭還是刮乾淨才會比較好看，還有今天店裡該放什麼音樂。

有時候男人要評斷他自己的良善，他自己的正派作風，唯一的

方式似乎就是透過他跟女人——或者說，跟潛在以及現任性伴侶——的關係。要對你的性伴侶好很容易。你可以請他們喝酒，幫他們錄卡帶，打電話問他們好不好，有數不清迅速又不費氣力的法子可以讓你自己變成一個**好男人**。但是，談到女朋友，要一直維持高尚情操可就微妙得多。你一會兒表現正常，刷著廁所馬桶表達你的感情，做那些現代男性全部該做的事；不一會兒，你處心積慮擺個臭臉，口是心非說著甜言蜜語。我真搞不懂。

正午過後我撥個電話給麗茲。她對我很好。她說她很遺憾，她認為我們倆是很好的一對，說我幫蘿拉很多，給她生活的重心，讓她走出她自己，使她享受歡樂，幫她成為一個更好、更平和、更放鬆的人，讓她對工作之外的事物產生興趣。麗茲不會這樣說話，只是比照當時的對話——我再進一步轉述。但我認為，當她說我們是很好的一對的時候，這就是她話中的意思。她問我怎麼樣了，我有沒有照顧自己；她告訴我她不擔心這個叫做伊恩的傢伙。我們約好下星期找個時間碰面喝一杯。我掛了電話。

哪一個他媽的伊恩？

茉莉不久後走進店裡。我們三個都在。我正在放她的卡帶，當我看見她走進來的時候，我試圖在她留意到之前關掉，但我手腳不夠快，結果演變成就在她要開始談它的時候我把它關掉了，我沒辦法又把它打開，我滿臉羞紅。她笑出來。我走到儲藏室裡面不出來。巴瑞和狄克賣給她總共七十元的卡帶。

哪一個他媽的伊恩？

巴瑞衝進儲藏室。「我們剛剛上了茉莉在『白獅酒館』演出的貴賓名單，就這樣。我們三個。」

在半個小時內，我在一個我感興趣的人面前自取其辱，而且我

還發現到，我的前女友早有外遇。我不想知道「白獅」的貴賓名單。

「真是太好、太好了，巴瑞。『白獅』的貴賓名單！我們只要到普特尼再回來，這樣我們每個人都省了一張五英鎊的紙鈔。有個有影響力的朋友就是這樣，對嗎？」

「我們可以搭你的車去。」

「那不是我的車，對吧？那是蘿拉的。蘿拉開走了。所以我們得花兩個小時搭地鐵，要不然我們可以搭小型計程車❶，那會花我們，喔，每個人一張五英鎊的紙鈔。他媽的好極了。」

巴瑞聳聳肩，一副「你能拿這傢伙怎麼辦」的樣子，然後走出去。我覺得很抱歉，不過我什麼也沒對他說。

我不認識任何一個叫伊恩的人。蘿拉不認識任何一個叫伊恩的人。我們已經在一起三年了，我從沒聽她提過伊恩。她的辦公室裡沒有叫伊恩的。她沒有任何叫伊恩的朋友，也沒有任何女友有叫伊恩的男朋友。我雖不敢說她這輩子從來沒遇過叫做伊恩的人──大學裡總會有一個吧，雖然她唸的是女子學校──但我幾乎可以百分百肯定：自從一九八九年以來她就存活在一個沒有伊恩的宇宙裡。

然而這個近乎百分百的肯定伊恩之不存在論，只持續到我回到了家。在我們放郵件的窗台上，就在公用大門進來的地方，有三封夾雜在外賣菜單和叫車名片中的信件，一封帳單是我的，一封銀行明細是蘿拉的……還有一封電視租費的通知單是伊‧雷蒙先生的（他的朋友和，更貼切的說，他的鄰居，都叫他雷），這傢伙六星期前還住在樓上。

我走進公寓時全身顫抖，而且渾身不舒服。我知道是他，我看

見信的那一刻就知道是他。我記得蘿拉上去看過他幾次；我記得去年聖誕節他下樓來喝一杯的時候，蘿拉雖算不上是調情、但確實是超過絕對必要地撫弄了好幾次她的頭髮，而且笑得比絕非必要的還隨便。他會是她那一型——迷失的小男生，正確可靠，會照顧人，靈魂裡剛剛好帶有足以令人感興趣的憂鬱氣質。我以前就不怎麼喜歡他，我現在是他媽的恨死他。

多久了？多頻繁？我上一次跟雷——伊恩——說話，是他搬走那晚……那時候就有什麼了嗎？她是不是趁我出去的晚上偷溜到樓上？住在一樓的那對，約翰與梅蘭妮，知道這件事嗎？我花了很長的時間找他遞給我們的地址變更卡，但它不見了，不祥地，意味深長地，不見了——除非我已經扔了它，就沒了這種不祥的深長意味。（如果我找到了我該怎麼辦？打電話給他？到附近晃晃，看他是不是有人做伴？）

現在我開始記起一些事：他的吊帶褲，他的音樂（非洲、拉丁、保加利亞，任何當週流行的鳥爛世界音樂），他那歇斯底里、神經質、叫人抓狂的笑聲，時常污染走廊、非常難聞的烹飪氣味，留到太晚喝得太多離開時又太吵的訪客。我一點也想不起來他有什麼好。

上床就寢以前我設法摒除最糟、最痛苦、最令人困擾的回憶，直到我聽見現在住在樓上的女人大聲走來走去用力關衣櫥的門。這是最最糟糕的事，這件事會讓置身在我這種處境下的任何人（任何男人？）全身直冒冷汗：我們常聽他正在做……。我們可以聽見他發出的噪音，我們可以聽見她發出的噪音（他有過兩、三個不同的伴侶，當我們三個人——或我們四個人，如果你把雷床上的人也算進去的話——僅僅被幾平方公尺吱吱作響的地板和紛紛剝落的天花

板所隔開）。

「他做得有夠久的。」有一晚我這麼說，當時我們躺在床上醒著，眼睛瞪著天花板。「但願我也這麼幸運。」蘿拉說。那只是個玩笑。我們都笑了。哈哈，我們這樣笑，哈哈哈。我現在不笑了。從來沒有一個笑話會讓我感到這麼反胃，這麼驚惶，這麼沒安全感，這麼自哀自憐，這麼恐懼以及這麼地猜忌。

當女人離開男人，男人就會悶悶不樂（沒錯，終於，經過這些麻木不仁、愚昧的樂觀和聳聳肩一副誰在乎呀的姿態之後，現在我悶悶不樂——雖然我還是想被放在茉莉下張專輯的封套裡）。難道這就是全部的原因嗎？有時我這麼認為，有時我不。我經歷過這樣的階段，在查理和馬可的事情後，我想像他們在一起，做那件事，查理的臉龐因激情而扭曲，一種我永遠無法喚起的激情。

我該說，即使我不想說出口（我想咒罵我自己，為自己感到悲哀，公布我的短處——這是在這種時刻做的事），我認為**這方面**的事情沒問題。我認為。然而在我可怕的想像中，查理就跟色情片裡的任何角色一樣淫蕩喧嘩。她是馬可的玩物，她對他的每個愛撫都報以高潮時的歡愉驚叫。在我腦中，世界上有史以來從沒有任何女人的性愛比查理跟馬可的性愛來得美妙。

不過那不算什麼。那在現實中沒有任何基礎。就我的認知，馬可和查理的戀情根本沒有結果，而查理花費接下來十年的時間試圖——但不幸地失敗了——找回我們共享的那些平靜、含蓄的銷魂夜晚。然而，我知道，伊恩算是個魔鬼情人，蘿拉也知道。我可以聽得一清二楚，蘿拉也是。事實上，那讓我很惱火，我以為她也很惱火。現在我不確定了。這是她上去的原因嗎？難道她想要來一點就在樓上進行的東西？

我不太確知爲什麼這個這麼要緊？伊恩可以比我更會說話，更會做菜，更會工作，更會做家事，更會存錢，更會賺錢，更會花錢，更了解書本或電影；他可以比我更討人喜歡，更好看，更聰明，更乾淨，更慷慨大方，更樂於助人，一個在你想得到的任何方面都要更好的人類，然而我都不在意。眞的。我接受並且了解你不可能樣樣都行，而我在某些非常重要的領域裡出奇可悲地笨拙。但是性不一樣；知道下一任的床上功夫比你好實在教人無法忍受，而我不知道爲什麼。

我很明白這實在蠢斃了。我知道，譬如說，我做過最棒的性愛並不重要，我做過最棒的性愛是跟一個叫柔希的女孩，我只跟她睡過四次。這是不夠的（我是指美妙性愛，不是那四次，那四次已經太多）。她把我搞瘋，我也把她搞瘋，而我們有本事同時達到高潮的這件事（這一點，在我看來，就是大家談到美妙性愛時指的東西，無論露絲博士❷會跟你說什麼分享，體貼，枕邊細語，變換花樣，體位和手銬等等的）也不算。

那麼是什麼讓我對「伊恩」和蘿拉在一起這麼感冒？爲什麼我這麼在意他能做多久，我能做多久，她跟我在一起發出什麼噪音，還有她跟他在一起又發出什麼噪音呢？也就是，我猜想，到最後，我還是聽得到克里斯‧湯森，那個野蠻、雄性激素過旺的中學四年級姦夫，罵我是笨蛋，告訴我他上了我女朋友。而那個聲音至今還會讓我感覺很糟。

晚上的時候，我做了那種不算眞正是夢的夢，我夢到蘿拉跟雷打炮，馬可跟查理打炮，而我很高興在半夜醒過來，因爲這表示夢境終止了。但是欣喜只持續了幾秒鐘，然後事情又潛入腦海，就是

在某處蘿拉眞的在跟雷打炮（也許不一定是現在，因爲現在是凌晨三點五十六分，不過由於他的精力——他的無力達到高潮，哈哈——你可說不準），而我在這裡，在這個愚蠢的小公寓，孤家寡人，而且我三十五歲了，我有一個快倒店的小生意，我的朋友根本不算朋友，只是我還沒搞丟電話的人。如果我倒頭再睡，睡他個四十年，然後牙齒掉光了聽著「旋律電台」❸醒在一所老人院裡，我也不會這麼憂慮，因爲最壞的人生，也就是，剩下的日子，就要完了。我甚至用不著自我了斷。

我才剛剛開始意識到有某件事在某處進行是很重要的，工作或家庭，否則你只是混吃等死。如果我住在波士尼亞，沒有女朋友不會看起來像是世界上最嚴重的事，不過在克勞許區這裡，就是這樣。你需要最大量的壓艙物來防止你漂流走；你需要身邊有人，有事情進行，不然的話人生就會像有些電影：錢花完了，沒有場次，沒有拍攝場景地點或配角，只有一個傢伙獨自一人瞪著攝影機，沒事可做也無人可談，有誰會信服這樣的角色？我必須要在這裡面找到更多東西，更多喧鬧，更多細節，因爲此刻我有掉下懸崖的危險。

「你有沒有靈魂❹？」隔天下午有一個女人問我。那要看情況，我眞想這麼說；有些時候有，有些時候沒有。幾天前我一點都沒有；現在我有好幾卡車，太多了，超出我能應付的程度。我想這麼告訴她：我希望我能把它分散得平均一點，找到好一點的平衡，但是我似乎無法解決這點。不過我看得出來她對我的內在庫存控管問題不感興趣，所以我直接指向我保管我的靈魂（樂）的地方，在出口的地方，就在憂鬱（藍調）❺旁邊。

就在蘿拉走後正好一星期，我接到一個女人從青木區打來的電話，說她有些她覺得我會有興趣的單曲。我通常不理會住家大掃除，但這個女人似乎知道她在說什麼：她嘟噥說著白標唱片和圖片封套還有一堆別的東西，顯見我們談的不只是她兒子離家時留下來半打左右刮花的「電光交響樂團」❶唱片。

她的房子巨大無比，那種好像從倫敦別的區晃蕩到青木區的房子，而且她不太友善。她四十幾快五十歲，有一身人工日照的古銅色皮膚，還有啓人疑竇、光滑緊繃的臉孔；雖然她穿著牛仔褲和T恤，但是在牛仔褲標示李維先生（Mr. Levi）或是藍哥先生（Mr. Wrangler）的大名處寫著一個義大利人的名字，還有那件T恤前面鑲著一大堆珠寶，排列成CND的形狀。

她笑也不笑，也不端杯咖啡給我，也不問我房子好不好找，儘

管冰冷的滂沱大雨讓我連眼前的地圖都看不見。她只是帶我到大廳旁的一間書房裡，打開電燈，指向放在頂層架子上的單曲唱片──有好幾百張，全都放在訂做的木箱裡──留我一個人開始動手。

沿牆的架上沒有一本書，只有專輯、CD、卡帶和音響設備，卡帶上有小小的號碼標籤，這向來是一個認真的人的所做所為。牆壁上靠著幾把吉他，還有一些電腦看起來可以做些音樂的東西，如果你有那方面的傾向的話。

我爬到椅子上開始把單曲箱拿下來。一共有七、八個，雖然放到地板上時，我試著不去看裡面有什麼，但我瞄到一眼最後一箱的第一張，那是詹姆士・布朗在「國王唱片」❷時期的單曲，有三十年之久，我開始因期待而坐立難安。

當我開始仔細察看，我馬上看出這是自從我開始蒐集唱片以來，一直夢想釣到的大魚。其中有「披頭四」歌迷俱樂部專屬的單曲，還有「誰」合唱團（**The Who**）最開始的一疊單曲，還有貓王六〇年代早期的原版，還有成堆稀有的藍調和靈魂樂單曲，還有……還有一張「性手槍」在A&M旗下時出的《天佑女王》（*God Save the Queen*）！我從來沒有親眼見過！我甚至從來沒有看過有哪個人親眼見過！還有，噢不、噢不、噢老天爺──奧提斯・瑞汀❸的 *You Left The Water Running*（《你讓水流不停》），他死後七年才出版，馬上遭他的遺孀要求下架，因為她沒有……。

「你覺得怎麼樣？」她靠在門框上，雙手交叉，對我臉上做出來的各種荒唐好笑的表情，微微一笑。

「這是我見過最棒的收藏。」我不知道能給她什麼。這堆肯定值個至少六、七千塊大洋，而她很清楚。我到哪裡去找那麼多的錢？

「給我五十塊，你今天就能拿走每一張唱片。」

我望著她。我們現在正式進入**玩笑狂想王國**，那裡有小個子的老太太付一大筆錢給你，說服你幫她運走昂貴的戚本德（Chippendale）家具。只不過我不是跟小個子的老太太打交道，而且她完全了解這批貨遠比五十元值錢許多。到底怎麼一回事？

「這是偷來的嗎？」

她笑了。「不值得我這麼做，不是嗎？把這幾大箱東西費力地從別人的窗口拖出來，只為了五十塊？不是，這些是我老公的。」

「你現在跟他處得不太好？」

「他現在跟一個二十三歲的在西班牙。我女兒的朋友。他居然他媽的有臉打電話來開口借錢，我拒絕了，所以他要我賣掉他的單曲收藏，然後看我賣了多少，寄張支票給他，扣除百分之十的佣金。這倒提醒我。你能不能給我一張五磅的鈔票？我要把它裱起來掛在牆上。」

「他一定花了很久才蒐集到這些。」

「經年累月。這項收藏算是他最類似於成就的一件事。」

「他工作嗎？」

「他自稱是音樂人，但……」滿臉不可置信與輕蔑，她皺著眉頭：「他只不過是寄生在我身上，然後坐在他的大屁股上望著唱片標籤。」

想像你回到家發現你的貓王單曲，你的詹姆士‧布朗單曲和你的查克‧貝瑞❹單曲就只為了洩恨而被賣掉。你會怎麼辦？你會怎麼說？

「聽著，我難道不能付你一個適當的價錢？你不必告訴他你拿到多少。你還是可以寄四十五塊去，然後把其他的花掉。或捐給慈

善機構，或什麼的。」

「那不是我們的協定。我想心狠手辣，但非常光明正大。」

「很抱歉，不過這實在……我不希望捲入其中。」

「隨便你。還有一大票人會願意。」

「是，我知道。這就是我為什麼想找個折衷的方法。一千五百元怎麼樣？這些大概值四倍的錢。」

「六十。」

「一千三。」

「七十五。」

「一千一，這是我的底限了。」

「超過九十塊我一毛也不拿。」我們兩個都笑了。去哪找這種討價還價的場面呢？

「這樣他就只有夠回家的盤纏，明白了吧。這才是我想要的。」

「很抱歉，不過我想你最好找別人談。」等我回到店裡，我會嚎啕大哭，我會像個嬰兒一樣哭上一個月，不過我就是沒辦法讓自己從這傢伙背後捅一刀。

「隨便你。」

我站起來想走，然後又跪下來，我只想再看一眼，那充滿眷戀的一眼。

「我可不可以跟你買這張奧提斯‧瑞汀的單曲？」

「當然。十分錢」

「拜託。請讓我付你十塊錢，剩下的你要全部送人我也管不著。」

「好吧。因為你特地大老遠跑來，而且因為你是個有原則的人。不過僅止於此。我不會一張一張賣給你的。」

所以我到青木區去，帶回來一張狀況良好的《你讓水流不停》，僅僅只花了我十塊錢。不算壞的晨間差事。巴瑞和狄克會肅然起敬。不過如果他們發現裡面有貓王、詹姆士・布朗、傑利・李・路易斯❺、「性手槍」和「披頭四」，以及其他稀珍的話，他們立刻會深受危險性的創痛和驚嚇，然後我還得安慰他們⋯⋯。

　　我怎麼到最後竟靠到了壞人這一邊？那個男人丟下老婆跟一個辣妹跑到西班牙。我為什麼無法讓自己體會做為他太太的人的感受呢？也許我該回家把蘿拉的雕像賣給某個想把它打碎做破銅爛鐵的人，這說不定會讓我好過一點。但我知道我不會。我眼前浮現的全是那個男人接到那張淒慘的支票時的臉，我不由自主地為他感到哀痛，為他感到逾恆的遺憾。

　　如果能報告說人生充滿這類刺激的事應該很不錯，不過並非如此。狄克信守他的承諾，錄了「甘草夾心糖」的第一張專輯給我；吉米與賈姬・寇克希爾暫時停止爭吵；蘿拉的媽媽沒打電話來，但我媽打來了，她認為如果我去上些夜間部的課，蘿拉會對我比較感興趣，我們同意彼此意見不合，或者不管怎麼說，我掛了她電話。而狄克、巴瑞和我搭小型計程車到「白獅」去看茉莉，而且我們的名字的確在貴賓名單上。車資剛剛好十五元，不過不包括小費，而且啤酒一杯要兩磅。「白獅」比「洛德」小，所以它是半滿，而非空個三分之二，好多了，他們甚至有暖場表演，某個認為世界在凱特・史蒂文斯❻唱的 *Tea For The Tillerman*（〈舵手之茶〉）之後就終結的本地爛歌手，連聲大爆炸都沒有，只悶哼了一下。

　　好消息：1）在唱 *Baby, I Love Your Way* 的時候我沒哭，雖然我覺得有點不舒服；2）我們的名字被提到：「我看到台下的是巴瑞和狄克和洛嗎？真高興看到你們，各位。」然後她對觀眾說：「你們

去過他們的唱片行嗎？位居北倫敦的『冠軍黑膠片』？你們應該去看看。」大家轉過頭來看我們，而我們害臊地望著彼此，巴瑞興奮地幾乎要咯咯笑，那個白癡；3）我還是想登上專輯封套某處，雖然早上醒過來時我難受得要命，因為我大半夜都在抽剩下菸蒂捲成的菸，喝香蕉利口酒，想念蘿拉（這算好消息嗎？也許是壞消息，絕對是，我已經瘋了的最後證明，但算好消息，因為我還算有某種程度的抱負，「旋律電台」不會是我未來的唯一願景）。

壞消息：1）茉莉找了個人來跟她一起唱安可曲，一個男的。這人用一種我不喜歡的親暱跟她一起分享麥克風，然後唱著 *Love Hurts* 的和聲，唱歌時望著她的神情表示他上專輯封套的排名在我之前。茉莉看起來還是像蘇珊・黛，而這個傢伙 —— 她介紹他：「丁骨・泰勒，德州藏得最好的祕密」—— 看起來則像「霍爾與奧茲」二重唱❼裡的戴洛・霍爾美男版，如果你想像得出竟有這種生物的話。他有一頭金色長髮，顴骨，而且身長足足超過九呎，但他也有肌肉（他穿著一件牛仔背心，而且裡面沒穿襯衫），還有一副嗓音足以讓健力士黑啤酒廣告裡的男人聽起來都像娘娘腔，聲音低沉到彷彿轟的一聲墜落在舞臺上，像顆加農砲一樣滾向我們。

我知道我的性信心此刻並不高，同時我知道女人不一定會對金色長髮，顴骨，高度感興趣；有時候她們想找深色短髮，扁平顴骨和寬度，但即便如此！看看他們！蘇珊・黛和戴洛・霍爾！交織著 *Love Hurts* 赤裸裸的旋律歌詞！他們的唾液幾乎快混在一起了！還好前幾天她到店裡時我穿著我最愛的衣服，不然我連一點機會都沒有。

沒有其他壞消息了。就這樣。

當演出完畢時我拎起地板上的夾克準備離開。

「現在才十點半，」巴瑞說：「我們再喝一杯。」

「如果你想要就去吧，我要回家了。」我才不想和一個叫丁骨的人喝一杯，不過我感覺到那正是巴瑞的意圖。我感覺得到跟一個名叫丁骨的人喝一杯，將會是巴瑞這十年來的最高榮幸。「我不想掃你們的雅興，我只是不那麼想留下來。」

「連半小時都不行嗎？」

「真的不行。」

「你等一下。我去撒泡尿。」

「我也是。」狄克說。

他們一走，我就快步離開，叫了一輛黑色計程車。簡直太好了，在你心情沮喪時；你可以隨心所欲幹壞事。

想待在家，守著你的唱片收藏難道是犯了天大的錯？蒐集唱片跟蒐集郵票或啤酒墊或古董頂針器不一樣。這裡面有一整個世界，一個比我所存活的世界更好、更骯髒、更暴力、更祥和、更多采多姿、更墮落、更危險、更友愛的世界。裡面有歷史，有地理，有詩歌，有無數我該在學校學的其他東西，包括音樂。

當我回到家（二十塊，普特尼到克勞許區，沒給小費），我給自己泡了一杯茶，插上耳機，然後挖出我所有的巴布·狄倫和皇帝艾維斯每一首關於女人的憤怒情歌，然後當我聽完那些，我聽尼爾·楊的現場專輯直到我的頭因為共震回音而嗡嗡作響，然後當我聽完尼爾·楊，我上床望著天花板，這再也不是從前那種做夢般的中性舉動。這是個玩笑，不是嗎？全部那些茉莉的事？我愚弄自己說有件事可以讓我轉移目標，完成一個輕鬆、無痕的過渡期。我現在看清了。當事情已經發生後我可以看清一切──我對過去非常在

行。我搞不懂的是現在。

我上班晚到，狄克已經幫麗茲留話給我，要我趕緊打電話到她工作的地方。我一點也不想打電話到她工作的地方。她想要取消我們今晚的約會，而我知道為什麼，而且我不讓她這麼做。她得當著我的面取消。

我要狄克回電話給她，告訴她他忘了我今天都不會進來——我到高徹斯特參加唱片展，然後為了晚上的約會專程趕回來。沒有，狄克沒有可以找到我電話號碼。沒辦法，狄克不認為我會打電話回店裡。我接下來整天都不接電話，以免她試圖逮到我。

我們約好了在坎登見面，在公園路一家安靜的「楊家酒館」（Youngs pub）。我早到了，不過我帶了《號外》在身上，所以我點了啤酒和腰果坐在角落，研究該去看哪部電影，如果我找得到人一起去的話。

跟麗茲的約會沒花上多少時間。我看見她重重地踩步走向我的桌子——她人很好，麗茲，不過她很魁梧，而當她生氣的時候，好比現在一樣，她很嚇人——我試著微笑，不過我看得出沒有用，因為她氣到沒辦法這樣就回心轉意。

「洛，你是個他媽的混蛋。」她說，然後轉身走出去，隔壁桌的人盯著我。我臉漲得通紅，盯住《號外》然後喝了一大口啤酒，希望酒杯會遮住我羞紅的臉。

她說得對，當然了。我是個他媽的混蛋。

7

　　在八〇年代晚期，有幾年的時間，我在肯特許鎮一間舞廳當DJ，我就是在那裡遇見蘿拉的。它不怎麼像間舞廳，只是一間酒吧樓上的空間，其實，不過有半年的時間它很受某群倫敦人歡迎——那些近乎時髦，正點，穿著黑色501牛仔褲和馬汀大夫鞋的一群人，常常成群結隊從市場移動到「城鎮與鄉村酒吧」到「丁牆」❶到「電力舞廳」❷到「坎登廣場」。我認為，我是個好DJ。不管怎麼樣，群眾似乎很開心；他們跳舞，待到很晚，問我哪裡可以買到我放的一些唱片，然後週復一週地回來。我們叫它「葛魯丘俱樂部」，因為葛魯丘·馬克斯❸說他不會加入一個會收他這種人為會員的俱樂部；後來我們發現在西區某處有另一家「葛魯丘俱樂部」，但是似乎沒有人搞混哪一家是哪一家（順道一提，「葛魯丘」前五名填滿舞池的曲子：「史摩基羅賓遜與奇蹟」〔**Smokey**

Robinson & the Miracle〕的 *It's A Good Feeling*〔〈感覺眞好〉〕，巴比·布蘭德❹的 *No Blow No Show*〔〈無風不起浪〉〕，珍·奈特❺的 *My Big Stuff*〔〈大個子〉〕，「傑克森五兄弟」❻的 *The Love You Save*〔〈你珍藏的愛〉〕，唐尼·海威瑟❼的 *The Ghetto*〔〈街坊〉〕）。

　　而我愛極了、愛極了這份工作。放眼望去滿屋子的腦袋隨著你挑選的音樂而搖擺起舞，實在是一件振奮人心的事，俱樂部很熱門的半年內，是我有生以來最快樂的時光。那是我唯一一次眞的有衝勁的感覺，雖然我後來明白那是一種假的衝勁，因爲它根本不屬於我，而是屬於音樂。任何人把他們最愛的舞曲唱片在一個人很多的地方大聲放出來給那些付錢進門的人聽，都會感受到一模一樣的情境。畢竟，舞曲，就是要有衝勁——我不過是搞不清楚狀況。

　　總之，我就是在這段時期中間遇到蘿拉，在一九八七年的夏天。她認爲她已經到過俱樂部三、四次，我才注意到她，很有可能是眞的——她很嬌小，苗條，而且漂亮，有點席娜·伊斯頓❽在經過好萊塢包裝以前的味道（雖然她看起來比席娜·伊斯頓來得強悍，一頭激進派律師的沖天短髮和她的靴子，以及她那清澈得嚇人的藍眼睛），不過那裡有更漂亮的女人，而當你無所事事隨便看看的時候，你看的都是最漂亮的。所以，在第三或第四次，她來到我小小的DJ台跟我說話，我立刻就喜歡上她：她求我放一張我很喜愛的唱片（如果有人想知道的話，那是所羅門·柏克〔Solomon Burke〕的 *Got To Get You Off My Mind*〔〈把你趕出我心田〉〕），但每次我一試著放，都會讓舞池淨空。

　　「我以前放的時候你在嗎？」

　　「在啊。」

　　「你應該有看過會出什麼狀況吧。他們會準備好要閃了。」

那是一首三分鐘的曲子，結果我必須在一分半左右換歌。我換成瑪丹娜的 *Holiday* [9]；在緊急的時刻，我偶爾會放一些流行的東西，就像那些相信順勢療法的人有時會使用傳統醫藥，雖然他們並不贊成。

　　「這次他們不會的。」

　　「你怎麼知道？」

　　「因為這裡一半的人是我帶來的，我保證會讓他們跳下去。」

　　所以我就放了，蘿拉和她的同伴們的確湧入舞池，不過隨後他們一個接一個下了場子，邊搖頭邊笑。這首歌很難跳，它是首不快不慢的節奏藍調，而前奏走走停停。蘿拉鍥而不捨，雖然我想看她能否勇敢地撐到最後，不過大家都不跳舞讓我很緊張，所以我趕快放了 *The Love You Save*（〈你珍藏的愛〉）。

　　她不隨著「傑克森五兄弟」的歌跳，她大步向我邁進，但是她笑得闔不攏嘴而且說她不會再點了。她只想知道哪裡可以買到那張唱片。我說如果她下星期再來，我會錄一卷卡帶給她，她看起來非常開心。

　　我花了好久才錄好那卷帶子。對我而言，錄一卷卡帶就像寫一封情書——大量的刪刪改改，重新構思，然後重新開始，而我求的是一個好結果，因為……老實說，因為我開始當 DJ 以來還沒遇過像蘿拉這麼有希望的對象，而遇見有希望的女人正是幹 DJ 這行應該包括的一部分。一卷好的合輯卡帶，就跟分手一樣，是很難辦到的。你必須要用驚人之舉來開場，抓住注意力（我本來用 *Got To Get You Off My Mind* 開始，但是隨即想到如果我馬上給她她想要的，她可能只停在第一面第一首，所以我把它藏在第二面的中間），接著你要把它調高一檔，或降低一檔，而且你不能把白人音樂和黑

人音樂放在一塊，除非那首白人音樂聽起來像黑人音樂，而且你不能把同一個歌手的兩首歌並置，除非你全部都是成雙成對，而且……啊，規矩一大堆。

總之，這卷卡帶我一錄再錄，我還有幾卷最早的試聽帶不知道丟在公寓那裡，再從頭到尾檢查時用來調整變換的母帶。然後到了星期五晚上，俱樂部之夜，當她向我走來時，我把它從夾克口袋裡亮出來，然後我們就從那裡繼續下去。那是個很好的開始。

蘿拉以前是，現在也是，律師，雖然當我認識她的時候，她是個跟現在不一樣的律師；那時候，她在一家法律援助事務所工作（因此，我猜，跳舞和穿黑色賽車皮夾克）。現在，她在一家市中心的律師事務所上班（因此，我猜，餐廳，昂貴的套裝，沖天短髮消失不見了，以及先前不露痕跡令人討厭的尖酸刻薄口氣），不是因為她經歷任何政治主張的轉變，而是因為她被裁員，而且找不到任何法律援助的工作。她必須接下這份年薪五萬四千磅的工作，因為她找不到年薪兩萬以下的；她說這是關於柴契爾主義❿你唯一需要知道的事，我想她說的有點道理。她找到新工作後人就變了。她向來很專注，但是，以前，她的專注有地方發洩：她可以擔心租屋者的權益，劣質房東，和住在沒有自來水房舍裡的兒童。現在她只對工作專注——她賺多少錢，她承受的壓力，她的表現，她的同伴怎麼看她，那一類的事。然後當她對工作不那麼專注時，她很專注在自己為什麼對工作，或這一類的工作，不專注。

有時候——最近比較沒有了——我可以做些事或說些話，好讓她抽離自己，那是我們最合得來的時候；她常常會抱怨我「永無止境的平庸」，不過自有它的用處。

我從來沒有瘋狂地熱戀她，這點曾經讓我對長期的未來展望感

到擔憂，我以前認為——不過看看我們收尾的樣子，也許我還是這麼認為——所有的愛情都需要熱戀帶來的那種猛烈碰撞，才能讓你發動，並把你推過路障。當碰撞的能量消逝，而你抵達近乎停滯之際，你環顧周遭，看你還剩下什麼。有可能是完全不一樣的東西，有可能是差不多相同的東西，但是更溫和平靜，或者有可能一無所有。

跟蘿拉在一起，我對這種過程的想法有一陣子完全改觀。我們兩個都沒有失眠的夜晚，或失去胃口，或等待電話鈴響的焦躁不安。但不管怎樣，我們就這樣繼續下去，何況，因為沒有激情可以消逝，所以我們從來不用環顧周遭去看到底還剩下什麼。因為我們剩下的跟我們一直以來所擁有的一模一樣。她沒有搞得我很悽慘，或很焦慮，或神經緊張，而當我們上床的時候，我沒有慌了手腳讓我自己垂頭喪氣，如果你懂我的意思的話，我想你懂。

我們常常約會，她每個星期都到俱樂部來。當她失去她在雅曲威公寓的租約時，她搬來跟我住，而一切都很好，有好幾年都是這樣。如果我很遲鈍的話，我會說錢改變了一切，當她換了工作，她突然間有了很多錢，而我丟了俱樂部的工作，再加上景氣不好，使得過路人對我的店似乎過而不見，我口袋空空。當然這種事讓生活變得更複雜，而且還有很多重新調整要考量，很多架要吵，很多界線要劃清。不過說真的，不是因為錢的關係。是因為我。就像麗茲說的，我是個混蛋。

我跟麗茲約好在坎登喝一杯的前一晚，麗茲跟蘿拉約了見面吃飯，麗茲為了伊恩的事把蘿拉教訓了一頓，而蘿拉並不打算為自己做任何辯護，因為那表示要說我的不是，而她有一種強大但偶爾不智的忠貞感（拿我來說，就不可能克制得了我自己）。但是麗茲訓

過了頭，以至於蘿拉發飆，所有有關我的劣事便滔滔不絕地湧出，然後她們倆都哭了，而麗茲為了說錯話跟蘿拉道歉了五十到一百次。隔天麗茲發飆，試著打電話給我，然後大步走到酒館裡對我破口大罵。當然，這些事我都無法確定。我跟蘿拉根本沒聯絡，而麗茲跟我只有短暫而不快地晤面。但是，即便如此，不需要對相關的人物有多麼深入的見解就能猜到這些。

我不知道蘿拉確切說了些什麼，但是她至少會揭露兩點，或者甚至底下全部四點：

1) 我在她懷孕時跟別人上床。
2) 我的外遇直接導致她墮胎。
3) 在她墮胎後，我跟她借了一大筆錢到現在還沒還。
4) 就在她離開前不久，我告訴她我在這段關係裡並不快樂，我也許會想找別人。

我說了或做了這些事嗎？沒錯，我是。有沒有不那麼嚴重的情形？應該沒有，除非任何情形（換句話說，來龍去脈）都能被視為不嚴重。在你下判斷前，雖說你可能已經下了判斷，走開，然後寫下你曾對你的伴侶所做過最壞的四件事，就算是假設——特別是假設——你的伴侶並不知道。別加以粉飾，或試圖解釋；寫下來就是，列成條目，用最平鋪直敘的語言。寫完了嗎？好，現在看誰才是混蛋！

「你他媽的跑哪裡去了？」當巴瑞星期六早上來上班的時候我問他。我從我們去看茉莉在「白獅」的表演後就沒見過他——沒有電話，沒有道歉，什麼都沒有。

「我他媽的跑哪裡去了？我他媽的跑哪裡去了？天哪！你真是個混蛋。」巴瑞彷彿在解釋似的這麼說。「對不起，洛。我知道你最近不太順心，你遇到了麻煩事，不過，你曉得的。那晚我們他媽的花了好幾個小時找你。」

「好幾小時？超過一小時？至少兩小時？我十點半走，所以你們到十二點半才放棄，對嗎？你們一定一路從普特尼走到渥平。」

「別當個伶牙俐嘴的混蛋。」

總有一天，也許不是接下來幾個禮拜內，但一定會是在可預見的未來，有人提到我的時候可以不用在句子裡加上混蛋兩個字。

「好吧，抱歉。不過我敢說你們找了十分鐘，然後就跟茉莉還有某某人，丁骨，喝酒去了。」

我痛恨叫他丁骨。這樣叫令我牙根發軟，就像你不過要個漢堡，你卻得說**巨型多層牛肉堡**，或者當你不過想要一片蘋果派時，卻得說**老媽的家常點心**。

「那不是重點。」

「你玩得愉快嗎？」

「好極了。丁骨曾在兩張蓋・克拉克❶的專輯和一張吉米・戴爾・吉摩❷的專輯演出。」

「帥呆了。」

「噢，滾蛋啦。」

我很高興今天是星期六，因為我們還算忙碌，巴瑞跟我用不著找話說。當狄克泡咖啡時，我在儲藏室找一張雪莉・布朗（Shirley Brown）的單曲，他告訴我丁骨曾在兩張蓋・克拉克的專輯和一張吉米・戴爾・吉摩的專輯演出。

「而且你知道嗎？他人好得不得了。」他加了一句，驚訝於某個達到這種令人頭暈目眩巔峰的人能夠在酒館跟別人做幾句文明的交談。不過這種員工間的互動差不多就到這裡為止。有太多其他人可以說話了。

雖然有很多人進店裡來，只有一小部分的人會買東西。最好的顧客是那些星期六一定得買張唱片的人，即便沒有任何他們真正想買的；除非他們回家時拎著一個扁平、四四方方的袋子，否則他們就會渾身不暢快。你可以馬上認出誰是唱片迷，因為當他們受夠了正在翻看的那個架子後，他們大步走到店裡完全不同的一區，從中間拉出一張唱片封套，然後來到櫃檯前；這是因為他們腦海中早已

經列好一張可能購買的明細（「如果我五分鐘內再找不到的話，那張我半小時前看到的藍調合輯就湊合著用。」），然後突然間爲了自己浪費這麼多時間在找一些不是自己眞正想要的東西時，就會感到不耐煩。我很清楚這種感覺（這些人是我的同路人，我了解他們超過了解世界上任何人），那是一種坐立難安、病態、驚慌失措的感受，然後你跟跟蹌蹌走出店門。你走得比平常快得多，試圖挽回已經流逝的時光，然後通常你會有股衝動想去讀報紙的國際新聞版，或是去看一部彼得・格林那威❸的電影，去消耗一些結實飽滿的東西，把它們塡在滿腦袋瓜都是棉花糖般空洞的無用感上方。

我喜歡的另一種人則是被迫來找某個困擾他們，令他們分心的曲調，這個曲調在他們追著公車時可以在呼吸裡聽得見，或者開車回家時可以在雨刷的節奏裡聽見。有時候分心的原因平凡而易見：他們在廣播、或是在舞廳聽到。不過有時候彷彿像魔術變出來的一樣。有時候發生的原因只是因爲太陽出來了，然後他們看見某個帥哥美女，然後他們忽然發現自己哼著一小段他們十五、二十年沒聽過的歌；有一次，一個傢伙跑來因爲他夢見一張唱片，全部細節，曲調、名稱、藝人。當我幫他找到時（那是一張老雷鬼唱片，「典範」合唱團❹的 *Happy Go Lucky Girl*），那張唱片跟在他睡夢中裡顯現的差不多一模一樣，他臉上的表情讓我覺得我好像不是一個開唱片行的人，而是個產婆，或是個畫家，那種生活向來超凡絕俗的人。

在週六你可以很清楚看出狄克和巴瑞的用處。狄克就跟一個小學老師一樣耐心一樣熱忱一樣溫和：他賣給客人他們不知道自己想要的唱片，因爲他直覺知道他們應該買什麼。他聊聊天，在唱盤上放些音樂，然後很快地他們幾乎是不知不覺地掏出五塊錢，彷彿那

是他們打從一進門就要買的東西。巴瑞，同一時間，則是威脅顧客就範。他因為他們沒有「耶穌和瑪莉之鑰」合唱團❺的第一張專輯而羞辱他們，他們就買了，然後他因為他們沒有 *Blonde On Blonde* 而嘲笑他們，所以他們又買那張；當他們告訴他，他們從來沒聽過安・派柏絲❻，他因不可置信而勃然大怒，然後他們又買了一些她的東西。大多數週六下午四點鐘左右，當我幫我們每個人泡茶時，我有一點點陶陶然，也許是因為這畢竟是我的工作，而情況還算可以，也許是因為我為我們感到驕傲，也為了我們的天份——雖微小但奇特——我們將它發揮得淋漓盡致。

所以到了我要關上店門，我們像每週六一樣準備出去喝一杯時，我們又快快樂樂在一起；我們有一筆善意基金可以讓我們花在接下來幾個空洞的日子裡，然後到星期五的午餐時間會剛剛好花到一毛也不剩。事實上，在把客人趕出門後到我們收工之前，我們快樂到列出前五名皇帝艾維斯的歌（我選 *Alison*，*Little Triggers*，*Man Out of Time*，*King Horse* 和一首 Merseybeat❼風格版本的 *Everyday I Write The Book*，我有卷盜版卡帶，但不知道放哪裡去了，最後一首的曖昧性聰明地抵銷第一首的必然性，我認為，因而先行滅除巴瑞的嘲弄），況且，經過了整個星期的慍怒與爭執，能再度想想這種事感覺真的很棒。

但當我們走出店門，蘿拉已在門外等我，靠在分隔我們和隔壁鞋店的那道牆上，然後我想起這不該是我人生中感覺最愜意的一段。

9

　　錢的事很容易解釋：她有，我沒有，而她想要給我。這是當她的新工作做了幾個月，薪水開始一點一點在銀行裡堆起來的時候。她借我五千大洋；如果她沒這麼做的話，我早就破產了。我一直沒還她錢，因為我一直還不起，她搬出去而且跟別人在一起的事實並沒有讓我賺到五千大洋。前幾天在電話裡，當我刁難她說她把我的人生搞得一團糟時，她說了幾句有關錢的事，有關我是不是要開始分期還給她，而我說我會每個星期還一磅給她，還她一百年。就在那時她掛了我電話。

　　所以錢是那麼一回事。我告訴她說我在這段關係中不快樂，說我有點在找別的對象的那些話，是她逼我說出口的。她騙我說出口。聽起來很站不住腳，不過她真那麼做。當時我們正開誠布公對

談，然後她說，一副很理所當然的樣子，我們現在處於一個很不快樂的階段，而我同意；她問我是不是甚至想過要認識別人，我否認，而她笑了，而且說在我們這種情況下的人都會想去找別的對象，然後她說當然了，所以我承認我做過幾次白日夢。當時我以為那是一種**讓我們成熟面對人生不如人意**的對話，一種抽象、成人的分析；現在我知道我們談的是她跟伊恩，還有她誘騙我來赦免她自己。這是個卑鄙律師的陷阱，而我跌了進去，因為她比我聰明太多了。

我不知道她懷孕了，我當然不知道。她沒有告訴我，因為她知道我在跟別人交往（她知道我在跟別人交往是因為我這樣告訴她。我們以為我們在當大人，其實我們是荒謬的天真，甚至是幼稚，以為我們其中一個可以幹蠢事，並坦承這種越軌行為，而同時我們還住在一起）。我一直到好久以後才發現，那段時間我們處得很好，然後我說了一個有關生小孩的笑話，她突然大哭了起來。所以我逼她告訴我到底為什麼，她說了，之後我吵吵鬧鬧，自以為是，短暫而不智地發了一頓脾氣（就那些一般的話——那也是我的小孩，她有什麼權利，如此這般等等云云），直到她的不可置信和輕蔑使我閉嘴。

「你那時候看起來不像是個可靠的長期賭注，」她說：「我也沒那麼喜歡你。我不要生一個你的孩子。我不要去想那些會延伸到遙遠未來的可怕探訪權關係。而且我不要當單親媽媽。這個決定並不困難。沒有任何詢問你意見的必要。」

這些想法都很公平。事實上，如果那時候我懷了我的孩子，我也會為了一模一樣的原因去墮胎。我想不出我還能說什麼。

那天晚上，在我掌握新的資訊重新思考整件懷孕的事情後，我問她為什麼還堅持下去。

她思考了很長一段時間。

「因為以前我從沒堅持過，當我們開始交往時，我對自己發了個誓，我要至少撐過一次低潮期，至少看看會變成怎樣。所以我堅持下去。而且你對那個白癡女人柔希表現出那麼可悲的抱歉模樣……」──柔希，那個打過四炮、同步高潮、令人頭痛的女生，那個蘿拉懷孕時我跟她偷情的女生……「後來你好長一段時間都對我很好，那正是我需要的。我們的交往很深入，洛，這是因為我們已經在一起相當一段時間了。我不想一竿子把它打翻然後另起爐灶，除非我真的得這麼做。原因就是這樣。」

那我為什麼堅持下去呢？不是因為那麼高尚又成熟的理由（有什麼比堅持一段搖搖欲墜的感情，只因為希望能把它救起來更成熟的事呢？我這輩子從來沒做過這種事）。我堅持下去是因為：突然間，就在柔希事件告一段落之際，我發現自己再度強烈地被蘿拉所吸引，簡直像我需要柔希來幫蘿拉提味一樣。而我以為我會搞砸（我不知道當時她正在實行禁慾主義），我看得出她對我失去興趣，所以我拚了命要挽回她的興趣，當我挽回之後，我又再度完全對她失去興趣。這種事常常發生在我身上，我發現。我不知道該怎麼解決。這或多或少造成今天的局面。當整個令人遺憾的故事像這樣一大坨似的滾出來時，就算是目光最短淺的混帳，就算是最自我耽溺、自艾自怨、遭人拋棄、被人傷害的戀人，都可以看出這裡面有一種因果關係，墮胎和柔希和伊恩和金錢全屬於彼此，全都罪有應得。

狄克和巴瑞問我們要不要跟他們到酒吧喝杯小酒，但是很難想像我們圍著桌子一同嘲笑那個分不清艾柏特・金❶和艾柏特・柯林斯❷的客人（「當他檢查唱片上有沒有刮痕然後看到Stax的標籤時，他甚至都還沒搞懂。」巴瑞告訴我們，為了這前所未察的人類愚行的深刻程度而猛搖頭）。我很客氣地婉拒了。我以為我們要回公寓，所以我走向公車站，但是蘿拉戳了我的手臂一下，然後轉身找計程車。

　　「我付錢。搭二十九路回去不怎麼好玩吧，不是嗎？」

　　有道理。我們所需要的對話是在沒有傳達者的狀態能充分傳達清楚——連小狗，小鬼和提著巨大的約翰・路易斯（John Lewis）百貨公司袋子的胖子都沒有。

　　我們在計程車裡很安靜。從七姊妹路到克勞許區只要十分鐘車程，但這趟旅程極度不舒服又緊張又不愉快，以至於我覺得我這輩子都會記在心裡。天空下著雨，霓虹燈在我們的臉上映照出圖案；計程車司機問候我們今天過得可好，我們嘟噥了一聲，然後他用力關上隔板的小窗。蘿拉盯著窗外，我則鬼鬼祟祟地偷看她，試圖看出過去一星期以來，是否在她臉上露出任何端倪。她剪了頭髮，跟以前一樣，非常短，六〇年代的短髮，像米亞・法蘿❸一樣，只不過——我可不是要討人厭——法蘿要比她適合這種髮型。因為她的髮色很深，幾乎是黑色的，所以當頭髮很短的時候，她的眼睛幾乎占滿了整張臉。她沒有化妝，我認為這對我有利。這很清楚告訴我她憂心忡忡，心思渙散，難過到無法濃妝豔抹。這裡有個不錯的對稱性：許多年前，當我把錄有所羅門・柏克歌曲的卡帶給她時，她畫了很濃很濃的妝，比她平常畫的濃得多，也比她上星期畫的濃得多，當時我知道，或我希望，那也對我有利。所以說，你一開始時

得到很多，顯示事情很順利，很正面，很刺激，而到最後則空空如也，顯示事情沒希望了。挺乾脆的，不是嗎？

（但是後來，正當我們轉個彎到我那條路時，我開始為逼近眼前對話中的痛苦與困難感到慌張，我看到一個獨身女子，滿是週末夜的瀟灑，往某地去跟某個人，朋友，還是情人會面。而當我跟蘿拉住在一起時，我到底錯過了什麼？或許我錯過了某個人坐在公車、地鐵或是計程車裡，正在他們前往的路上，來跟我會面，或許稍做打扮，或許妝畫得比平常濃一些，或許甚至有點緊張；當我年輕時，了解到是我促成這些舉止，甚至只是搭個公車，都會讓我感激涕零。當你固定跟某人在一起，你不會那樣覺得，如果蘿拉想見到我，她只需要轉過頭，或從浴室走到臥室，而且她從來不會為了那段路打扮。當她回家，她回家是因為她住在我的公寓，而不是因為我們是戀人，而我們出去時，她有時打扮有時不打扮，端看我們去什麼地方，不過同樣的，那跟我一點關係也沒有。總而言之，這些不過為了說明車窗外我看到的那個女人，非常短暫地給了我啟發，也給了我安慰；也許我還沒老到無法激起一趟從倫敦一區移動到另一區的旅程，而且假使我真的還有機會約會，我會安排跟她在，譬如說，伊斯靈頓區見面，而她必須大老遠從斯多克紐文頓過來，一趟三、四英哩的路程，我會打自我這顆破舊的三十五歲的內心深處感激她。）

蘿拉付車錢給司機，我則打開大門，扭亮定時燈並招呼她進門。她止住腳步翻看窗台上的郵件，只是出於習慣動作，我猜，但當然啦她馬上就找自己的麻煩，當她翻閱著那些信封時，她看到伊恩的電視租費通知單，她猶豫了一下，只一秒鐘的時間，不過這已足以將我心中任何殘餘的懷疑痕跡抹去，我覺得很反胃。

「你要的話可以帶走。」我說，但是我沒辦法看她，她也沒看我。「省得我還要轉寄一次。」不過她只是把它放回那堆信件裡，把信件放回窗台上的外賣菜單和計程車名片中，然後開始往樓上走。

我們進到公寓內，看到她在裡面感覺很怪。但特別奇怪的是，她試圖避免做她從前會做的事——你可以看到她在自我檢驗。她脫下大衣，她從前就往其中一張椅子上一扔，但是今晚她不想那麼做。她拿著大衣站在那裡一會，然後我從她手裡拿過來往其中一張椅子上一扔。她開始往廚房走，不是去燒開水就是去幫她自己倒杯酒，所以我問她，很有禮貌的，是不是要喝杯茶，然後她問我，很有禮貌的，有沒有勁道強一點的東西。當我說冰箱裡面有半瓶酒，她忍住沒說她走的時候還有一整瓶，而且是她買的。無論如何，那再也不是她的了，或者說那已經不是同一瓶，還是什麼的。而且當她坐下時，她選了離音響最近的那張椅子——我的椅子，而不是離電視最近的那張——她的椅子。

「你排過了嗎？」她朝著滿是唱片的架子點點頭。

「什麼？」當然我知道是什麼。

重新整理的浩大工程。」我聽得出加強語氣。

「噢，是呀。前幾晚。」我不想告訴她我在她離開當晚就動手，但她還是給了我一個有點令人不快、**真想不到**的微笑。

「怎樣？」我說：「你那是什麼意思？」

「沒事。只不過，你也知道的。你動作挺快的嘛。」

「你不認為有比我的唱片收藏還重要的事可談嗎？」

「是的，洛，我一向這麼認為。」

我本來應該可以站上道德制高點（畢竟，她才是跟鄰居上床的

那個人），但是我連基地營都走不出去。

「你上星期住在哪裡？」

「我想你很清楚。」她平靜地說。

「為了我自己，我得弄清楚，不是嗎？」

我再次覺得反胃，全然反胃。我不知道我的臉看起來如何，但是忽然間蘿拉有點把持不住：她看起來疲倦而感傷，她死命直視前方以免自己哭出來。

「我很抱歉。我做了些糟糕的決定。我對你不太公平。這是為什麼今晚我到你店裡，因為我想該是勇敢面對的時候了。」

「你現在害怕嗎？」

「是，我當然害怕。我覺得糟透了。這真的很難，你也知道。」

「很好。」

我沒說話。我不知道該說些什麼。我有一大堆問題想問，但全是些我並不真的想知道答案的問題：你什麼時候開始和伊恩交往，還有那是因為你知道天花板聲音的那件事嗎，還有那是不是比較棒（什麼？她會問；我會說，我全部都想知道），還有這真的定案了嗎，或者只是一個階段，還有——看我變得多軟弱——你有沒有至少想念我一點點，你愛我嗎，你愛他嗎，你想和他在一起嗎，你想和他生小孩嗎，還有那是不是比較棒，是不是比較棒，**是不是比較棒**？

「是因為我的工作嗎？」

這個打哪冒出來的？當然不是因為我他媽的工作。我問這幹嘛？

「噢，洛，當然不是。」

這就是我為什麼要問。因為我為自己遺憾，而且我要某種廉價

的安慰，我要聽到「當然不是」用一種溫柔的冷淡說出來，而假使我真的問她那個**大問題**，我可能得到的是令人尷尬的否認，或是令人尷尬的沉默，或是令人尷尬的告白，而這些我全都不要。

「你是這樣想的嗎？我離開你是因為你對我來說不夠崇高？對我有點信心，拜託。」不過話說回來，她說得很溫柔，用一種我很久以前認得的語調。

「我不知道。這是我想到的其中一個。」

「其他還有什麼？」

「不過就是那些顯而易見的事。」

「哪些顯而易見的事？」

「我不知道。」

「那麼說來，並沒有那麼顯而易見。」

「沒有。」

再度沉默。

「跟伊恩還處得來嗎？」

「噢，拜託，洛。別耍小孩子脾氣。」

「這怎麼會是耍小孩子脾氣？你跟那傢伙住在一起。我只不過想知道事情怎麼樣了。」

「我沒有跟他住在一起。我只是住在那裡幾天，直到我弄清楚我要幹嘛。聽著，這跟其他人沒關係。你很清楚，不是嗎？」

他們老是這樣說。他們老是，老是說跟別人沒關係。我敢跟你隨便賭多少錢，要是希莉雅‧強森在《相見恨晚》❹結局時跟崔佛‧霍華德跑了的話，她也會跟她老公說，這，跟別人沒關係。這是愛情創傷的第一條法則。我發出一聲反感，而且用不當的滑稽鼻音來表達我的不信，蘿拉差點笑了，不過馬上改變心意。

「我離開是因為我們處得不太好，我們甚至不太交談，而且我到了想要釐清自己的年紀，而我看不出跟你在一起可以，因為你自己都無能為力釐清你自己。而且我有點對別人有意思，後來這件事超過原本該有的限度，所以看起來是個離開的好時機。但是我不知道跟伊恩的事以後會怎麼樣。也許什麼都沒有。也許你會成熟一點，然後我們可以把問題解決掉。也許我再也不會跟你們任何一個交往。我不知道。我只知道現在不應該住在這裡。」

沉默良久。為什麼有的人——我們老實說吧，女人——會這樣？這樣想沒有好處，全是些混亂、疑惑、灰暗不明，以及模糊不清的線條，這應該是一幅生動鮮明的圖畫才對。我同意你需要認識新歡才能丟掉舊愛——你必須要無比的勇氣與成熟才能單純的只因為行不通才把人甩掉。但是你不可以老是三心二意，就像蘿拉現在這樣。當我開始跟柔希那個同步高潮的女人見面時，我才不像這樣；就我當時的想法，她是個相當有希望的人選，那個能帶領我從一段感情毫無痛苦地走到另外一段感情的女人。雖然實際上情況未能如此，她是個災區，但那只是運氣欠佳。至少在我腦中有一個清晰的戰鬥藍圖，全然沒有這種惹人厭的**噢洛我需要時間**的東西。

「你還沒有確定鐵了心要甩了我？所以我們還有復合的機會囉？」

「我不知道。」

「如果你不知道，那一定就表示還有。」

「我不知道還有沒有。」

老天。

「那就是我說的。如果你不知道還有沒有機會，那就一定有機會，不是嗎？這就像，如果有一個人在醫院裡面，而且病得很重，

醫生說，我不知道他還有沒有機會存活，那不表示病患一定會死，對嗎？那表示他可能會活下來。即便是只有微乎其微的可能性。」

「我想是吧。」

「所以我們還有機會復合。」

「噢，洛，別說了。」

「我只想知道我的處境。我有多大的機會。」

「我完全不知道你有什麼他媽的機會。我試著告訴你我很困惑，我有好久都很不快樂，我們把自己弄得一團糟，我在跟別人交往。這些才是重點。」

「我猜是吧。但是如果你能告訴我一個大概就有幫助。」

「好好好。我們有百分之九的機會復合。這樣釐清狀況了嗎？」她厭煩得要命，只差一點就要哭出來，以至於她的雙眼緊緊閉上，用一種憤怒、充滿惡意的低語聲說話。

「你現在不過是在做傻事。」

我知道，在我心裡，不是她在做傻事。我了解，就某個程度來說，她不明白，一切都還是未定數。不過這對我無益。你知道被摒棄最糟糕的是什麼？就是缺乏支配權。如果我能支配什麼時候，以及如何被別人拋棄，事情看起來就不會那麼糟。不過當然，這樣一來，那就不會是被拋棄，對嗎？那是經由雙方同意。那是音樂調性的不同。我會離開追求單飛生涯。我知道像這樣一而再、再而三地要求某種程度的或然性，實在有多麼荒唐而又可悲地幼稚，但為了把任何一點支配權從她那裡奪回來，這就是我唯一能做的事。

當我在店門外看見蘿拉時，我完完全全明白了，一點疑問也沒有，我要她回來。但這可能是因為她是動手摒棄的那個人。如果我

能讓她承認我們還有機會破鏡重圓，我就會好過得多了，如果我過日子不用覺得傷心，無助，悲慘，那我沒有她也活得下去。換句話說，我很難過是因爲她不要我；如果我能說服自己她有點想要我，那麼我又沒事了，因爲我就不會想要她，我可以繼續去找別的對象。

蘿拉現在的表情是我過去幾個月來很熟悉的，一種同時顯示無盡耐心與無助挫敗的表情。明白她發明這種表情就爲了我，感覺很不好。她以前從來沒有這種需要。她嘆口氣，把頭放在兩手中間，盯著牆壁。

「好，我們有可能把問題解決掉。也許有這樣的機會。我會說機會不大，但是有機會。」

「太好了。」

「不，洛，不太好。所有的事都不好。所有的事都糟透了。」

「但以後不會了，你等著瞧。」

她搖搖頭，顯然難以置信。「我現在累過頭了。我知道我要求很多，不過你能不能回酒吧和其他人喝一杯，讓我整理一下東西？我整理時必須要能夠思考，而你在這裡我沒辦法思考。」

「沒問題。如果我能問個問題的話。」

「好。就一個。」

「聽起來很蠢。」

「別管了。」

「你會不高興。」

「就……就問吧。」

「比較棒嗎？」

「什麼比較棒？什麼比什麼棒？」

「呃。性愛，我想。跟他上床比較棒嗎？」

「我的老天爺！洛。這就是眞正困擾你的事嗎？」

「當然是。」

「你眞的以爲隨便哪種答案會造成任何的差異嗎？」

「我不知道。」我眞的不知道。

「答案是我也不知道。我們還沒做過。」

好極了！

「從來沒有？」

「沒有。我不想做。」

「但是連以前也沒有嗎？當他還住在樓上的時候。」

「噢，多謝了。我那時候跟你住在一起，記得嗎？」

我覺得有點不好意思，所以我什麼也沒說。

「我們睡在一起，但是我們沒有做愛。還沒有。但是我要告訴你一件事。睡在一起比較棒。」

好極了！好極了！這是個天大的好消息！六十分鐘先生連計時都還沒開始！我親了她的臉頰，然後到酒館跟狄克和巴瑞碰面。我覺得像個新生之人，雖然說不怎麼像個全新的男人。事實上，我的感覺好到我馬上跟茉莉上床去。

10

　　事實是：本國有超過三百萬的男人曾經跟十個以上的女人上床。而他們都長得像李察·吉爾嗎？他們都跟克里薩斯❶一樣富有，跟克拉克·蓋博一樣迷人，跟埃洛·弗林❷一樣體格驚人，跟克里夫·詹姆斯❸一樣充滿機智嗎？不。這跟那些都沒有關係。或許這三百萬裡面有六、七個人有其中一項或超過一項以上的特質，但還剩下……呃，三百萬人，不管有沒有那六、七個人。而他們不過是一般人。我們不過是一般人，因為我，連我都算，是那三百萬獨家俱樂部的一員。如果你三十好幾而且又未婚，十個不算太多。在二十年左右的性生活裡有十個性伴侶事實上算相當稀少，如果你仔細想想：每兩年一個性伴侶，而且如果他們裡頭其中包含一夜情，而那個一夜情發生在那個雙年乾旱中間，那麼你不能算是有問題，但你也不會是所屬郵遞區號裡的**頭號情聖**。對一個三十好幾的

單身漢來說，十個不算多。二十個也不算多，如果你這麼看的話。超過三十個，我認為，你就有資格上歐普拉談性濫交的脫口秀。

茉莉是我第十七個情人。「他怎麼辦到的？」你會問自己。「他穿難看的衣服，他刁難他的前女友，他愛耍性子，他一文不名，他跟**音樂白癡雙胞胎**鬼混在一起，他還可以跟一個長得像蘇珊·黛的美國唱片藝人上床。這到底怎麼回事？」

首先，我們先別岔題。沒錯，她是個唱片藝人，但是她在這個有點反諷的名為「黑色聯營暢銷唱片」旗下發片，這種唱片合約要你自己在倫敦名聲顯著的哈瑞·洛德爵士夜總會演出中場休息時賣自己的卡帶。而且如果我認識蘇珊·黛，何況在歷經一段超過二十年的關係後，我覺得我的確認識她，我認為她自己會是第一個承認長得像《洛城法網》裡的蘇珊·黛，跟，譬如說，長得像《亂世佳人》裡的費雯·麗，是不一樣的事。

不過沒錯，就算這樣，跟茉莉在一起的當晚是我的重要性愛凱旋夜，我的巫山雲雨最佳傑作（bonkus mirabilis）❹。而且你知道那是怎麼發生的嗎？因為我問問題。就這樣。那是我的祕訣。如果有人想知道怎樣釣上第十七個女人，或者更多，不是更少，我會這樣跟他們說：問問題。它行得通正是因為那是你不該做的，如果你聽信男性集體格言的話。我們周遭還有足夠跟不上時代、口沫橫飛、自以為是的自大狂，讓像我這樣的人顯得令人耳目一新，與眾不同，連茉莉在那晚中場時都這樣說。

我一點也不曉得茉莉與丁骨會跟狄克與巴瑞在酒館裡，後者顯然承諾要帶他們見識真正的英式週末出遊——酒館、咖哩、夜間公車和所有的好東西。不過我很高興見到他們，他們兩個：經過蘿拉這場勝利後，我神采飛揚，而茉莉只見過我舌頭打結，亂耍性子的

樣子，她一定在想發生什麼事了。讓她去想。我不常有機會表現出充滿神祕，令人好奇的樣子。

他們圍桌而坐喝著生啤酒。茉莉移過去讓我坐下，當她這麼做的當刻，我迷失了，出神了，不見了。我想，是那個我在計程車窗外看見的週末夜約會女子引起的。我把茉莉移過座椅看成是一個微小但意味深長、充滿愛意的舉動：嘿，她這麼做是爲了我！真可悲，我知道，但是我馬上開始擔心巴瑞或狄克——我們照實說吧，巴瑞——已經告訴她我去了哪裡做了什麼。因爲假使她知道蘿拉的事，還有分手的事，還有我變得神經緊張的事，她會對我失去興趣，而且，因爲她本來就不感興趣，所以那會讓我落入興趣度負分的處境。我的興趣度指數會落到紅色區。

巴瑞和狄克在問丁骨有關蓋・克拉克的事，茉莉聽著，然後她轉過頭來問我，偷偷密謀似的，一切進行得還好嗎？混蛋巴瑞大嘴巴。

我聳聳肩。

「她只是想來拿點東西。沒什麼大不了的。」

「老天，我痛恨這種時候。那種**拿點東西**的時候。我搬來這裡以前才剛經歷過這種事。你知道我唱的那首 *Pasty Cline Times Two*（〈佩西克萊恩乘以二〉❺）嗎？就是有關我跟我前任瓜分我們的唱片收藏。」

「那首歌很棒。」

「謝謝你。」

「你搬來以前才寫好的嗎？」

「我在來這裡的途中寫的。那些歌詞。那首曲調我已經寫好一段時間了，但我一直不知道要拿它來做什麼，直到我想到那首歌

名。」

我開始領悟到，假使我要調理我的食物材料的話，丁骨不是今晚的主菜。

「這是你搬來倫敦的主要原因嗎？因為，你知道，瓜分唱片收藏和其他的？」

「對。」她聳聳肩，想了想，然後笑了，因為她的肯定語氣已經把整件事說完了，已經沒別的好說了，不過她還是試了一下。

「對，他傷了我的心，突然間，我一點都不想留在奧斯汀，所以我打電話給丁骨，他幫我找到幾場演出和一間公寓，我就來了。」

「你跟丁骨一起住嗎？」

她再次笑了，從鼻子很用力的笑，剛好笑在她的啤酒裡。「想都別想！丁骨才不會想跟我一起住咧。我會讓他感到拘束。何況我也不想聽到臥室牆壁另一邊發生的那些事。我比那獨立得多。」

她單身，我也單身。我一個單身男人跟一個有吸引力的單身女人在聊天，她剛剛可能有，也可能沒有對我坦承她的性愛挫敗感。噢我的天。

不久之前，狄克和巴瑞和我同意重要的是你喜歡什麼，而非你是什麼樣的人，巴瑞提出設計一套問卷給未來對象的點子，一份兩、三頁複選題的文件，涵蓋所有音樂／電影／電視／書籍的基本常識。這是用來，甲）在話不投機時使用，同時，乙）避免有個小伙子跟某人跳上床，然後在後來的約會才發現，這個人擁有每一張胡立歐（Julio Iglesias）出過的唱片。這個主意在當時把我們逗得很開心，雖說巴瑞，身為巴瑞，他著手進行下一步：他完成這份問卷然後把它拿給一個他有意思的可憐女人，而她則拿這份問卷打

他。不過這個點子裡包含了一個重要而且基本的真理，這個真理就是這些事的確有其重要性，而且如果你們的唱片收藏大異其趣，或是你最喜歡的電影即使在派對上碰頭彼此也無話可說的話，假裝這樣的感情會有前途是沒用的。

如果我把問卷拿給茉莉，她不會用問卷打我。她會了解這項練習的合理性。我們的談話是每一件事都投緣、契合、一致、緊密的那一種，即使是我們的停頓，即使是我們的標點符號，都似乎因同意而點著頭。南西‧葛瑞芬和寇特‧馮內果，「煙槍牛仔」合唱團❻和嘻哈音樂，《狗臉的歲月》和《笨賊一籮筐》，《皮威赫曼》❼和《反斗智多星》，運動和墨西哥菜（是、是、是、不是、是、不是、不是、是、不是、是）……你還記得小孩子玩的遊戲「老鼠夾」嗎？你得蓋一個希斯‧羅賓森❽式的滑稽機器，裡面銀色小球滾下滑道，然後小人偶攀上梯子，一個東西撞進另一個東西來放掉別的東西，直到最後整個籠子掉到老鼠身上困住它。今晚進行得就像那種驚心動魄的遊戲精確度，你約略可以看出什麼應該要發生，但是你無法相信那真的辦得到，即便事後一切顯得再清楚也不過。

當我開始感覺到我們聊得很愉快時，我給她幾次機會閃躲：每當我們沉默不語時，我就開始聽丁骨告訴巴瑞蓋‧克拉克這個活生生的人在真實生活中是什麼樣子，但是茉莉每次都會把我們導回一條私密的小徑。當我們從酒館前往咖哩屋時，我慢下腳步走在大家的後面，讓她如果想脫離我的話也行，但她也跟我一起放慢腳步。到了咖哩屋時我第一個坐下，讓她可以選想坐在哪裡，她選擇了我身邊的位置。一直到晚上結束時，我才採取可以稱之為行動的一步：我跟茉莉說我們兩個搭同一輛計程車蠻合理的。反正這或多或少是真的，因為丁骨住在坎登，而狄克和巴瑞兩個都住在東區，所

以這不是我為了自己的目的重新畫了整張地圖。而且也不是我跟她說我到她家過夜蠻合理的──如果她不要我繼續作伴，她只需要下計程車，試著塞個五塊給我，揮手跟我道別。但是當我們到達她家，她問我想不想喝她的免稅酒，而我覺得我想。所以嘍。

所以。她的地方跟我的地方非常相似，一個四四方方位於北倫敦三層樓住家的一樓公寓。事實上，這跟我的地方簡直像到令人沮喪的地步。要仿效我的生活真的這麼容易嗎？打個簡短的電話給朋友然後就行了？連這樣淺薄的根基都花了我超過十年的時間栽培。不過，裡面的質地完全不對；沒有書，沒有整面牆的唱片，極少的家具，只有一張沙發和一張手扶椅。沒有音響，只有一台小小的錄音機和幾卷卡帶，其中有些是她跟我們買的。還有，令人興奮的是，有兩把吉他靠在牆上。

她走到廚房，那其實是在客廳，但可以區別開來，因為地毯沒了，換成了塑膠地板，她拿了些冰塊還有兩個玻璃杯（她沒有問我要不要冰塊，但這是她整個晚上第一個彈錯的音符，所以我不打算抱怨），然後坐到我身邊的沙發上。我問她有關奧斯汀的問題，有關俱樂部和裡面的人，我問她一大堆有關她前任的問題，而她談他談得很深入。她以智慧誠實和不加修飾的自我解嘲描述他們的情況和她的離開，我可以明白她的歌為什麼那麼好。我談蘿拉談得不怎麼好，或者說，至少，我談不出同等的深度。我刪除細節並修剪邊緣並加大留白並用大字說明，讓它看起來比實際上更為詳細，所以她聽到一些有關伊恩的事（雖然她沒有聽到我聽到的那些噪音），還有一點關於蘿拉的工作，但是沒聽到任何與墮胎或錢或令人頭痛的同步高潮女人有關的事。感覺上，連我都這麼想，我很親暱私密：我說得很平靜，很緩慢，很深思熟慮。我表示遺憾，我說蘿拉

的好話，我暗示表象之下深沉如海洋的憂鬱。但這些全是屁話，老實說，這是一個高尚、敏感男人的卡通速寫，它能達到預期的效果是因為，我現在的處境容許我創造我自己的事實，也因為——我認為——茉莉已經決定她喜歡我。

我已經完全忘記下一步要怎麼走，雖說我從來無法確定還有沒有下一步。我記得那些小孩子的玩意，你把手伸到沙發上然後落在她的肩膀上，或者把你的腿貼著她的腿；我記得二十幾歲時試過那種假裝很強悍的大人玩意兒，直視某人的雙眼問他們想不想一起過夜。但這些似乎都不再適合。當你已經長大到該更明智時你怎麼做？到最後——如果你要打賭，你的贏率非常低——是在客廳中間起身時笨拙地撞在一起。我站起來要去上廁所，她說她要幫我指路，我們撞在一塊兒，我抓住她，我們接吻，然後我就回到性愛幻密之境。

為什麼當我發現自己在這種情況下第一件想到的事是失敗？為什麼我就不能好好享受一下？不過如果你需要問這個，你就知道你已經迷失了：自我意識是男人最大的敵人。我已經開始懷疑她是不是跟我一樣意識到我的勃起；但是我甚至無法維持這種擔慮，更別提其他的事，因為許許多多其他的擔慮蜂擁而上，然後下一步看來可怕地艱難，深不可測地恐怖，毫無疑問地一點希望也沒有。

看看男人這些全會出差錯的事情：有**什麼也沒有**的問題，有一**下子來太多**的問題，有**開始很棒但馬上就不行了**的問題，有**尺寸是不重要，但不包括我在內**的問題，有**無法給予快感**的問題……而女人有什麼要擔心的？一點點橘皮組織？歡迎加入我們的行列。一個**不知道我排名第幾**的位置？半斤八兩。

我很樂於當個男人，我想，但是有時候我不樂於當個二十世紀末的男人。有時候我寧可當我老爹。他永遠不用擔心無法給予快感，因為他永遠不知道有什麼快感需要給予，他永遠不用擔心他在我媽的百大熱門排行榜占第幾名，因為他是她排行榜上的第一名也是最後一名。如果你能跟你老爸談這種事的話，那不是很棒嗎？

　　有一天，也許，我會試試看。「爸，你需不需要擔心女人的高潮是陰蒂型還是在（可能是神話中的）陰道型？事實上，你知道什麼是女性高潮嗎？G點呢？『床上功夫很棒』在一九五五年是什麼意思，如果真有這種事存在的話？口交是在什麼時候進口到英國的？你羨慕我的性生活嗎？還是對你來說那看起來辛苦得不得了？你曾經焦慮自己能夠維持多久嗎？或者那時候你不用去想這種事？你難道不高興你不用去買素食食譜當做要進入某人內褲之路的第一小步？你難道不高興你從來沒有『你大概很不錯不過你會掃馬桶嗎？』那種對話？你不用面對所有現代男性必須面對的分娩困境，你難道沒有鬆了一口氣？」（而我懷疑，如果他沒有因為他的階級，他的性別和他的差異而張口結舌的話，他會怎麼說？也許是：「兒子，別再哭哭啼啼。美妙性愛在我們那時候甚至還沒發明，而且不論你得要掃多少馬桶和看多少素食食譜，你還是比我們那時候玩得更痛快。」而他說的也沒錯。）

　　這就是我沒有接受到的性教育——有關G點這一類的。從來沒有人教過我任何真正重要的事，像是怎樣有尊嚴地脫掉你的褲子，或是當你無法勃起時你要說些什麼，或是「床上功夫很棒」在一九七五年或一九八五年到底是什麼意思，別管一九五五年了。聽好了：甚至從來沒有人跟我說過精液，只說過精子，這裡面可有關鍵性的差別。就我所知，這些微小的蝌蚪就是從你那個不知名的東西

尾端無聲無息地跳出來，所以當，當我第一次，呃，算了。但是這種對男性性器官不幸的一知半解所造成的煩惱、尷尬和羞愧，直到有天下午在一家速食店裡，一個同學，毫無理由地，說他滴在可樂杯裡面的口水「看起來像精液」，這項謎樣的觀察深深地困惑我一整整個週末，雖然在當時，想當然爾，我假裝很了的傻笑。要盯著浮在一杯可樂上面的異物，然後從這僅有的資訊搞清楚生命本身的奇蹟，實在是相當地高難度，不過那就是我必須做的事，而我也做到了。

總之，我們站著接吻，然後我們坐下來接吻，然後一半的我告訴自己別擔心，另一半的我則感到自鳴得意，這兩半組成了一個完整的我，不留任何空間給此時此刻，給任何的歡愉或情慾，以至於我開始懷疑自己是否曾經享受過這檔子事——遠超過性愛這檔子事的肉體興奮感，或者這不過是我覺得應該做的事，而當這段冥想結束時，我發現我們已經不是在接吻而是在擁抱，而我正盯著沙發的椅背。茉莉推開我以便能看看我，為了不讓她看見我望著空氣出神，我緊緊地閉上眼睛，這幫我脫離眼前的大洞，不過長遠看來似乎是個錯誤，因為這樣看起來好像我花了一輩子的時間等待這一刻，這不是會把她嚇得半死，就是會讓她想入非非。

「你還好吧？」她說。

我點點頭。「你呢？」

「現在還好。不過如果今晚就到此為止的話我可不會太好。」

當我十七歲時，我常常整晚不眠就希望有女人對我說這種話；現在，這只會喚回恐慌。

「我確定。」

「很好。這樣的話，我再來弄一點喝的。你還要威士忌，還是

要杯咖啡？」

我還是喝威士忌，所以如果什麼事也沒發生，或者事情發生得太快，或者如此這般、有的沒的，我可以有個藉口。

「你知道嗎，我真以為你討厭我。」她說：「今晚以前，你從沒對我說過兩個字以上，而且都是些不高興的話。」

「這是你感興趣的原因？」

「是吧，我猜，有那麼一點吧。」

「那不是正確答案。」

「沒錯，但是……如果有個男的對我的態度有點怪，我會想找出到底怎麼回事，你曉得吧？」

「你現在知道了？」

「不知道。你呢？」

當然。

「不知道。」

我們開心地笑了；也許我這麼笑下去的話，我就能延後那個時刻的來臨。她告訴我她覺得我很可愛，那是之前從沒有人用在我身上的字眼，並且說的時候很有感情，我想她這麼說是指：我不多話，而且老是看起來有點不開心的樣子。我告訴她我覺得她很漂亮，我多少這樣認為，而且很有才華，這個我打心眼裡真心覺得。然後我們這樣聊了一會兒，讚頌自己的好運氣與彼此的好品味，在我的經驗裡，這種接吻後上床前的對話向來如此；而我對這裡面每一句蠢話都滿懷感激，因為它幫我爭取時間。

我從來沒有這麼嚴重的性愛神經過敏。我以前也會緊張，當然，不過我從來沒有懷疑我想要繼續下去。如今，一切似乎再清楚不過，如果我想要的話就可以，如果有作弊的方法，繞圈子到下一

步——譬如說，讓茉莉簽下我可以在這裡過夜的某種口供——我會去做。事實上，很難想像真正去做的興奮感會比察覺自己可以去做的興奮感來得大，不過也許性對我來說一直是這樣。也許我永遠也無法真正享受過性愛赤裸裸的部分，而是晚餐、咖啡和「不會吧那也是我最喜歡的希區考克電影」那部分的性愛，只要它是性愛的前奏，而非只是漫無目的的閒聊，還有……我在唬爛誰？我只不過是想讓自己覺得好過一點。我享受性愛，從頭到尾，赤裸裸的部分和穿衣服的部分，在一個美好的日子，暖風微微，當我不是喝得太多而且不是太累而且剛剛好在感情的最佳階段（不能太早，那時我有初夜神經質，也不能太晚，那時我患有**不要又要辦事**的憂鬱），我還可以（我這樣說是什麼意思？不曉得。沒有抱怨，我猜，不過話說回來客氣的伴侶本來就不會，會嗎？）。麻煩在於我已經有好幾年沒做過這一類的事。如果她笑了怎麼辦？如果我的毛衣卡在頭上怎麼辦？這件毛衣的確會這樣。由於某種原因領口縮水，但其他都沒有——不是這樣，就是我的腦袋以快於身體其他部位的速度發胖——而且如果今天早上我知道會……算了吧。

「我得走了。」我說。我完全不知道我會這麼說，不過當我聽見這幾個字，它完全合情合理。當然了！多棒的點子！回家就是了！如果你不想做的話你不用做！真是個長大了的大人！

茉莉看著我。「當我之前說我希望今晚不是到此為止，我是，你知道的……我在說早餐和其他的。我不是在說另一杯威士忌和再聊天十分鐘。我希望你能留下來過夜。」

「噢。」我很沒用地說：「噢，對。」

「老天，這實在太矜持曖昧了。下一次我在這裡要求男人留下來過夜時，我要用美國的方式。我以為你們英國人應該是弦外之音

的大師，喜歡拐彎抹角，和這所有這類的調調。」

「我們會說，但是別人說的時候我們會裝傻。」

「那你現在沒裝傻了吧？我寧可就此打住，免得我說出真的很露骨的話。」

「不，沒關係。我只是以為我應該，你知道的，搞清楚狀況。」

「現在清楚了吧？」

「是。」

「你會留下來？」

「對。」

「很好。」

要有過人的天賦才能做到我剛剛做的事。我有機會離開而我搞砸了；在過程中我顯現出自己對以任何成熟練達來進行求愛其實無能為力。她用俏皮性感的語句來要求我留下來過夜，我卻讓她以為我把這句話當成耳邊風，因此讓我成為她根本不會想要跟他上床的那種人。太聰明了。

但奇蹟似的，再也沒有任何崎嶇坎坷了。我們也有保險套對話，我跟她說我身上沒有帶，而她笑了，並說如果我有的話她會被嚇到，更何況她的袋子裡有。我們兩個都知道我們說的是什麼以及為什麼，不過我們都沒有進一步深究（不需要，不是嗎？如果你要求去上個廁所，你不用就「你要去幹嘛」進行對話）。然後她拿起她的飲料，牽著我的手，帶我進臥室。

壞消息：有個浴室插曲。我痛恨浴室插曲，那些「你可以用綠色牙刷還有粉紅色毛巾」的話。別會錯我的意思：個人衛生是最重要的事，而且那些不清潔牙齒的人非常短視並愚蠢至極，而且我不

會讓我的小孩這樣等等等等，諸如此類的。但是，你知道，我們難道不能偶爾省略一下嗎？我們理應陷入激情的魔掌，兩人都無法自拔，所以她怎能找到空檔去想安·法蘭屈清潔用品乳液化妝棉和其他的東西？整體來說，我偏好那些可以有心看在你的面子上打破半輩子習性的女人，何況浴室插曲對男性的緊張全然無益，還有他的熱忱亦然，如果你明白我意思的話。我對於發現茉莉是個插曲派的人特別感到失望，因為我以為她會比較波西米亞一點，因為那些唱片合約還有別的種種；我以為性愛會比較髒一點，字面上跟意義上都是。等我們一進臥室她馬上就消失，留下我在那裡苦苦等候，為我是不是該脫衣服煩惱。

你看，如果我脫了衣服然後她拿綠色牙刷給我，我就完了：那意謂著不是裸體走漫長的路到浴室，而我一點準備都沒有，或是全身包得好好的，之後讓毛衣卡在你的腦袋上（要拒絕綠色牙刷簡直太不上道了，原因很明顯）。當然，對她來說沒關係，她完全可以避掉這些。她可以穿一件特大號的史汀 T 恤進來，然後她可以在我離開房間時脫掉；她什麼也沒損失，而我像個丟臉的呆子。但接著我想起我穿著一條相當體面的四角褲（蘿拉送的禮物），還有一件乾淨的白色背心，所以我做了**穿內衣坐在床上**的選擇，一個不無道理的妥協。當茉莉回來時我正竭盡我所能的酷，翻閱著她的約翰·厄文 ❾ 平裝本。

然後輪到我去浴室，潔淨我的牙齒；然後我回來；然後我們做愛；然後我們聊了一下；然後我們熄了燈，就這樣。我不會深探所有其他的話題，那些**誰對誰做了什麼**的話題。你知道查理·瑞奇 ❿ 的 *Behind Closed Doors*（〈緊閉的門扉後〉）那首歌嗎？那是我的最愛之一。

你有權知道一些事情，我想。你有權知道我沒有讓自己失望，沒有任何一個重大問題苦惱我，我沒有讓她達到高潮，但是茉莉說她還是很愉快，而我相信她；而且你有權知道我也很愉快，還有在過程中的某一刻我想起我喜歡性愛的什麼：我喜歡性愛可以讓我自己完全迷失其中。性，事實上，是我在成年時期發現最引人入勝的活動。當我還小的時候，很多事情都會讓我有這種感覺——「曼卡諾」⓫、《森林王子》（*The Jungle Book*）、*Biggles* ⓬、*The Man from U.N.C.L.E*、*ABC Minors* ⓭……我會忘記置身何處，何時，跟誰在一起。性愛是我長大成人後發覺唯一一件等同的事，除了屈指可數的電影外，書本在你一旦過完青少年時期後就不一樣了，而我當然從沒有在我的工作中找到。所有這些性交前的自我意識搾乾了我，我忘記置身何處，何時……而且沒錯，暫時地，我忘了跟誰在一起。性愛大概是唯一一件我知道怎麼做的大人事；不過這樣很怪異，它也是唯一一件會讓我覺得我只有十歲大的事。

　　我在黎明時醒過來，而我有著前幾晚一樣的感覺，我明白蘿拉和雷的那晚：我覺得我沒有壓艙物，沒有東西鎮住我，而且要是我不抓緊我就會飄走了。我很喜歡茉莉，她很有趣，她很聰明，她很漂亮，而且，她很有才華，但她到底是誰？我指的不是哲學上的意思。我只是說，我才認識她不久，所以我在她床上做什麼？當然會有一個對我來說比這更好、更安全、更友善的地方？但是我知道沒有，此刻沒有，而這件事把我嚇壞了。

　　我起床，找到我體面的四角褲和我的內衣，走到客廳，摸著我的夾克口袋找菸，然後坐在黑暗中抽菸。過了一會茉莉也起床，坐到我身邊。

「你坐在這裡想你在做什麼？」

「沒有。我只是，你知道……」

「因為那是我為什麼坐在這裡的原因，如果有幫助的話。」

「我以為我吵醒你了。」

「我都還沒有睡著咧。」

「所以你想得比我久得多。弄清楚了嗎？」

「一點點。我弄清楚我真的很寂寞，而我跟第一個願意跟我在一起的人跳上床。同時我也弄清楚我很幸運，因為那個人是你，而不是某個刻薄，無聊或不正常的人。」

「總之，我不刻薄。何況你本來就不會跟任何有這些問題的人上床。」

「這，我就不是那麼確定了。我這個星期過得很糟。」

「發生了什麼事？」

「什麼事也沒發生。這個星期我的腦子過得很糟，就這樣。」

在我們上床以前，我們兩個至少有那麼一點假裝這是我們都想做的事，這是一段令人興奮的新感情，很健康，很健全的開始。如今所有的矯飾似乎都煙消雲散了，而我們被留在這裡面對這個事實：我們坐在這裡是因為我們不知道還有誰跟我們可以坐在一起。

「我不在意你心情不好，」茉莉說：「這不要緊。而且我也沒有被你對她的事表現很酷的樣子所愚弄……她叫什麼名字？」

「蘿拉。」

「蘿拉，對。但是人們有權同時感到慾火難耐和徹底慘敗。你不應該覺得難堪。我就不會。為什麼只因為我們搞砸了我們的愛情，我們的基本人權就要被否決？」

我開始覺得這段談話比起我們剛剛做的任何事，更叫我感到難

堪。慾火難耐？他們眞的用這樣的字眼？老天。我有生以來都一直想跟一個美國人上床，現在我辦到了，我開始明白爲什麼大家不常這麼做。顯然，除了美國人，他們大概一年到頭跟美國人上床。

「你認爲性愛是基本人權？」

「當然。而我不會讓那個混蛋站在我跟一場性交中間。」

我試著不去想像她剛剛描繪那個奇特的解剖構造圖。而我也決定不去指出雖然性愛很有可能是一項基本人權，但如果你老是和你想跟他們上床的人吵架的話，那就有點難堅持下去這種權利。

「哪個混蛋？」

她吐出一個相當知名的美國創作歌手的名字，一個你可能聽說過的人。

「他就是那個跟你瓜分佩西·克萊恩唱片的人？」

她點點頭，而我克制不住自己的興奮。

「太令人驚奇了！」

「什麼？因爲你上過一個人，她上過……」（此處她重複一遍那個相當知名的美國創作歌手的名字，從這裡開始我稱之爲史帝夫。）

她說得沒錯。正是如此！正是如此！我上過一個人而她上過……史帝夫！（這句話沒有他的眞名聽起來很蠢。就好像，我跟一個男人跳過舞而他跟一個女孩子跳過舞而她跟……鮑伯跳過舞。但是只要想像一下某人的名字，不是極爲有名，但是相當有名——譬如說，萊爾·勒維特❹，雖然爲了法律的原因，我必須指出那不是他——這樣你就有點概念了吧。）

「別傻了，茉莉，我沒那麼俗氣。我只是說，你知道，令人驚奇的是寫了——（此處我指出史帝夫最暢銷的歌曲，一首愚蠢濫情

並敏感到令人作嘔的民謠）的這個人竟會是個混蛋。」我對於這樣解釋我的驚奇感到很滿意。這不僅將我拉出窘境，同時既尖銳又中肯。

「那首歌是關於他的前任，你知道，在我之前的那一任。我可以告訴你，聽著他夜復一夜唱那首歌感覺很棒。」

真是太好了。這正是我想像的情況，跟一個有唱片合約的人出去。

「然後我寫了〈佩西・克萊恩乘以二〉，而他大概會寫首歌關於我寫了這首歌，而她大概會寫首關於一首有關她的歌，而……」

「這就是這麼回事。我們都這樣。」

「你們都寫跟彼此有關的歌？」

「不是，但……」

要說明馬可和查理要花太多的時間，還有他們怎樣寫下莎拉，某方面來講，如果沒有馬可跟查理就不會有莎拉，還有莎拉跟她的前任，那個想在BBC成名的傢伙，他們如何寫下我，還有柔希那個令人頭痛同步高潮的女生和我如何寫下伊恩。只不過是因為我們裡面沒有人有這種智力和才華把它們譜寫成歌曲。我們把它們譜寫成人生，它更為混亂，而且更花時間，而且沒有留下任何東西讓人吹奏。

茉莉站起來：「我要做一件很可怕的事，所以請原諒我。」她走到她的錄音機旁，退出一卷卡帶，翻來找去然後放進另一卷，然後我們倆坐在黑暗中聆聽茉莉・拉薩爾的歌。我想我也能夠了解；我想如果我又想家又失落又不確定我在幹什麼的時候，我也會做一樣的事。充實的工作在這樣的時候最好。那我該怎麼做呢？去把店門打開然後在裡面走一圈嗎？

「這是不是很噁心，」過了一陣子她說：「這有點像手淫或什麼的，聽我自己的歌來找樂子。你覺得怎麼樣，洛？我們做愛的三小時後我已經在打手槍了。」

我真希望她沒說這些話。有點破壞氣氛。

最後，我們回床上睡覺，然後很晚才起床，而我看起來或者甚至聞起來都比她希望的，在一個理想的世界裡的，更髒了點。而她很友善但冷漠，我有感覺昨夜不太可能再現。我們出門，到一個擠滿前一晚一起過夜的年輕情侶的地方吃早餐，雖然我們看起來不像身在其中的異類，但我知道我們是：每個人似乎都既快樂又舒坦又事業有成，而非既緊張又生疏又哀傷，而且我和茉莉以一種用來阻斷任何更進一步親密關係的張力讀著我們的報紙。雖然，直到後來我們才真的脫離其他人：簡短又可悲地在臉頰上輕吻一下後，我就有整個屬於自己的星期天下午，無論我想不想要。

是哪裡出了問題？一點問題也沒有，也什麼都是問題。一點問題也沒有：我們過了愉快的一晚，我們從事不傷彼此的性愛，我們甚至，有令我也許也會令她記起許久許久的黎明前的談話。什麼都是問題：所有那些我無法決定要不要回家的蠢事，以及在過程中給她我不太聰明的印象；我們剛開始進行得非常美妙，之後卻沒有什麼話可說的情形；我們分開時的狀態；比起認識她以前，我還無法向登上唱片封套邁進一步的事實。這不是杯子半滿或半空的例子；更像是我們把半杯啤酒全部倒進一個空酒杯。雖然，我得看看裡頭還有多少，而現在我知道了。

11

我這一輩子都痛恨星期天，由於顯而易見的大不列顛原因（頌主歌〔*Song of Praise*〕，商店不營業，你不想靠近但沒有人會讓你躲得掉的濃稠肉汁），還有顯而易見的全球性原因，但是這個星期天簡直太棒了。我有一堆事可以做：我有卡帶要錄，有錄影帶要看，有電話要回。但是這些事情我一件也不想做。我一點時回到公寓；到了兩點，事情糟糕到我決定要回家——我家那個家，我老爸跟我老媽的家，有濃稠肉汁和頌主歌的家。這都是在半夜醒來時質疑自己到底身在何處造成的：我不屬於家裡，而且我不想屬於家裡，但至少家是我認得的地方。

我家的那個家在沃特福德，從大都會線車站還要搭一段公車才到得了。我想，在這裡長大很可怕，但是我不介意。直到我十三歲

左右，它不過是個我可以騎腳踏車的地方；介於十三歲到十七歲中間是我可以認識女生的地方。然後我十八歲時搬離開這裡，所以我只有一年的光陰看清這個地方的原貌——一個鳥爛郊區——並痛恨它。我爸跟我媽大概十年前搬了家，當時我媽不情願地接受了我已經一走了之再也不會回來的事實，但是他們只不過搬到附近，一間兩房的連棟房屋，而且保留他們的電話號碼他們的朋友和他們的生活。

在布魯斯‧史普林斯汀（Bruce Springsteen）的幾首歌裡頭，他唱到你可以留下來發爛，不然你也可以脫逃接受試煉。這沒關係；畢竟，他是寫歌的，他的歌裡頭需要像這樣簡單的選擇題。但是從來沒有人寫過有可能脫逃了然後發爛——脫逃如何因倉促成軍而失敗，你怎麼有辦法離開郊區到城市去，但最後還是過著了無生趣的郊區生活。這發生在我身上，這發生在大多數人身上。

如果你喜歡那種事的話，也沒關係，但我可不。我老爸有點遲鈍，但又是個自以為無所不知的人，這是一種相當致命的組合；你可以從他那傻氣、鬈曲的鬍子看出他會變成那種吐不出象牙又聽不進好話的人。我老媽就只是個老媽子，這種話在任何情況下說出來都無可饒恕，但在此例外。她成天擔心，她為了唱片行的事刁難我，她為了我沒生小孩的事刁難我。我真希望我會常來看望他們，但是我不想，而當我沒有其他事好讓我難過時，我會為這件事難過。他們今天下午會很高興見到我，雖說當我看見今天下午電視上播著他媽的《吉納維芙》❶時，我的心跌到了谷底（我老爸排行前五名的電影：《吉納維芙》、《殘酷之海》❷、《祖魯戰爭》❸、《我的腳夫》❹——他認為這部片很好笑，還有《六壯士》〔The Guns of Navarones〕。我老媽排行前五名的電影：《吉納維芙》、《亂世佳

人》、《往日情懷》❺、《妙女郎》❻和《七對佳偶》❼。總之,你心裡已經有個底了,而當我告訴你,根據他們的說法,去看電影是浪費錢,因為那些電影遲早電視會播,這樣你就一清二楚了)。

當我到達時,老天爺開了我一個大玩笑:他們不在家。我在星期天下午搭大都會線過了一百萬站,等公車等了八年,他媽的《吉納維芙》在他媽的電視上播出而他們竟然不在。他們甚至沒打電話通知我他們不會在家,雖說我也沒打電話通知他們我要來。如果說我有徹底自憐的傾向,就像現在一樣,發現你的父母親在你終於需要他們的時候不在,這種可悲的反諷讓我覺得很難過。

但正當我打算回去搭公車時,我媽從對面的屋子打開窗戶對我大叫。

「洛,洛伯!進來!」

我從沒見過對面那些人家,但我很快就明白我顯然是唯一的不速之客:整棟房子塞滿了人。

「這是什麼場合?」

「品酒。」

「不是爸自製的吧?」

「不是。是上得了檯面的酒。今天下午是澳洲酒。我們全部人分攤,還有一個人來幫我們解說。」

「我不知道你對酒有興趣?」

「喔,沒錯。而且你爸爸愛得要命。」

他當然愛。他在品酒會後那天早上一定很難共事:不是因為陳腐酒味的惡臭,也不是充滿血絲的眼睛,也不是乖戾的行徑,而是因為他吞下去的那些東西。他會花大半天的時間告訴別人他們不想

知道的事。他在房間另一端，跟一個穿西裝的男人講話——應該是客座專家——後者眼中流露絕望的眼神。老爸看見我，裝出很震驚的樣子，不過他無意中止談話。

　　房子裡擠滿了我不認識的人。我已經錯過那個人解說和發試喝品的階段；我在品酒已變成喝酒的階段抵達，雖然我偶爾瞥見有人把酒含在嘴裡漱著然後說些屁話，大多數的時候他們只是盡快地把它灌到脖子裡。我沒想到會這樣。我來尋找一下午平靜的悲淒，不是瘋狂的派對；我只想從這個下午得到一個毫無疑問的證明，就是我的生活也許無趣而空洞，但不會比沃特福德的生活更無趣而空洞。又錯了。統統沒用，就像卡茲威爾❽以前常說的。沃特福德的生活很無趣，沒錯，但無趣而充實。父母親在星期天下午有什麼權利毫無理由地跑去參加派對呢？

　　「《吉納維芙》今天下午在電視上播，媽。」

　　「我知道，我們有錄影。」

　　「你們什麼時候買錄影機了？」

　　「幾個月前。」

　　「你都沒告訴我。」

　　「你根本沒問過。」

　　「這難道是我每週該做的事？問你有沒有買消費用品？」

　　一個穿著看來像黃色土耳其長袍的肥胖女人朝我們滑步過來。

　　「你一定是洛伯。」

　　「叫我洛，是的。嗨。」

　　「洛，好。嗨。」

　　「我是依鳳。你的主人。女主人。」她笑得花枝亂顫，一點理由也沒有。我想看肯尼斯‧摩爾❾。「你是那個在音樂界工作的，

我說得沒錯吧？」

我看著我媽，她把頭轉開。「不算是，不是。我開了一家唱片行。」

「噢，是這樣子哦。多多少少也算是啦。」她又笑了，雖然認定她喝醉了會比較舒服點，但恐怕事情並非如此。

「我猜是吧。說來就像那個在藥局幫你沖洗照片的女人她就算是在電影界工作囉。」

「洛，你要不要拿我的鑰匙？你可以回家燒點開水。」

「當然。老天爺不允許我竟然留在這裡找樂子。」

依鳳嘟噥了幾聲然後滑開了。我媽看到我太高興了，沒有刁難我，但即便如此我對自己感到有點慚愧。

「反正我差不多到了該喝茶的時間了。」她走過去謝謝依鳳，依鳳看著我，頭側向一邊，然後做出難過的表情；老媽顯然在告訴她蘿拉的事來做為我無禮行為的解釋。我不在乎。也許依鳳下一次品酒會邀請我。

我們回家把《吉納維芙》的後面看完。

我爸約一個小時後回來。他喝醉了。

「我們一群人都要去看電影。」他說。

這太過分了。

「老爸，你不贊成去電影院看電影。」

「我不贊成你去看那些垃圾。我贊成去電影院看那些優良精緻的電影。那些英國電影。」

「在演什麼？」我媽問他。

「《此情可問天》。是《窗外有藍天》的續集❿。」

「噢，太好了，」我媽說：「對面有沒有其他人要去？」

「只有依鳳和布萊恩。但是動作快一點。再半小時就開演了。」

「我最好回去了。」我說。我整個下午幾乎沒跟他們講到話。

「你哪兒也不去。」我爸說：「你要跟我們一起去。我請客。」

「老爸，不是錢的問題。」是因為莫謙特跟他媽的艾佛利❶。「時候差不多了。我明天還得工作。」

「別這麼無精打采的，兄弟。你還是來得及在十一點以前上床睡覺。這會對你有好處。讓你振作起來。好讓你不要胡思亂想。」這是頭一遭有人提醒我事實上我需要把胡思亂想丟到一旁。

然而，不管怎麼說，他錯得一塌糊塗。我發現，都三十五歲了還跟你爸媽還有他們的瘋子朋友一起去看電影並不會讓你不胡思亂想。那只會讓你更加胡思亂想。正當我們等著依鳳和布萊恩去買零食櫃檯所有的零食時，我遭遇一次恐怖陰森而又自骨頭裡打寒顫的經驗：世界上最可悲的男人給了我一個心有戚戚焉的笑容。**世界上最可悲的男人**有一副丹尼斯・泰勒❷式的巨型眼鏡和暴牙；他穿著一件骯髒的淺黃色連身帽夾克，和膝蓋處都已經磨平的棕色絨褲；他也是被他爸媽帶來看《此情可問天》，不過他還不到三十歲。而他給了我這麼可怕的是淺淺一笑因為他看到一個同路人。這讓我非常忐忑不安，以至於我無法專心看愛瑪・湯普森和凡妮莎・蕾格烈芙還有其他角色，等到我恢復元氣時已經為時已晚，劇情已經過頭到我看不懂的地步。到影片最後，有個書架打中了某個人的頭。

我有把握敢說**世上最悲男**的笑容已經榮登我有史以來最衰尾排行榜前五名，其他四名現在一時還想不起來。我知道我沒有世界上最可悲的男人那麼可悲（他昨晚在一個美國錄音藝人的床上睡過嗎？我非常懷疑）；重點是我們之間的不同對他而言並沒有那麼直接鮮明，而且我看得出為什麼。這個，真的，是最底限了，我們所

有人對異性的主要吸引力，無論老少，無論男女：我們需要有人把我們從週日晚上電影院排隊的人傳來的同情笑容中解救出來，一個可以防止我們落入一輩子單身跟爸爸媽媽同住這個陷阱的人。我再也不要回去那裡；我寧可一輩子足不出戶也不要吸引那樣的關注。

12

　　這個星期，我想著茉莉，我也想著**世界上最可悲的男人**，同時，應巴瑞的要求，想著我有史以來最佳的五集《歡樂酒店》：1）克里夫發現有一顆馬鈴薯長得像尼克森那集；2）約翰・克里斯幫山姆和戴安做諮商的那集；3）他們發現美國參謀總長——由那個真的海軍上將客串——偷了莉貝卡的耳環那集；4）山姆得到一個電視體育主播工作那集；5）伍迪為凱莉唱那首蠢歌那集（巴瑞說我五個裡面四個有誤，說我沒有幽默感，說他要請求「第四頻道」搞亂我每週五九點半到十點的收視，因為我是個不值得又沒品的觀眾）。不過我想都沒想到蘿拉那個週六晚上說的話，直到星期三當我回家發現一通她的留言。她沒多說什麼，只要求一份我們家裡檔案裡的一份帳單副本，但是她聲音中的口氣，使我明白我們的談話裡面有些該讓我生氣的事，但不知怎麼的我卻沒有。

第一點——事實上，第一點和最後一點——沒有和伊恩睡覺這件事。我怎麼知道她說的是實話？就我所知，她可能已經和他睡了好幾個星期，好幾個月。更何況，她只說她還沒有跟他睡，而那是她星期六的時候說的，五天以前。五天！她從那時候開始可能已經和他睡過五次！（她從那時候開始可能已經和他睡過二十次，不過你懂我的意思）。更何況就算她還沒有，她絕對是在恐嚇說她會這麼做。畢竟，「還沒有」是什麼意思？「我還沒有看過《霸道橫行》。」那是什麼意思？那表示你會去看，不是嗎？

「巴瑞，如果我跟你說我還沒有看過《霸道橫行》，那意謂著什麼？」

巴瑞望著我。

「就⋯⋯拜託，這句話：『我還沒有看過《霸道橫行》』，你認為這會是什麼意思？」

「對我來說，那表示你是個騙子。不然就是你腦袋短路了。你看了兩遍。有一遍跟蘿拉一起看，有一遍跟我和狄克一起看。我們還聊到到底是誰殺了粉紅先生，還是哪個他媽的什麼顏色先生❶。」

「對，對，我知道。但是假設我還沒看過，然後我對你說：『我還沒有看過《霸道橫行》』，你會怎麼認為？」

「我認為，你有病。而且我為你感到難過。」

「我不是這個意思，但你會不會覺得這句話好像我要去看這部電影？」

「我希望是，沒錯，要不然我必須說你不是我的朋友。」

「不，但是——」

「我很抱歉，洛，我實在搞不清楚。我對我們這番對話完全摸不著頭緒。你是在問我要是你告訴我你沒看過那部其實你已經看過

的電影的話我會怎麼想吧。我到底該說什麼才是呢？」

「你仔細聽我說。要是我跟你說——」

「『我還沒有看過《霸道橫行》，是是是，我聽到了——」

「你會不會……你會不會有那種我想去看這部電影的感覺？」

「這個嘛……你應該還不是很迫切，不然你早就去看了。」

「正是如此。我們第一天晚上就去看了，對不對？」

「但是『還沒有』這幾個字……對，我會有那種你想去看的感覺。不然的話你會說你不怎麼想去。」

「但是以你之見，我一定會去嗎？」

「這我怎麼會知道？你有可能被一輛公車撞了，或是眼睛瞎了，還是什麼的。你有可能打消念頭。你有可能身無分文。你也有可能聽膩了別人告訴你說你一定要去看。」

我不喜歡這種語氣。「這關他們什麼事？」

「因為那是一部很正點的電影。它很好笑，也很暴力，而且裡面有哈維・凱托和提姆・羅斯，一切都棒透了。還有超猛的電影原聲帶。」

也許終究伊恩跟蘿拉睡覺和《霸道橫行》是沒得比的。伊恩沒有半點哈維・凱托和提姆・羅斯的樣子。而且伊恩也不好笑。也不暴力。而且就我們以前透過天花板聽到的來研判，他的原聲帶爛透了。我已經把這推演到最極致了。

不過這還無法制止我對「還沒有」憂心忡忡。

我打電話到蘿拉工作的地方。

「噢，嗨，洛。」她說，好像我是一個她很高興接到電話的朋友（1）我不是她的朋友。（2）她並不高興聽到我的聲音。除了……）

「你好不好？」

我不會讓她躲到**我們以前在一起但現在一切都沒事了**這裡面。

「糟透了，謝謝。」她嘆了口氣。

「我們能不能碰面？你前幾晚說了些話我想弄清楚。」

「我不想⋯⋯我還沒有準備好要全部重來一遍。」

「那這段期間我該怎麼辦？」我知道我聽起來像什麼——哭哭啼啼，尖酸刻薄——但是我似乎不能自已。

「就⋯⋯過你的生活吧。你不能無所事事等著我告訴你為何我不想再見到你。」

「我們有可能會復合的事怎麼說？」

「我不知道。」

「因為前幾晚你說有可能發生。」我這個樣子對事情毫無幫助，而且我知道以她現在的心態是不會做出任何讓步的，不過我還是硬拗。

「我沒說過這種話。」

「你有！你有說！你說有機會！這跟『有可能』是一樣的！」老天爺，這實在是太可悲了。

「洛，我在上班。我們等到⋯⋯」

「如果你不要我打到你上班的地方，也許你該給我家裡的電話。我很抱歉，蘿拉，但是你不同意跟我碰面喝一杯的話，我是不會放下電話的。我看不出為什麼每次都得照你的意思。」

她短短地苦笑了一聲。「好好好好好。明天晚上怎樣？過來我辦公室接我。」她聽起來完全被打敗了。

「明天晚上？星期五？你不忙嗎？好。太好了。能看到你真好。」不過我不確定她聽見了最後面積極、言和、誠懇的那部分。那時她已經掛了電話。

13

　　我們在上班時鬼混，我們三個，準備好要回家，以及貶低彼此的排行榜：有史以來前五名最佳第一面第一首歌曲（我的：「衝擊」合唱團的 *Janie Jones*〔〈珍妮・瓊斯〉〕，出自同名專輯；布魯斯・史普林斯汀的 *Thunder Road*〔〈雷聲路〉〕，出自專輯 ***Born to Run***〔《天生勞碌命》〕；「超脫」合唱團❶的 *Smell Like Teen Spirit*〔〈嗅出青春氣息〉〕，出自專輯 ***Nevermind***〔《從不介意》〕；馬文・蓋〔Marvin Gaye〕的 *Let's Get It On*，出自專輯 ***Let's Get It On***；葛萊姆・帕森斯❷的 *Return Of The Grievous Angel*，出自專輯 ***Grievous Angel***。巴瑞說：「你難道不能選更明顯一點的嗎？「披頭四」怎麼辦？「滾石」合唱團怎麼辦？還有他媽的……他媽的……貝多芬怎麼辦？第五交響曲第一面第一首？應該不准你開唱片行。」然後我們爭辯到底他是不是個自大的蒙昧主義者──出現在巴瑞排行榜上

的 *Fire Engines* ❸，真的比馬文・蓋好嗎？那誰不是？──或者到底我是不是個人生已經去掉大半的老屁股）。然後狄克，頭一次在他的冠軍黑膠片生涯中，除了也許當他要跑到某個大老遠的地方去看某個可笑的樂團外，他說：「各位，今晚我不能去喝酒。」

空氣中有一種假裝很震驚的沉默。

「別胡鬧了，狄克。」巴瑞終於說話。

狄克有點笑意，不好意思地。「不，真的。我不去。」

「我警告你，」巴瑞說：「除非有適當的解釋，不然我要頒給你一個本週最沒出息獎。」

狄克不說一個字。

「說啊。你要去跟誰碰面？」

他還是不說。

「狄克，你有對象了？」

沉默。

「我不敢相信。」巴瑞說：「這世界上的天理在哪裡？在哪裡？天理！狄克要去赴火辣辣的約會，洛上了茉莉・拉薩爾，而他們之中最帥也最聰明的人居然什麼也沒有。」

他可不是在試探。沒有一點偷瞄看他是不是擊中了目標，沒有一點遲疑看我是不是要打斷他；他知道，而我感到被打敗了而同時又沾沾自喜。

「你怎麼會知道？」

「噢，拜託，洛。你當我們是什麼？狄克的約會讓我比較困擾。狄克，這怎麼發生的？可能有合理的解釋嗎？好，好。星期天晚上你在家，因為你幫我錄了 Creation ❹的 B 面合輯。我星期一晚上跟昨晚都跟你在一起。那只剩下……星期二！」

狄克不說一個字。

「你星期二上哪裡去了？」

「只不過跟幾個朋友去看一場演出。」

真的有那麼明顯嗎？我猜有那麼一點，星期六晚上的時候，但是巴瑞不可能知道真的發生了什麼事。

「是哪一種的演出讓你一走進去就認識別人？」

「我沒有一走進去就認識她。她跟我在那裡碰面的朋友一起來的。」

「然後你今晚還要和她見面？」

「對。」

「名字呢？」

「安娜。」

「她只有半個名字嗎？是嗎？安娜什麼？安娜‧尼歌❺？綠色小屋的安娜❻？安娜‧康達❼？說啊。」

「安娜‧摩斯。」

「安娜‧摩斯（Anna Moss）❽。長滿苔蘚。苔蘚女。」

我以前聽過他對女人做過這種事，我不確定為何我不喜歡他這樣。我以前有一次跟蘿拉談過，因為他也對她玩過這種把戲；某個跟她的姓有關的愚蠢雙關語，我現在記不得是什麼。躺平（Lie-down）、被躺上去（Lied-on）❾之類的。而我痛恨他這麼做。我要她當蘿拉，有一個甜美、漂亮、女孩子的名字，讓我想做白日夢時可以幻想。我不要他把她變成一個男的。蘿拉，當然，認為我有點狡猾，認為我是想試圖要女生保持柔柔軟軟又傻里傻氣又嬌滴滴的樣子；她說我不想看待她們跟我看待我的弟兄們一樣。她說得對，當然了——我不想。不過這不是重點。巴瑞這麼做不是為了支持平

等而奮鬥；他這麼做是因爲他怨恨在心，因爲他想破壞任何蘿拉或安娜或其他人在我們之中製造的情愛幸福。他很敏銳，巴瑞。敏銳而惡劣。他了解女生名字所包含的力量，而且他不喜歡。

「她是不是全身毛毛綠綠？」

剛開始本來是開玩笑——巴瑞是這場控訴的魔鬼檢察官，狄克是被告——但現在這些角色已經開始成形。狄克看起來自責得要命，而他所做的不過是認識某人。

「別再鬧了，巴瑞。」我告訴他。

「噢，對，你會這麼說，對嗎？你們兩個現在一個鼻孔出氣了。打炮者團結聯盟，是不是？」

我試著對他有耐心。「你到底要不要去酒館？」

「不去。全是屁話。」

「隨你便。」

巴瑞走了；現在狄克很自責，不是因爲他認識了某人，而是因爲我，因爲沒有人陪我喝酒。

「我想我還有時間很快喝一杯。」

「不用擔心，狄克。巴瑞是個蠢蛋可不是你的錯。祝你今晚愉快。」

他突然對我露出由衷感激的表情，那表情足以叫人心碎。

我覺得我好像這輩子都在進行這種談話。我們中間再沒有人還年輕氣盛，然而剛剛發生的事有可能在我十六歲時發生，或二十歲，或二十五歲。我們長大到青少年然後就靜止不動；我們擘畫出地圖而後讓疆界停留在一模一樣的地方。爲什麼狄克跟某人交往會讓巴瑞這麼難受？因爲他不想看到電影院排隊的人裡面，有暴牙穿

連身帽夾克那個男人傳來的笑容，這就是為什麼；他在擔心他的人生會變成怎樣，而且他很寂寞，而寂寞的人是所有人當中最尖酸刻薄的。

14

　　從我開了這家店以來，我們一直試著要賣掉一張由一個叫「席德‧詹姆斯體驗」❶的合唱團體所出的唱片。通常我們解決掉我們無法轉手的東西──降價到十分錢，或者丟掉──但是巴瑞愛極了這張專輯（他自己就有兩張，以免有人借了一張然後沒有還），而且他說這張很稀有，說有一天我們會讓某個人非常開心。其實，這已經變成有點像個笑話了。常客們會問候它的近況，當他們在瀏覽時友善地拍它一下，有時候他們會帶著唱片封套到櫃檯來好像他們要買，然後說：「開玩笑的！」再把它放回原來的地方。

　　無論如何，星期五早上，這個我以前從來沒見過的傢伙翻看著「英國流行歌曲 S-Z」區，因驚喜而倒抽了一口氣然後衝到櫃檯前，把唱片封套緊緊抱在胸前彷彿怕有人會將它奪走似的。他拿出皮夾付錢，七塊錢，就這樣，毫無討價還價的意思，對他所作所為的重

大意義毫無認知。我讓巴瑞招呼他——這是他的時刻——而狄克和我監看每個動靜，屏氣凝神；這就好像有人走進來把石油澆在身上然後從口袋裡掏出一盒火柴。我們不敢呼氣直到他劃下火柴然後全身著火，當他走了以後我們笑了又笑，笑了又笑。這給了我們力量：如果有人可以直接走進來然後買下「席德‧詹姆斯體驗」的專輯，當然隨時都可能會有好事發生。

蘿拉自從我上次見到她以來已經有所改變。部分原因是因為化妝，她為了上班畫的，那讓她看起來比較不煩躁，不疲倦，有自制力。但不僅僅是這樣。但還有別的事情發生，也許是實際的事情，也許是在她的腦海裡。無論是什麼，你可以看出她認為她已經展開人生新的階段。她還沒有。我不會讓她得逞。

我們到她工作附近的一家酒吧——不是酒館，是酒吧，牆上掛著棒球選手的照片，還有用粉筆寫在布告欄上的菜單，顯然沒有生啤酒手動幫浦，以及西裝筆挺喝著美國瓶裝啤酒的人們。人不多，我們單獨坐在靠後面的包廂。

她單刀直入地說：「所以，你好不好？」好像我不算什麼人。我喃喃地說了幾句，而我知道我快要克制不住，我幾乎就要說出口了，然後，就這樣，砰，「你跟他上床了沒有？」然後一切全部結束。

「這就是你要跟我見面的原因？」

「我猜是吧。」

「噢，洛。」

我只想再把問題問一遍，立刻問。我要一個答案，我不要「噢，洛。」和一個同情的眼光。

「你要我說什麼？」

「我要你說你還沒有，而且我要你的答案是真的。」

「我不能那麼說。」當她說這句話的時候她也無法直視我。

她開始岔開話題，但是我聽不見；我已經衝到外面的街上，推開所有穿西裝和雨衣的人群，憤怒反胃地走在回家的路上，去聽更多吵鬧、憤怒的音樂會讓我覺得好過一些。

隔天早上那個買「席德‧詹姆斯體驗」專輯的傢伙來店裡換唱片。他說那不是他原先以為的音樂。

「你本來以為這是什麼？」我問他。

「我不知道。」他說：「別的。」他聳聳肩，反過來看著我們三個。我們全都望著他，挫敗、驚駭；他看起來很尷尬。

「你整張都聽過了嗎？」巴瑞問。

「到了第二面中間時我把它拿起來。不喜歡。」

「回家再試一次。」巴瑞絕望地說：「你會慢慢愛上它，它是細水長流型的。」

這傢伙無助地搖著頭。他已經下定決心。他選了一張「瘋狂一族」合唱團的二手CD，而我把「席德‧詹姆斯體驗」重新放回架上。

蘿拉下午打電話來。

「你一定知道這會發生。」她說：「你不可能全然毫無準備。就像你說的，我已經跟這個人住在一起。我們有時候難免會發生那檔子事。」她發出一聲緊張，並且，在我的想法看來，極度不妥的笑聲。

「更何況，我一直試著告訴你，這不是真正的重點，對嗎？重

點是，我們把自己搞得一團亂。」

我想掛斷電話，但是人只有為了再接到電話才會掛電話，而蘿拉幹嘛再打給我？一點理由也沒有。

「你還在線上嗎？你在想什麼？」

我在想：我曾經跟這個人共浴（就那麼一次，許多年以前，不過，你知道，共浴就是共浴），而我已經開始很難記起她長什麼樣子。我在想：我真希望這個階段已經結束，我們可以繼續到下個階段，你可以讀著報紙看到《女人香》要在電視上播，然後你對自己說，噢，我跟蘿拉一起看過那部電影。我想：我應該要爭嗎？我要用什麼爭？我在跟誰爭？

「沒事。」

「如果你要的話，我們可以再約出來喝一杯。這樣我才能好好解釋。我至少欠你這麼多。」

這麼多。

「要多到多少才算太多？」

「對不起？」

「沒事。聽著，我得走了。我也要工作，你知道。」

「你會打給我嗎？」

「我沒有你的號碼。」

「你可以打到我上班的地方。我們再找時間見面好好談一談。」

「好。」

「你保證？」

「對。」

「因為我不希望這是我們最後一次交談。我知道你什麼樣子。」

但她一點也不知道我什麼樣子：我一天到晚打給她。我當天下

午晚一點就打給她，當巴瑞出去找東西吃而狄克忙著在後面整理郵購的東西時。我六點以後打給她，那時巴瑞和狄克都走了。等我到家時，我打電話給查號台查出伊恩的新電話，然後我大概打了七次，每次他接起來我就掛斷；到最後，蘿拉猜到怎麼回事，然後自己接起電話。我隔天早上又打給她，下午打了兩次，晚上我再從酒館打給她。離開酒館後我走到伊恩住的地方，只是為了看看從外面看起來長什麼樣子（只不過是另一棟北倫敦的三層樓房屋，雖然我不知道他住哪一層，而且全部都沒亮燈）。我沒其他事情做。簡而言之，我又失控了，就像我在很多年以前，為了查理那樣。

有的男人會打電話，有的男人不會打，而我真的、真的寧可當後面那種。他們是上得了檯面的男人，女人在抱怨我們時心中想的那種男人。那是一種安全、實在、毫無意義的既定形像：那種看起來不屑一顧的男人，他們被甩了後，也許獨自在酒館裡坐上幾晚，然後繼續過日子；雖然下一回合時他比上一次更不輕易相信，但他不會讓自己丟臉，或是嚇壞任何人，而這個星期這兩件事我都幹了。前一天蘿拉既愧疚又自責，隔一天她又害怕又生氣，而我要為這種轉變付起全部的責任，這麼做對我一點好處也沒有。如果可以的話我會住手，但這件事我似乎毫無選擇：我滿腦子無時無刻，都是這件事。「我知道你什麼樣子。」蘿拉說，而她真的知道，有那麼一點吧：她知道我是那種不怎麼花力氣的人，我是那種有好幾年都沒跟朋友見面的人，我是那種再也沒有跟任何一個上過床的對象說過話的人。但是她不知道該怎麼做才能改善這種情況。

*　　　*　　　*

如今我想見見他們：愛莉森‧艾許華斯，她在公園裡在三個悲慘的晚上之後甩了我。潘妮，她不讓我碰她，然後徹底轉變成和那個混帳克里斯‧湯森上了床。賈姬，只有在她跟我最要好的一個朋友交往時才有吸引力。莎拉，我跟她組成一個反對世上所有甩人者聯合陣線，而她終究還是甩了我。還有查理，尤其是查理，因為我要為這一切感謝她：我美妙的工作，我的性愛自信心，所有種種。我想要成為成熟健全的人類，沒有憤怒和罪惡感和自我憎惡這一切盤根錯節。我看到他們時我要做什麼？我不知道。只是聊一聊。問問他們的現況，還有在我惡搞他們之後，他們是不是原諒我惡搞他們，還有在他們惡搞我之後，告訴他們我原諒他們惡搞我。這樣不是很棒嗎？如果我輪流跟他們全部見面，然後驅除掉那些不舒服的感覺，只留下柔軟、溫潤的感覺，像布利乳酪而非又老又硬的帕馬森乾酪，我會感到潔淨，而且平靜，準備好重新出發。

　　布魯斯‧史普林斯汀向來在他的歌裡這麼唱。也許不是向來如此，不過他曾經唱過。你知道出自《生在美國》（**Born in USA**）那張專輯裡那首 *Bobby Jean*（〈巴比珍〉）嗎？總之，他打電話給一個女孩，但是她好幾年以前已經離開家鄉，他很懊惱他竟然不知道，因為他想道聲珍重再見，告訴她他想念她，然後祝她好運。那種薩克斯風獨奏進來，你全身會起雞皮疙瘩，如果你喜歡薩克斯風獨奏的話。還有布魯斯‧史普林斯汀。我真希望我的人生像首布魯斯‧史普林斯汀的歌。一次就好。我知道我不是「天生勞碌命」，我知道七姊妹路一點也不像「雷聲路」❷，但是感覺不可能差那麼多，對吧？我想打電話給她們每一個，祝她們好運，跟她們珍重再見，她們會感覺很好，我也會覺得很好，我們全部都會覺得很好。這樣會很好。甚至好極了。

15

　　我被引薦給安娜。有一晚巴瑞不在，狄克帶她到酒館來。她很嬌小，安靜，客氣，很容易緊張的友善，而狄克顯然很愛慕她。他希望得到我的稱許，而我可以很輕易地給予，給上一大堆。我幹嘛要狄克不快樂？我不要。我要他盡其可能地快樂。我要他讓我們其他人看到，要同時維持一段感情和龐大的唱片收藏是有可能的。

　　「她有沒有朋友可以介紹給我？」我問狄克。

　　當然，通常，當安娜跟我們坐在一起，我不會用第三人稱來稱呼她，不過我有個藉口：我的問題同時是一項認可和引喻，而狄克認出這點而笑得很開心。

　　「理察‧湯普森，」他跟安娜解釋：「這是理察‧湯普森專輯 *I Want To See The Bright Lights Tonight*❶ 裡的一首歌。對不對，洛？」

　　「理察‧湯普森。」安娜重複一遍，用一種暗示過去幾天以來

她已經快速地吸收了大量資訊的聲音。「好，他是哪一個？狄克一直試著給我上課。」

「我不認爲我們已經上到他那裡了，」狄克說：「總之，他是一個民謠／搖滾的歌手，也是英格蘭最好的電吉他手。你會這樣說對不對，洛？」他緊張地問；如果巴瑞在場，他會非常樂意在這個關頭把狄克一槍擊斃。

「沒有錯，狄克。」我跟他保證。狄克鬆了口氣滿意地點著頭。

「安娜是『頭腦簡單』合唱團（Simple Minds）的樂迷。」受理察·湯普森的成功所鼓勵，狄克吐露了這個祕密。

「噢，是這樣。」我不知該說什麼。這，在我們的世界裡，是一項駭人聽聞的消息。我們痛恨「頭腦簡單」合唱團。他們在我們的音樂革命到來時前五個該被槍斃的樂團或歌手排行榜上排行第一（麥可·伯特恩〔Michael Bolton〕，U2，布萊恩·亞當斯〔Bryan Adams〕，還有意外中的意外，「創世紀」合唱團〔Genesis〕被擠進他們後面。巴瑞想要槍斃「披頭四」，但是我指出有人已經下手了）。我很難理解他怎麼會跟一個「頭腦簡單」合唱團的樂迷在一起，而這，跟要去搞懂他怎麼會跟一名皇室成員或是一個影子內閣成員配成一對一樣；有問題的不是吸引力的部分，而是他們到底一開始怎麼會湊在一起？

「不過我想她已經開始理解她爲什麼不該如此。你說是不是？」

「也許吧。有一點。」他們彼此微笑。如果你仔細想想，那有一點怪怪的。

是麗茲制止我一直打電話給蘿拉。她帶我到「船艙酒館」好好地訓了我一頓。

「你眞的把她惹毛了，」她說：「還有他。」

「噢，說得好像我在乎他。」

「你是應該要在乎。」

「爲什麼？」

「因爲……因爲你所做的只是造成小團體，他們對抗你。在你發動這些事以前，根本沒有小團體。只有三個人搞得一團亂。而如今他們有了一件共同的目標，你不會想讓情況更惡化的。」

「你幹嘛這麼擔心呀？我以爲我是個混蛋。」

「是啊，唉，他也是。他是一個更大的混蛋，但他連什麼錯都還沒犯過。」

「爲什麼他是個混蛋？」

「你知道爲什麼他是個混蛋。」

「你怎麼會知道我知道他是個混蛋？」

「因爲蘿拉跟我說過。」

「你們兩個談過我認爲她的新任男友有什麼問題？你們怎麼會談這個？」

「我們繞了好長一段路。」

「帶我走捷徑。」

「你會不高興。」

「拜託，麗茲。」

「好吧。她告訴我你以前常取笑伊恩，當你們都住在同一棟公寓的時候……就在那時候她決定要離開你。」

「對那種人你一定會取笑他，不是嗎？那頭李歐・塞爾❷的髮型跟吊帶褲，還有愚蠢的笑聲跟打自己手槍式的主張平等的政治觀還有……」

麗茲笑了。「那麼蘿拉沒有誇大。你不是很迷他，是不是？」

「我他媽的受不了那傢伙。」

「對，我也受不了。原因一模一樣。」

「那她腦子裡在想什麼？」

「她說你那小小的伊恩狂飆讓她看到你已經變得多……她用尖酸這個字眼……多尖酸。她說她從前愛你的熱忱和你的溫暖，而這些都完全枯竭了。你不再讓她開懷大笑，你開始讓她沮喪得要命。現在你還讓她恐懼。她可以叫警察，你知道，如果她要的話。」

警察。老天爺。前不久你還在廚房裡隨著「鮑伯・威爾斯與德州花花公子」❸起舞（嘿！我那時候讓她開懷大笑，而那不過是幾個月前的事！），接下來她要讓你被關起來。我很長很長的時間一句話也沒說。我想不出能說什麼話聽起來不尖酸。「我有什麼讓你覺得溫暖的地方？」我想問她。「那些熱忱打從哪裡來？當某人想叫警察來抓你，你怎麼能讓他們開懷大笑？」

「但是你為什麼一天到晚打電話給她？你為什麼那麼想要她回來？」

「你以為呢？」

「我不知道。蘿拉也不知道。」

「如果連她都不知道，那有什麼意義？」

「永遠有意義。即使那個意義只是為了在下一次避免這種困境，還是有意義。」

「下一次。你以為還有下一次嗎？」

「拜託，洛，別這麼可悲好不好。而且你剛剛問了三個問題來逃避回答我的一個問題。」

「哪一個問題？」

「哈哈。我在桃樂絲・黛❹的電影裡面看過你這種男人，但我從沒想過他們真的存在現實生活中。」她換上一種平板、低沉的美國嗓音。「不能給承諾的男人，即便他們想說，他們也說不出『我愛你』，而是開始咳嗽，還口沫橫飛，然後轉移話題。你這種人就在這裡。一個活生生、會呼吸的樣本。真是不可思議。」

我知道她說的是哪些電影，那些電影很蠢。那種男人不存在。說「我愛你」很容易，跟撒泡尿一樣簡單，而我認識的每個男人或多或少隨時都這麼做。有幾次我曾經表現得好像我無法說出口，雖然我不確定是為什麼。也許是因為我想借用那種過時的桃樂絲・黛羅曼史的片刻，讓此刻比實際上更重大。你知道，你跟某人在一起，然後你開始說幾句，然後你閉上嘴，然後她說：「什麼？」然後你說：「沒什麼。」然後她說：「求求你說。」然後你說：「不要，聽起來很蠢。」然後她強迫你說出來，雖然你本來一直就打算要說，然後她認為一切更有價值，因為是努力爭取來的。也許她根本一直心知肚明你不過是在胡鬧，但是她也不介意。這就像一句話說的：這是我們每一個人跟演電影最接近的時候，當你決定你喜歡一個人到了可以跟她說你愛她那幾天，而且你不想用一團悶悶不樂、直來直往、不說廢話的真誠懇切來攪亂這件事。

但是我不會糾正麗茲。我不會告訴她，這一切不過是個奪回主導權的方法，說我不知道我是不是愛蘿拉，但只要她跟別人在一起，我永遠都不會知道；我寧願麗茲認為我是那種肛門期性格、話說不出口但情感忠實、終究會看見明燈的陳腔濫調男人。就長遠來說，我猜這對我沒有任何壞處。

16

我從最前面開始，從愛莉森。我要我媽從當地電話簿查出她爸媽的電話，然後從那裡開始。

「是艾許華斯太太嗎？」

「我是。」艾許華斯太太和我從來沒被引見過。在我們六小時的戀愛期，我們還沒真的到達跟對方父母見面的階段。

「我是一個愛莉森的老朋友，我想再跟她聯繫。」

「你要她在澳洲的地址嗎？」

「如果……如果那是她現在住的地方，好吧。」我不能很快地原諒愛莉森了。事實上，那會花上我好幾個星期：好幾個星期寫信，好幾個星期等回信。

她給我她女兒的地址，我問愛莉森在那裡做什麼；結果是她跟一個從事營造業的人結了婚，還有她是一名護士，他們有兩個孩

子，都是女孩，巴啦巴啦的。我設法抗拒不去問她是否曾經提到我。你只能自我耽溺到某種程度。然後我問起大衛，他在倫敦為一家會計公司工作，還有他結婚了，還有他也有兩個女兒，還有難道家裡沒有人會生兒子嗎？連愛莉森的表親也剛生了一個小女兒！我在所有適當處表現我的不敢置信。

「你怎麼認識愛莉森的？」

「我是她第一個男朋友。」

一陣沉默。有那麼一下子，我擔心過去二十年來我是否被認定要為艾許華斯家裡某種我沒犯下的性犯罪負責。

「她嫁給她第一個男朋友。凱文。她現在是愛莉森·班尼斯特太太。」

她嫁給凱文·班尼斯特。我被我無法控制的力量駁倒。這太過分了。違逆老天的旨意我有何勝算？一點勝算也沒有。這跟我，或是我的缺點，都沒有關係，我可以感覺到，就在我們交談之際，愛莉森·艾許華斯於我的傷痕正在痊癒。

「如果她那麼說的話，她在說謊。」這原本是個笑話，但是一出口就全然不是那樣。

「我請你再說一次？」

「沒有。說真的，撇開這個玩笑，哈哈，我在凱文之前和他交往。大概只有一個星期。」──我必須說多一點，因為如果我告訴她實話，她會想我瘋了──「不過那也算，不是嗎？畢竟，接吻就是接吻，哈哈。」我不會就這樣被遺留在歷史之外。我扮演我的角色，我唱了我的戲。

「你說你叫什麼名字？」

「洛，巴比，巴伯，洛伯。洛伯·齊莫曼。」他媽的見鬼了。

「這樣，洛伯，當我跟她通話時，我會告訴她你打電話來。不過我不能保證她會記得你。」

她說得沒錯，當然了。她會記得她跟凱文開始的那晚，不過她可不會記得前一晚。大概只有我會記得那個前一晚。我猜我早該在好幾年前忘卻這檔事，不過忘卻不是我最拿手的事。

這個男人走進店裡來買 *Fireball XL5* ❶的主題曲給他太太當生日禮物（我剛好有一張，原版，十塊錢賣給他）。他大概比我小兩、三歲，但是他說話很得體，而且穿著西裝，而且為了某種原因他把汽車鑰匙甩來甩去，這三件事讓我覺得我也許比他還小二十歲，我二十幾歲他四十幾歲。我突然有強烈的慾望想知道他怎麼看我。當然，我沒有屈服（「這是找你的零錢，這是你的唱片，現在來吧，老實說，你認為我是個廢物，對不對？」），不過我後來思索良久，就他看起來我像什麼樣子。

我是說，他已經結婚了，這是一件很恐怖的事，而且他有那種你可以很有自信地發出噪音的車鑰匙，所以他顯然有一輛，譬如說，BMW，一輛蝙蝠車，還是什麼金光閃閃的車，而且他做需要穿西裝的工作，在我沒受過訓練的眼光看來，看起來像是一套頗昂貴的西裝。我今天比平常看起來稱頭一點——我穿著還算新的黑色牛仔褲，而非那些老舊的藍色牛仔褲，而且我穿著一件我還真的不嫌麻煩熨過的長袖POLO衫——即便如此這般，我顯然還算不上是一個做著成年人工作的成年人。我想跟他一樣嗎？不盡然，我不認為。但我發現自己又開始擔心有關流行音樂的那一套論調，是因為我不快樂所以我才喜歡，還是因為我喜歡所以我才不快樂。我想知道這名男子是否曾經很一本正經的看待那一套論調，他是否曾經被

171

千百萬首有關……有關……（說啊，老兄，說啊）……呃，有關愛情的歌曲團團圍住。我會猜他不曾。我也會猜道格拉斯・赫德❷不曾，還有那個在英國央行工作的傢伙也不曾，還有大衛・歐文❸、尼可拉斯・維雀爾❹、凱特・艾蒂❺和其他一大票我應該叫得出名字的名人，但我叫不出來，因爲他們從沒在 **Booker T and the MGs**❻裡演奏過。這些人看起來好像他們根本不會有時間聽《艾爾・葛林精選集》（*Al Green's*❼ *Greatest Hits*）的第一面，更別說所有他其他（光是在 Hi Label❽就有十張專輯，雖說其中只有九張是由 Willie Mitchell 製作）；他們太忙於調整費率基礎，試圖爲之前稱爲南斯拉夫的地方帶來和平，以至於無法去聽 *Sha La La (Make Me Happy)*。

所以談到普遍接受的關於一本正經這個概念時，他們可能會責難我（雖說每個人都知道，*Al Green Explores Your Mind* 是再嚴肅也不過的了），不過當提到關於心的種種，我應該比他們更具優勢。我應該可以說：「凱特，在戰爭地帶衝鋒陷陣的確很不錯。但是對於唯一眞正重要的事情你要怎麼辦？你明白我在說什麼，寶貝。」然後我會把所有我在**音樂知識學院**拾得的感情建言都傳授給她。不過，事情沒有這樣發生。我對於凱特・艾蒂的感情生活一無所知，但是不可能會比我的狀況更慘，會嗎？我花了將近三十年的光陰聆聽人們唱著有關心碎的歌曲對我有任何幫助嗎？只有嗯爛。

所以也許我前面說過的，聽太多的音樂會把你的人生搞砸……也許眞的有那麼一點道理。大衛・歐文，他結婚了，對嗎？這些事他全部都已經安排妥當，他現在是鼎鼎大名的外交官。那個穿著西裝手拿車鑰匙的傢伙，他也結婚了，而他現在是，我不曉得，是個生意人。我，我沒結婚——此時此刻徹徹底底地沒結婚——而我擁

有一家搖搖欲墜的唱片行。似乎對我而言，假使你把音樂（也許還有書，還有電影，還有戲劇，任何可以讓你感覺的事）置於生活的中心，那麼你便無法好好處理你的愛情生活，開始把它當成一個已完成的成品來看待。你一定會挑它毛病，讓它保持活力與混亂，你一定會不斷挑它毛病，把它拆散直到它四分五裂，然後你被迫全部重新來過。也許我們都把日子過得高了一個音，我們這些成天吸取感情事物的人，以至於我們永遠無法僅僅感到滿足：我們必須要不快樂，或欣喜若狂，神魂顛倒地快樂，而這些狀態在一段穩定、紮實的感情中是很難達成的。也許艾爾・葛林根本要比我所體會到的，還要付起更大的責任。

你看，唱片曾幫助我陷入愛河，毫無疑問。我聽到新的音樂，其中一個和弦的改變會讓我心馳神醉，接著在我還沒明白前我已經找了新歡，而在我還沒明白前我已經找到了。我愛上柔希那個同步高潮女是在我愛上「煙槍牛仔」合唱團之後，我反覆地聽反覆地聽反覆地聽，然後它使我成天做夢，然後我需要有人可以讓我夢，然後我找到她，然後……呃，就有了麻煩。

17

　　潘妮很容易。我不是指，你知道的，那種容易（如果我是那個意思，我就不必跟她碰面談她跟克里斯‧湯森上床的事，因爲我會先上了她，那天早上他就沒辦法在教室裡放連珠砲）。我是指她很容易查到。我媽常跟她媽見面，前一陣子我媽給了我她的電話叫我跟她聯絡，而潘妮的媽媽給她我的電話，但我們兩個都沒有任何動作，不過我還是留著電話號碼。她聽到是我的時候很驚訝──當她試著記起這個名字是誰時，有一陣長長的電腦記憶體沉默，然後一聲認得的輕笑──但不是，我認爲，不高興，然後我們約好一起去看場電影，一部她爲了工作必須看的中國片，接著再去吃頓飯。

　　電影還可以，比我想像的要來得好──是關於一個女人被送去跟一個男人住，而他已經有一大票老婆，所以是有關她怎麼跟她的對手們過日子，而一切都搞得一塌糊塗❶。理所當然。但是潘妮帶

著一支尾端有個小燈的特殊電影評論筆（雖然說她不是個影評人，她只是個BBC的廣播記者），觀眾不斷轉頭看她然後彼此擦撞，而我覺得跟她坐在一起有點令人討厭（雖然這麼說有點不道德，但我必須說，即使沒有那支特殊電影評論筆，她看起來還是很好笑：她向來是個喜歡穿女性化衣物的女生，但是她今晚穿的衣服——大花洋裝，米白色風衣——把女性化發展得過頭到壽終正寢的地步。「那個穿皮衣的酷哥幹嘛跟維吉妮雅·巴特莉❷的姊姊混在一起？」觀眾們大概會這麼想吧）。

我們去一家她認識的義大利餐廳，他們也認識她，而且他們用胡椒研磨器做一些粗野的動作逗她開心。往往，都是那些對工作很嚴肅的人會因愚蠢的玩笑而發笑；好像他們是低度幽默，而且，因此，受早洩笑聲所苦。不過她還不錯，真的。她是個好人，好朋友，可以很輕易地談她跟克里斯·湯森上床的事。我開門見山的說了，也沒多做解釋。

我試著用一種心情愉快、自我解嘲的方式來談這件事（是關於我，而非他跟她），但是她嚇到了，充滿不屑；她放下刀叉轉頭看別的地方，我看得出她幾乎要落淚了。

「混蛋，」她說：「我真希望你沒告訴我。」

「我很抱歉。我只是以為，你知道的，都過那麼久了。」

「那麼，這對你來說顯然不是那麼久以前的事了。」

有道理。

「你說得是。但我只是覺得自己很怪。」

「反正，為什麼突然間需要告訴我這些事呢？」

我聳聳肩。「不知道。只是……」

然後我告訴她，相反地，我確實知道：我告訴她有關蘿拉和伊

恩（雖然我沒告訴她關於茉莉，借錢，墮胎或令人頭痛的柔希這些事），以及關於查理的事，也許超過她想知道的；我試圖說明我覺得自己像個**拋棄男**，查理想跟馬可上床而不是跟我，還有蘿拉想跟伊恩上床而不是跟我，還有愛莉森・艾許華斯，即是在那麼多年以前，想跟凱文・班尼斯特廝混而不是跟我（雖然我沒有跟她分享我最近發現的：天意的不可抗拒），還有她，潘妮，想跟克里斯・湯森上床而不是跟我，也許她能幫我了解這為何一再發生，為什麼我顯然注定要被拋棄？

然後她告訴我，費了她很大的力氣，老實說，帶著怨毒，她記得曾經發生過的事，她說她很生我的氣，說她本來想跟我上床，總有那麼一天，但不是她十六歲的時候，她說當我甩了她——「當你甩了我，」她憤怒地重複一遍：「是因為，用你動聽的話來說，我很『矜持』，我哭了又哭，而且我恨你。然後這個小混帳約我出去，而我已經累得無法擺脫他，那不能算是強暴，因為我說好，但也差不多。然後我到念完大學前都沒有跟任何人上床，因為我痛恨上床痛恨得要命。而你現在要聊關於拋棄的事。去你媽的，洛。」

所以這是另一個不必我操心的人。我早該在幾年前就擺脫它了。

用透明膠帶貼在店門裡面的是一張手寫告示，已經隨著時間泛黃褪色。它是這麼寫的：

徵求時髦年輕的快槍手（貝斯、鼓、吉他）成立新樂團。必須喜歡REM、「原始吶喊」合唱團（Primal Scream）、「歌迷俱樂部」合唱團（Fanclub）等等。請與店內的巴瑞接洽。

這則廣告從前會用一句恫嚇人的附註**懶鬼勿試**做為結尾，但在召募動力開始幾年後，在一次令人大失所望的回應後，巴瑞決定連懶鬼也歡迎加入，還是沒有明顯的效果；也許是他們連從店門走到櫃檯都打不起精神。前不久，一個有一套鼓具的傢伙進來詢問，而後雖然這組極簡的主唱／鼓手二人組的確練習了幾次（可惜，沒有

任何錄音帶留下來），巴瑞最後，也許他做的決定很明智：他需要完整一點的音樂。

不過，從那時候起，無聲無息……一直到今天。狄克最先看到他——他用手肘推推我，我們出神地看著這傢伙盯著告示，雖然當他轉身看我們哪一個是巴瑞時，我們馬上就回頭做先前的工作。他既不時髦，也不年輕——他看起來比較像個**現任**搖滾樂隊巡迴演出的搬運工，而不像一張超級精選唱片封套上的明星。他有一頭又長又直綁成馬尾的深色頭髮，還有一個垂晃在皮帶外爭取多點空間的肚腩。終於他來到櫃檯前，然後指著背後的門。

「這位巴瑞老頭在嗎？」

「我去幫你找他。」

我走進儲藏室，巴瑞正在那裡躺著休息。

「喂，巴瑞。有人來問你廣告的事。」

「什麼廣告？」

「組樂團的。」

他睜開眼睛看著我。「滾蛋。」

「我沒開玩笑。他想跟你談談。」

他站起身來走到店內。

「什麼事？」

「那張廣告是你貼的嗎？」

「是的。」

「你會彈什麼樂器？」

「什麼都不會。」連巴瑞那麼想在「麥迪遜廣場公園」❶演出的熱切渴望，都沒辦法推動他現實一點去學個簡單樂器。

「不過你會唱歌，對吧？」

「對。」

「我們要找歌手。」

「你們玩哪種音樂？」

「呀，就是，你知道，你提到的那種。不過我們想比那些音樂更實驗一點。我們想保留我們的流行感，但把它向外延伸一些。」

老天保佑我們。

「聽起來很棒。」

「我們還沒有任何現場演出之類的。我們才剛湊在一起。找點樂子。像這樣。讓我們看看將來會怎樣，好嗎？」

「好。」

那個**現任**搖滾樂隊巡迴演出的搬運工草草寫下一個地址，跟巴瑞握握手，然後離開。狄克跟我目瞪口呆看著他的背影，以防萬一他自行焚毀，或銷聲匿跡，或長出天使的翅膀；巴瑞只是把地址塞進他的牛仔褲口袋，然後找張唱片來放，彷彿剛剛發生的——一個神祕客走進來賜給他他最想要的某個願望——並非我們大多數人徒勞等待的小小奇蹟。

「幹嘛？」他說：「你們兩個怎麼搞的？只不過是個沒用的車庫（garage）小樂團。沒什麼大不了。」

賈姬住在皮納鎮，離我們長大的地方不遠，當然啦，是跟我的朋友菲爾在一起。當我打給她時，她馬上知道我是誰，推測起來應該是因為我是她人生中唯一的別的男人，剛開始她聽起來有點戒心，有點猜疑，好像我想把舊事重演一遍。我告訴她我爸媽都好，我開了自己的店，我還沒結婚也沒有孩子，此刻猜疑轉變為同情，也許還有一絲愧疚（是我的錯嗎？你可以聽見她這麼想。難道他的

愛情生活到一九七五年我跟菲爾復合的時候就壽終正寢了嗎？）；她告訴我他們有兩個孩子和一間小房子，他們倆都上班，她終究沒有去念大學，就跟她所害怕的一樣。為了了結這一段履歷結束後的片刻沉默，她邀我到他們家吃晚餐，而在這項邀請後的片刻沉默以後，我接受了。

賈姬頭上已經有幾綹灰髮，不過還是跟以前一樣看來漂亮友善又明理；我親了她的臉，然後把手伸向菲爾。菲爾如今已經是個大男人，有著鬍鬚、襯衫、一小塊禿頭和鬆開的領帶，但是他在回握我的手之前演出一段盛大的停頓——他要我明白這是象徵性的一刻，表示他已經原諒我多年前的罪過。我想，老天爺，只有大象從來不會遺忘，而不是英國電信的售後服務人員。不過話說回來，我在這裡幹嘛？難道我不是拿大多數人多年前早該遺忘的事情在瞎攪和？

賈姬和菲爾是英格蘭東南方最無聊的人，可能是因為他們已經結婚太久了，因此完全沒有話說，只有他們已經結婚多久了這件事。到最後，我只能用一種開玩笑的方式，問他們成功的祕密；我只不過是節省時間，因為我想他們遲早會告訴我。

「要是你找到對的人，那麼你就是找到對的人，無論你年紀多大。」（菲爾）

「你必須對感情下功夫。你不能每次事情不對勁就鬧分手。」（賈姬）

「沒有錯。揮揮手然後跟一個讓你傾倒的人重頭開始當然很簡單，不過你還是會走到必須對新歡下點功夫的階段。」（菲爾）

「我可以告訴你，沒有那麼多的燭光晚餐和二度蜜月。我們早就超越這一切了。我們倆是朋友，遠勝過其他關係。」（賈姬）

「不管別人怎麼想，你不能沒頭沒腦地跟你第一個喜歡的對象跳上床，而又希望你不會對你的婚姻造成傷害。」（菲爾）

「現在年輕人的問題是……」沒有。開個玩笑而已。不過他們對自己所擁有的簡直是……基本教義派。好像我從北倫敦上來，是爲了逮捕他們奉行單一配偶制。我不是，不過他們認爲在我來的地方那是一種罪行的想法並沒有錯，那是違法的，因爲我們全都是犬儒主義者與浪漫派，有時候兩者同時兼具，而婚姻，帶著它的那些陳腔濫調和它持續的低瓦數亮度，就是像大蒜對吸血鬼一樣不受我們歡迎。

當電話鈴響時，我正在家裡，錄一卷舊單曲卡帶。

「嗨，是洛嗎？」

我認出這個聲音屬於一個我不喜歡的人，不過除此之外我毫無頭緒。

「我是伊恩。雷。」

我不出聲。

「我想我們也許該聊一聊？好把一些事情解決一下。」

這是……某件事……抓狂了。白掉了那種抓狂。你知道人們用這個字眼來說明當好好的事已經完全失去了控制？「這是民主抓狂了。」我想要用這種說法，但是我不確定這個某件事到底是什麼。是北倫敦？是人生？是九○年代？我不知道。我只知道在一個高尚、正常的社會中，伊恩不會打電話給我好解決一些事情。我也不會打電話給他去解決一些事情。我會去解決他，如果他想整個星期都吃吊帶褲的話，他是找對地方了。

「有什麼需要解決的？」我氣得聲音發抖，就像從前我在學校

準備要跟人打架時一樣，以至於我聽起來一點都不像在生氣：我聽起來很害怕。

「拜託，洛。我跟蘿拉的感情顯然非常非常地困擾你。」

「這有趣到根本嚇不到我。」尖銳又清楚。

「我們現在談的不是這些拐彎抹角的玩笑話，洛。我們說的是騷擾。一個晚上十通電話，在我家外面閒晃……」

去他媽的見鬼了，他怎麼會看見？

「是這樣呀，我沒這樣做了。」尖銳又清楚不見了，我現在不過是喃喃自語，像個滿懷愧疚的瘋子。

「我們注意到了，而且我們很高興。但是，你知道……我們怎麼樣才能和平共處？我們想讓你好過一點。我們能做什麼？顯然我知道蘿拉有多特別，而且我知道現在事情對你來說一定不好過。如果我失去她我也會很痛苦。但是我願意這麼想，如果她決定不再跟我見面，我會尊重這項決定。你明白我在說什麼嗎？」

「明白。」

「很好。所以我們該怎麼了結這件事？」

「不知道。」然後我放下電話──不是在一句漂亮、有魄力的話上，或是在一陣沖天怒火的氣焰後，而是一句「不知道」。給他一個他永難忘懷的教訓。

他：很好。所以我們該怎麼了結這件事？
我：我早就了結這件事了，你這可悲的小蠢貨。麗茲說得沒錯。
　　（摔電話筒。）

他：很好。所以我們該怎麼了結這件事？

我：我們不會了結這件事的，伊恩。或者至少，我不會。如果我是你，我會去換電話號碼。我會去換地址。很快地有一天，你會把一次造訪住家和一晚十通電話視爲是黃金時代。小心你的步伐，小子。（摔電話筒。）

他：但是我願意這麼想，如果她決定不再跟我見面，我會尊重這項決定。

我：如果她決定不再跟你見面，我會尊重這項決定。我會尊重她。她的朋友會尊重她。每個人都會歡欣鼓舞。這個世界會變得更美好。

他：我是伊恩·雷。

我：你他媽的去死。（摔電話筒。）

　　呃，就這樣。

　　就這樣，沒事。我早該說以上任何一種。我早該最少使用一個髒話。我當然早該用暴力威脅他。我不該在一聲「不知道」時掛他電話。這些事情將會不斷蠶食我不斷蠶食我然後直到我因癌症或心臟病或什麼的而暴斃。然後我不停地顫抖又顫抖，然後我不斷在腦海中重寫這些腳本直到它們百分之百證明有毒，而這一切都幫不上什麼忙。

19

莎拉還是會寄給我聖誕卡片，上面有她的地址和電話號碼（她不是用寫的：她用那種爛爛的小貼紙）。卡片上從來也沒寫點別的，只有那種又大又圓的小學老師筆跡：「聖誕快樂！愛你的，莎拉。」我也回給她一樣空白的卡片。幾年前我注意到地址有變；我也注意到它從一個完整的號碼，什麼街，變成一個號碼加一個字母，而且甚至不是B，B還有可能是表示是房子，而是C或D，只有可能表示是公寓。我當時沒有多想，不過現在看起來有點像個徵兆。在我看來，這代表完整的號碼和什麼街是屬於湯姆的，而那表示湯姆已經不在了。我自以為是？我？

她看起來沒有變——也許瘦了一點（潘妮胖了很多，不過她比我最後一次見到她時長了兩倍年紀；莎拉只不過從三十變成三十五歲，這不是人生中最會發胖的路程），但她的瀏海還是蓋住眼睛。

我們出去吃披薩，看到這件事對她如此麼重大，實在很令人沮喪：不是吃披薩這個舉動，而是今晚的約會。湯姆已經離開了，而且以一種十分戲劇化的方式離開。聽好了：他告訴她，不是他在這段感情不快樂，不是他認識了想交往的對象，不是他在跟別人交往，而是他要跟別人結婚了。真經典，是不是？你一定會想笑，真的，但是我設法忍住。不知怎麼的，這是那種似乎會對受害者影響深遠的壞運道故事，所以相反的，我對於這種世間殘酷的謎團搖了搖頭。

她看著她的酒。「我真不敢相信我爲了他離開你。」她說：「真是瘋了。」

我不想聽這些話。我不要她拋棄被拋棄的人；我要她解釋所以我才能赦免她。

我聳聳肩。「也許當時看起來像個好主意。」

「也許，不過我不記得爲什麼。」

我有可能最後會跟她上床，而這個可能性沒有嚇到我。有什麼比跟一個拋棄你的人上床更好的方法來驅逐拋棄的惡靈？不過你不是跟一個人上床，你是跟整個可悲的單身文化上床。假使我們回到她的住處，那裡會有隻貓，然後這隻貓會在關鍵時刻跳上床來，然後我們必須中斷讓她把貓趕下床然後關到廚房去。然後我們大概得聽她的「舞韻」合唱團唱片，然後那裡不會有東西喝。然後不會有那種茉莉・拉薩爾式**嘿女人也會慾火難耐**的聳聳肩；有的會是電話以及尷尬以及懊悔。所以我不會跟莎拉上床，除非在今晚某刻我確實體認到下半輩子不是她就一無所有的話，而我看不出這種展望會在今晚降臨，這就是當初我們爲什麼會開始交往。這就是她爲什麼爲了湯姆離開我。她算了一下，比較雙方賠率，兩方都下了紮實的賭注然後走人。她想要再試一次這件事比任何賭注都更能說明關於

我的現狀，以及關於她的現狀：她三十五歲，她告訴自己，人生不會再給她比今晚更多的機會，一個披薩和一個她本來不那麼喜歡的前任男友。那是一個相當冷酷無情的結論，但是不難看出她怎麼會走到這一步。

噢，我們知道，兩個都是，知道這應該沒關係，人生不是只有成雙成對，媒體應該負起責任，諸如此類。但是，有的時候，在一個星期天早晨，當你也許還要再過十個小時才會到酒館去喝一杯，然後當天才第一次開口說話的時候，這實在很難看透。

我沒有辦法進行關於拋棄的對話。這裡沒有怨氣，而我很高興是她甩了我，而非反過來。光是這樣我都覺得很罪過了。我們談到電影，一點點──她喜歡《與狼共舞》，但她不喜歡《霸道橫行》的音樂──還有工作，還有她多談了一些有關湯姆的事，以及我多談了一些蘿拉的事，雖然我只告訴她我們正經歷一段艱難期。她邀我一塊回家，但是我沒有去，而我們同意我們都玩得很開心，還有我們應該很快再聚一次。現在就只剩查理了。

「實驗做得怎麼樣了?還在延伸你的流行感嗎?」

巴瑞拉長了臉瞪著我。他最痛恨談論樂團的事。

「是啊。他們眞的跟你迷一樣的東西嗎,巴瑞?」狄克天眞無邪地問。

「我們沒有『迷東西』,狄克。我們唱歌。我們的歌。」

「你說得是,」狄克說:「抱歉。」

「噢,少放屁,巴瑞,」我說:「你們的歌聽起來像什麼?『披頭四』?『超脫』合唱團?**Papa Abraham and the Smurfs❶**?」

「我們最大的影響你可能聽都沒聽過。」巴瑞說。

「說來聽聽。」

「他們大部分是德國團。」

「像什麼,『電廠』合唱團(**Kraftwerk**)那一類的嗎?」

他輕蔑地望著我。「呃，連邊都沒有。」

「那會是誰？」

「你不會聽過的，洛，閉上嘴就是了。」

「說一個就好。」

「不要。」

「給我第一個字。」

「不要。」

「你們根本連他媽的八字都沒一撇，對吧？」

他生氣地大步離開店裡。

我知道每個人對每件事都是這個答案，而我只能很抱歉這麼說，不過如果有哪個小伙子需要打一炮，那就是巴瑞。

她還住在倫敦。我從查號台查到她的電話和地址──她住在雷布羅克葛羅夫區，當然了。我打過去，不過我把話筒拿在離電話一吋遠的地方，所以如果有人接的話我就可以盡快掛掉。有人接起來，我掛斷。大約五分鐘後，我再試了一次，不過這次我把話筒拿離耳朵近一點，我可以聽見是答錄機，而非有人接電話。不過，我還是掛斷。我還沒準備好聽她的聲音。第三次，我聽她的留言；第四次，我自己留一通留言。這真是不可思議，真的，想想過去十年來我早就隨時可以這麼做，她已經變得如此重大到我覺得她應該住在火星上，因此所有與她溝通的嘗試都會花上數百萬英磅和好幾光年才能聯絡上她。她是一個外星人，一縷幽魂，一個謎，不是一個有答錄機，有生鏽炒菜鍋和雙區悠遊卡的真人。

她聽起來老了一點，我猜，而且有點趾高氣昂──倫敦已經吸乾她布里司托捲舌音的生命──不過很顯然是她。她沒有說她是不

是跟別人住在一起——我自然不是期望一通留言會全盤托出她的愛情現況，但是她沒說，你知道的，「查理和馬可現在都不方便接電話。」或是像這類的話。只說：「現在沒人在家，請在嗶聲後留話。」我留下我的名字，包括我的姓，還有我的電話號碼，還有好久不見等等。

我沒有接到她的回電。幾天後我又試了一次，而且我說一樣的話。還是沒有動靜。如果你要談拋棄，現在這個差不多就是：一個在她遺棄了你十年後連你的電話都不回的人。

茉莉走進店裡。

「嗨，各位。」

狄克和巴瑞可疑又尷尬地銷聲匿跡。

「再見，各位。」她在他們消失後說，然後聳聳肩。

她盯著我看。「你在躲我嗎，小子？」她假裝生氣地問。

「我沒有。」

她皺著眉把頭側向一邊。

「真的。我怎麼會，我連你過去幾天在哪裡都不知道？」

「那，你現在覺得不好意思嗎？」

「噢，老天，沒錯。」

她笑了。「沒有必要。」

這個，似乎，是你跟美國人上床的後果，這麼一些率直的善意。你不會看到一個高尚的英國女人在一夜情後邁步走進來這裡。我們了解這些事，大體來說，最好就拋在腦後。但是我推斷茉莉想談這件事，探討哪裡出了問題；她或許要我們去上什麼團體諮商課，連同其他許多不慎共度一個週六夜晚的伴侶。我們或許還得脫

下衣服重演事情的經過，而我會把毛衣卡在腦袋上。

「我在想你今晚要不要來看丁骨演出。」

我當然不要。我們不能再有任何交談，你還搞不懂嗎，女人？我們上過床，這到此為止。這是本國的法律。如果你不喜歡的話，就滾回你來的地方。

「好啊。太棒了。」

「你知道一個叫史多紐因頓的地方嗎？他在那裡表演。在『織工酒館』❷？」

「我知道。」我想，我大可不出現，但是我知道我會去。

而且我們玩得很開心。她的美國人方式是對的，就因為我們上過床並不代表我們必須討厭對方。我們享受丁骨的演出，而茉莉，與他一起唱安可曲（當她走上台時，大家看著她原來站的地方，然後他們看著站在她原來站的地方旁邊那個人，而我相當喜歡這樣）。然後我們三個人回她家喝酒，然後我們聊倫敦，奧斯汀和唱片，不過沒聊什麼一般有關性的話題或者特定的某一晚，好像那只是某件我們做過的事，例如去咖哩屋一樣，也不需要檢驗或說明。然後我回家，茉莉給我甜甜的一吻，然後在回家的路上我覺得彷彿我有一段感情，只有一段，是真的還不錯，一個我可以感到自豪的小小平順點。

到最後，查理打電話來；她對沒能早點回電感到抱歉，不過她一直不在，她在美國，去出差。我試著假裝好像我知道是怎麼回事，但是我不知道，當然了──我到過布萊頓出差，到過瑞地屈，然後甚至到過諾威治，但是我沒有去過美國。

「所以呢，你好嗎？」她問，有那麼一下子，不過就算只有那

麼一下子，我想要對她演出一段哭調：「不太好，謝謝，查理，不過你別為這操心。你大可飛到美國出差，別管我。」然而，為了我永恆的名聲，我克制住我自己，假裝自我們最後一次說話之後，過去十二年來我成功地過著一個運作良好的人類生活。

「還好，謝了。」

「很好，我很高興。你是個好人，你應該要過得很好。」

有件事在哪裡有點不對勁，不過我無法確切地指出來。

「你好嗎？」

「很好。很棒。工作很好，好的朋友，好的公寓，你知道。現在，大學似乎是好久以前的事了。你記得我們以前常坐在酒吧，想像我們的人生會變成怎樣？」

不記得。

「這個嘛……我對我的生活很滿意，我很高興你對你的也很滿意。」

我沒說我對我的生活很滿意。我說我還好，指的是沒有感冒，沒有最近的交通意外，沒有暫緩的刑期，不過算了。

「你有沒有，你知道的，就跟其他人一樣，小孩這一類的？」

「沒有。如果我要小孩的話我早就有了，當然，不過我不想要小孩。我太年輕了，而他們太……」

「年幼？」

「對，年幼，顯然是。」── 她笑得很神經質，好像我是個白癡，我也許是，不過不是她想的那樣 ──「不過太 ── 我不知道，太耗時間了，我猜這是我要找的說法。」

我沒有捏造這裡面任何一句話。這就是她說話的方式，好像整個世界史裡頭根本沒有人談過這個話題。

「噢，對，我明白你的意思。」

我剛剛拿查理開玩笑。查理！查理·尼克森！這太詭異了。大多數的時候，在過去差不多十二年的時間，我一直想到查理，然後把我大多數不稱心的事情，歸咎於查理，或至少歸咎於我們的分手。譬如：我本來不會休學；我本來不會到「唱片與卡帶交換中心」工作；我本來不會被這家店套牢；我本來不會有不如人意的私生活。這個女人傷了我的心，毀了我的人生，這個女人必須爲我的貧困，亂了方寸與失敗獨自肩負起所有的責任，這是我足足有五年的時間常常夢見的女人，而我居然取笑她。我得讚嘆起自己來了，眞的。我得脫下自己的帽子，對我自己說：「洛，你是個很酷的角色。」

「總之，你來或不來，洛？」

「你說什麼？」聽見她還是說著只有她能理解的話讓人感到欣慰。我從前喜歡她這樣，而且感到嫉妒；我從來想不到要說什麼聽起來奇奇怪怪的話。

「沒什麼，對不起。只不過……我覺得這種失散多年的男友打來電話讓人很氣餒。最近他們突然紛紛冒出來。你記得那個我在你之後交往的傢伙馬可嗎？」

「嗯……是，我想記得。」我知道接下來是什麼，而且我不敢相信。所有那些痛苦的幻想，婚姻和小孩，許多許多年，而她大概在我最後一次見到她半年之後就把他給甩了。

「他幾個月前打電話來，我不太確定要跟他說什麼。我想他正在經歷，你知道，某種**這一切到底代表什麼**的時期，然後他想見我，談一談，近況如何。我沒什麼興趣。男人全都會來這個嗎？」

「我從來沒聽說過。」

「那麼，只有我挑中的。我不是指……」

「不，不，沒關係。看起來一定有點好笑，我沒頭沒腦地打電話給妳。我只是想，你知道……」我不知道，所以我看不出她怎麼會知道。「不過『你來或不來』是什麼意思？」

「意思是，我不知道，我們是朋友或者不是？因為如果我們是，沒問題，如果我們不是，我看不出在電話上浪費時間有何意義。你星期六要不要過來吃晚餐？我有一些朋友要來，我需要一名備用男伴。你可以當備用嗎？」

「我……」有何意義？「好，暫時的囉。」

「所以你來或不來？」

「我來。」

「很好。我的朋友克萊拉要來，她沒有男伴，而且她正合你的口味。八點左右？」

然後就這樣。現在我可以指出哪裡不對勁：查理很討人厭。她以前不會討人厭，但某件壞事發生在她身上，而且她說一些糟糕又愚蠢的話，顯然沒有什麼幽默感。布魯斯‧史普林斯汀會把查理寫成什麼？

我告訴麗茲，伊恩打電話給我，她說這太過分了，然後說蘿拉會很震驚，這讓我高興得不得了。然後我告訴她有關愛莉森和潘妮和莎拉和賈姬的事，那隻愚蠢的小手電筒筆，還有查理和她剛從美國出差回來的事，然後麗茲說她才剛要去美國出差，然後我戲謔地嘲弄她的花費，不過她沒有笑。

「洛，你幹嘛討厭工作比你好的女人？」

她有時候會這樣，麗茲。她不錯，但是，你知道，她是那種有

被害妄想症的女性主義者，你說的每件事她都會看到鬼。

「你現在又怎麼了？」

「你討厭這個拿著一隻小手電筒筆進戲院的女人，假設你想在黑暗中寫東西這完全合情合理。然後你討厭那個……查理？查理到美國去這件事——我是說，也許她不想去美國。我知道我不想。然後你不喜歡蘿拉換工作以後，她別無選擇一定得穿的衣服；然後我令人不齒，因為我得飛到芝加哥去，跟一群男人在飯店的會議室裡開八小時的會再飛回家……」

「嘿，我有性別歧視，對嗎？這是正確答案嗎？」

你只能微笑接受這種事，不然你會被搞瘋掉。

21

　　當查理開門時,我的心往下沉:她看起來美極了。她還是留著一頭短短的金髮,不過現在的髮型要昂貴上許多,而且她以一種非常優雅的方式老化 —— 在她的眼睛周圍有淺淺、友善、性感的細紋,讓她看起來像施維雅·席姆斯❶,而且她穿著一件充滿自我意識的成人黑色晚禮服(雖然可能只有我覺得充滿自我意識,因為在我看來,她才剛剛換下鬆垮垮的牛仔褲和「湯姆·羅賓森樂團」❷的T恤)。我馬上就開始擔心我會再度為她傾倒,然後讓自己出糗,然後一切又會以痛苦、羞辱和自我憎惡了結,就跟以前一樣。她親吻我,擁抱我,告訴我說我看起來一點都沒變,而且她很高興看到我,然後她指給我看我可以放夾克的房間。那是她的臥室(充滿藝術氣息,當然,一面牆上掛著一幅巨大的抽象畫,另一面掛著看起來像地毯的東西);當我在裡面時,突然感到一陣驚慌。床上

其他的外套都很昂貴，有一下子我考慮要搜刮所有的口袋然後逃亡。

不過我倒想見見克萊拉，查理的朋友，那個正合我的口味（住在我那條街上）❸的朋友。我想見她是因爲我不知道我那條街在哪裡。我甚至不知道它在鎮上哪個部分，哪個城市，哪個國家，所以也許她可以幫我了解我的背景方位。而我也很有興趣看看查理認爲我會住在哪條街，無論是肯德老街❹或是公園道❺（五位不住在我的街上的女人，就我所知，不過如果她們決定要搬到我這區我會非常歡迎：《收播新聞》裡的荷莉‧杭特；《西雅圖夜未眠》裡的梅格‧萊恩；一個我在電視上看過的女醫生，她有一頭鬈鬈的長髮，並且在一場關於胚胎的辯論裡圍剿一個保守黨國會議員，雖說我不知道她的名字，而且一直找不到她的美女海報；《費城故事》❻裡的凱薩琳‧赫本❼；電視影集《若達》❽裡的維樂莉‧哈波。這些是會回嘴的女人，有自己主張的女人，霹靂啪啦作響的女人……不過她們也是看起來需要好男人愛的女人。我可以拯救她們，我可以救贖她們。她們可以帶給我歡笑，我可以帶給她們歡笑，狀況好的時候，我們可以待在家裡看她們演的電影或電視節目或者胚胎辯論的錄影帶，然後一起領養弱勢兒童然後全家到中央公園踢足球）。

當我走進客廳時，我馬上明白我注定要經歷一個冗長、緩慢、喘不過氣的死法。裡面有一個男人穿著磚紅色夾克，另一個穿著仔細弄皺的亞麻西裝，查理穿著她的晚禮服，另一個女人穿著螢光色的緊身褲和白得發亮的絲綢襯衫，還有另一個女人穿的寬褲，看起來像洋裝，不過不是，不像，隨便啦。當我看到他們的那一刻我想

哭，不只是出於恐懼，而是純粹出於嫉妒：為什麼我的生活不像這樣？

兩個不是查理的女人都很美麗——不是漂亮，不是有魅力，不是有吸引力，而是美麗——而在我慌亂、閃爍、抽搐的眼睛看來幾乎分辨不出來：數以哩計的深色頭髮，數以千計的大型耳環，數以碼計的豔紅嘴唇，數以百計的雪白皓齒。那個穿著白絲綢襯衫的女人在查理無比碩大的沙發上移過身子，那個用玻璃、鉛，還是黃金做成的沙發——總之是某種嚇人，不像沙發的質材——然後對我微笑。查理打斷其他人（「各位，各位……」），介紹我給其他人認識。結果，沙發上跟我坐在一起的人就是克萊拉，哈哈，磚紅色夾克的是尼克，亞麻西裝的是巴尼，寬褲看起來像洋裝的是愛瑪。如果這些人真的出現在我的街上，我得把自己防堵在公寓裡。

「我們剛剛在聊，如果我們有狗的話要叫它什麼名字。」查理說：「愛瑪有一隻叫暈眩的拉布拉多犬，以暈眩葛拉斯比❾命名。」

「噢，這樣子哦。」我說：「我對狗不怎麼熱中。」

有一陣子沒有人說一句話；老實說，對於我對狗欠缺熱忱這件事，他們不能說什麼。

「是因為公寓的大小，是童年的恐懼，還是氣味，或……？」克萊拉親切地問。

「我不曉得。我只是……」我無助地聳聳肩：「你知道的，不怎麼熱中。」

他們客氣地微笑。

結果，這是我今晚主要貢獻的對話，後來我發現自己留戀地回憶著這句屬於**機智黃金時代**的話。如果可以的話，我甚至還會再用一次，但是剩下的討論話題沒有給我機會——我沒有看過他們看過

的電影或戲劇，而且沒去過他們去過的地方。我發現克萊拉在出版業工作，尼克在公關業；我也發現愛瑪住在克拉芬。愛瑪發現我住在克勞許區，而克萊拉發現我開了一家唱片行。愛瑪讀了約翰・麥卡錫和吉兒・莫瑞爾⑩的自傳；查理還沒讀過，但非常想讀，甚至可能會借愛瑪的來讀。巴尼最近去滑雪。如果要的話，我也許還能記得其他幾件事。不過，當晚大半時候，我像個呆瓜一樣坐在那裡，覺得像個為了特殊活動而被允許晚睡的兒童。我們吃著我叫不出名字的食物，尼克或巴尼評論每一瓶我們喝的酒，除了我帶來的那一瓶。

這些人跟我的不同之處在於他們念完大學而我沒有（他們沒有跟查理分手而我有）；以至於，他們有體面的工作而我有破爛的工作，他們有錢而我很窮，他們有自信而我沒有自制力，他們不抽菸而我抽，他們有見解而我有排行榜。我能告訴他們哪一段飛行最會導致時差嗎？不能。他們能告訴我「慟哭者」樂團⑪原來的團員嗎？不能。他們大概連主唱的名字都沒法告訴我。

但是他們不是壞人。我不是個階級鬥士，更何況他們不是特別上流社會──他們很有可能在沃特福德附近或跟它差不多的地方有父母住在那裡。我想要一些他們有的東西嗎？那當然。我要他們的見解，我要他們的錢，我要他們的衣服，我要他們沒有一丁點羞愧談論狗名的能力。我要回到一九七九年然後全部重頭來過。

沒辦法，查理整晚都在說屁話；她不聽任何人說話，她做作到了遲鈍的地步，她假裝各種無法辨識又不恰當的口音。我想說這些都是新的怪癖，但不是，它們早就在那裡，好幾年前。不願聆聽我曾誤認為是性格的長處，遲鈍被我誤讀為神祕，口音我當做是魅力和戲劇性。這些年來我怎麼有辦法把這些全部剔除？我怎麼有辦法

把她變成世間所有問題的解答？

　　我堅持撐過整晚，即便大多時候我都沒有占據那張沙發位置的價值，而且我留得比克萊拉和尼克和巴尼和愛瑪都晚。當他們都走了以後，我發現我整晚都在喝酒而沒有說話，以至於我已經無法正常集中注意力。

　　「我說得對，不是嗎？」查理說：「她正是你那一型。」

　　我聳聳肩。「她是每個人那一型。」我幫自己倒了一些咖啡。我喝醉了，直接切入話題似乎是個好主意。「查理，你為什麼為了馬可甩了我？」

　　她用力地瞪著我。「我就知道。」

　　「什麼？」

　　「你正在經歷那種**這一切到底代表什麼**的時期。」她用美國口音說**這一切到底代表什麼**，並皺著她的眉頭。

　　我沒辦法說謊。「我是，事實上，是。沒錯，確實是。完全是這麼回事。」

　　她笑了——嘲笑我，我想，不是跟我一起笑——然後把玩她的一只戒指。

　　「你想說什麼都可以。」我大方地告訴她。

　　「這一切好像都有點迷失在……在時光的濃霧中。」她用愛爾蘭口音說「時光的濃霧中」，沒有任何特別的原因，把手揮動在她的面前，大概要表示霧的濃度。「不是我比較喜歡馬可，因為從前我覺得你完全跟他一樣有吸引力。」（停頓）「只不過他知道他長得不錯，而你不知道，這就造成不同的結果，不知為什麼。你以前常會表現得好像我想跟你在一起有點奇怪，這漸漸讓人覺得厭煩，如果你懂我的意思的話。你的自我形象開始對我產生影響，到最後我

真的以為我很奇怪。而我知道你很善良，很體貼，你帶給我笑容，而且我喜歡你為熱愛的事廢寢忘食的樣子，但是……馬可似乎更，我不知道，更有魅力。對自己比較有自信，跟時髦的人比較合？」（停頓）「比較少費一點力。因為我覺得我有點拖著你團團轉。」（停頓）「更陽光一點，更活潑一點。」（停頓）「我不曉得。你知道人在那個年紀是什麼樣子。他們下很膚淺的判斷。」

哪裡膚淺？我以前是，因此現在還是，不起眼，陰鬱，一個包袱，跟不上流行，不討人喜歡又笨拙。這些對我來說並不膚淺。這些不只是皮肉傷，這些是對內在器官構成生命威脅的重擊。

「你覺得這些話很傷人嗎？他是個笨蛋，如果這算是安慰的話。」

不算是，真的，不過我不要安慰。我要的是實話，而我也得到了實話。這裡沒有愛莉森·艾許華斯的天意，沒有莎拉的重新寫下同一歷史，也沒有我把整個被拋棄的事弄顛倒了的提醒，像我對潘妮所做的一樣。只有一清二楚的解釋：為什麼有些人成功而有些人不成功。後來，在計程車的後座上，我了解到查理所做的不過是把我對於自己維持平凡這項天賦的感覺換個說法描述；也許這項特殊才華──正巧是我唯一的──搞不好也被高估了。

巴瑞的樂團有一場演出，他想在店裡貼一張海報。

「不行。滾蛋。」

「多謝你的支持了，洛，我真的很感激。」

「我以為關於爛樂團的海報我們定了一條規則。」

「是啊，給那些從街上走進來求我們的人。全都是些敗類。」

「比方說……我們看看。『麂皮』合唱團❶，你拒絕他們。『作者』合唱團❷、『聖埃蒂安』合唱團❸。你是說像這種的敗類嗎？」

「這是怎麼回事？『我拒絕他們』？那可是你的規定。」

「是，不過你愛得很，不是嗎？叫這些可憐的小伙子們滾出去給你莫大的樂趣。」

「我錯了，不是嗎？噢，拜託，洛。我們需要來這裡的常客，不然的話就沒人了。」

「好吧，樂團的名字是什麼？如果名字還可以，你就能貼海報。」

他把海報丟給我——只有樂團的名字，和一些凌亂潦草的設計。

「『巴瑞小鎮』，『巴瑞小鎮』❹？去你媽的見鬼了。你的狂妄自大難道沒有一個限度嗎？」

「那不是因為我。那是『史提利·丹』樂團❺的歌。而且電影《追夢者》（*The Commitments*）裡面也有。」

「對，不過少來了，巴瑞。你不能叫做巴瑞又在一個叫『巴瑞小鎮』的樂團唱歌。這聽起來實在……」

「他們在我加入之前就他媽的叫這個名字了，可以嗎？不是我的主意。」

「這就是你受邀加入的原因，是不是？」

巴瑞小鎮的巴瑞沒說話。

「是不是？」

「沒錯，那是他們當初問我的其中一個原因。但是……」

「太絕了！他媽的太絕了！他們只因為你的名字就邀你唱歌！當然你可以貼海報，巴瑞。我要越多人知道越好。不能貼在櫥窗裡，好嗎？你可以掛在那裡的瀏覽架上面。」

「我要幫你留幾張票？」

我抱住兩肋無情地大笑。「哈哈哈，呵呵呵。別這樣，巴瑞，你要笑死我了。」

「你連來都不來？」

我當然不去。我看起來會像是那種想到某個可怕的北倫敦酒館去聽某個糟糕的實驗噪音團演出的人嗎？「在哪裡演出？」我察看

海報。「他媽的『哈瑞‧洛德』！哈！」

「還真夠朋友。你知道嗎，洛，你真是個愛挖苦人的混蛋。」

尖酸。挖苦。每個人似乎都同意我嚐起來不怎麼美味。

「愛挖苦人？就因為我不在『巴瑞小鎮』？我希望我沒有做得那麼明顯。關於安娜的事你就對狄克很友善，是嗎？你還真讓她覺得像『冠軍黑膠片』家族的一員。」

我忘了我一直都祝福著狄克和安娜永遠幸福。這跟我的尖酸怎麼搭在一起，你說？這有什麼愛挖苦人的？

「安娜的事只是開點玩笑。她還不錯。只不過……你前後左右每個方位都搞砸了又不是我的錯。」

「噢，而你會第一個排隊看我出醜，不是嗎？」

「也許不是第一個。不過我會去的。」

「狄克會去嗎？」

「當然。還有安娜。還有茉莉和丁骨。」

世界真的這麼寬宏大量嗎？我一點都不知道。

我猜你可以視之為愛挖苦人，如果你要的話。我不認為我自己愛挖苦人，但是我讓自己失望了；我以為我會變得比這更有價值一點，而也許這種失望都以錯誤的方式宣洩。這不只是工作而已；這不只是三十五歲又單身而已，雖說這些一點幫助都沒有。這是……噢，我不知道。你有沒有看過你自己小時候的照片？或是名人小時候的照片？似乎對我而言，它們不是教人開心就是教人沮喪。保羅‧麥卡錫小時候有一張很可愛的照片，當我第一次看見的時候，它讓我覺得很棒：那些才華，那些錢，那些年無比幸福的家庭生活，穩若磐石的婚姻和可愛的孩子，而他根本還不知道。不過也有

別的——約翰·甘乃迪和所有搖滾巨星之死和糜爛者，發了瘋的人，精神錯亂的人，殺人的人，以多得數不清的方式讓自己或別人受苦的人——而你想，就在那裡停下來！不會再比這更好的了！

過去幾年來，我小時候的照片，那些我絕不想讓女友們看見的照片⋯⋯它們開始讓我覺得有種小小的刺痛——不是不快樂，坦白說來，而是某種安靜、深沉的悔恨。有一張是我戴著牛仔帽，拿槍指著相機，試著裝成牛仔的樣子但不成功，而我現在幾乎不敢去看。蘿拉認為那很甜美（她用那個字眼！甜美！尖酸的相反！），把它釘在廚房牆上，但是我把它放回抽屜。我一直想要向那個小男孩道歉：「我很抱歉，我讓你失望了。我是那個該照顧你的人，但是我搞砸了，我在不當的時機做了錯誤的決定，然後把你變成了我。」

你看，他會想去看巴瑞的樂團，他不太會操心伊恩的吊帶褲或潘妮的手電筒原子筆（他反而會喜歡潘妮的手電筒原子筆）或查理的美國行。事實上，他不會了解，我為什麼對一切滿懷怨恨。如果他現在在這裡，如果他能跳出照片進到這間店裡，他會馬上以那雙小腿能跑的最快速度奪門而出，跑回一九六七年去。

23

　　終於，終於，她離開一個月左右之後，蘿拉來把她的東西搬走。沒有真的什麼東西屬於誰的爭執；好的唱片是我的，好的家具，多數的廚具和精裝書是她的。我唯一完成的事情是整理出我送給她當禮物的一堆唱片和幾張CD，這些是我想要但認為她也會喜歡，但最後不知怎麼的又被歸類到我的收藏當中。我對這件事情完全秉公處理，裡面她有一半都不會記得，而我根本可以躲過這一次，但是我把每一張都找出來。

　　我本來擔心她會帶伊恩過來，不過沒有。事實上，她顯然對於他打電話來感到很不舒服。

　　「算了。」

　　「他無權這麼做，我告訴他了。」

　　「你們還在一起嗎？」

她望著我看我是不是在開玩笑，然後微微做個倒楣的鬼臉，要是你仔細想的話，事實上不太好看。

　　「還順利嗎？」

　　「我不太想談這件事，老實說。」

　　「這麼糟啊？」

　　「你知道我的意思。」

　　她這個週末借了她爸爸的富豪箱型車，我們把車裡的每一吋空間都裝滿了；我們搬完時她回到房子裡喝杯茶。

　　「真是個垃圾堆，對不對？」我說。我看得出她環視公寓一圈，望著她的東西在牆上留下布滿灰塵的褪色空間，所以我覺得我必須先發制人提出批評。

　　「拜託你整修一下，洛。不會花你太多的錢，卻會讓你覺得好得多。」

　　「我敢說現在你不記得以前曾經在這裡做了什麼了，對嗎？」

　　「不對，我記得。我在這裡是因為我想跟你在一起。」

　　「不是，我是說，你知道……你現在身價多少？四萬五千磅？五萬？你卻住在克勞許區這個狹窄的小洞裡。」

　　「你知道，我不介意。而且雷的地方也好不到哪裡去。」

　　「對不起，不過我們能不能把這弄清楚？他叫什麼名字，伊恩還是雷？你怎麼叫他？」

　　「雷。我討厭伊恩。」

　　「好。這樣我就知道了。無論如何，伊恩的地方是什麼樣子？」很幼稚，不過這讓我開心。蘿拉露出她難受、壓抑的表情。我可以告訴你，我曾經見過幾次。

　　「很小。比這還小。不過整潔一點，沒這麼亂。」

「那是因爲他大概只有十張唱片、CD。」

「而他因此就成了一個爛人，是嗎？」

「在我的書裡，沒錯。巴瑞、狄克和我認定一個人不夠嚴謹，假使你的——」

「唱片少於五百張。是，我知道。你以前告訴過我很多很多遍了。我不同意。我認爲就算你一張唱片都沒有還是有可能是個嚴謹的人。」

「譬如凱特‧艾蒂。」

她看著我，皺著眉頭張開嘴巴，她暗示我在發神經。「你能夠確定凱特‧艾蒂一張唱片都沒有嗎？」

「不是空空如也。她大概有幾張。帕華洛帝這一類的。也許還有崔西‧查普曼，一張巴布‧狄倫的精選輯，和兩、三張披頭四的專輯。」

她開始大笑。老實說，我不是開玩笑，不過如果她認爲我很風趣，那麼我也準備好要表現出我是的樣子。

「而且在派對上她是會在 *Brown Sugar*❶ 結束收尾時發出『唷呵』一聲的那種人。」

「對你而言，沒有比這更嚴重的罪行了，是不是？」

「唯一一項比得上的是用盡吃奶力氣跟著 *Hi Ho Silver Lining*❷ 的和聲高歌。」

「我以前常這麼做。」

「你才沒有。」

玩笑就此打住，我驚駭地看著她。她哈哈大笑。

「你相信我！你相信我！你一定認爲我什麼事都做得出來！」她又大笑，猛然發現自己樂得很，然後停住。

我給她提示：「這個時候你該說你好久沒有笑得這麼開心了，然後你發現自己的錯誤。」

　　她做了一個**那又怎樣**的表情：「你比雷更會逗我開心，如果這是你的意思。」

　　我露出一個假裝很得意的笑容，不過我感覺到的不是僞裝的得意。我感覺到的是眞的那麼一回事。

　　「不過這對這一切來說沒有什麼差別，洛。眞的。我們可以笑到我得叫救護車來載走，但這不表示我會把東西搬下車，然後把全部家當搬回來。我早就知道你可以逗我開心。我不知道的是其他一切的事。」

　　「你幹嘛不乾脆承認伊恩是個混蛋，你已經跟他玩完了？這會讓你好過一點。」

　　「你跟麗茲還保持聯絡嗎？」

　　「爲什麼問？她也認爲他是個混蛋嗎？這倒有意思。」

　　「別搞壞氣氛，洛。我們今天處得很開心。到這裡爲止就好了。」

　　我拿出一疊我找出來給她的唱片和CD。裡面有唐諾‧費根❸的 *The Nightfly*，因爲她從來沒聽過這張，還有一些我認爲她應該要有的藍調合輯試聽片，還有幾張她開始上爵士舞時，我買給她的爵士舞唱片，雖說結果她的爵士舞跟我想得不一樣，而且老實說要糟糕很多，還有幾張鄉村音樂，我徒勞無功地想改變她對鄉村音樂的看法，還有……。

　　她一張也不要。

　　「但是這些是你的。」

　　「不過不算眞的是，對嗎？我知道你買這些給我，眞的很令人

感動，不過這是你試圖把我變成你的時候。我不能拿。我知道它們只會閒置在一旁瞪著我，而我會很尷尬，而且……它們跟我其他的根本不搭，你明白嗎？你買給我那張史汀的專輯……那是給我的禮物。我喜歡史汀，但你討厭他。但是其他這些東西……」她拿起一張藍調試聽片，「到底誰是小華特❹？或威爾斯二世❺？我沒聽過這些人。我……」

「好好好。我懂你的意思。」

「我很抱歉事情變成這樣。但是，我不知道，這裡面某處有個教訓，我要確定你弄清楚了。」

「我弄清楚了。你喜歡史汀，但你不喜歡威爾斯二世，因為你聽都沒聽過。」

「你是故意裝傻。」

「我是，的確，沒錯。」

她起身離開。

「好好想一想。」

然後，我想，為什麼？想一想有什麼意義？假使我有機會再談另一段感情，我還是會幫她，不管她是誰，買她應該喜歡但還不知道的東西，這就是新男友的用處。而且我希望我不會跟她借錢，或搞外遇，而她不會需要去墮胎，或跟鄰居跑了，然後不會有任何需要傷腦筋的事。蘿拉不是因為我買給她這些她不怎麼感興趣的CD，才跟雷跑了，要假裝是這樣實在是……實在是……心理有病。如果她這樣想，那麼她是為了一根小樹枝而錯過了一整片巴西雨林。如果我不能買特價的合輯給新女朋友，我乾脆放棄好了，因為我不曉得該做什麼其他的事。

24

　　我通常喜歡過生日，但是今天我不覺得那有什麼好開心的。像今年這種年頭，生日應該要被暫停；應該有一條律法，如果不是自然產生就用人為的，規定只有生活運作流暢你才能被允許繼續長大。我現在怎麼會想變成三十六歲？我不想。這很不方便。洛·佛萊明的人生暫時凍結了，他拒絕再繼續長大。卡片、蛋糕和禮物請留到別的場合使用。

　　事實上，這似乎正是大家所做的。莫非定律（Sod's law）❶注定我今年的生日要落在一個星期天，所以卡片和禮物都不會送來，而我星期六什麼也沒收到。我不期待從狄克或巴瑞身上收到任何東西，雖說下班後我在酒館告訴了他們，他們看起來很愧疚的樣子，然後請我喝酒，並承諾我各式各樣的東西（總而言之，合輯卡帶之類的）；但我從來不記得他們的生日——你不記得，對吧，除非你

是女性品種？——所以就這個例子來說，大發雷霆不是特別妥當。但是蘿拉？親戚？朋友？（你一個也不認識，不過我的確有一些，有時候的確會跟他們見面，而且其中一、兩個的確知道我的生日是什麼時候。）教父教母？任何其他人？我的確接到我媽的一張卡片，我爸也簽了名，不過爸媽不算在內；如果你連父母的卡片都沒收到，你真的是麻煩大了。

當天早上，我花了多到太多的時間幻想著某個盛大的驚喜派對，由蘿拉來主辦，也許，透過我爸和我媽的幫忙，他們會提供給她一些她不認識的人的地址和電話號碼；我甚至發覺自己因為他們沒告訴我而生氣。假使我沒知會他們就一個人離開去放一個孤獨的生日假了呢？他們能去哪，你說？當我在史卡拉❷看三片連演的《教父》時，他們全部人會躲在某處的紙箱裡。那是他們活該。我決定不告訴他們我要去哪裡；我要留他們在黑暗中擠來擠去發脾氣（「我以為你會打電話給他？」「告訴過你我沒時間。」等等）。然而，幾杯咖啡下肚後，我明白這種想法毫無益處，事實上，這麼想很有可能把我搞瘋掉，所以我決定安排一些積極正面的活動來取代。

像是什麼？

首先到錄影帶店去，然後租一堆就是為了這類悲慘場合所保留的東西：《站在子彈上的男人2》、《魔鬼終結者2》、《機器戰警2》。然後打電話給一些人，看他們今晚要不要喝個酒。不是狄克和巴瑞。也許茉莉，或是我很久不見的人。然後看一兩卷錄影帶，喝點啤酒，吃點洋芋片，甚至一些凱托洋芋片❸。聽起來不錯。聽起來像是那種全新的三十六歲男人應該過的生日。（事實上，這是全新的三十六歲男人唯一能過的那種生日——總之就是那種三十六歲還沒老婆，家庭，女友或是錢的男人。凱托洋芋片！滾蛋啦！）

你以為錄影帶店什麼都不會剩，不是嗎？你以為我會那麼悲慘到被迫看一些從來沒上過院線由琥碧・戈柏主演的驚悚喜劇？但是沒有！他們全在那兒，而我離開時臂彎裡塞滿所有我想看的垃圾。才剛過中午，所以我可以買些啤酒；我回到家，開了一罐，拉上窗簾阻擋三月的陽光，然後看《站在子彈上的男人》，結果這部片很好笑。

　　我正把《機器戰警2》放進錄影機時，我媽打電話來了，再一次，我因為不是其他人而感到失望。如果在你生日當天連你媽的電話都沒接到，你真的是麻煩大了。

　　不過，她對我很好。她很同情我自己一個人打發時間，雖然說她一定很難過，因為我寧可自己一個人打發時間也不願和她跟我爸打發時間（「你今晚要不要跟你爸、依鳳以及布萊恩去看電影？」她問我。「不用了。」我告訴她。只說「不用了」，是不是很有自制力？），問完了後她想不出還有什麼可說的。對爸媽來說一定很難受，我猜，當他們看到他們的孩子生活過得不順利，但是孩子們又已經無法以傳統的教養途徑來親近，因為路途太過遙遠了。她開始談起其他的生日，我生病的生日，因為我吃掉成千上萬的三明治或喝掉太多彩虹雞尾酒，不過這些至少還是因快樂而造成的嘔吐，而她講這些並沒有讓我開心多少，所以我制止她。然後她開始來一段哭哭啼啼，**你怎麼會落到今天這個田地**的話，我知道這是她無力感和焦慮的結果。但今天是我的日子，事實就是這樣，我沒有打算要聽這些。不過，對我的制止她沒怎樣，因為她還把我當小孩看，生日正是我可以表現像個小孩一樣的時候。

　　蘿拉在《機器戰警2》演到一半時打來，用公共電話。這非常

有意思，不過現在大概不是問爲什麼的時候——反正不是跟蘿拉談。也許以後，跟麗茲或其他人談，但不是現在。這對任何人來說都太明顯了，除非是個大白癡。

「你爲什麼用公共電話打來？」

「我有嗎？」不是個最流暢的答案。

「你是不是得把錢或卡片放入一個開口才能跟我說話？裡面是不是有可怕的尿騷味？如果答案是其中一個，那就是公共電話。你爲什麼用公共電話打來？」

「爲了祝你生日快樂。對不起，我忘了寄生日卡給你。」

「我不是指……」

「我正好在家的路上，我……」

「你爲什麼不等回到家再打？」

「不管我說什麼又有何用呢？反正你認爲你知道答案。」

「我只是想印證一下。」

「你今天過得好嗎？」

「還不壞。《站在子彈上的男人》很好笑。《機器戰警2》沒有第一集好。截至目前爲止，就這樣。」

「你在看錄影帶？」

「沒錯。」

「你一個人？」

「對。要過來嗎？我還有《魔鬼終結者2》要看。」

「我不行。我得回家。」

「也對。」

「就這樣了。」

「你爸爸好嗎？」

「目前說來，他的狀況還不壞，謝謝你關心。」

「很好。」

「祝你今天愉快，好嗎？做些有益的事。別在電視機前浪費掉一整天。」

「說得是。」

「拜託，洛。你一個人落單又不是我的錯。我又不是你唯一一個認識的人。而且我惦記著你，又不是說我就撒手不管了那樣。」

「轉告伊恩我跟他問好，可以嗎？」

「非常好笑。」

「我是說真的。」

「我知道你是。非常好笑。」

逮到她了。他不要她打電話來，而她也不會跟他說她打過。沒關係。

看完《魔鬼終結者2》之後我有點失落。還不到六點鐘，雖說我已經努力奮鬥完三部偉大的爛片和半打啤酒的精華，我還是擺脫不了沒過什麼生日的感覺。還有報紙要讀，有合輯卡帶要錄，不過，你知道的。相反的，我拿起電話，開始安排我的酒館驚喜派對。我應該打電話給一些人，試著忘記我打過電話給他們，在八點左右把自己帶到「皇冠酒館」或「女王頭酒館」去靜靜喝一杯，然後讓我的背被祝賀的人拍到皮開肉綻，一些我一百萬年也想不到會在那裡碰面的人。

不過，這比我想像得還難。倫敦，是這樣？去問別人晚一點要不要溜出來很快喝一杯，你還不如去問他們想不想休息一年和你去

環遊世界。晚一點代表這個月，或今年，或是這個九○年代晚一點，但絕不是同一天晚一點。「今天晚上？」他們全部都這樣說，全部這些我好幾個月沒見過面的人，從前的同事或大學同學，或我透過從前的同事或大學同學認識的人。「今天晚上晚一點？」他們吃驚，他們困惑，他們覺得有點好玩，不過最主要是他們根本不敢置信。有人打電話來建議今晚喝個酒，沒頭沒腦地，沒有記事本在手，沒有備用日期的排行，沒有跟伴侶漫長的商量。太反常了。

但是其中有幾個流露出軟弱的徵兆，而我無情地利用這種軟弱。不是**喔我不該去不過我很想喝一杯**那種軟弱，是**沒有能力說不**的那種軟弱。他們今天晚上不想出門，但是他們聽得出這種絕望感，而他們自己無法用該有的堅決來回應。

丹・馬斯克爾（真正的名字是艾德里安，不過湊合著用吧）是第一個屈服的。他已經結了婚，有了一個小孩，而且他還住在漢斯洛，雖然現在已經是星期天晚上，但是我不會放過他的。

「哈囉，丹？我是洛。」

「哈囉，兄弟。」（到此為止是真心愉悅，這已經不錯了。我想。）

「你好嗎？」

所以我告訴他我怎麼樣，說明這個可悲的情況──為了到最後一刻才通知他說抱歉，在安排規劃方面出了點紕漏（我設法克制不去告訴他，大體來說，在人生規劃方面我一直有點紕漏），但總之會很高興見到他，還有如此這般的話，我可以聽出他聲音中的猶豫。然後──艾德里安是一個大音樂迷，這是為什麼我在大學裡遇到他的原因，也是為什麼我們之後還保持聯絡──我偷了一張王牌打出去：

「你聽說過茉莉‧拉薩爾嗎？她是一個很棒的民謠鄉村類的歌手。」

他沒聽過，不出所料，但是我可以聽出來他有興趣。

「嗯，總之，她是……嗯，一個朋友，她也會來，所以說……她很棒，值得認識認識，而且……我不曉得如果……」

這差不多就夠了。老實跟你說，艾德里安有一點白癡，這是為什麼我認為茉莉可以當做一個誘因。至於我為什麼要跟一個白癡喝酒共度我的生日？這個故事就長了，絕大部分你都已經知道了。

史蒂芬‧巴特勒住在北倫敦，沒有老婆，也沒有幾個朋友。所以為什麼他今晚不能出來？他已經租了錄影帶，這就是為什麼。

「去他媽的見鬼，史蒂。」

「你應該早點打電話給我。我才剛剛從錄影帶店回來。」

「你幹嘛不現在看？」

「不行。喝茶前看錄影帶這件事我覺得有點不對勁。這好像你只是為了看點東西才看的，你知道我的意思嗎？而且你白天每看一支，你晚上就少了一支可看。」

「你這是怎麼得來的結論？」

「因為你平白浪費它們，不是嗎？」

「那就改天再看。」

「噢，對。我的錢還真多。我可以每晚付兩磅給錄影帶店那個傢伙。」

「我不是叫你每晚都這樣。我……聽著，我給你兩塊錢，行了吧？」

「我不曉得。你確定？」

我確定，然後我們就湊齊了。丹‧馬斯克爾和史蒂芬‧巴特

勒。他們彼此不認識對方，他們不會喜歡對方，而且他們兩個沒有任何共同點，除了在唱片收藏上有些微的重疊（丹對黑人音樂沒什麼興趣，史蒂芬對白人音樂沒什麼興趣，他們都有一些爵士專輯）。而且丹等著跟茉莉見面，但茉莉沒有等著跟丹見面，她甚至不知道他的存在。今天晚上會很精采。

茉莉現在有電話了，巴瑞有她的號碼，茉莉很高興我打給她，很高興出來喝酒，如果她知道這是我的生日她大概會高興到爆，不過爲了某種原因我決定不告訴她。我不需要把今晚推銷給她，這剛剛好，因爲我不認爲我賣得掉。不過，她要先處理一些事，所以我大約有一個小時的痛苦時光要單獨跟史蒂芬和丹獨處。我跟丹談搖滾樂，史蒂芬則望著某人在吃角子老虎機前走好運，然後我跟史蒂芬談靈魂樂，丹則耍出只有不耐煩得要命的人才知道的啤酒墊把戲。然後我們全都聊起爵士，接上一段斷斷續續的**你做什麼**工作之類的話，然後我們全都耗盡燃料，我們全望著那個在吃角子老虎機前走運的傢伙。

茉莉和丁骨，以及一個頭髮非常金、非常有魅力、年紀非常輕的女人，她也是個美國人，在九點四十五分左右終於現身了，所以只剩下四十五分鐘的喝酒時間。我問他們要喝什麼，但茉莉不知道，所以跟我一起到吧台去看他們有什麼。

「現在我明白你說的丁骨的性生活是什麼意思。」我們在等候時我說。

她的眼睛往上吊。「她是不是很夠看？而且你知道嗎？那還是他約會過最醜的女人。」

「我很高興你能來。」

「是我們的榮幸。那兩個傢伙是誰？」

「丹和史蒂芬。我認識他們很多年了。我怕他們有點無聊，不過我有時候得跟他們見見面。」

「黑鴨，對不對？」

「對不起？」

「我叫他們黑鴨。某種跛腳鴨和黑野獸❹的混合體。那種你不想見但又有點覺得應該見的人。」

黑鴨。一語中的。而我還得他媽的去求他們，付他們錢，要他們在我生日這天出來喝一杯。

我從來沒想清楚這些事，從來沒有。「生日快樂，洛。」當我把酒放在史蒂芬面前時他這麼說。茉莉使我一個眼色——驚訝的一眼，我猜得到，但還有最深的同情和無限的諒解，但我不理會她的眼神。

相當糟糕的一個晚上。當我還小的時候，我祖母常會跟一個朋友的祖母一起度過禮盒日❺的下午。我爸跟我媽和艾德里安的爸媽一起喝酒，而我跟艾德里安玩耍，這兩位怪婆婆會一起坐在電視機前交換些玩笑話。這裡的破綻是她們兩個都聾了，不過這不礙事；她們對自身版本的對話就夠開心了，裡面有跟其他人的對話一樣的空檔和點頭和微笑，不過沒有一點交集。我很多年沒想到這件事了，不過今晚我倒想起來了。

史蒂芬整晚都在招惹我：他有一種伎倆是等到談話順利進行，當我試圖說話或是聽別人說話時，突然在我耳邊碎碎念。所以我可以不管他表現得很粗魯，或者就回答他，把別人一起拉進來我所說的話好轉移他們的話題。然而他一旦讓每個人都開始談靈魂樂，或《星艦奇航》（他去參加年會和其他的），或北英格蘭最好的苦啤酒

（他去參加年會和其他的），其他人一無所知的話題，這整個過程我們又從頭來過一遍。丹打很多呵欠，茉莉很有耐心，丁骨很不爽，而他的女伴，蘇西，絕對是被嚇到了。她跟這些傢伙在髒兮兮的酒館做什麼？她沒有頭緒。我也沒有。也許蘇西跟我應該躲起來到一個比較親密的地方，然後留下這些瘟三自己去聊。我可以帶你演練整晚的行程，不過你不會有多喜歡，所以我只讓你見識一個無聊但完全具有代表性的例子：

茉莉：……真不可思議，我是說，真是個禽獸。我在唱〈愛情傷人〉時，這傢伙大喊，「我做（愛）就不會，寶貝。」然後他整件T恤都髒兮兮的，而他一動也不動，只是站在那裡對著舞臺鬼叫，然後跟他的同夥大笑。（笑）你在那裡，對不對，丁骨？

丁骨：我想是吧。

茉莉：丁骨夢想會有像那傢伙那樣溫文儒雅的歌迷，不是嗎？在他表演的地方，你得……（**無法聽見，由於有干擾來自……**）

史蒂：（**在我耳邊低語**）他們現在幫《男爵》❻出錄影帶了，你知道的。一共有六集。你還記得主題曲嗎？

我：不，不記得。（**茉莉、丁骨、丹傳過來的笑聲**）對不起，茉莉，我沒聽見。你覺得什麼怎麼樣？

茉莉：我剛剛說，這個丁骨跟我去的地方……

史蒂：主題曲很好聽。噠噠噠！噠噠噠噠！

丹：這個我認得。是《公事包裡的男人》❼？

史蒂：不是，是《男爵》。現在出錄影帶了。

茉莉：《男爵》？是誰演的？

丹：史蒂夫·佛瑞斯特（Steve Forrest）。

茉莉：我想我們以前有看過。裡面是不是有一個傢伙……（**無法聽見，由於有干擾來自……**）

史蒂：（**在我耳邊低語**）你有讀過《來自陰影的聲音》❽嗎？那是一本靈魂樂雜誌，很讚。老闆是史蒂夫·戴維斯❾，你知道的，就那個撞球選手。

（**蘇西跟丁骨做了個鬼臉。丁骨看著他的手錶。**）

如此這般。

顯而易見地，這個組合永遠也不會再同坐一張桌子了，根本不可能會發生。我以為數量會帶來一種安全和舒適的感覺，可是沒有。這些人任何一個我都不熟，甚至跟上過床的她也是，自從我跟蘿拉分手以來，我第一次想跌坐在地上哭到眼睛掉出來。我想家。

應該是女人才會允許自己因為愛情而變得孤單，她們到後來比較常跟男友的朋友出去，比較常做男友做的事（可憐的安娜，試圖記住誰是理察·湯普森，然後被告知她的『頭腦簡單』〔合唱團〕有錯），然後當她們被甩了，或當她們甩了人，她們發現自己已經離開三、四年前最後一次好好見過的朋友太遠了。在蘿拉之前，我的生活就像那樣，占絕大多數，我的伴侶也是。

但是蘿拉……我不知道怎麼回事。我喜歡她的朋友，麗茲和其他從前會到葛魯丘的人。而且由於某種因素——相對的事業有成，我猜吧，還有相對隨之而來的其他事被排到第二順位——她那群朋友比我的還多是單身，比較有彈性。所以我有史以來第一次扮演女人的角色，跟我所交往的人命運與共。不是說她不喜歡我的朋友

（不是像狄克和巴瑞和史蒂芬和丹這種朋友，而是上得了檯面的朋友，那種我允許自己失去聯絡的朋友）。只是她更喜歡她的朋友，也希望我喜歡他們，而我的確是。我喜歡他們勝過我喜歡我的朋友，然後在我明白以前（老實說，我一直都不明白，直到爲時已晚），我的感情已經成爲給我定位感的東西。而如果你失去你的定位感，你就會患思鄉病。合情合理。

所以現在怎麼辦？感覺上似乎我已經到了窮途末路的時刻。我不是指美國搖滾樂裡那種自殺的意思；我是指英國蒸汽火車頭湯瑪斯（Thomas the Tank Engine）那種意思。我已經耗盡氣力，慢慢地停在一個鳥不生蛋的地方。

「那些人是你的朋友？」茉莉隔天帶我出去吃後生日餐（培根酪梨三明治）的時候問我。

「昨天還沒那麼糟。只有他們兩個。」

她望著我看我是不是開玩笑。當她笑出來時，顯然我是在開玩笑。

「但那是你的生日。」

「這個嘛，你知道的。」

「你的生日。而你能做到最好的就只是這樣？」

「假設今天是你的生日，然後你今晚想出去喝點酒。你會邀誰來？狄克和巴瑞？丁骨？我？我們不是你世界上最最要好的朋友，對嗎？」

「拜託，洛，我甚至不在我自己的國家。我離家有千哩遠。」

我正是這個意思。

我看著那些進到店裡的，那些我在酒館見到的，在巴士上看到

的，還有透過窗戶看到的情侶。在他們裡面，一些會不停說話、愛撫、談笑和詢問的，顯然是新情侶。而這些不算，跟大部分人一樣，我當新情侶的其中一半時還可以。我感興趣的，是那些稍微穩定些，安靜些的情侶，那些開始一起背靠背或肩並肩經歷人生，而非面對面的情侶。

他們的臉上沒有多少你可以解讀的，老實說。他們跟單身的人沒有多大差別；試著把經過你身邊的人分為四種人生類別──快樂在一起的；不快樂在一起的；單身的；和尋尋覓覓的──你會發現你做不到。或者，你可以做到，但是你對於你的選擇不會有任何信心。在我看起來這真的很不可思議。這是人生最重要的事情，而你竟無法分辨別人是有還是沒有。這一定有錯嗎？快樂的人看起來一定快樂，無時不刻都很快樂，無論他們有多少錢，他們的鞋有多不舒服，或是他們的小孩睡得有多麼少；而那些還過得去、但還沒有找到他們的人生伴侶的人應該看起來，我不曉得，不錯但是焦慮，像《當哈利遇上莎莉》裡的比利‧克里斯托一樣；而那些尋尋覓覓的人應該會別著某個東西，也許是一條黃絲帶，好讓他們被同一類尋尋覓覓的人辨識出來。當我不再尋尋覓覓，當我把這一切全部釐清之後，此時此刻我向你保證，我絕對不會再抱怨店的生意好壞，現今流行樂壇的缺乏靈性，或者你在這條路上的三明治店所感受到的那種窮酸氣息（蛋黃美乃滋和香酥培根三明治只要一磅六毛，而我們還沒有人曾經一次吃掉過四片香酥培根），或者任何事情，我保證我絕對不再抱怨。我會隨時散發出幸福的光芒，就僅僅為了這種解脫。

沒什麼事，我的意思是比平常還要少的事，在接下來幾週發

生。我在我家附近的二手店裡找到一張《萬事萬物》的唱片，用十五分錢買了下來，在下一次看見強尼時給了他，附帶條件是他永遠滾蛋別再來煩我們。他隔天又上門來抱怨唱片有刮痕然後要求我們退他錢。「巴瑞小鎮」在「哈瑞・洛德」演出一場成功的首演，而且把那個地方連地板都搖了起來，熱門到令人不敢置信的地步，有很多看起來像唱片公司星探的人，他們全都為之瘋狂，老實說洛你真應該在場（當我問茉莉這件事，她只是笑笑，然後說每個人都得從某個地方開始）。狄克試著把我找去組一次四人約會，安娜和一個安娜二十一歲的朋友，但是我沒去；我們去看茉莉在法瑞登一家民謠俱樂部演出，而我在那些悲傷歌曲時想蘿拉比想茉莉還多很多，雖然茉莉把一首歌獻給「『冠軍黑膠片』的那三個傢伙」；我跟麗茲去喝酒，然後她一整晚都在痛罵雷，真是大快人心；然後蘿拉的爸爸過世，一切全然改觀。

我跟她在同一天早上聽到這件事。我從店裡打電話給她，只想在她的答錄機留話；這樣比較容易，而我只想告訴她以前她的同事在我們的答錄機留言給她。我的答錄機。事實上，是她的答錄機，如果我們要談法定所有權的話。總之，我不期望蘿拉會接起電話，但是她接了，而且她聽起來彷彿是從海底深處說話一樣。她的聲音悶悶的，又低沉，又平板，從第一聲到最後一聲都被鼻涕包住。

　　「我的天我的天，親愛的，這足足有一個半的感冒。我希望你現在是在床上躺著捧著一本好書和一只熱水瓶。對了，我是洛。」

　　她沒出聲。

　　「蘿拉？我是洛。」

　　還是沒出聲。

　　「你沒事吧？」

然後有可怕的一刻。

「豬仔。」她說，雖然第一個字只是一聲噪音，老實說，所以「豬」只是個合理的猜測。

「別擔心，」我說：「趕快上床去忘了這件事。等你好一點了再來擔心。」

「豬死了。」她說。

「誰他媽的是豬？」

這次我聽見了。「我爸死了，」她哭著：「我爸，我爸。」

然後她掛斷電話。

我常常想到有人死掉，但都是一些跟我有關聯的人。我想過如果蘿拉死了我會怎樣，還有如果我死了蘿拉會怎樣，還有如果我爸媽死了我會怎樣，但我從沒想過蘿拉的爸媽會死掉。我不會，會嗎？雖然說在我跟蘿拉交往的整段時期裡他都在生病，我從來沒眞的爲這件事煩心：這就好比方說，我爸有鬍子，蘿拉的爸爸有心絞痛。我從來沒想過這會眞的導致任何事。現在他過世了，當然，我眞希望……什麼？我眞希望什麼？希望我對他好一點？我一直對他相當好，在我們見過的幾次面裡。希望我們更親近一點？他是我同居關係人的岳父，我們截然不同，他在生病，而且……我們就如我們的關係所需要的一樣親近。人們過世時你應該要希望一些事，讓你自己充滿悔恨，爲你所有的錯誤和疏忽感到難過，而我已經竭盡我的所能。只不過我找不出任何錯誤和疏忽。他是我前女友的爸爸，你知道？我能怎麼想？

「你沒事吧？」巴瑞看見我兩眼無神時說：「你在跟誰講電話？」

「蘿拉。她爸爸死了。」

「噢，這樣。壞消息。」然後他手臂下夾著一堆郵購的東西到

郵局去了。你看？從蘿拉，到我，到巴瑞；從悲痛，到困惑，到短暫輕微的興趣。如果你想找個方法拔除死亡的螫刺，那麼巴瑞就是你要找的人。有那麼一下子我感覺詭異的是這兩個人，一個被哀痛刺激到幾乎說不出話來，一個甚至幾乎連聳個肩的好奇心都沒有，居然會彼此認識；詭異的地方在於我是他們之間的連結，詭異的地方在於他們甚至在同一個時間在同一個地方。不過肯是巴瑞的老闆的前女友的爸爸，他能怎麼想？

＊　　　＊　　　＊

蘿拉一個小時左右後打電話來。我沒料到她會打。

「對不起。」她說。還是很難聽懂她在說什麼，由於她的鼻涕，眼淚，音調和聲量。

「沒事，沒事。」

她哭了一會兒。我什麼也沒說直到她平靜一點。

「你什麼時候要回家？」

「等一下。等我好一點。」

「我能幫什麼忙？」

「不能。」然後，哭了一陣，又說了一聲「不能」，好像她真的明白沒有人能為她做任何事，而這也許是她第一次發現自己處在這種情況。我知道我就從來沒有過。一切我身上曾經出過的差錯都可以挽救回來，被銀行經理大筆一揮，或被女友的回心轉意，或被某種人格特質──決心、自知之明、活力──某種我早就可以在自己身上找到的特質，如果我夠用心的話。我不想被迫面對蘿拉現在感受到的這種不幸，永遠不想。如果人都得死的話，我不要他們在我身邊死去。我爸跟我媽不會在我身邊死去，我萬分確定。當他們走

的時候，我將不會有什麼感覺。

　　隔天她又打電話來。

　　「我媽要你來參加葬禮。」

　　「我？」

　　「我爸爸很喜歡你。顯然是這樣。而我媽從來沒告訴他我們分手了，因為他不會高興的而且……噢，我不曉得。我也不了解，而我也懶得去爭辯。我想她認為他會看到是怎麼回事。就好比……」她發出一個奇怪的聲音，我聽懂是一聲焦慮的傻笑。「她的態度是他已經受過這麼多苦，跟死神搏鬥這所有的事，她不想再讓他比原來更煩心。」

　　我知道肯喜歡我，不過我一直都搞不懂為什麼，除了有一次他要找一張由倫敦原班人馬灌錄的《窈窕淑女》❶，而我在一次唱片展看到一張，給他寄了過去。你看這種善意的無心之舉會帶你到哪裡去？到他媽的葬禮，就是那裡。

　　「你要我在場嗎？」

　　「我不在乎。只要你別期望我會握著你的手。」

　　「雷會去嗎？」

　　「不會，雷不會去。」

　　「為什麼不會？」

　　「因為他沒被邀請，行了嗎？」

　　「我不介意，你知道的，如果你想這麼的話。」

　　「噢，你真好心，洛。總之，這一天是你的。」

　　老天爺。

　　「聽著，你去還是不去？」

「去，當然。」

「麗茲會去載你。她知道怎麼去還有有的沒的。」

「好。你還好吧？」

「我沒空聊天，洛。我有一大堆事要做。」

「當然。星期五見。」我在她有機會說話前就掛了電話，讓她知道她傷了我，然後我想打回去給她道歉，但我知道我不可以。就好像一旦你不再跟這些人上床，你就永遠無法對他們做出正確的事。你找不出一個方式可以回頭、超越、繞道，無論你多努力嘗試。

沒有多少關於死亡的流行歌——沒有好的，總而言之。也許這是我為什麼喜歡流行音樂，以及我為什麼覺得古典音樂有點令人毛骨悚然。艾爾頓·強有一首演奏曲 *Song For Guy*（〈獻給蓋的歌〉），不過，你知道的，那不過是一首叮叮噹噹你放在葬禮也行放在機場也行的鋼琴音樂。

「好了，各位，關於死亡的五首最佳流行歌曲。」

「怪怪。」巴瑞說：「獻給蘿拉之父排行榜。好好好。*Leader Of The Pack*（〈飛車黨首領〉）❷，那傢伙死在摩托車上，不是嗎？然後還有『傑與狄恩二重唱』❸的 *Dead Man's Curve*（〈死亡彎路〉）❹，和『閃爍』合唱團❺的 *Terry*（〈泰瑞〉）。嗯……那首巴比·葛斯波洛❻的歌，你知道，*And Honey, I Miss You...*（〈親愛的，我想念你……〉）❼。」他走音地唱著，比他平常走音走得還嚴重，狄克笑了。「*Tell Laura I Love Her*（〈告訴蘿拉我愛她〉）怎麼樣？這首會把屋頂掀掉。」我很高興蘿拉沒有在場看到她爸爸的死訊帶給我們多大的歡樂。

「我想的是嚴肅的歌。你知道，表現出一點敬意的歌。」

「什麼？你要在葬禮當 DJ，是嗎？唉，爛差事。不過，那首巴比·葛斯波洛的歌還是拿來哄哄人。你知道，當大家需要喘口氣的時候。蘿拉他媽媽可以唱。」他又唱同一句，一樣走音，不過這次用一種假聲唱法顯示演唱者是女人。

「滾蛋，巴瑞。」

「我已經想好我的葬禮要放哪幾首。「瘋子」合唱團的 *One Step Beyond*（〈超越一步〉）。*You Can't Always Get What You Want*（〈你無法老是得到你所想要的〉）。」

「就因為這首歌出現在《大寒》❽裡面？」

「我還沒看過《大寒》，有嗎？」

「你這說謊的大騙子。你在勞倫斯·卡斯丹（Lawrence Kasdan）的兩片連映時，跟《體熱》❾一起看過。」

「噢，對。不過我早就忘了，老實說，我可不是偷用別人的點子。」

「才怪。」

如此這般。

後來我又試了一次。

「*Abraham, Martin, and John*（〈亞伯拉罕、馬丁與約翰〉）❿，」狄克說：「這首很不錯。」

「蘿拉的爸爸叫什麼名字？」

「肯。」

「『亞伯拉罕、馬丁、約翰與肯』。不行，這行不通。」

「滾蛋。」

「『黑色安息日』⓫？『超脫』合唱團？他們全都對死很感興趣。」

「冠軍黑膠片」唱片行就這樣弔念肯的逝世。

我想過我的葬禮上要放什麼，雖然我永遠也無法拿給別人看，因為他們會笑到暴斃。巴布‧馬利的 *One Love*（〈唯一的愛〉），吉米‧克里夫 **⑫** 的 *Many Rivers to Cross*（〈跨越許多河流〉）、艾瑞莎‧富蘭克林的 *Angel*（〈天使〉）。而且我一直有個夢想，某個美麗又哀傷的人會堅持放葛蕾蒂絲‧奈特 **⑬** 的 *You're the Best Thing That Ever Happened To Me*（〈你是我今生最美的相遇〉），但是我無法想像這個美麗哀傷的人會是誰。不過這是我的葬禮，就像他們說的，我要大方又濫情也無妨。這並不改變巴瑞指出的重點，雖說他並不知道他指出什麼，我們這裡足足有七億億兆小時的錄音音樂，然而其中幾乎沒有一分鐘能夠描述蘿拉現在的心情。

我有一套西裝，深灰色的，最後一次穿是三年前的一場婚禮。現在所有顯而易見的部位都不怎麼合身了，不過還是得湊合著用。我燙了我的白襯衫，又找出一條不是皮做的，而上面布滿薩克斯風的領帶，然後等著麗茲來接我。我沒有東西可以帶去 —— 文具店裡的卡片都很不入流。看起來全都像《阿達一族》會在生日時寄給彼此的東西。我真希望我參加過葬禮。我有一個祖父在我出生前就死了，另一個是我很小的時候死的；我的兩個祖母都還健在，如果你可以這麼說的話，但是我從來沒去看她們。一個住在養老院，另一個和愛琳姑姑住在一起，我爸的姊妹。而當她們死的時候不會是世界末日。只是，你知道，哇，最新消息，極度古老的人死了。而我雖然有認識的朋友過世 —— 跟蘿拉一起念大學的一個男同志得了愛滋病，我好友保羅的朋友在一場摩托車意外裡身亡，還有很多人失

去父母親——這件事我一直想辦法拖延過去。如今我知道這件事我下半輩子都得一直面對。兩個祖母、老爸跟老媽、姑姑叔叔，而且，除非我是我這個小圈子第一個走的，一卡車跟我同年紀的人，遲早——也許甚至比遲早來得還快，考慮到其中一、兩個，這一定會比預期的要早一點去面對這件事。一旦我開始思考，這件事顯得駭人地沉重，好像我接下來四十年每個星期要去三、四個葬禮，而我不會有時間或心情去做其他的事情。大家怎麼面對？你一定得去嗎？如果你以這件事實在是他媽的叫人沮喪為由而拒絕的話會怎麼樣？（我為這一切感到很遺憾，蘿拉，不過這種事我興致不高，你懂嗎？）我不認為我能夠忍受比我現在還要老，而我開始對我爸媽生出一種充滿妒忌的仰慕之意，只因為他們曾參加過幾次葬禮，卻從沒有真的悲嘆抱怨過，至少沒對我抱怨過。或許他們只不過是缺乏想像力，無法看出葬禮實際上比表面上看起來要叫人沮喪許多。

如果我老實說，我去只是因為也許長期來看對我有好處。你能和前女友在她爸爸的葬禮上親熱嗎？我本來不會這麼想。不過你永遠不知道。

「所以牧師會說一些好話，然後，怎樣，我們都到外面排排站然後他們會埋了他？」

麗茲在跟我講解整個流程。

「這是在火葬場。」

「你在騙我。」

「我當然沒有騙你，你這蠢蛋。」

「火葬場？老天爺。」

「有什麼不一樣嗎？」

「呃，沒有，但是……老天爺。」我沒有想到會這樣。

「怎麼回事？」

「我不知道，只是……媽的。」

她嘆了一口氣。「你要我在地鐵站把你放下來嗎？」

「不，當然不要。」

「那就閉嘴。」

「我只是不想昏倒，這樣而已。如果我因為缺乏準備而昏倒的話，那就是你的錯。」

「你真是個可悲的傢伙。你知道沒有人真的喜歡這種事，不是嗎？你知不知道我們全部的人都會覺得今天早上很不好受？不只是你而已。我這輩子去參加過一次火化，而且我恨死了。更何況就算我去過一百次也不會好一點。不要這麼幼稚。」

「為什麼雷不去，你認為呢？」

「沒被邀請。家裡沒有人認識他。肯很喜歡你，而裘覺得你很棒。」裘是蘿拉的妹妹，我覺得她很棒。她長得看起來像蘿拉，但沒有精明幹練的套裝，或精明幹練的口才，或那些入學考試成績和學位。

「沒有別的嗎？」

「肯不是為了你的好處才死的，你要知道。不是每個人都是你自傳電影裡的配角。」

當然是。不是每個人都這樣想嗎？

「你爸過世了，對嗎？」

「對。很久以前。我十八歲的時候。」

「對你有影響？」爛透了。真蠢。「很久嗎？」救回來了。剛好。

「到現在還有影響。」

「怎麼個影響法？」

「我不曉得。我還是很思念他，常想著他。有時候，跟他說說話。」

「你都說什麼？」

「這是我跟他的祕密，」不過她的口氣很柔和，帶著點微笑：「他現在死了，比他從前活著的任何時候都更了解我。」

「那是誰的錯？」

「他的。他是那種**典型的爸爸**，你知道的，太忙，太累。他走了以後，我本來很難過，不過最後我體認到我不過是個小女孩，而且是一個很乖的小女孩。那是由他決定，不是我。」

這太棒了。我要跟有死去雙親，或死去朋友，或死去伴侶的人培養友誼。他們是全世界最有意思的人。而且他們也很容易接觸到！我們身邊到處都是！就算太空人或前「披頭四」團員或船難生還者能提供更多見解——這點我存疑——你也不會有機會認識他們。認識死人的人，如同芭芭拉．史翠珊應該歌頌卻沒唱過的，是全世界最幸運的人。

「他是被火化的嗎？」

「這有什麼關係？」

「不曉得。只是有興趣。因為你說你去過一次火葬，而我在想，你知道……」

「我會給蘿拉幾天的時間，再開始向她盤問這種問題。這不是那種適合拿來閒聊的人生經驗。」

「這是你叫我閉嘴的方式，對吧？」

「對。」

可以接受。

火葬場在一個前不著村、後不著店的地方，我們把車停在一個奇大無比、幾乎空無一人的停車場，再步行到又新又醜、太明亮、不夠嚴肅的建築物裡。你無法想像他們會在這裡燒人；然而，你可以想像，一些可疑、開開心心手舞足蹈的新宗教團體在這裡每週聚會誦經一次。我不會把我家老頭埋在這裡。我想我會需要氣氛來幫助我激發滿腹的悲痛，而我無法從這些原色磚牆和原木地板中獲得。

這是一個有三間教堂的多廳建築。牆上甚至有一個牌子告訴你哪一個在哪一間，幾點。

第一教堂　11：30　　**伊・貝克先生**
第二教堂　12：00　　**肯・萊登先生**
第三教堂　12：00　　——

至少，第三教堂有好消息。火化取消了。死亡的消息不實，哈哈。我們坐在接待處等待，而這個地方開始慢慢被人潮填滿。麗茲跟幾個人點頭，但我不認識他們；我試著想像那個名字開頭是伊的男人。我希望這老頭在第一教堂獲得妥善照料，因為假設，當我們看見弔唁者出來時，我不要他們太難過。伊利，伊尼，伊本納澤，伊斯瑞德，伊茲拉。我們都好好的。我們都在笑。呃，不完全是在笑，不過不管是誰，他都至少有四百歲了，沒有人會為這種情形太難過，對嗎？伊旺，伊德孟，伊德華。狗屁。什麼年紀都有可能。

接待處還沒有人在哭，但是有幾個人快忍不住了，你知道他們在今早完畢前一定撐不過去。他們全部都是些中年人，而且他們都

懂得訣竅。有些時候,他們低聲交談、握手、交換微弱的笑容、親吻;然後,我不知道是什麼原因,而且我覺得無可救藥地自不量力、迷失、無知,他們起身,然後成群穿過標示著「第二教堂」的那扇門。

至少,裡面很暗,所以比較容易進入狀況。棺木在前面,架離地面高一點,不過我看不懂它是架在什麼東西上;蘿拉、裘和珍娜·萊登在第一排,緊靠彼此站著,旁邊還有幾個我不認識的男人。我們唱一段聖歌,祈禱,牧師發表一段簡短又無法令人滿意的談話,照著他的書唸,然後另一段聖歌,然後有一聲突如其來、教人心跳停止的機械撞擊聲,然後棺木慢慢消失在地板下。當它往下時,我們前面傳來一聲哀嚎,一個我不想聽見很淒厲、很淒厲的聲音:我心裡說那是蘿拉的聲音,但我知道那真的是蘿拉的聲音,就在那一刻我想走向她,向她表示我願意變成一個不一樣的人,抹去我這個人所有的痕跡,只要她願意讓我照顧她,我會努力讓她開心一點。

當我們走出來,在陽光中,人們圍繞著蘿拉和裘和珍娜,擁抱他們;我也想這麼做,不過我不覺得我可以。蘿拉看見麗茲和我徘徊在人群外圍,然後走向我們,謝謝我們過來,然後抱著我們良久,當她放開我時,我覺得我不需要表示我願意變成一個不一樣的人:這件事已經發生了。

26

回到屋裡就容易多了。你感覺得到最壞的時刻已經過去了，屋子裡有一種疲倦的平靜，像那種你生病時肚子裡疲倦的平靜感。你甚至聽見人們談論其他的事，雖然是一些大事——工作、孩子、生活。沒有人談論他們的富豪汽車耗油量，或他們給狗起的名字。麗茲跟我拿了飲料背靠著書架站著，在離門口最遠的角落裡，我們偶爾交談，不過大部分的時候我們觀看其他人。

在房裡的感覺很好，雖說來這裡的原因不太好。萊登家有一棟很大的維多利亞式的房子，而且房子又老又舊而且塞得滿滿的——家具、畫、裝飾品、盆栽——彼此互不協調，雖然顯然花過心思和品味挑選。我們待的這間房的壁爐牆上有一幅巨大、怪異的家庭肖像，是女兒們大約十歲、八歲時畫的。他們穿著看起來像伴娘的洋裝，充滿自我意識地站在肯的身邊；還有一隻狗，艾勒格羅，艾

力，在我認識牠前就死掉了，就站在前面有點擋住他們。牠的腳掌搭在肯的肚子上，肯撫弄著他的毛在微笑。珍娜站在後面一點，跟其他三個人分開，看著她的丈夫。全家人都比實際生活裡要瘦很多（而且髒一點，不過那是畫的緣故）。這是當代藝術，明亮又有趣，顯然是由一個認識他們的人畫的（蘿拉告訴我畫這幅畫的女人開過畫展之類的），不過這幅畫冒著風險跟它下面壁爐架上的填充水獺標本，還有我討厭的那種深色老家具放在一起。噢，角落還有一張吊床，裝滿了椅墊，另一個角落還有一個放有嶄新黑色音響的巨大儲藏櫃，是除了那些畫作和古董之外，肯最寶貝的財產。裡面亂糟糟的，不過你得敬佩住在這裡的一家人，因為你會知道他們很有意思，又親切又溫柔。如今我明白我喜歡做為這個家庭的一份子，雖然我以前常抱怨週末或星期天下午的造訪，我從來不會感到無聊。袞在幾分鐘後走過來，親了我們兩個，並謝謝我們來參加葬禮。

「你好嗎？」麗茲說，不過是那種在「好」上面加重語氣的「你好嗎」，讓這個問題聽起來充滿意義與同情心。袞聳聳肩。

「我想。我還好。媽媽也不太壞，但是蘿拉……我不曉得。」

「她這幾個星期已經夠難受了，就算沒有這件事。」麗茲說，而我感覺到一陣好似驕傲的波動：那是我。我讓她那麼感覺。我和其他幾個，總而言之，包括蘿拉自己，不過算了。我已經忘記我可以讓她感覺任何事，更何況，在葬禮中被提醒你的情感力量感覺很奇怪，在我有限的經驗裡，這種場合你應該徹底失去感覺才是。

「她不會有事的，」麗茲肯定地說：「不過是不好受，當你把所有的努力都放到生活的一點上，卻突然發覺那其實是錯誤的。」她瞥了我一眼，突然間不好意思，慚愧，還是什麼的。

「不用理會我，」我說：「真的。沒問題。就假裝你們說的是別

人。」我這樣說沒有惡意，我真的沒有。我只是想說，如果他們想談論蘿拉的感情生活，任何一個面向，那麼我不介意，跟其他日子相比的話，今天我不會。

裘微笑，但麗茲瞪了我一眼。「我們說的是別人。蘿拉。老實說，是蘿拉跟雷。」

「這樣說不公平，麗茲。」

「是嗎？」她挑一挑眉毛，好像我在爭辯。

「而且不要他媽的用那種口氣說『是嗎』。」幾個人在我說「他×的」時候轉過頭來，而裘把手放在我的手臂上。我把它甩開。突然間，我火冒三丈，不知道該怎麼平靜下來。彷彿過去這幾個星期以來，我一直過著有人把手放在我的手臂上的日子，我不能跟蘿拉談，因為她跟別人住在一起，她從公共電話打電話來又假裝不是；我不能跟麗茲談，因為她知道錢的事和墮胎的事和我出軌的事；我不能跟巴瑞和狄克談，因為他們是巴瑞和狄克；我不能跟我的朋友談，因為我不跟我的朋友談心；而我現在不能談，因為蘿拉的爸爸死了，我必須忍受，因為不然的話我就是壞男人，扣著那些被加諸在壞男人身上的字眼：自我中心、盲目又愚蠢。啊，我他媽的不是這樣，總之不是一直都這樣，而且我知道這不是說這種話的場合——我沒那麼蠢——但是我什麼時候才能說？

「我很抱歉，裘。我真的很抱歉，」現在我回復到葬禮的低語，雖然我想要大聲尖叫：「但是你知道，麗茲……我要不是在有些時候為我自己辯護，就是我可以相信你所說關於我的每句話，然後到最後每分每秒都痛恨我自己。也許你認為我應該要這樣，但那樣日子就別過了，你知道嗎？」

麗茲聳聳肩。

「這不夠好，麗茲。你大錯特錯了，而且如果你不知道的話，那你就比我想像的要來得蠢。」

她誇張地嘆了口氣，然後看見我臉上的表情。

「也許我是有一點不公平。不過現在真的是時候嗎？」

「因為永遠都不是時候。你知道，我們不能一輩子都不停道歉。」

「如果你說『我們』是指男人的話，那我會說只要一次就夠了。」

我不會氣昏了頭走出蘿拉爸爸的葬禮。我不會氣昏了頭走出蘿拉爸爸的葬禮。我就是不會。

我氣昏了頭走出蘿拉爸爸的葬禮。

萊登家住在離最近的大鎮愛莫森好幾哩外的地方，何況我不知道哪個方向才是最近的鎮。我轉過一個街角，再轉過另一個街角，來到一條像是大馬路的地方，看見了巴士站，但不是那種讓你充滿信心的巴士站：那裡沒有人在等車，也沒別的什麼東西——馬路一邊是一排獨棟的大房子，另一邊是兒童遊樂場。我等了一下子，穿著西裝冷得要命，正當我了解到這是要等上好幾天而不是幾分鐘的巴士站時，我看見路上來了一輛熟悉的綠色福斯汽車。那是蘿拉，她出來找我。

想都沒想，我跳過分隔其中一棟獨棟房屋和人行道的圍牆，平躺在某戶人家的花圃上。花圃是濕的。但我寧可全身濕透，也不要蘿拉因為我人不見了而大發雷霆，所以我竭盡人類之所能地留在那裡。每次當我認為我已經到了谷底，我都能找到一個新的方式再往下沉，但我知道這已經是最糟的了，從今以後不管我發生什麼事，無論我變得多窮、多愚蠢或是孤伶伶的，這幾分鐘會像一個刺眼的警訊留在我心裡。「這是不是比在蘿拉她爸爸葬禮後趴在花圃上來

得好？」當稅務人員走進店裡，或者是當下個蘿拉跟下個雷跑了的時候，我會這樣問自己，而答案將永遠，永遠會是「沒錯」。

當我沒辦法再忍受時，當我的白襯衫變成透明，我的西裝夾克流著泥巴，我的腿陣陣刺痛時——是抽筋、風濕痛，還是關節炎，誰曉得？我站起來拍一拍身體；然後蘿拉，顯然一直坐在巴士站旁的車裡面，搖下她的窗戶叫我上車。

葬禮上發生在我身上的事大致如下：有生以來第一次，我看到，我有多怕死，以及多怕別人死，這種恐懼如何妨礙我做各式各樣的事情，像戒菸（因為如果你太認真看待死亡，或太不認真看待死亡，就像我在這之前的那樣，那這樣做有什麼意義呢？）；還有以一種涵蓋未來的想法去思考我的人生，尤其是我的工作（太可怕，因為未來以死亡做結束）。但最重要的是，它妨礙我對一段感情堅持下去，因為如果你堅守一段感情，而你的生命變得依賴另一個人的生命，然後當他們死掉，如同他們必然會的那樣，除非有一些特殊狀況，譬如，他們是科幻小說中的角色……要不然，你就像是手無片槳逆流而上，不是嗎？如果我先死就沒關係，我想，但是在別人死前就得先死，不見得會讓我有多開心：我怎麼知道她什麼時候會死？可能明天就會被公車撞死，正如俗話說的，這表示我今天就得投身在公車輪下。當我在火葬場看見珍娜‧萊登的臉孔時……你怎麼能那麼勇敢？現在她該怎麼辦？對我而言，從一個女人換到另一個女人，直到你老到不能繼續下去，然後你獨自生活，獨自死去，這完全合乎情理，何況當你看到其他的下場，這哪有那麼悲慘？跟蘿拉在一起時有幾晚，當她熟睡時，我會緊緊依偎在她的後背，我會充滿這種無與倫比、無以名之的恐懼，只不過現在我

叫得出名字：布萊恩，哈哈。好吧，不是什麼名字，只是我看得出它是打哪裡來的，以及我為什麼要跟柔希那個令人頭痛同步高潮的女人上床，而且如果這聽起來站不住腳同時又自私的話——是哦！他跟別的女人上床是因為他怕死！——那麼，我很抱歉，不過實情就是這樣。

當我夜裡依偎在蘿拉的後背時，我害怕是因為我不想失去她，然而到頭來，我們一定會失去別人，或者他們會失去我們。我寧可不要冒這個險。我寧可不要十年後、二十年後有一天下班回到家，面對一個蒼白、嚇壞了的女人說她一直在便血——*我很抱歉，我很抱歉，不過這種事真的會發生*——然後我們去看醫生，然後醫生說沒辦法開刀，然後……我沒有那個膽，你知道嗎？我大概會馬上落跑，用假名住在一個不同的城市，然後蘿拉會住進醫院等死，然後他們會問：「你的伴侶不來看你嗎？」她會說：「不會，當他發現我得了癌症後他就遺棄了我。」好一個男人！「癌症？對不起，那不合我的胃口！我不喜歡！」最好別讓你自己陷入這種處境。最好全部都別管。

所以這給我帶來什麼？這裡全部的邏輯就是我在玩一種有勝算的遊戲。我現在三十六歲，對吧？我們假設大多數的致命疾病——癌症、心臟病，隨便哪個——在你五十歲以後來襲。你有可能運氣不好，提早就葛屁，不過五十幾歲以上的族群會發生鳥事的比率再合理不過。所以安全起見，你到那時候再收山；接下來十四年裡每幾年談一段感情，然後抽身，洗手不幹，一了百了。這合情合理。我要解釋給每個我交往的人聽嗎？也許。這樣大概比較公平。而且不管怎麼樣，比起一般終結感情的糊塗仗，這比較不傷感情。「你遲早會死，所以我們這樣下去沒什麼意思，你說是嗎？」如果說有

人移民，或回到自己的國家，基於將來任何進一步的交往實在太痛苦而終止一段感情是完全可以諒解的話，那死亡為什麼不行？死亡所造成的分離必定比移民的分離更為痛苦，想必如此吧？我是說，移民這件事，你總是可以跟她走。你總是可以跟自己說：「噢，去他媽的。我要收拾行李到德州當牛仔／到印度採茶葉……」等等。不過，你跟死神大人不能來這套，能嗎？除非你想採用羅密歐模式，而你一想到這……

「我以為你要整個下午都躺在花圃上。」

「啊？噢，哈哈。沒這回事。哈哈。」在這種狀況下假裝無動於衷比想像中困難，雖說在你前女友老爸被埋葬——火化——的當天，為了躲她而躺在陌生人的花圃，大概根本算不上是一種、一類型的狀況，而會比較像是僅此一次，非一般性的事。

「你濕透了。」

「嗯。」

「你還是個白癡。」

還會有別場戰役。要打這場沒多大意義，尤其當所有的證據都意圖對我不利的時候。

「我看得出來你為什麼這麼說。聽著，我很抱歉。我真的很抱歉。我最不希望的就是……這是我去的原因，因為……我昏頭了，我無意在那裡大動肝火，而且……聽著，蘿拉，我跟柔希上床又把事情搞得亂七八糟的原因是因為我怕你會死。或者說我怕你死掉。隨便怎麼說吧。我知道這聽起來像什麼，但是……」我的聲音突然地無聲無息，就跟它突然地冒出來一樣，而我只能張大嘴巴望著她。

「我們都會死。這個基本事實還是沒多大改變。」

「沒有，沒有，我完全了解，而且我也不期望你告訴我別的。我只是要你知道，就這樣。」

「謝謝你。多謝你的好意。」

她沒有打算要發動車子。

「我無以回報。」

「什麼意思？」

「我不是因為我怕你會死掉這件事才跟雷上床。我跟雷上床是因為我對你厭煩透了，我需要有人把我拉出來。」

「噢，當然了，不，我了解。聽著，我不想再占用你的時間。你回去吧，我在這裡等巴士。」

「我不想回去。我也鬧了一點小脾氣。」

「噢。是這樣。那就好。我是說，不是很好，不過，你懂。」

雨又開始下了，她把雨刷打開，所以我們只看到一點窗外的景色。

「誰惹你生氣了？」

「沒有人。我只是覺得自己不夠大。我希望有個人可以照顧我，因為我爸死了，但是沒有人可以，所以當麗茲告訴我你走掉時，我用這當做藉口出來。」

「我們還真是絕配，對不對？」

「誰惹你生氣？」

「噢。沒有人。呃，麗茲。她……」我想不出一個成年人的說法，所以我用了一個最接近的。「她找我的碴。」

蘿拉哼了一聲。「她找你的碴，而你打她小報告。」

「差不多是這麼回事。」

她發出一聲簡短不悅的笑聲。「難怪我們全部都搞得這樣亂糟糟的，不是嗎？我們就像《飛進未來》裡的湯姆‧漢克。小男孩小女孩困在大人的身軀裡，然後被迫繼續過日子。現實生活裡要糟糕的多了，因為不是只有親來親去和上床睡覺，對嗎？還有這一切。」她指著擋風玻璃外的遊樂場、巴士站和一個遛著狗的男人，不過我知道她的意思。「讓我告訴你一件事，洛。從葬禮中退席是我做過最糟的事，也是最大快人心的事。我沒辦法告訴你我覺得有多爽和多糟。不對，我可以，我覺得像烤焦的阿拉斯加。」

　　「反正，你又不是真的從葬禮中跑掉了。你只是從接待會跑掉了。這不一樣。」

　　「但是我媽，和裘，還有……他們永遠不會忘記。不過我不在乎。我已經想過這麼多有關他的事，說了這麼多有關他的事，而現在我們的房子裡擠滿這些人要給我時間和機會去想去談更多有關他的事，而我只想大聲尖叫。」

　　「他會了解的。」

　　「你這麼認為？我不確定我會。我會要大家留到難受的最後一刻。他們最少能做這件事。」

　　「不過，你爸爸比你善良。」

　　「他真的是，不是嗎？」

　　「大概善良五、六倍。」

　　「別太得意忘形。」

　　「抱歉。」

　　我們望著一個男人試圖點菸，而他手裡還握著遛狗鏈、報紙和雨傘。這根本不可能，不過他還是不放棄。

　　「所以你到底什麼時候才要回去？」

「我不知道。等一下。待會。聽著，洛，你要跟我上床嗎？」

「什麼？」

「我只是覺得我想要性交。我想感覺除了悲慘和罪惡感之外的東西。不是這個，就是我回家把手放到火上燒。除非你把菸頭捺熄在我手臂上。」

蘿拉不是這種人。蘿拉的專業是律師，天性也是律師，然而現在，她表現得好像她要爭取一部哈維‧凱托電影裡的配角一樣。

「我只剩下幾支菸了。我要留著待會抽。」

「那麼就剩下性了。」

「但是在哪裡？而且雷怎麼辦？而且……」我想說「這一切」怎麼辦。這一切能怎麼辦？

「我們得在車裡做。我把車開到別的地方。」

她把車開到別的地方。

我知道你要說什麼：你這個可悲的幻想狂，佛萊明，你想得要命，你在做你的白日夢，等等的。但是我一百萬年也不會用今天發生在我身上的事來做為任何性幻想的基礎。首先，我都濕了，雖說我欣賞潮濕的狀態有若干的性意涵，但就連最有決心的變態，要讓他自己在我這種潮濕的程度裡興奮起來，都會覺得困難重重，這種潮濕包含了冷、不舒服（我的長褲沒有內裡，我的腿硬生生地被摩擦）、臭味（沒有任何大牌香水製造商曾試圖捕捉濕長褲的氣味，原因很明顯），還有一些葉片黏在我身上。況且我從來沒有任何野心要在車子裡做（我的幻想一直是，一直是跟床連在一起），而葬禮也許對死者的女兒有奇特的影響，但很老實說，對我來說卻有點掃興，而且我不確定在蘿拉跟別人同居時跟她上床我自己怎麼想（他是不是比較棒他是不是比較棒他是不是比較棒？）而且……

她把車停下來，我才發覺我們剛才這一、兩分鐘路程都很顛簸。

「小時候我爸常帶我們到這裡來。」

我們在一條印有車痕的長路一旁，這條路通向一幢大宅院。路的一邊雜草與灌木叢生，另一邊是一排樹木；我們在樹的這一邊，車頭指向宅院，往路上傾斜。

「這裡以前是一間私立預備學校，但是他們幾年前倒閉了，從此就空在那裡。」

「他帶你們來這裡做什麼？」

「只是來散步。夏天時這裡有黑莓，秋天時有栗子。這是一條私有道路，所以更刺激。」

老天爺。我很高興我對心理治療，對榮格和佛洛伊德那一掛的都一無所知。如果不是的話，我大概現在會嚇得屁滾尿流：像這樣一個想在跟她死去的爸爸從前常來散步的地方有性行為的女人，一定很危險。

雨已經停了，但樹上的雨滴還是不停從車頂滴下來，而強風用力刮在樹枝上，所以三不五時也有大塊的樹葉掉到我們頭上。

「你要不要到後面去？」蘿拉用一種單調、疏離的聲音問我，好像我們要去接別人一樣。

「我猜是吧。我想這樣會容易一點。」

她把車停得離樹太近，所以她得從我這一邊爬出來。

「把全部的東西移到後面架子上就行了。」

裡面有一本街道地圖手冊、一張地圖、幾個空的卡帶盒、一包開過的寶石水果軟糖和一把糖果紙。我不疾不徐地把它們移開。

「我就知道今天早上穿裙子是有原因的。」她上車時這麼說。

她彎下身吻了我的唇，我的舌頭以及其他部位，我可以感覺到一些我不能控制的興致。

「躺著別動，」她調整一下衣服然後坐在我身上：「哈囉。我從這裡看著你好像是不久前的事。」她對我微笑，再次吻了我，手伸到她下面找我的拉鍊。然後有前戲等等，然後——我不知道為什麼——我記起某件你應該記得但很少記得的事。

「你知道跟雷在一起……」

「噢，洛，我們別再談這件事了。」

「不是，不是。我不是……你還有吃避孕藥嗎？」

「當然有。沒什麼好擔心的。」

「我不是指這件事。我是說……你只用這個嗎？」

她什麼也沒說，然後她開始哭起來。

「聽我說，我們可以做別的事，」我說：「或者我們可以進城裡買一些。」

「我不是因為我們不能做才哭，」她說：「不是那樣。只不過……我跟你住在一起過。幾個星期前你還是我的伴侶。而現在你擔心我可能會害死你，而你有權擔心。這不是很可怕嗎？不是很悲哀嗎？」她搖著頭啜泣，從我身上爬下來，然後我們肩並肩坐在後座不發一語，只是看著水珠從窗戶上滑下去。

後來，我想著我是否真的擔心雷去過哪些地方。他是不是雙性戀，或是靜脈注射型的吸毒者？我懷疑（這兩者他都不會有種去做）。他有沒有跟一個靜脈注射型吸毒者睡過，或者跟一個與雙性戀男人睡過的人上過床？我一無所知，而這種無知給我一切的權利堅持採取保護措施。但老實說，我感興趣的其實是它的象徵意義而非恐懼。我想傷害她，不挑別天卻挑這一天，只不過是因為這是自

從她離開後我第一次有能力這麼做。

我們開到一家酒館，一間裝模作樣仿鄉村式的小地方，供應不錯的啤酒和昂貴的三明治，我們坐在一個角落說話。我買了更多菸而她抽了一半，或者，應該說，她點燃一根，抽一、兩口，做個怪表情，熄掉，然後五分鐘後又拿起另一支。她用很粗暴的方式熄掉菸，以至於它們都無法搶救回來，而每次她這麼做，我便無法專心聽她在說什麼，因為我忙著看我的菸消失掉。最後她注意到了，然後說她會再買給我，而我覺得自己很小氣。

我們談她爸爸，絕大多數，或者應該說，沒有了他的生活會是什麼樣子。然後我們談到大體上沒有父親的生活會是什麼樣子，還有這件事是不是讓你覺得終於長大成人了（蘿拉認為不是，根據到目前為止的證據看來）。我不想談這些，當然，我想談關於雷、我、我們是否還會親密到再次上床，以及這場談話的溫暖與親密是否代表任何東西，但我設法控制住自己。

然後，就在我開始接受這一切都不會是關於我我我，她嘆了口氣，跌坐在椅背上，然後，半微笑半絕望地說：「我累到不能不跟你在一起。」

這裡好像有兩個否定語氣——「不能」是否定因為聽起來不是肯定——我花了一點時間才搞懂她的意思。

「等等，所以說：如果你有多一點點精力，我們就會分手了。但是現在這樣，你筋疲力竭，你要我們復合，在一起。」

她點點頭。「這一切都太辛苦了。也許下一次我會有膽量自己一個人，但現在我還沒有。」

「雷怎麼辦？」

「雷是個災難。我不知道那到底是怎麼回事，老實說，除了有時候你真需要有人像顆手榴彈一樣掉進一段壞掉的感情中間，然後把它全炸個粉碎。」

我想仔細地談，關於雷是個災難的所有事項；事實上，我想在啤酒墊的背面列出一張清單，然後永久保存。也許改天好了。

「那麼現在你已經離開壞掉的感情，而且也已經把它炸個粉碎，你想要回到這裡面，全部拼湊回來。」

「對。我知道這一點都不羅曼蒂克，而到了某個階段一定會有羅曼蒂克的時候，我敢確定。但是我需要跟一個人在一起，而且我需要跟一個我認識而且處得還可以的人在一起，而你又表明你想要我回來，所以⋯⋯」

而你難道會不知道嗎？突然間我心慌意亂又反胃，而我想把唱片標誌漆在我的牆上，然後跟美國錄音藝人上床。我握住蘿拉的手然後吻了她的臉。

* * *

當然，回到家的場面很可怕。萊登太太哭了，而裘很生氣，然後幾個剩下的客人瞪著他們的飲料不發一語。蘿拉把她媽媽帶到廚房，然後關上門，然後我跟裘站在客廳裡，聳著我的肩又搖著我的頭又抬著我的眉又不停換腳站，做出我能想到表示尷尬、同情、反對和不幸的所有動作。當我的眉毛發酸，我幾乎把頭從關節上搖下來，而我已經在同一塊地上走了足足一英里時，蘿拉堂皇地從廚房裡出現，然後戳一下我的臂膀。

「我們回家吧。」她說，這就是我們的關係如何重回到原來的跑道。

27

五次對話：

1.（第三天，出去吃咖哩，蘿拉付錢）

「我敢打賭你一定是。我敢打賭我走後五分鐘，你坐在那裡，抽著一根菸，」──她老是加重這個字，表示她的不贊同──「然後自己想著，老天，這沒問題，我應付得了這種事。然後你坐在那裡幫公寓出一些蠢主意……我知道，我知道，在我搬進去之前，你原本想找某個傢伙來幫你在牆上漆上唱片品牌的標誌，不是嗎？我敢打賭你坐在那裡，抽一根菸，然後想，不知道我是不是還有那個人的電話號碼？」

我轉頭看別的地方，免得她看見我在笑，但是沒有用。「老天爺，我說的真準，對不對？我說的真準，我真不敢相信。然後──

等等，等等……」她把手指放在太陽穴上，好像她在把影像接收到腦袋中——「然後你想，海裡還有數不清的魚，已經有很久都想要來點新鮮的，然後你把一張隨便什麼的塞進音響裡，然後你可悲的小天地裡一切都沒事了。」

「然後呢？」

「然後你去工作，然後你什麼也沒跟狄克或巴瑞說，然後你安然無恙直到麗茲無意中洩漏了祕密，然後你就發神經了。」

「然後我跟別人上床。」

她沒聽見我的話。

「當你跟那個笨蛋雷胡搞時，我上了一個長得像《洛城法網》裡的蘇珊·黛的美國創作歌手。」

她還是沒聽見我的話。她剝了一小塊印度薄餅，然後沾著芒果酸甜醬。

「而且我過得還可以。不壞。事實上，相當好。」

沒反應。也許我該再試一次，這次大聲說出來，用我的嗓子而非我腦袋中的聲音。

「你早就知道了，對不對？」

她聳聳肩，微微一笑，然後做個沾沾自喜的表情。

2.（第七天，床上，事後）

「你並不真的巴望我會告訴你。」

「為什麼不會？」

「因為這有什麼意義？我可以描述每一分每一秒，反正也沒有多少分多少秒，然後你會覺得難受，但你還是搞不懂任何重要大事的頭一樁。」

「我不在乎。我只想知道。」

「想知道什麼？」

「感覺像什麼。」

她發飆。「像性愛。還會像什麼？」

連這個回答我都覺得很難受。我本來希望那根本不會像性愛。我本來希望那會像一件非常無聊或不愉快的東西。

「像美好的性還是差勁的性？」

「有什麼不一樣嗎？」

「你知道有什麼不一樣。」

「我可從來沒問過你的課外活動怎麼樣呀。」

「有，你問過。我記得。『玩得愉快嗎，親愛的？』」

「那是個修飾問句。聽好，我們現在處得不錯。我們剛剛共度一段愉快的時光。這個話題就到此打住。」

「好，好。但是我們剛才的愉快時光……跟你兩週前的愉快時光比起來的話，是比較愉快，一樣愉快，或者沒那麼愉快？」

她不說話。

「噢，拜託，蘿拉。隨便說什麼都好。如果你要的話，撒個小謊也行。那會讓我覺得好過一點，同時也會讓我不再問問題。」

「我本來是要撒個小謊，但是現在不行了，因為你知道我在撒謊。」

「可是你為什麼要撒謊？」

「為了讓你覺得好過一點。」

所以就這樣，我想知道（只不過，當然，我不想知道）關於多次高潮、一晚做十次、口交，以及我從來沒聽說過的體位，但是我沒勇氣問，而她永遠不會告訴我。我知道他們做過，這就已經夠糟

的;如今我所能指望的只有損害程度。我要她說那很無趣,那根本不合標準、翻身想念著洛那種的性,說梅格·萊恩在快餐店享受到的樂趣都還比蘿拉在雷家來得多。這樣的要求太過分了嗎?

她用手肘支起身子,吻了我的胸膛。「聽好,洛。這件事發生過了。很多方面來說,這事發生了都是件好事,因為我們毫無進展,而如今我們也許會有點進展。但如果絕妙性愛跟你想像的一樣重要,而且如果我享受了絕妙性愛的話,那麼我們現在就不會躺在這裡。這是我對這個話題的最後幾句話,行了嗎?」

「行了。」可能還有更糟糕的最後幾句話,雖然我知道她沒說什麼。

「不過,我真希望你的陰莖跟他的一樣大。」

這句話,應該是,從接下來的悶笑、偷笑、大笑和狂笑的長度和音量來看,是蘿拉有生以來說過最好笑的笑話——事實上,也是任何一個人,在整個世界的歷史上,說過最好笑的笑話。我認為,這是一個眾所皆知的女性主義式幽默的範例。是不是很爆笑?

3.(開車到她媽媽家,第二週,聽著她錄的裡面有「就是紅」合唱團〔Simply Red〕還有「創世紀」合唱團還有亞特·葛芬柯❶合唱 *Bright Eyes*〔〈明眸〉〕的合輯卡帶。)

「我不在乎。你愛做什麼鬼臉都隨便你。這就是有所改變的地方。我的車。我的汽車音響。我的合輯卡帶。開車去看我的雙親。」

我們讓「雙」這個字的ㄕ音懸在半空中,看著它試圖慢慢爬回它來的地方,然後把它忘記。我給它一點時間,才回頭打這場男人與女人間最艱苦的戰役。

「你怎麼能同時喜歡亞特‧葛芬柯和所羅門‧柏克❷？這就好比說你支持以色列和巴勒斯坦。」

「事實上，洛，這根本不能比。亞特‧葛芬柯和所羅門‧柏克製作流行音樂唱片，以色列和巴勒斯坦沒有。亞特‧葛芬柯和所羅門‧柏克沒有為領土爭奪進行交戰，以色列和巴勒斯坦有。亞特‧葛芬柯和所羅門‧柏克……」

「好好好。但是……」

「而且誰說我喜歡所羅門‧柏克來著？」

這太過分了。

「所羅門‧柏克！*Got To Get You Off My Mind*（〈把你趕出我心田〉）這是我們的歌！所羅門‧柏克要為我們整段關係負責！」

「是這樣嗎？你有沒有他的電話號碼？我有話要跟他說。」

「但是你難道忘了嗎？」

「我記得這首歌。我只是不記得是誰唱的。」

我不敢置信地搖頭。

「你看，這就是那種男人不得不放棄的時刻。你難道真的不明白〈明眸〉和〈把你趕出我心田〉有什麼不一樣？」

「當然可以。一首有關於兔子，而另一首有銅管樂隊（brass band）演奏。」

「銅管樂隊！銅管樂隊！是吹奏組❸！他媽的見鬼了。」

「隨便。我看得出你為什麼喜歡所羅門而不是亞特。我了解，我真的了解。如果有人問我兩個哪一個比較好，我每次都會說所羅門。他有原創性，他是黑人，而且是個傳奇人物，還有其他的東西。但是我喜歡〈明眸〉。我覺得這首歌有好聽的旋律，而且何況，我不是真的在乎。還有那麼多其他的事情要操心。我知道我說

的話聽起來像你媽，但是這些只是流行歌唱片，如果有一張比另一張好的話，除了你和巴瑞和狄克，說真的，有誰會在意？對我來說，這就像爭辯麥當勞跟漢堡王有什麼差別一樣。我確定一定有差別，但是有誰有那個力氣去找出是什麼？」

當然，最糟糕的是，我已經知道有什麼差別，我對這件事有複雜而詳盡的看法。但是如果我開始去談漢堡王火燒堡對比吉事漢堡，我們兩個都會覺得我似乎印證了她的說法，所以我打消念頭。

但是爭論繼續下去，行過街角，越過馬路，自己轉過身來，最後來到一個我們兩個從來沒有來過的地方——至少，不是在清醒的狀態，而且不是在大白天。

「你從前比現在更在意像所羅門‧柏克這一類的事。」我告訴她：「在我剛認識你，我錄那卷帶子給你的時候，你真的很熱中。你說——讓我引用你的話——『精采到讓人對自己的唱片收藏感到慚愧。』」

「我真是厚臉皮，對不對？」

「這是什麼意思？」

「這個嘛，我喜歡你。你是一名DJ，而且我認為你很出色，而我沒有男朋友，我想要有一個。」

「所以你對那種音樂一點興趣也沒有？」

「有興趣。一點點。比我現在更有興趣。人生就是這樣，不是嗎？」

「但是你瞧……那就是我的全部。就沒別的了。如果你對這個失去興趣，那麼你就對一切失去興趣。我們在一起還有什麼意思？」

「你真的這麼想？」

「對。看看我。看看我們的公寓。除了唱片和CD和卡帶,裡面還有什麼?」

「你喜歡這樣嗎?」

我聳聳肩。「不怎麼喜歡。」

「那就是我們在一起的意思。你有潛力。我來是為了把它引導出來。」

「什麼樣的潛力?」

「當一個人類的潛力。你具備所有基本的元素。當你放點心思的時候,你真的很討人喜歡。當你願意花點力氣的時候,你很會逗人笑,而且你很親切,而當你決定你喜歡一個人的時候,那個人會覺得她好像是全世界的中心,那是一種很性感的感受。只不過大部分的時候你懶得花力氣。」

「對。」我只能想到這麼說。

「你只是……你只是什麼都不做。你迷失在你的腦海中,你坐著空想而不是放手做事,而且大部分的時候你想的都是垃圾。你似乎老是錯過真正在發生的事。」

「這是這卷帶子第二首『就是紅』合唱團的歌了。一首已經不可原諒。兩首就是戰爭犯罪。我可以快轉嗎?」我不等回答就快轉。我停在一首可怕的戴安娜‧羅絲離開摩城唱片後的歌。我呻吟了一聲。蘿拉不管我繼續奮力說下去。

「你知道一個說法,『時間在他手裡,他把自己藏在他心裡』?那就是你。」

「所以我該怎麼辦?」

「我不知道。做點什麼。工作。跟別人見面。經營一個經紀公司,或甚至經營一家俱樂部。做點不只是等著生命改變和保持選擇

開放的事。如果可以的話，你下半輩子都會保持你的選擇開放。你會在臨終時躺在床上，得了某種與抽菸相關的疾病快死了，然後你會想，至少，我一直保持我的選擇開放。至少我沒做過我不能抽身的事情。而在你保持選擇開放的同時，你也在關閉它們。你已經三十六歲了，而你還沒有一子半女。所以你要什麼時候生孩子？等到你四十歲？五十歲？假設你四十歲，然後假設你的小孩在他三十六歲以前也不想生孩子。這表示你得比老天爺注定的七十歲還多活上好幾年才能最多看上一眼你的孫子。」

「所以全都歸結起來就是這件事。」

「什麼事？」

「生孩子不然就分手。有史以來最古老的威脅。」

「去死啦，洛。這不是我在跟你說的話。我不在乎你要不要孩子。我要，這個我知道，但是我不知道我要不要跟你生，而且我也不知道你到底要不要。我自己得先想清楚。我只是要喚醒你。我只是試著讓你看到你已經活了大半輩子，但是從你所有的一切看來，你跟十九歲差不多，而我說的不是金錢、財產或家具。」

我知道她不是。她說的是那些細微、雜亂的事，那些防止你飄走的事。

「這對你來說容易得很，對不對，**當紅的市中心律師小姐**。店裡生意不太好不是我的錯。」

「老天爺。」她用很嚇人的粗暴力氣換檔，好久不跟我說一句話。我知道我們差一點就談到了；我知道如果我有種的話我會告訴她說她是對的，而且明智，說我需要她也愛她，而且我會要她嫁給我，或什麼的。只不過，你知道，我想保持我的選擇開放，更何況，也沒有時間，因為她還沒有說完。

「你知道什麼最讓我不爽？」

「知道。你剛才跟我說的那些話。有關我保持選擇開放的事。」

「除了這件事以外。」

「我怎麼會知道。」

「我可以確切地——確切地——告訴你你有什麼不對勁，還有你該怎麼做，但是你對我甚至連這一點都做不到。你能嗎？」

「可以。」

「說來聽聽。」

「你厭倦了你的工作。」

「這就是我不對勁的地方，是嗎？」

「或多或少。」

「看到沒有？你根本毫無頭緒。」

「給我個機會。我們才剛剛開始再次同居。過幾個星期我也許會察覺到別的。」

「但是我甚至沒有厭倦我的工作。事實上，我相當喜歡我的工作。」

「你這麼說不過是為了讓我難堪。」

「不，我不是。我喜歡我的工作。它很刺激，我很喜歡一起共事的人，我已經習慣了這些錢……但是我不喜歡去喜歡這件事。它困擾我。我不是那個本來我長大想要變成的人。」

「你本來想要成為什麼？」

「不是一個穿著套裝、帶個祕書還有一點覬覦合夥人身份的女人。我想要成為一個法律協助律師，有一個當 DJ 的男朋友，而一切全走偏了。」

「那就幫你自己找個 DJ。你要我怎麼辦？」

「我不要你怎麼辦。我只是要你看到我不是全部由我跟你的關係來定義。我要你看到就因為我們倆理出頭緒，不代表我自己理出了頭緒。我還有其他的懷疑和擔慮和抱負。我不知道我要什麼樣的人生，我也不知道我要住什麼樣的房子，而我過去兩、三年賺錢的數目讓我害怕，而……」

「你難道不能一開始就明說嗎？我怎麼會猜得到？這是什麼天大的祕密？」

「沒有什麼祕密。我只不過是指出我們之間的事不是全部。就算我們不在一起我還是會繼續存在下去。」

我還是得自己弄清楚，到最後。我早該看出就因為我沒有伴侶時就像隻無頭蒼蠅一樣到處亂竄，不表示別人都是這樣。

4.（在電視機前，隔天晚上）

「……一個好地方。義大利、美國，甚至西印度群島。」

「絕佳的主意。我知道怎麼做，明天我就去把一整箱九成新的貓王在『太陽唱片』灌錄的78轉黑膠片拿到手，我用這個來付旅費。」我記得那位老公落跑、有驚人單曲收藏的青木區女士，然後感到一陣急遽的悔恨痛苦。

「我猜想這是某種嘲諷的男性唱片收藏者笑話。」

「你知道我有多窮。」

「你知道我會幫你出錢。雖說你還欠我錢。如果我得在懷特島❹的一個帳篷內度過我的假期，那我做這個工作有什麼意義？」

「哦是嗎，我要到哪裡找錢來付另一半的帳篷？」

我們看著傑克・達克渥斯試圖把一張他賭馬贏來的五十磅鈔票藏起來不讓薇拉知道❺。

「這不重要,你知道,錢的事。我不在乎你賺多少錢。我只希望你在工作上更開心,除此之外你能做你喜歡的事。」

「但是事情不應該是這樣。當我認識你的時候,我們是一樣的人,而現在我們卻不是,而⋯⋯」

「我們怎麼是一樣的人?」

「你是那種會到葛魯丘來的人,而我是那種會放音樂的人。你穿皮夾克和T恤,而我也是。而且我還是一樣,但你不是。」

「因為我不被允許這樣穿。我晚上會這樣穿。」

我試著找出另一個說法說明我們跟以前不一樣,我們已經漸行漸遠,如此之類的話,但這超過我的能力範圍之外。

「『我們跟以前不一樣。我們已經漸行漸遠。』」

「你幹嘛裝那種傻里傻氣的聲音?」

「這表示這是引述句。我試著找出一種新的方式來說明。就像你試著找出一種新的方式來說明我們不生小孩的話就分手。」

「我沒有⋯⋯」

「開玩笑的。」

「所以我們應該到此為止?這是你的意思嗎?因為如果你是的話,我可要失去耐性了。」

「不是,但是⋯⋯」

「但是什麼?」

「但是為什麼我們跟以前不一樣沒有關係?」

「首先,我覺得我應該先指出這一點都不能怪罪於你。」

「謝謝。」

「你跟從前那個你一模一樣。在我認識你的這些年來,你甚至連換一雙不同的襪子都沒有。如果我們漸行漸遠,那麼我是那個成

長的人。而我所做的不過是換了工作。」

「還有髮型、衣著、態度、朋友和⋯⋯」

「這不公平，洛。你知道我不能滿頭沖天怒髮去上班。而且現在我有能力多買衣服。而且我過去這幾年來認識了幾個我喜歡的人。所以還剩下態度。」

「你現在比較強悍。」

「比較有自信，也許。」

「比較無情。」

「比較不神經質。難道你下半輩子都想維持跟現在一樣？一樣的朋友，或一樣沒有朋友？一樣的工作？一樣的態度？」

「我還過得去。」

「對，你還過得去。但是你不完美，而且你肯定不快樂。所以當你快樂起來的時候會變成怎樣，而且沒錯我知道那是一張皇帝艾維斯的專輯❻名稱，我故意引用這個指涉來引起你的注意，你以為我是一個天大的白癡嗎？難道因為我習慣了你悲慘的樣子，我們就應該要分手嗎？如果你，我不知道，如果你成立自己的唱片公司，一炮而紅會變成怎樣？到時候換個新女朋友了？」

「你這樣說太傻了。」

「怎麼會？告訴我你開唱片公司和我從法律協助轉到市中心當律師之間有什麼差別？」

我想不出來。

「我想說的是如果你對長期的單一配偶關係有任何一點信心的話，那你就應該允許人會有所改變，而且也應該允許人不會改變。不然的話有什麼用？」

「沒有用。」我假裝很溫順地說，不過我其實被她嚇到了──

被她的才智，被她的尖銳，以及被她永遠都對。或者至少，她永遠對到足以讓我閉嘴。

5.（床上，有一點前戲有一點進行中，如果你知道我的意思，兩晚以後。）

「我不曉得。對不起。我想這是因為我缺乏安全感。」

「我很抱歉，洛，但是我一點也不信。我認為那是因為你醉了。以前每次我們有這種問題，常常都是因為這樣。」

「這次不是。這次是因為不安全感。」我對「不安全感」這個字有障礙，我的說法會糊掉「不」這個字。這種簡略的發音無法強化我的論辯。

「你說你對什麼缺乏安全感？」

我發出一聲簡短、不悅的「哈」，一個空洞笑聲藝術的樣版範例。

「我還是一無所知。」

「『我累到不能跟你分手』這些事。還有雷，而且你似乎……老對我感到很挫折。氣我這麼無藥可救。」

「我們要放棄這個嗎？」她指的是做愛，而不是這個對話或我們的關係。

「我想是吧。」我從她身上翻下來，躺在床上用手環住她，看著天花板。

「我知道。對不起，洛。我一直沒有很……我一直沒有真的讓你覺得這是我想做的事。」

「而那是為什麼，你認為？」

「等等。我要試試看確切地說明這件事。好。我本來以為我們

262

之間只有一條小小的臍帶維繫著，就是我們的關係，而如果我切斷它一切就結束了。所以我切斷它，但是一切沒有隨之結束。不只有一條臍帶，而是成百、成千，我每一次轉身——當我告訴裘我們分手時她不說一句話，然後我在你生日那天覺得很不對勁，還有我在……不是在跟雷親熱當下，而是事後，覺得不對勁，然後當我在車子裡放你幫我錄的卡帶時覺得很難受，以及我一直想著不知道你怎麼樣，還有……噢，好幾百萬件事。你比我本來想像中的更難過，讓事情更不好過……然後葬禮那一天……是我要你來，不是我媽。我是說，她很高興，我想，但是我從來沒想過要邀請雷，而就在那個時候我覺得累了，我還沒準備好應付這所有的事。不值得，就這樣跟你一刀兩斷。」她笑了一笑。

「這算一種好聽的說法嗎？」

「你知道我不擅長說癡情的話。」

你聽見沒有？她不擅長說癡情的話？這，對我來說，是個問題，就像對任何一個在年紀輕輕聽過達斯汀·史普林菲爾德 ❼ 唱的 *The Look of Love*（〈愛的容顏〉）的男人一樣。我以為當我結婚的時候（我當時稱之為「結婚」——我現在稱之為「安頓下來」或「想清楚」）事情就應該像那樣。我以為會有一個性感的女人有著性感的嗓音和一堆性感的眼影，她對我忠貞不二的愛情從每一個毛孔散發出來。而的確有那麼個愛的容顏這回事——達斯蒂沒有帶我們走完這段花園小徑——只不過這個愛的容顏不是我期望的那麼一回事。不是在雙人床中間一雙充滿渴望到噴出火來的大眼和誘人的半掀床單；可能只是母親給嬰孩的那張慈愛陶醉的臉孔，或是有趣的惱怒表情，或甚至是一張痛心的關懷容顏。但是達斯汀·史普林菲爾德的愛的容顏呢？就跟充滿異國情調的內衣一樣神祕。

當女人抱怨著媒體的女性形象時她們搞錯了。男人了解不是每一個人都有碧姬・芭杜的胸部，或傑美・李・寇蒂斯的頸子，或菲莉西蒂・肯鐸❽的臀部，而且我們一點都不在意。很顯然我們會喜歡金・貝辛格勝於海蒂・賈克斯，就跟女人會喜歡基努・李維）勝於伯納・曼寧❾一樣，但是重要的不是肉體，而是貶抑的程度。我們很快地就弄明白龐德女郎不屬於我們的世界，但是要明白女人永遠不會像烏蘇拉・安德絲❿看著史恩・康納萊一樣看著我們，或是甚至像桃樂絲・黛看著洛・赫遜⓫一樣，這種覺悟，對我們大多數人來說，來時很晚。以我的例子來說，我一點都不確定它是否已經到來。

　　我開始習慣蘿拉可能是我要共度下半輩子的人這個想法，我想（或者至少，我開始習慣沒有了她我如此悲慘到不值得去想其他可能的地步這個想法）。但是要去習慣我的小男生式的浪漫奇想，那種在家裡穿著睡衣的燭光晚餐和深長熱情的凝望，在現實中一點基礎也沒有，要困難很多了。這才是女人應該怒火中燒的事；這也是我們為什麼在感情裡無法正常運作。這無關脂肪紋或魚尾紋。而是……而是……而是缺乏敬意。

過了大約兩週，經過大量的交談、大量的性愛以及在可以忍受份量內的爭執，我們到蘿拉的朋友保羅和米蘭妲家吃晚餐。這對你來說可能聽起來不怎麼刺激，但這對我真的是一件大事：這是信任的一票，一項認可，對全世界表示我至少會存在幾個月的徵兆。蘿拉與我從來沒有跟保羅與米蘭妲照過面，我從來沒見過他們倆任何一個。保羅和蘿拉差不多同時加入律師事務所，而他們處得很好，所以當她（和我）被邀請作客時，我拒絕前往。我不喜歡他聽起來的樣子，也不喜歡蘿拉對他的熱中，雖然說當我聽到還有一個米蘭妲存在時，我知道我想歪了，所以我編造了一堆其他的話。我說他聽起來就像她現在起會一直遇到的典型人物，因為她現在有了這個光鮮的新工作，而我被拋在腦後，然後她很惱火，所以我又砸下更多籌碼在每次提到他的名字時就在前加上「這個」以及「混蛋」，

然後我賦予他一個傲慢自大的聲音，和一整套他可能沒有的興趣和態度，然後蘿拉真的很火大，於是自己一個人去了。叫了他那麼多次混蛋，我感到保羅和我一開始便出師不利，而當蘿拉邀請他們過來我們家時，我出去到凌晨兩點鐘才回家，就是為了確保不會遇見他們，雖然說他們有個小孩，而且我知道他們十一點半就會離開。所以當蘿拉說我們又被邀請時，我知道這是一件大事，不僅是因為她準備好要再試一次，而且也因為這表示她說了我們兩個又住在一起的事，而且她說的不盡然全是壞事。

當我們站在他們家的門階上（沒什麼豪華的，一棟肯所格林有門廊的三房屋子），我瞎弄著501牛仔褲的排扣，一種蘿拉強烈反對的緊張習慣，原因大概可以理解。但是今晚她看著我微笑，然後在我手上（我另一隻手，那隻沒有狂抓我的鼠蹊部的手）握緊一下，然後在我回神以前我們淹沒在屋內一陣笑容以及親吻以及介紹之中。

保羅高大英挺，有著一頭略長（不時髦、不想費力氣去剪、電腦狂的那種長，而不是髮型設計的長）的深色頭髮和一臉幾天沒刮的鬍碴。他穿著一條舊的棕色絨褲和一件「美體小鋪」的T恤，上面畫著綠色的東西，蜥蜴、樹還是蔬菜還是什麼的。我希望我的排扣有幾顆沒扣上，才不會讓我看起來打扮過頭。米蘭妲，跟蘿拉一樣，穿著寬鬆的毛衣和緊身褲，和一副很酷的無邊眼鏡，她是金髮、豐滿而且漂亮，不太像唐·法蘭琪❶那麼豐滿，不過夠豐滿到你馬上就注意得到。所以我沒有被衣著，或房子，或人，給嚇到，反正他們對我好得不得了，我甚至一度泫然欲泣；就連最缺乏安全感的人都可以一眼看出來，保羅和米蘭妲很高興我來了，不管是因為他們決定我是個**好東西**，或是因為蘿拉告訴他們她對現狀很滿意

（如果我全部都弄錯了，而他們不過是在演戲的話，當演員演得這麼好的時候誰還管他？）

　　沒有任何**你會幫你的狗取什麼名字**的話，部分是因為每個人都知道其他人在做什麼（米蘭妲在一家擴充教育❷學院當英文講師），部分也是因為今晚一點都不像那樣。他們詢問有關蘿拉的父親，而蘿拉告訴他們葬禮的事，至少多少說了一些，還有一些我不知道的事──像是，她說她本來覺得有點興奮，暫時性的，在所有的痛苦和悲傷和其他感覺降臨之前──「好像，老天，這是我身上發生過最像長大成人的事。」

　　米蘭妲談了一點她媽媽過世的事，而保羅和我問了一些問題，然後保羅和米蘭妲問了關於我爸媽的問題，然後從那裡話題不知怎麼的轉入我們渴望達到的目標，還有我們想要什麼，還有我們不滿意什麼，還有……我不知道。這樣說聽起來很蠢，但是除了我們的談話以外，我真的很愉快──我沒有對任何人感到恐懼，而不管我說什麼別人都很認真，而我瞥見蘿拉不時柔情地看著我，提高了我的士氣。這不像說有人說了什麼話很令人難忘、很有智慧、或很精確；這比較像一種心情。有生以來第一次，我覺得自己像是在演一集《三十而立》❸，而不是一集……一集……一集還沒有拍的情境喜劇，關於三個在唱片行工作的傢伙成天聊著三明治的餡和薩克斯風的獨奏，而我很喜歡這樣。而且我知道《三十而立》很矯情又陳腔濫調又很美國又無聊，我看得出來。但是當你坐在克勞許區的一房公寓裡面，然後你的生意一落千丈，然後你的女朋友跟公寓樓上的傢伙跑了，在現實生活中的《三十而立》演出一角，以及它所代表隨之而來的小孩、婚姻、工作、烤肉和凱蒂蓮（K. D. Lang）的CD，似乎比你人生所能祈求的還要多。

我第一次暗戀別人是在愛莉森・艾許華斯出現之前四、五年。我們到康渥❹度假，一對度蜜月的新婚夫妻在我們隔壁桌吃早餐，我們跟他們聊天，而我愛上他們兩個。不是一個或另一個，而是一個整體（現在我仔細想想，也許他們兩個跟達斯汀・史普林菲爾德的歌一樣，給我對感情不切實際的期望）。就跟所有的新婚夫妻一樣，我想他們兩個都試著表現出他們對小孩很有辦法，表現出他會是一個很好的爸爸，而她會是一個很棒的媽媽，而我是受益者，他們帶我去游泳，在岩石上抓海洋生物，而且買七彩大箭光冰棒給我，當他們離開時我難過得心都碎了。

　　今天晚上有點像那樣，跟保羅和米蘭妲在一起。我同時愛上他們兩個——他們擁有的東西，他們對待彼此的方式，他們讓我覺得我彷彿是他們世界的新中心。我認為他們很棒，還想要下半輩子每週跟他們見兩次面。

　　直到晚上要結束之前我才明白我被設計了。米蘭妲在樓上跟他們的小兒子一起；保羅去找某個紙箱裡是不是有快要壞掉的過節便宜酒，讓我們可以煽起我們腹中都有的一盆火光。

　　「去看看他們的唱片。」蘿拉說。

　　「我不用看。我不用趾高氣昂地看待別人的唱片收藏也可以活得下去，你知道。」

　　「拜託，我要你看。」

　　所以我走到書架前，偏著頭斜眼察看，不出所料，那是一個災區，是那種惡毒恐怖到應該放在一個鐵箱裡運到某個第三世界垃圾堆的CD收藏。他們全在這裡：蒂娜・透納、比利・喬、凱特・布希、「平克・佛洛伊德」、「就是紅」合唱團、「披頭四」，當然，麥

可‧歐菲爾德的兩張 *Tubular Bells* 專輯、「肉塊」合唱團（**Meat Loaf**）……我沒多少時間檢查黑膠片，不過我看見幾張「老鷹」合唱團（**Eagles**），然後我瞥見看起來很可疑是芭芭拉‧狄克森（Barbara Dickson）的專輯。

保羅走進房間裡。

「我不認爲你認可這裡面多少專輯，是嗎？」

「噢，我不知道。『披頭四』是個好樂團。」

他笑了。「恐怕我們不太在行。我們應該到店裡去，然後你可以幫我們矯正回來。」

「我會說，每個人都有自己的看法。」

蘿拉看著我。「我從來沒聽你說過這句話。我以爲『每個人都有自己的看法』這種調子足以讓你在美麗的佛萊明新天地被吊死。」

我設法擠出一個笑容，然後舉起我的白蘭地酒杯從一瓶黏膩的瓶子倒一點陳年的吉寶蜂蜜香甜酒 ❺。

「你故意的。」我在回家路上對她說：「你本來就知道我會喜歡他們。這是個騙局。」

「對。我騙你去認識你認爲很棒的人。我拐你去享受美好的一晚。」

「你知道我的意思。」

「每個人的信念偶爾都需要接受一下考驗。我覺得介紹一個有蒂娜‧透納專輯的人給你認識會很有意思，然後看你的感覺是不是還是一樣。」

我確定我還是。或者至少，我確定我還會。但是今晚，我必須承認（不過只有對我自己，當然了），也許，在某一種特殊的、怪

異的、可能不會再次出現的情況下，重要的不是你喜歡什麼而是你是什麼樣的人。不過，我可不會是那個跟巴瑞解釋這怎麼會發生的那個人。

我帶蘿拉去看茉莉表演,她愛死她了。

「但是她好棒!」她說:「為什麼沒有多一點人認識她?為什麼酒館沒有客滿?」

我覺得這很反諷,我花了我們整段交往的時間試圖讓她聆聽一些該有名但是沒沒無聞的人,不過我懶得指出來。

「你需要相當好的品味才能看出她有多棒,我想,而大部分的人都沒有。」

「她去過店裡?」

對。我跟她上過床。很酷吧?

「對。我在店裡幫她服務過。很酷吧?」

「去你的。」當茉莉唱完一首歌時,她拍了一下拿著半滿健力士啤酒的那隻手背。「你為什麼不請她來店裡表演?一場個人簽唱

會？你以前從來沒做過這種事。」

「我以前從來沒機會做這種事。」

「為什麼不？這會很好玩。她可能甚至不需要麥克風。」

「如果她在『冠軍黑膠片』唱片行還需要麥克風，她一定有某種嚴重的聲帶病兆。」

「而且你搞不好可以賣一些她的卡帶，搞不好還有些其他的東西。而且你可以上《號外》的演出名單。」

「喔，馬克白夫人。冷靜下來聽音樂。」茉莉唱著一首關於某個叔叔過世的民謠，當蘿拉興奮地有點昏了頭，一、兩個人轉過頭來看她。

但是這個主意聽起來不錯。一個個人簽唱會！就像在HMV❶一樣！（有人簽名在卡帶上嗎？我想一定有。）如果茉莉這場很順利的話，那麼其他人也會想跟進——也許是樂團，如果巴布‧狄倫在北倫敦買房子的消息是真的……哼，為什麼不？我知道流行音樂超級巨星通常不做店內簽唱會，來幫忙賣他們從前專輯的二手唱片，但是如果我能用一個好價錢賣掉那張單軌的 *Blonde On Blonde*，我會跟他對分。也許甚至六四分，如果他肯簽個名。

從像巴布‧狄倫這樣一個小型、僅此一次的原音演唱（也許，就跟限量發行的現場專輯？要處理合約的事可能有點棘手，但是沒有不可能的事，我不這麼認為），我可以輕易看到未來更大、更好、更光明的日子。也許我還能重開「彩虹俱樂部」？不過就在同一條路上，而且沒人想要重開。我可以用僅此一次的慈善演出開張，也許重現艾瑞克‧克萊普頓（Eric Clapton）的彩虹俱樂部演唱會……

我們在中場休息時去看茉莉，她在賣她的卡帶。

「喔，嗨!!我看到洛跟一個人在一起，我就希望會是你。」她這麼跟蘿拉說，帶著大大的笑容。

我腦袋中忙著想那些宣傳的事情，以至於忘了擔心蘿拉和茉莉會面對面（**兩個女人。一個男人。**隨便一個笨蛋都可以看出來會惹來麻煩）。而且我還有些說明要做。根據我的說法，我在店裡為茉莉服務過幾次。那麼，茉莉有什麼根據，會認為蘿拉是蘿拉？（「一共是五磅九十九，謝謝。噢，我的女朋友也有一樣的皮夾。我的前女友，事實上。我真的很希望你能見見她，不過我們分手了。」）

蘿拉看起來同樣地困惑，不過她把這撇在一旁。

「我好喜歡你的歌。還有你唱歌的方式。」她有點臉紅，然後不耐煩地搖搖頭。

「我很高興你喜歡。洛說得對。你的*確很特別*。」（「這是找你的四磅一便士。我的前女友很特別。」）

「我沒想到你們兩個感情這麼好。」蘿拉說，用一種超過我的胃能承受的酸味。

「噢，從我來到這裡，洛就一直是我的好朋友。還有狄克和巴瑞。他們讓我覺得真的很受照顧。」

「蘿拉，我們最好讓茉莉回去賣她的卡帶。」

「茉莉，你願不願意在洛的店開一次簽唱會？」

茉莉笑了。她笑著，沒有回答。我們呆呆地站在那裡。

「你在開玩笑，對不對？」

「不算是。星期六下午，當店裡人多一點的時候。你可以站在櫃檯上。」最後這一段是蘿拉自己的主意，我瞪著她。

茉莉聳聳肩。「好啊。不過我賣卡帶的錢都歸我。」

「當然。」蘿拉又說話了。我還是一直瞪著她，所以我得更用

力瞪她來自我滿足。

「謝了，很高興認識你。」

我們回到原來站的地方。

「你看吧？」她說：「容易得很。」

偶爾，在蘿拉剛回來的前幾個星期裡，我試著理解現在的生活像什麼樣子：是更好還是更壞，我對蘿拉的感情有什麼改變，如果有的話，我是否比以前快樂，我離下次心癢還有多近，蘿拉是否有什麼不同，跟她住在一起是什麼樣子。答案很容易──更好，有一點，是，不近，不算有，相當好──但也無法令人滿意，因為我知道他們不是來自內心深處的答案。但是不曉得什麼緣故，她回來以後我想的時間少了。我們忙著說話，或工作，或做愛（現階段我們常常做，大多是由我主動拿它來當做驅逐不安全感的方法），或吃飯，或去看電影。也許我該停止做這些事，如此我才能確切地把事情想清楚，因為我知道現在是重要的時候。不過話說回來，也許我應該不要；也許事情就是這樣。也許這就是大家設法維繫感情的方法。

「噢，簡直太好了。你從來沒邀請我們來演出過，有嗎？」

巴瑞。這個蠢蛋。我早該知道他會拿茉莉即將到店裡演出來大發厥詞。

「沒有嗎？我以為我問過，然後你說不要。」

「如果連我們的朋友都不給我們機會，我們怎麼能有所突破？」

「洛讓你貼海報，巴瑞。做人要公平。」這對狄克來說相當強硬，不過反正他心裡有點不喜歡巴瑞的樂團來演出。我認為，對他來說，一個樂團聽起來太像表演，不夠像樂迷聚會。

「噢，他媽的好極了。眞是他媽的大不了。一張海報。」

「一個樂團怎麼擠得進這裡面？我得買下隔壁的店面，就爲了要讓你可以製造一個可怕吵鬧的週六下午，我還沒準備好這麼做。」

「我們可以原音演出。」

「噢，是啊。『電廠』合唱團❷不插電。眞不壞。」

這惹得狄克笑出來，巴瑞轉頭生氣地看著他。

「閉嘴，小瘋三。我說過，我們不玩德國團那一套了。」

「這麼做的目的是什麼？你們有什麼可以賣的？你們錄過唱片嗎？沒有？那就很清楚了。」

我的邏輯如此強而有力，以至於巴瑞接下來的五分鐘只能自滿於到處踱步，然後坐在櫃檯前埋首於一本過期的《熱門報導》。他三不五時說一些沒營養的話──「就因爲你上過她。」譬如說，還有「當你對音樂連一點興趣都沒有，怎麼能開唱片行？」不過大多數的時候他很安靜，失神在沉思中，想像如果我給「巴瑞小鎮」一個機會在「冠軍黑膠片」做現場演出的話，會是什麼樣子。

這是件愚蠢的小事，這場演出。畢竟，這不過是，在幾個人面前用木吉他演出幾首歌。令我沮喪的是，我有多麼期待這場演出，以及我有多麼享受這所涉及到可悲份量的準備（幾張海報，幾通電話試著去要一些卡帶）。如果我變得對我的命運感到不滿呢？我要怎麼辦？我盤中這個……這個人生的份量將無法餵飽我的想法，令我提高警覺。我本來以爲我們應該丟掉任何多餘的東西，然後靠剩下的過日子就行了，但是看起來好像根本不是那麼一回事。

大日子，這一天一下子就過去了，一定跟巴布・葛爾多夫❸辦

「現場援助」演唱會❹那天一樣。茉莉來了，一大堆人來看她（店裡擠得滿滿的，雖然她沒有站到櫃檯上演唱，不過她的確站到櫃檯後方，站在我們幫她找來的幾個木箱上），然後他們鼓掌，其中有些人買了卡帶，有幾個人買了其他他們在店裡看到的東西；我的全部花費大概十磅，而我賣掉總值約三十或四十磅的貨，所以我笑容滿面。輕輕的笑聲，大大的微笑，隨便啦。

茉莉幫我賣東西。她大概唱了十幾首歌，其中只有一半是她自己的；在她開始以前，她花了一些時間仔細翻看瀏覽架，檢查我有所有她想要翻唱的歌曲，寫下那張專輯的名稱和價錢。如果我沒有的話，她就把那首歌從她的歌單上刪掉，然後選一首我有的歌。

「這首歌是愛美蘿‧哈里斯❺唱的 *Bouder to Birmingham*。」她宣布：「這出自 *Pieces Of The Sky* 這張專輯。這張專輯今天下午洛只賣驚喜價五磅九十九便士，你們可以在那邊的『鄉村藝人──女性』區找到。」「這首歌是布區‧漢卡克❻唱的……」到了最後，當有人想買某一首歌但已經忘了歌名的時候，有茉莉在場幫他們忙。她人很棒，而當她唱歌的時候，我真希望我沒有跟蘿拉住在一起，還有我跟茉莉在一起那晚會比原先的順利些。也許下次，如果還有下次的話，我不會因為蘿拉離開而覺得悲慘至極，然後跟茉莉的事也許會有所不同，然後……但是我永遠會因為蘿拉離開而覺得悲慘至極。這是我學到的教訓。所以我該高興她留下來，對吧？事情就應該是這樣，對吧？事情的確是這樣。差不多。當我不去想太多的時候。

我們可以說我小小的活動，按它的條件看來，比「現場援助」還要成功，至少就技術層面來看。沒有任何小故障，沒有任何技術上的災難（雖然老實說，很難看出有什麼會出差錯，除了吉他弦斷

掉，或茉莉摔下來之外），而且只有一件棘手的事：唱了兩首歌之後，一個熟悉的聲音從店面後方冒出來，就在門口旁邊。

「你能不能唱〈萬事萬物〉？」

「我不知道這首歌，」茉莉甜甜地說：「但是如果我知道的話，我會為你唱。」

「你不知道這首歌？」

「不知道。」

「你不知道這首歌？」

「我真的是不知道。」

「老天爺，女人，這首歌贏過**歐洲歌唱大賽❼**。」

「那麼我猜我真是相當無知，對吧？我保證下次我到這裡做現場演唱時，我會把它學起來。」

「我他媽的希望如此。」

然後我越過人群擠到門邊，然後強尼和我跳一段我們的小舞，然後我把他趕了出去。但是這不像保羅・麥卡尼的麥克風在 *Let It Be*（〈讓它去吧〉）❽唱到一半時掛掉，對不對？「我真是太開心了。」茉莉後來說：「我本來不認為會成功，但是成功了。而且我們都賺了錢！這件事一向讓我覺得心情愉快。」

我不覺得心情愉快，不是在一切都結束了的現在。有那麼一個下午的時間，我在一個別人想要進來的地方工作，而這件事對我來說造成了不同──我覺得，我覺得，我覺得，繼續，我說出口了，比較像個男人，這種感覺令人驚嚇同時也教人安慰。

男人不會在哈洛威一條安靜、人煙罕至的小巷中工作，他們在市中心或是西區工作，或是在工廠裡，在礦坑下，在車站，在機場或者在辦公室裡。他們在其他人工作的地方工作，他們必須努力才

能達到那個地方，以至於他們或許不會感覺到真正的人生在其他地方進行著。我甚至無法感覺到我是自己世界的中心，所以我怎能感覺到我是其他人世界的中心？當最後一個人被請出店裡，我在他身後鎖上店門時，我突然覺得萬分心慌。我知道我會對這間店做點什麼，是——放掉它，燒了它，隨便——然後為我自己找個人生事業。

但是你看：

我的五項夢幻工作

1. NME 的記者，1967-1979

可以認識「衝擊」合唱團、「性手槍」合唱團、克莉絲・韓德❶、
丹尼・貝克❷等人。拿一堆免費唱片——而且是好唱片。
跨足到主持自己的益智節目或什麼的。

2. 大西洋唱片❸公司製作人，（大約是）1964-1971 年

可以認識艾瑞莎、威爾森・皮克❹、所羅門・柏克等人。（也許）
拿一堆免費唱片——而且是好唱片。賺一大票錢。

3. 任何一種樂手（古典和饒舌除外）

不言而喻。但是我願意只當曼菲斯號手❺的其中一名成員——我

不要求成為韓崔克斯❻、傑格❼或奧提斯・瑞汀（Otis Redding）。

4. 電影導演

同樣的，任何一種，不過我傾向非德國片或默片。

5. 建築師

第五種選擇令人意外，我知道，但是我以前在學校時對工業繪圖蠻在行的。

　　就是這些。這張排行榜連我的前五名都稱不上，我沒有因為這個練習的限制而必須刪除的第六種或第七種。老實說，我甚至懶得去思考當一個建築師──我只是認為如果我連五種都列不出來，看起來會有點站不住腳。

　　要我列出一張排行是蘿拉的主意，而我列不出一張聰明的，所以我列了一張很笨的。我本來不想給她看，不過某個感覺感染了我──自憐、嫉妒，某個感覺──所以我還是拿給她看。

　　她沒反應。

　　「那麼，只能選建築了，不是嗎？」

　　「我猜是吧。」

　　「七年的訓練。」

　　我聳聳肩。

　　「你有心理準備嗎？」

　　「不算有。」

　　「沒有。我認為沒有。」

　　「我不確定我是不是真的想當建築師。」

　　「所以如果說資格、時間、背景、薪水都不是問題的話，你這裡有一張五種你想做的職業排行，而其中一種你不想做。」

「呃，我的確把它放到第五名。」

「你寧可當一名NME的記者也不願意當，譬如說，一個十六世紀的探險家，或是法國國王？」

「我的天，沒錯。」

她搖著頭。

「那你會寫什麼？」

「好幾百種事情。劇作家，芭蕾舞者，樂手，對，但同時是一名畫家、大學教授、小說家或者頂尖的廚師。」

「廚師？」

「對。我想要有那種天分。你不會嗎？」

「我不介意。不過，我不想在晚上工作。」我也不會。

「那麼你只好留在店裡面。」

「你是怎麼得到這個結論的？」

「你不是寧可開店也不願當建築師？」

「我想是吧。」

「所以嘍，就是這樣。它在你的夢幻工作排第五名，而其他四種完全不切實際，所以你還不如就照現在這樣。」

我沒有告訴狄克或巴瑞我打算把店收起來。但是我的確要他們列出他們的前五名夢幻工作。

「可以再細分嗎？」巴瑞問。

「什麼意思？」

「譬如，薩克斯風手和鋼琴師算兩個工作嗎？」

「我是這麼想。」

店裡一片寂靜，有一會兒這裡變成上著安靜圖畫課的小學教

室。咬著鉛筆，刪掉修改，皺著眉頭，而我轉頭偷看。

「貝斯吉他手和主要吉他手呢？」

「我不知道。一個吧，我想。」

「什麼？所以根據你的說法，奇斯・理查斯❽和比爾・懷曼❾的工作是一樣的？」

「我沒說他們⋯⋯」

「有人早該告訴他們。他們其中一個會省掉一大堆麻煩。」

「那麼，譬如說，影評人和樂評人呢？」狄克說。

「一個工作。」

「太好了。這讓我可以多填幾個。」

「哦是嗎？像什麼？」

「首先，鋼琴師和薩克斯風手。這樣我還剩下兩個選擇。」

然後如此這般，沒完沒了。但重點是，我的排行不算怪異。任何人都有可能寫得出來。差不多任何人。反正，任何在這裡工作的人。沒有人問「律師」怎麼寫，沒有人想知道「獸醫」和「醫生」算不算兩種選擇。他們兩個都不見了，走掉了，到錄音室、化妝間和假日酒店的酒吧去了。

31

蘿拉和我去看我爸和我媽,感覺有點正式,好像我們要宣布什麼。我想這種感覺來自他們而不是我們。我媽穿了一件洋裝,而我爸沒有到處亂竄搞他那愚蠢難喝的自製酒,也沒有到處找電視遙控器;他坐在一張椅子上,並且聆聽和發問問題,在昏暗的燈光下,他會看起來像一個普通的人類在跟客人聊天。

如果你你女朋友,有父母親就容易多了。我不知道為什麼這是真的,但的確是這樣。當我跟別人在一起的時候,我爸媽比較喜歡我,而他們看起來比較輕鬆;就好像蘿拉變成了一種人身麥克風,一個我們對著它講話好讓別人聽見我們的人。

「你有看《檢察官摩斯》❶嗎?」蘿拉問,沒有什麼特別的意思。

「沒有。」我爸說:「那是重播,不是嗎?我們從第一次播出後

就買了錄影帶。」你看，這就是我爸典型的作風。對他來說光是說他不看重播，說他是附近第一個，是不夠的，他還得加上一句不必要又虛偽的裝飾語句。

「你第一次播出時沒有錄影機。」我指出，不是胡說。我爸假裝沒聽見。

「你幹嘛這麼說？」我問他。他對蘿拉眨個眼，彷彿她參與了一個特別祕密的家庭玩笑。她報以一個笑容。這到底是誰的家？

「你可以在店裡買到，」他說：「已經錄好的。」

「這個我知道。不過你沒買，有嗎？」

我爸假裝他沒聽見，而到了這個地步，要是只有我們三個人在場，我們會大吵一架。我會告訴他說他腦袋有問題而且／或者是個騙子；我媽會告訴我別小題大作等等；我會問她她是不是整天都得聽這種話，然後我們會吵得一發不可收拾。

不過，當蘿拉在場的時候……我不至於會說她很喜歡我爸媽，不過她顯然認為父母親一般來說是件好事，因此他們小小的怪癖和愚昧都很可愛，不需被揭穿。她把我爸的小謊和吹牛和無厘頭當做海浪，當做巨大的浪花，而她滿懷技巧與樂趣地在上面衝浪。

「不過，這些東西很貴，不是嗎，我是說這些錄好的？」她說：「幾年前我幫洛買一些錄影帶當他的生日禮物，差不多花了二十五磅！」

這些話太厚臉皮了。她不會認為二十五磅是一大筆錢，不過她知道他們會，而我媽確實發出一聲很大聲、充滿驚嚇的二十五磅叫聲。然後我們往下談論東西的價格——巧克力，房子，任何我們想得到的東西，老實說——而我爸無恥的謊話被拋在腦後。

當我們在洗碗的時候，或多或少同樣的事發生在我媽身上。

「我真高興你回來照顧他。」她說：「天知道假如他要自己照顧自己的話，那間公寓看起來會像什麼樣。」

這些話真的把我惹毛了，甲）因為我告訴過她別提蘿拉最近離開的事；乙）因為你不能告訴任何女人，尤其是蘿拉，她主要的天賦之一就是來照顧我；而且，丙）我是我們兩個中比較整潔的那一個，而在她離開的那段時間公寓還更乾淨。

「媽，我不知道你檢查過我們廚房的情形。」

「我不需要，不過還是謝謝了。我知道你是什麼樣子。」

「你知道我十八歲的時候是什麼樣子。你不知道我現在是什麼樣子，不幸得很。」這句「不幸得很」——幼稚、鬥嘴、耍性子——是打哪兒來的？噢，我知道是哪裡，老實說。它是打從一九七三年直接來的。

「他比我整潔多了。」蘿拉說，簡潔有力。這句話我聽過差不多有十次了，一模一樣的口氣，從我第一次被迫把蘿拉帶來這裡開始。

「噢，他是個好孩子，真的。我只希望他會好好照顧自己。」

「他會的。」然後他們兩個都疼愛地看著我。所以，沒錯，我是受到貶抑、教訓和擔心，但是現在廚房裡有一種光輝，真心的三方關懷，而從前這裡可能只有互相對立，以我媽流淚和我摔門作結。我喜歡這一種，老實說，我很高興蘿拉在這裡。

32

　　海報。我喜歡它們。我這輩子唯一有過的創意就是做一個海報的攝影展。要蒐集足夠的素材要花上二、三十年的時間,但是完成時看起來會很棒。我對面被木板封住的店面櫥窗上就有重要的歷史文件:廣告法蘭克‧布魯諾❶拳賽的海報、一張反納粹的遊行海報、新發行的「王子」(**Prince**)單曲,和一個西印度群島的喜劇演員,和一大票演出,然後幾個星期後它們就消失得無影無蹤,被時光流逝的沙塵所掩蓋──或者至少,被一張新發行的**U2**專輯廣告蓋掉了。你感覺到一種時代的精神,對吧?(我偷偷告訴你一個祕密:我真的開始過那個計畫。一九八八年時,我用我的傻瓜相機拍了哈洛威路上一家無人店面的三張照片,不過後來他們把店租出去,我有點失去興致。照片拍出來可以──總而言之,還可以──但是沒有人會讓你展三張照片,會嗎?)

總之，我偶爾會測試我自己。我望著店門口確定我有聽過即將表演的樂團，但可悲的事實是我已經漸漸脫離現實。我以前知道每一個人，每一個名字，不管多蠢，無論樂團演出的場地多大多小。然後，三、四年前，當我不再狼吞虎嚥下音樂期刊的每個字之後，我開始注意到我不再認得出一些在酒館或小型俱樂部演出的名單；去年，有一、兩個在「論壇」演出的樂團，他們的名字對我一點意義也沒有。「論壇」耶！一個一千五百個座位的場地！一千五百個人要去看一個我從來沒聽過的樂團！第一次發生時我沮喪了一整個晚上，也許是因為我犯了一個錯誤，就是向狄克和巴瑞坦承我的無知（巴瑞幾乎嘲笑到要爆；狄克則盯著它的酒，太為我感到難為情，甚至不敢看我的眼睛）。

　　總之事情又再度發生。我進行我的勘察（「王子」在這裡，所以，至少，我不會得零分——總有一天我得了零分，我就會上吊自殺），而我注意到一張看起來很眼熟的海報。**「應眾人要求！」**上面說：**「葛魯丘俱樂部回來了！」**然後，下面寫著：**「七月二十日起每星期五，在『獵犬與雉雞』**❷**。」**我站在那裡盯著它看良久，嘴巴張得大大的。這跟我們以前的大小和顏色都一樣，而且他們居然有這個臉抄襲我們的設計和我們的標誌——在「葛魯丘」的「丘」上有葛魯丘‧馬克斯的眼鏡和鬍鬚，還有雪茄從「俱樂部」的「部」右半邊像屁股夾縫（這大概不是正確的術語，不過我們以前是這麼叫）的地方伸出來。

　　我們從前的海報上，最底下會有一行字列出我放的音樂種類；我以前常在最後面留下這一位傑出、才華洋溢DJ的名字，暗暗希望為他創造一群崇拜他的樂迷。你看不見這張海報的底端，因為有個樂團貼了一大堆的小廣告在上面，所以我得把它們撕下來，然後上

面寫著：「史代斯、大西洋、摩城、節奏藍調、SKA、MERSEYBEAT 以及偶爾穿插的瑪丹娜單曲——老人的舞曲—— DJ洛·佛萊明」，真高興看見過了這麼多年我還在放音樂。

這到底怎麼回事？老實說，只有三個可能：甲）這張海報從一九八六年起就在這裡，而海報人類學者剛剛才發現它的存在；乙）我決定要重新開張俱樂部，印好海報，到處張貼，然後得了相當徹底的失憶症；丙）有別人決定要為我重新開張俱樂部。我覺得「丙」解釋最有可能，然後我回家等蘿拉。

「這是一份遲來的生日禮物。我跟雷住在一起的時候想到這個點子，這個點子好到讓我氣惱得要命，我們已經不在一起了。也許這就是為什麼我回來。你高興嗎？」她說。她下班後跟幾個朋友去喝了酒，所以她有一點醉醺醺的。

我之前沒想到，不過我很高興。緊張又恐慌——有那麼多唱片要挖出來，那麼多器材要搞定——但是很高興。興奮到發抖，真的。

「你沒有這個權利。」我告訴她。「要是……」什麼？「要是我有件不能取消的事要辦呢？」

「你有過什麼要辦的事是不能取消的？」

「那不是重點。」我不知道我幹嘛要這樣，一副嚴厲又生氣又關你什麼事的樣子。我應該流下愛與感激的眼淚，不該生氣。

她嘆了口氣，跌坐到沙發上然後踢掉鞋子。

「難了。你非做不可。」

「也許。」

總有一天，當這種事情發生時，我會直接說，謝謝，這太棒

了，太體貼了，我眞的很期待。不過，還不到那個時候。

「你知道我們要在中場做演出。」巴瑞說。

「你他媽的才怪。」

「蘿拉說我們可以。如果我幫忙弄海報和別的事。」

「老天。你們不是把她的話當眞吧？」

「我們當然是。」

「如果你們放棄演出，我給你門票一成。」

「反正我們本來就有一成。」

「媽的，她在搞什麼鬼？好，兩成。」

「不要。我們需要那場演出。」

「百分之百加一成。這是我的最後提議。」

他笑出來。

「我不是開玩笑。如果我們有一百個人每個人付五塊，我給你
五百五十磅。這是我有多不想聽你們演出的代價。」

「洛，我們沒你想得那麼糟。」

「最好不會。聽好，巴瑞。那天會有蘿拉工作的同事，那些有
狗有小孩和蒂娜·透娜專輯的人。你要怎麼應付他們？」

「比較像是，他們要怎麼應付我們。順道一提，我們不叫『巴
瑞小鎮』了。他們被巴瑞／巴瑞小鎮這件事搞煩了。我們現在叫
SDM，『音速之死小猴』（Sonic Death Monkey）。」

「『音速之死小猴』？」

「你覺得怎麼樣？狄克喜歡這個名字。」

「巴瑞，你已經超過三十歲了。你該感激你自己，你的朋友還
有你老爸老媽不用在一個叫做『音速之死小猴』的樂團唱歌。」

「我該感激自己勇於冒險犯難，洛，而且這個樂團真的很勇於冒險犯難。事實上，甚至有過之而無不及。」

「如果下星期五晚上你敢靠近我，你真的會他媽的有過之而無不及。」

「這就是我們要的。我們需要回應。如果蘿拉那些布爾喬亞的律師朋友不能接受，他們去死好了。隨他們去，我們可以應付得來。我們準備好了。」他發出一聲他得意地自以為是邪惡、中毒的笑聲。

有些人會細細品味這一切。他們會把它當成一件奇聞軼事，他們會在腦海中造句修改，即便當酒館已經要散得七零八落，即便耳膜出血、淚流滿面的律師奔向出口。我不是這些人當中的一個。我只是把這一切聚集成一團緊張焦慮的硬塊，然後把它放在我的膽子裡，就在肚臍和屁眼之間的某個位置，以保安全。即使蘿拉看起來都不那麼擔心。

「只有在第一次。而且我告訴他們不可以超過半小時。而且好，你也許會失掉一些我的朋友，但是反正他們也不會每個星期都找得到裸姆。」

「你知道的，我得先付定金。還有場地的租金。」

「那些都已經處理好了。」

就是短短的這麼一句話把我體內的某個東西釋放出來。突然間我覺得有東西哽在喉嚨。不是錢的關係，而是她的設想周到：有天早晨我起床時發現她翻遍我的單曲唱片，把她記得我放過的找出來，然後放到我以前常用、但好幾年前就收到某個紙箱裡的小提袋裡面。她知道我需要有人從背後踢我一腳。她也知道我以前做這些

事的時候有多快樂；而不論我從哪一個角度來檢驗，她會做這些事怎麼看都是因為她愛我。

我停止抗拒某個已經蠶食我一段時間的感覺，我用雙手環抱她。

「對不起我一直有點混蛋。我真的很感激你為我做的事，而且我知道你是為了最好的理由才這麼做的，而且我真的愛你，雖然說我表現得好像我不是。」

「沒關係。不過，你老是看起來很不爽。」

「我知道。我自己也不了解。」

要是我放膽猜測，我會說我不爽是因為我知道我困住了，而我不喜歡這樣。從某方面來說，要是我沒那麼依賴她，我的人生就會好得多了；要是那些甜美的所有可能性──在你十五歲或甚至二十五歲就一直夢寐以求的──你知道世界最完美的伴侶隨時都會走進你的唱片行，你的辦公室或是你朋友的派對的話，你的人生就會好得多了……要是這一切都還在你周遭某個地方，像是後口袋或是最下層的抽屜的話，你的人生就會好得多了。但這些全沒了，我想，而這就足以讓任何人不爽。蘿拉就是我的現狀，假裝成別的樣子沒什麼好處。

33

　　我遇見卡洛琳，是當她幫她的報紙來採訪我的時候，而我不說二話，立刻為她傾倒，就在她到吧台幫我買杯喝的時候。那天天氣很熱——今年夏天的第一天——我們到外面坐在高腳桌旁，看著街上的車水馬龍——她的臉頰粉粉嫩嫩的，而且穿著一件無袖型的夏裝和一雙短靴，不知道什麼原因，這樣的打扮在她身上看起來很漂亮。不過我覺得今天我對誰都會感受如此。這樣的好天氣讓我彷彿釋放了所有壓抑我感受的神經末稍，更何況，你怎麼能不愛上一個幫報紙來採訪你的人？

　　她幫《圖夫涅爾公園誌》寫稿，那種滿滿都是廣告的免費雜誌，別人塞進你的門縫然後你又塞進垃圾桶。事實上，她還是學生——她修了一門新聞採訪課，現在在實習。而且，事實上，她說她的主編不確定他要不要這篇報導，因為他從來沒聽說過這家唱片

行或是這家俱樂部，而哈洛威正好在他轄區，或說地盤，或說是保護區，或隨便你說是什麼的邊界上。但是卡洛琳以前常到俱樂部來玩，而且很喜歡，所以想推我們一把。

「我那時候不該放你進來，」我說：「你那時候一定大概只有十六歲。」

「不會吧。」她說，我動腦子想我剛才講了什麼話之前，我都沒弄懂她的語意。我這樣說不是拿它來當一句可悲的調情話，或是任何一種調情話；我只是說如果她現在是學生，她那時候一定還在念書，雖然說她看起來大約快三十或三十出頭。當我發現她是一個回鍋學生，而且她曾在一家左翼的出版社當過祕書時，我設法不一筆勾消地修正我給她的印象，要是你明白我在說什麼的話，而我把事情弄得有點糟。

「當我說不該放你進來，我不是說你看起來很小。你沒那麼小。」老天爺。「你看起來也沒那麼老。你看起來就跟你的年紀一樣老。」他媽的見鬼了。如果她四十五歲了怎麼辦？「呃，真的是這樣。也許年輕一點，但不是很年輕，沒那麼年輕。剛剛好。你看，我都忘了回鍋學生這回事。」我寧可無時不刻都當一個油嘴滑舌的討厭鬼，也不想當個說錯話、詞不達意、滔滔不絕的傻瓜。

然而，幾分鐘內，我卻滿懷喜悅的回顧那些當滔滔不絕傻瓜的日子；它們跟我的下一個化身——**下流男人**——比起來似乎好得沒法比。

「你一定有為數驚人的唱片收藏。」卡洛琳說。

「是啊，」我說：「你想不想過來看一眼？」

我是說真的！我是說真的！我想也許他們要一張我站在我的唱片收藏旁邊的照片還是什麼的！但是當卡洛琳透過她太陽眼鏡的上

沿盯著我看時，我倒帶聽自己說了什麼，然後我發出一聲絕望的呻吟。至少這讓她笑了出來。

「老實說，我平常不會這樣。」

「別擔心。反正我不認為他會讓我做那種《衛報》式的人物專訪。」

「我不是擔心這個。」

「真的，你別在意。」

不過，隨著她下一個問題，之前發生的事全一股腦兒都丟到九霄雲外。我一輩子都在等待這一刻，當它到來時，我幾乎不敢置信：我覺得自己一點準備也沒有，當場被捉包。

「你有史以來最喜歡的五張唱片是什麼？」她說。

「抱歉，你說什麼？」

「你有史以來前五名的唱片是什麼？你的荒島唱片❶，減掉——多少？三張？」

「減掉三張什麼？」

「**荒島唱片**有八張，不是嗎？所以八減五等於三，對嗎？」

「對。不過是加三張。不是減三張。」

「不是，我只是說……算了。你有史以來前五名的唱片。」

「什麼？在俱樂部？還是在家裡？」

「有差別嗎？」

「**當然有**……」聲音太尖了。我假裝我的喉嚨裡有東西，清一清喉嚨，然後再開始。「呃，有，一點點。我有有史以來前五名最喜歡的舞曲唱片，還有有史以來最喜歡的唱片。你看，我此生最愛的其中一張唱片是『飛行玉米卷兄弟』的 *Sin City*❷（〈罪惡之城〉），但是我不會在俱樂部放這首歌。這是一張鄉村搖滾民謠。你一放，

每個人都會回家去。」

　　「別管了。任何五張。所以還有四張。」

　　「什麼意思，還有四張？」

　　「如果其中一張是這張 *Sin City*，還剩下四張。」

　　「不對！」這一次我無意掩飾我的慌張：「我沒說那是我的前五名！我只是說那是我的最愛之一！它可能會是第六名或第七名！」

　　我把自己搞得有點惹人厭，但是我控制不了，這太重要了，而我已經等那麼久了。但是它們到哪裡去了？全部這些我多年來放在腦中的唱片，以防萬一洛依‧普羅里（Roy Plomley）或麥可‧帕金森（Michael Parkinson）或蘇‧羅莉（Sue Lawley）或隨便哪個在「第一電台」主持過「我的前十二名」（*My Top Twelve*）節目的人跟我聯絡，然後要求我幫某個名人當一位遲來而且公認沒沒無聞的代打呢？不知道為什麼除了〈尊敬〉（*Respect*）我想不起任何唱片，而那張絕對不是我最愛的艾瑞莎歌曲。

　　「我能不能回家整理出來再讓你知道？大概一個星期左右？」

　　「聽著，如果你想不起任何東西，沒有關係。我會弄一個。我的老葛魯丘俱樂部前五名最愛或什麼的。」

　　她會弄一個！她要搶走我弄出一張會登在報紙上僅此一次機會的排行榜！我可不能讓她得逞！

　　「噢，我確定我可以列出個名單的。」

　　A Horse With No Name（〈無名之馬〉）❸，*Beep Beep*（〈嗶嗶〉）❹，*Ma Baker*（〈我的麵包師〉）❺，*My Boomerang Won't Come Back*（〈我的回力鏢一去不回〉）❻。我的腦袋一下子被一堆爛唱片的名稱所淹沒了，我幾乎要因為過氧而休克。

　　「好，把 *Sin City* 放上去。」在流行音樂的整個歷史上一定還有

一張好唱片。

「*Baby Let's Play House*（〈寶貝，我們來玩辦家家酒〉）！」

「那是誰唱的？」

「貓王。」

「噢。當然。」

「還有……」艾瑞莎。想一想艾瑞莎。

「艾瑞莎‧富蘭克林的 *Think*（〈想一想〉）。」

沒意思，不過也行。三個了。剩兩個。洛，加油。

「金斯曼（Kingsmen）唱的 *Louie, Louie*（〈路易、路易〉）❼。王子唱的 *Little Red Corvette*（〈小紅車〉）。」

「可以。太棒了。」

「就這樣？」

「這個嘛，我不介意很快地聊一聊，如果你有時間的話。」

「當然好。不過這張排行榜就這樣？」

「這裡剛好五張。你有什麼想改的？」

「我有提到巴布‧馬利的 *Stir It Up*（〈攪和〉）嗎？」

「沒有。」

「我最好把它放進去。」

「你想把哪張換掉？」

「王子。」

「沒問題。」

「然後我要用 *Angel* 取代 *Think*。」

「好，」她看了看錶：「我回去前最好問你幾個問題。你為什麼想重新開張？」

「這其實是一個朋友的點子。」朋友。真可悲。「她沒告訴我就

安排好了，當做是送我的生日禮物。我想，我最好把詹姆斯·布朗也放進去。*Papa's Got A Brand New Bag*（〈老爹有一個新袋子〉）**❽**，不要貓王。」

我小心翼翼地看著她做必要的刪除與重寫。

「好朋友。」

「對。」

「她叫什麼名字？」

「呃……蘿拉。」

「姓什麼？」

「就……萊登。」

「還有那句口號，『**老人舞曲**』。那是你的點子嗎？」

「蘿拉的。」

「那是什麼意思？」

「聽著，我很抱歉，但是我想把『史萊與史東家族』（**Sly and The Family Stone**）的*Family Affair*（〈家務事〉）放上去。*Sin City*不要。」

她再一次劃掉又寫上去。

「什麼是『**老人舞曲**』？」

「噢，你知道的……有很多人還沒老到不去跳舞，但是對迷幻爵士**❾**和車庫音樂**❿**和環境音樂**⓫**和其他的來說他們太老了。他們想要聽一點摩城、復古的放克、史代斯和一點新的東西以及把這些曲風都混在一起的東西，但是他們沒有地方去。」

「有道理。那是我的調調，我想。」她喝完她的柳橙汁。「乾杯。我很期待下星期五。我從前很喜歡你放的音樂。」

「我可以錄一卷卡帶給你，如果你要的話。」

「你願意？眞的嗎？我可以在家開自己的葛魯丘俱樂部。」

「沒問題。我最喜歡錄製卡帶。」

我知道我會這麼做，也許今晚，而且我也知道當我撕開卡帶盒的包裝，然後按下暫停的按鍵時，感覺起來會像背叛。

「我不敢相信。」當我告訴蘿拉關於卡洛琳時她說：「你怎能這麼做？」

「做什麼？」

「打從我認識你以來，你就一直告訴我馬文·蓋的 *Let's Get It On* 是有史以來最偉大的唱片，而現在它連前五名都排不上。」

「該死。幹。去他的。我就知道我會……」

「還有艾爾·格林怎麼辦？還有『衝擊』合唱團呢？還有查克·貝瑞呢？還有那個我們爭執過的人呢？所羅門什麼的？」

老天爺。

隔天一早我打電話給卡洛琳。她不在。我留了一通留言。她沒回電。我又打一次。我又留另一通留言。這越來越叫人難爲情了，不過 *Let's Get It On* 絕對不能沒有上前五名。我試第三次時接通了她，她聽起來很尷尬但充滿歉意，而當她知道我只是打去變更排行時她鬆了一口氣。

「好。絕對的前五名。第一名，馬文·蓋的 *Let's Get It On*。第二名，艾瑞莎·富蘭克林的 *This Is The House That Jack Built*。第三名，查克·貝瑞的 *Back in the USA*。第四名，『衝擊』合唱團的 *White Man In The Hammersmith Palais*。最後一名，最後但不是最不重要的，哈哈，艾爾·格林的 *So Tired of Being Alone*。」

「我不能再改了，你知道。到此爲止。」

「好。」

「不過我想也許做你的前五名最愛俱樂部唱片也有道理。順便告訴你，編輯喜歡那個故事，蘿拉的事。」

「噢。」

「可能很快地跟你要一個填滿舞池的排行榜嗎？還是這個要求太過分了？」

「不會。我知道是哪些歌。」我拼出來給她聽（雖然說當文章刊出來時，上面寫 In *The Ghetto* ⓬，那首貓王的歌，這個錯誤巴瑞假裝是由於我的無知）。

「我差不多快完成你的卡帶了。」

「是嗎？你眞是太貼心了。」

「我該寄給你嗎？或是你想喝一杯？」

「嗯……喝一杯也不錯。我想請你喝杯酒來謝謝你。」

「太好了。」

卡帶，是吧？他們每次都有用。

「那是給誰的？」當蘿拉看見我在搞消音、編排順序和音量時她問我。

「噢，就是那個幫免費報紙採訪我的女人。卡羅？卡洛琳？大概是那樣。她說如果她能感受一下我們要放哪種音樂，你知道，會比較容易。」但是我說的時候沒辦法不臉紅而且死盯住我的錄音機，而我知道她不是眞的相信我。她比任何人都知道合輯卡帶代表什麼意思。

我應該跟卡洛琳碰面喝酒的前一天，我發展出所有典型的暗戀症狀：胃痛；花長時間做白日夢；無法想起來她長什麼樣子。我記得起來洋裝和靴子，而且我看得見有瀏海，但是她的臉一片空白，而我用一些不知名的相互交錯的細節──豐滿突出的紅唇，雖說一開始吸引我的，是她那調教良好的英國聰明女生外表，杏眼，雖說她大部分的時候都帶著墨鏡；白晰、無暇的皮膚，雖說我知道她滿臉雀斑。當我見到她時，我知道我會感覺到大失所望的最初期陣痛──這就是所有內心大做文章的起源？──然後我又會再度找到別的東西來感到興奮：她竟然來赴約的事實，性感的聲音，聰明才智，敏銳機智，隨便什麼的──。然後在第二次和第三次會面之間，一套全新的神話會於焉誕生。

　　不過，這一次，有件不一樣的事發生。都是做白日夢這件事造成的。我做著跟以往一樣的事──幻想整段感情的每個微小細節，從初吻，到上床，到搬進來同居，到結婚（從前我甚至安排過婚宴卡帶的曲目），到她懷孕時會有多漂亮，到小孩的名字──直到我猛然驚覺沒有剩下任何事真的，呃，發生。我全做過了，在我的腦海中有過完整的一段感情。我已經快轉看完電影，我知道全部的情節、結局、所有好看的地方。現在我得倒帶然後用正常速度從頭再看一遍，那有什麼樂趣？

　　而且他媽的……這些事他媽的什麼時候才會停止？我下半輩子都要從一顆石頭跳到另一顆石頭直到沒有石頭可跳嗎？我每次腳癢的時候就要落跑嗎？因為我大概每一季就會來一次，跟我的水電帳單一起。在英格蘭夏季的時候，甚至比那還多次。我從十四歲起就用我的本能思考，而老老實實說，就我們兩個知道，我得到的結論是我的本能全是滿腦袋大便。

我知道蘿拉有什麼不對勁。蘿拉不對勁的地方是，我永遠再也不會是第一次或第二次或第三次見到她。我永遠不會花兩、三天渾身冒汗試著想起她長什麼樣子，我永遠再也不會提早半個小時到酒館去跟她碰面，盯著雜誌上同樣一篇文章然後每三十秒看著我的手錶，永遠也不會想像她會激起我體內的某個東西，就像 *Let's Get It On* 激起我體內的東西一樣。當然，我愛她喜歡她而且與她共享有趣的談話、美妙的性愛和激烈的爭執，而她照顧我為我操心，而且幫我安排葛魯丘俱樂部，但是這一切又算什麼？當有一個人赤著兩條臂膀，帶著甜美的微笑，穿著一雙馬汀大夫鞋走進店裡說她想要訪問我？這不算什麼，就是這樣，但是也許有點什麼。

　　去他的。我要把這他媽的卡帶用寄的。也許。

34

　　她慢了十五分鐘,這表示我已經在酒館裡盯著雜誌上的同一篇文章看了四十五分鐘。她表示出歉意,細細想來,雖然不是衷心的歉意;但是我不會對她說什麼。今天日子不對。

　　「乾杯。」她說,然後拿她的汽酒(spritzer)碰了一下我的Sol啤酒瓶。而且她的雙頰粉粉嫩嫩;她臉上的一些妝被因為今天天氣炎熱而流的汗給糊掉了,她看起來很可愛。「不錯的驚喜。」

　　我不說話。我緊張得要命。

　　「你正擔心明天晚上嗎?」

　　「不算是。」我專注於把酸檸檬片塞進瓶口裡。

　　「你要跟我談談?還是我該把我的報告整理出來?」

　　「我要跟你談談。」

　　「好。」

我轉一轉酒瓶讓它充滿檸檬味。

「你要跟我說什麼？」

「我要跟你談你想不想結婚。嫁給我。」

她笑個不停。「哈哈哈。呵呵呵。」

「我是說真的。」

「我知道。」

「噢，那真是他媽的謝了。」

「噢，對不起。不過兩天以前你還愛上那個幫社區報紙訪問你的女人，不是嗎？」

「不算是愛上，但是……」

「原諒我，我不覺得你是全世界最有保障的賭注。」

「要是我是你會嫁給我嗎？」

「不，我不認為。」

「對。既然這樣，好吧。我們要回家了嗎？」

「別發火。為什麼提起這件事？」

「我不曉得。」

「真有說服力呀。」

「你可以被說服嗎？」

「不。我不認為。我只是好奇怎麼有人能在兩天之內，從幫一個人錄製卡帶到跟另一個人求婚。這合理嗎？」

「很合理。」

「所以呢？」

「我只是厭倦了老是想著這些事。」

「什麼事？」

「這件事。愛情與婚姻。我想要去想別的事。」

「我改變心意了。這是我聽過最浪漫的事。我願意。我要。」

「住嘴。我只是試著說明。」

「抱歉。繼續說吧。」

「你看，我一向很害怕婚姻，因為，你知道，鐵鍊與枷鎖，我要自由自在，就是這樣。但是當我想著那個笨女生的時候，我突然明白情形剛好相反：如果你跟一個你明白那是你所愛的人結婚，你把自己想清楚，它會把你從其他事解放出來。我知道你不明白你對我的感情，但是我明白我對你的感情。我知道我想跟你在一起，而我一直假裝不是這樣，對我自己跟對你，而我們就一直拖下去。就好像我們大概每隔幾週就簽一次新契約，但我不想再這麼做。而且我知道如果我結婚的話，我會很認真看待這件事，我不會想要隨便亂來。」

「你可以就像這樣做出決定，可以嗎？冷血無情，砰砰，如果我做那件事，然後這件事就會發生？我不確定這樣行得通。」

「但你也明白，事實就是這樣。就因為這是感情關係，而且是根基於一些濫情的東西，並不表示你就不能做出聰明的決定。有時候你就是必須這樣做，不然的話，你永遠什麼事也幹不了。這就是我一直以來沒搞懂的地方。我一直讓天氣，讓我的胃部肌肉和一張『偽裝者』合唱團單曲的精采和弦來幫我決定我的心意，而現在我要自己來。」

「也許。」

「也許是什麼意思？」

「我的意思是，也許你說得對。但是這對我沒有用，對吧？你一直都是這樣。你想通某個道理，然後每個人都得排排站好。你真的期待我會說願意嗎？」

「不曉得。老實說，我沒想過。能說出口才是最重要的。」

　　「好吧，你已經說出口了。」但她說得很甜美，好像她知道我說出口的是一件好事，它具有某種意義，即便她不感興趣：「謝謝你。」

35

　　在樂團上場之前，一切都燦爛精采。以前都得花上一點時間才能把場子熱起來，但今晚他們馬上就進入狀況。一部分是因為今天晚上大多數在場的群衆，比幾年前的他們要老了幾歲，如果你懂我的意思的話──換句話說，他們正是從前那群人，一九九四年已經不是他們的黃金時代了──他們可不想等到十二點半或一點：他們現在沒那個力氣了，況且他們有些人得早點回家去幫他們的褓姆解圍。但主要是因為這裡有眞正開派對的氛圍，一種眞心的人生得意需盡歡的慶祝氣氛，彷彿這是一場結婚喜宴或生日宴會，而不是下星期還在甚至也許下下星期也還在的俱樂部。

　　不過我得說我眞他媽的厲害，我還沒有喪失一點從前的魔法。一節──「歐傑斯合唱團」❶的 *Back Stabbers*，「哈洛‧梅爾文與藍色音調」❷的 *Satisfaction Guaranteed*，瑪丹娜的 *Holiday*，以及 *The*

Ghetto（這首歌得到一陣歡呼，好像這是我的歌而非丹尼・海瑟威的）和「特別」合唱團❸唱的 Nelson Mandela —— 就讓他們求饒。然後就到了樂團表演的時間了。

我被告知要引介他們；巴瑞甚至寫下我該說的話：「各位先生，各位女士，害怕吧。要非常害怕。接下來的是……『**音速之死小猴**』！」但是去他媽的蛋，到最後我只是對著麥克風咕噥一團樂團的名字。

他們穿著西裝打著細細的領帶，當他們插上電源時發出一聲刺耳的回音，我有那麼一下子還擔心這是他們的開場音符。但是「音速之死小猴」已經不再是從前的他們。事實上，他們已經不再是，「音速之死小猴」。

「我們不叫『音速之死小猴』了，」在巴瑞拿到麥克風時他說：「我們還在掙扎要不要改叫『未來學』（**Futuristics**），不過還沒落定。不過，今晚，我們是 **Backbeat**❹。一、二、三……**扭起來寶貝**……」然後他們開始唱 Twist and Shout❺，樂聲完美，而在場的每個人都瘋了。

而且巴瑞能唱。

他們演奏 Route 66❻、Long Tall Sally❼、Money 和 Do You Love Me，最後的安可曲是 In The Midnight Hour❽ 和 La Bamba。簡而言之，每首歌都又土又好認，而且保證會取悅一群三十好幾、以為嘻哈音樂是他們的小孩在上唱遊課的人。事實上，群眾開心到，在「音速之死小猴」把他們嚇到而且搞糊塗後，他們一直待到我安排讓他們再一次動起來的歌。

「這是怎麼回事？」當巴瑞到台前來的時候，我問他，他汗流浹背，而且醉醺醺，而且自鳴得意。

「剛才不錯吧？」

「比我想像的好多了。」

「蘿拉說如果我們為今晚學點正經的歌才讓我們演出。不過我們愛死了。兄弟們討論打點成流行音樂歌星的樣子，然後到銀婚紀念慶祝會場表演。」

「你覺得怎麼樣？」

「呀，還不賴。反正我也開始對我們的音樂走向感到疑惑。我寧可看見大家隨著 *Long Tall Sally* 起舞，也不要他們摀著耳朵跑了出去……」

「你還享受這個俱樂部嗎？」

「還可以。對我的口味來說有點，你知道的，太大眾化了。」他說。他可不是在開玩笑。

剩下的夜晚就像電影的結尾一樣。所有的演出人員都在跳舞：狄克與安娜（他差不多是站得直直地拖著腳走路，安娜牽著他的手試著讓他放開一點），茉莉與丁骨（茉莉喝醉了，丁骨越過她的肩膀看著某人——卡洛琳！——那顯然是他感興趣的對象），蘿拉與麗茲（她比手劃腳說著話，而且顯然為了某件事在生氣）。

我放所羅門‧柏克的 *Got To Get You Off My Mind*，然後每個人都試了一下，純粹出於盡責，雖說只有最好的舞者可以跳出一點什麼，而且這間房子裡沒有人能聲稱自己算得上是最好的舞者，甚至連最一般的都算不上。當蘿拉聽見開場幾小節時，她轉過來露齒一笑，比了好幾個舉起大拇指的手勢，而我開始在腦海中編輯一卷送給她的合輯卡帶，一張全是她聽過、而且全是她會放來聽的歌曲。今晚，有史以來第一次，我大概知道我應該怎麼做了。

註釋

林則良，盧慈穎，林怡君，葉雲平／輯

那時候……

❶ 賽門·鄧卜勒（Simon Templar），為英國電視影集《七海遊俠》（*The Saint*）裡的俠盜偵探角色，由羅傑·摩爾主演，類似○○七系列電影類型。曾改編為電影，包括1997年由方·基墨（Val Kilmer）主演的《神鬼至尊》。

❷ 拿破崙·索羅（Napoleon Solo），為美國電視影集 *The Man From U.N.C.L.E.* 的美國情報員角色名，由Robert Vaughn主演，內容有關美蘇情報戰，此影集從1964年9月於NBC電視台開播，直到1968年，共104集，由開創007詹姆斯·龐德的小說家伊安·佛萊明（Ian Fleming）所創，是非常流行的電視影集。Napoleon Solo這個角色來自龐德系列的《金手指》。U.N.C.L.E.為United Network Command for Law and Enforcement的縮寫（文字遊戲，也指美國這個山姆大叔），總部在紐約市，相對的俄國陣營為T.H.R.U.S.H.（連字字義為鵝口瘡），為Technological Hierarchy for the Removal of Undesirables and the Subjugation of Humanity的縮寫，不過也被拆解成Terrorism（恐怖主義）Harassment（騷擾）Revenge（報復）Unlimited（無限）Supreme（最高）Headquarters（總部）。每一集開頭都有一個無辜者，每一集都以「××事件」為標題。是相當campiness的影集。於1983年又有十五年後的續集。另外還有個姊妹影集叫做 *The Girl From U.N.C.L.E* 集，以佛萊明命名為「四月舞孃」（April Dancer）的女情報員為中心人物。

❸ 芭芭拉·溫莎（Barbara Windsor, 1937-，本名Barbara-Ann Deeks）、席德·詹姆斯（Sid James, 1913-1976，本名Joel Solomon Cohn，出生於南非，雙親皆為猶太人）與 吉姆·代爾（Jim Dale, 1935-，本名James Smith，近日為《哈利波特》美版的有聲書朗讀），皆為英國喜劇電影系列 *Carry On* 裡的演員。*Carry On* 系列電影為非常流行的低成本喜劇電影，於1958年到1978年共完成三十部影片（1992年又有一部續作），每部影片的標題都在 *Carry On* 後面加上題目，例如 *Carry On Spying* 由Gerald Thomas導演，混合了戲仿、笑鬧劇和帶有猥褻氣味的雙關語，被視為是英國式幽默的典型。其中最會反諷的演員為芭芭拉·溫莎，共出現在 *Carry On* 的九部影片當中。

❹ 愛爾希·譚娜（Elsie Tanner），為英國電視肥皂劇影集 *Coronation Street* 裡的女主角名，由Patricia Phoenix主演。此影集於1960年演到1973年，然後再從1976年演到1984年收尾，是非常流行而長青的電視影集。愛爾希·譚娜

這個女性角色在當時被視爲「電視節目裡最性感的人物。」

❺ 奧瑪‧雪瑞夫（Omar Sharif, 1932-，出生於埃及亞歷山卓城，本名 Michel Demitri Shalhoub，有時也稱之 Omar El-Sharif，爲黎巴嫩和敘利亞裔，他的第一部好萊塢電影爲大衛‧連〔David Lean〕的《阿拉伯的勞倫斯》）和茱麗‧克莉絲蒂（Julie Christie, 1941-，本名 Julie Frances Christie，爲英國最重要的電影女演員），他們兩人聯合主演了大衛‧連 1965 年的電影《齊瓦哥醫生》（*Doctor Zhivago*）。

❻ Player's No. 6，爲英國香菸的牌子。

❼ *Nationwide*，爲英國 BBC 電視台從禮拜一到禮拜五晚間新聞播完後，約五十分鐘的新聞節目，主要以專題報導的方式對政治議題進行分析、討論消費事件和娛樂新聞。此節目於 1969 年 9 月 9 日播至 1983 年 8 月 5 日，然後由《六十分鐘》（*Sixty Minutes*）所取代。2006 年三月 BBC 宣布將有新的類似 *Nationwide* 的新聞節目即將開播，並加入地方新聞。

❽ 《柳林裡的風聲》（*Toad of Toad Hall*），是改編自 Kenneth Grahame 的小說《柳林裡的風聲》（*The Wind in the Willows*）的舞台劇，由英國作家 A‧A‧米爾恩（Alan Alexander Milne, 1882-1956）改寫爲舞台劇劇本。由本書所改編的電影版爲數衆多。米爾恩以小熊維尼（Winnie-the-Pooh）系列的兒童書聞名。

❾ 英國的教育和台灣有所不同，他們滿五歲九個月念小學一年級（台灣滿七歲），小學共六學年，然後約十一歲念中學，中學念五學年，第四年和第五年稱之爲 GCSE 課程，畢業考稱之 O-Level，然後兩年的 A-Level 課程，相當於台灣的高三到大一，這是專業教育，畢業後以會考成績申請大學（或持有專業文憑），其大學念三年，畢業後擁有學士學位。

❿ 保羅和琳達（Paul and Linda），指的是「披頭四」（Beatles）裡的保羅‧麥卡尼（McCartney）與妻子琳達‧麥卡尼。而紐曼和伍華德（Newman and Woodward），爲著名的模範銀色夫妻保羅‧紐曼與珍妮‧伍華德。這兩對夫妻皆以長久的婚姻關係在演藝圈聞名。

⓫ 主街（High Street），於英國和愛爾蘭爲小鎮或大城首要的商業大街，主要位於市中心的零售精品區域，原本只是通稱，後來則爲正式的名稱。在美國和加拿大稱之爲 Main Street（這個詞也用在蘇格蘭比較小的鎮或村子）。High Street 在英國是極爲常見的大街名。

⓬ 曼聯大發神威（MUFC KICK TO KILL），MUFC 是曼徹斯特聯合足球俱樂部

（Manchester United Football Club）的縮寫，一般也簡稱曼聯。"kick to kill"
意思是踢贏對方。

⓭「林納史金納」樂團（Lynyrd Skynyrd），為1965年成立於美國佛羅里達的樂
團，至今依舊活躍，曲風結合藍調、硬搖滾以及鄉村，走紅七〇年代，與
「老鷹」合唱團並列南方搖滾的代表團體。

⓮ 強尼‧羅根（Johnny Rotten, 1956- ），為英國龐克樂團「性手槍」的主唱，
他們於1975年時曾於聖馬汀藝術學院開唱。這個為期約兩年的樂團，卻完
全改寫了搖滾音樂史，其中對社會的憤怒、奇裝異服，以及怪異髮型、安那
其無政府、虛無的叫囂，舞台上充滿暴力的表演，成為英國當時社會最頭大
的、老是被禁止演出的團體。貝斯手席德（Sid Vicious）因嗑藥誤殺女友，
隨後因藥物過量致死，1986年英國導演Alex Cox以這段故事，拍了電影
《席德和南西》（Sid & Nancy）。「性手槍」已然成為英國「龐克」（punk）的
開宗祖師爺。而其緣起就來自服裝店的老闆Malcom McLaren為領導人，於
1975年以怪異叛逆的形象塑造出來的。

⓯ 諾福克湖沼保護區（Norfolk Broads），為Norfolk and Suffolk Broads的一般
說法，主要為英格蘭東部Norfolk和Suffolk鄉間一連串可通航的河川和湖泊
（當地人稱之為湖沼〔broads〕），整個區域主要由七條河和五十個湖沼組
成，區域大小約303平方公里，目前正在推動成為國家公園。

⓰ 愛斯摩爾國家公園（Exmoor National Park），為英國最早期的國家公園之
一，於1954年設立，區域約在英格蘭西南Devon的Bristol Channel海岸和
Somerset，約693平方公里，多為荒原（moor），其命名來自當地的一條河
名Exe。

⓱ 坎登（Camden），為Camden Town的說法，為倫敦坎登區的一處，為相當出
名的二手市場區，擠滿各地來的觀光客和學生，倫敦最早的語言學校即在此
處。距離查令十字路北北西3.7公里。

⓲ **Dr Feelgood**，為1971年成立的酒吧搖滾樂團，在七〇年代中葉，成為第二
波「酒吧搖滾」的頭頭，其風格為藍調和R & B，樂團至今仍舊活躍，而且
幾乎每年馬不停蹄、有將近百場的現場表演，為最醉心於現場表演的團體之
一。

⓳ *Only Love Can Break Your Heart*，出自尼爾‧楊1970年的專輯***After the Gold
Rush***。

⓴「史密斯」合唱團（**The Smiths**），為英國八〇年代最有影響力的曼徹斯特樂

團，主唱莫里西（Morrissey）和吉他手強尼・馬（Johhny Marr）成為年代風雲人物。其樂團打開九〇年代另類獨立音樂的迷幻吉他曲風，主唱莫里西的詞曲皆相當陰鬱，樂團成立於1982年，於1987年解散。莫里西繼續出版個人專輯。

㉑ *I Don't Want to Talk About It*，這首歌最早出自尼爾・楊所組的樂團「瘋馬」（**Crazy Horse**）的首張同名專輯，有為數不少的翻唱版，包括洛・史都華以及「只要女孩」合唱團（**Everything But the Girl**）等等。

㉒ *Love Hurts*，為民謠女歌手愛美蘿・哈里斯（Emmylou Harris）的名曲。

㉓ *When Love Breaks Down*，出自英國樂團「合成芽」（**Prefab Sprout**）1985年的專輯 *Two Wheels Good*。

㉔ *How Can You Mend A Broken Heart*，為「比吉斯」（**Bee Gees**）名曲，亦有大量翻唱版。

㉕ *The Speed Of The Sound Of Loneliness*，出自 John Prine 1986年的專輯 *German Afternoons*。

㉖ *I Just Don't Know What To Do With Myself*，出自達斯汀・史普林菲爾德（Dusty Springfield）1964年同名專輯裡的曲子，亦有大量翻唱曲，包括本書裡不斷提及的皇帝艾維斯（Elvis Costello）。

㉗ 《迷魂記》（*Vertigo*），為希區考克1957年的代表性電影，描寫一個有懼高症的偵探被設計陷害的故事。影片中的男女主角為詹姆斯・史都華（James Stewart）和金・露華。片中充滿了昏眩的影像，以及雙重曖昧性。

㉘ 雷蒙・錢德勒（Raymond Thornton Chandler, 1888-1959），為出生芝加哥、在英國長大，領有英國公民權的美國偵探推理小說家。特別以他的私家偵探馬羅系列「硬漢小說」最為出名，馬羅系列的第一本《大眠》（*The Big Sleep*）出版於1939年，因為極為熱門，他被請去好萊塢當編劇，但實際由他親手寫的電影劇本只有比利・懷德所導演的《雙重保險》（*Double Indemnity*, 1944）。早年在雜誌 *Black Mask* 發表短篇，該雜誌成為「廉價小說」（pulp fiction）偵探小說的搖籃。在1995年美國偵探作家協會（MWA）票選一百五十年推理小說史上最好的偵探小說家，他名列第一名。《大眠》曾兩度被改編成電影，其中最出名的版本為1946年由 Howard Hawks 導演，亨佛利・鮑嘉與他隨後的妻子羅蘭・貝可（Lauren Bacall）主演，小說家福克納也參與編劇，對白極其精細，充滿雙關語。本片內容因涉及到小說裡原本被殺的司機為男同性戀，因為華納不予採用，所以電影裡其死因一直成迷，本片在

台灣的片名為《夜長夢多》，該片成為美國「黑色電影」（film noir）的重要鼻祖。在比較不出名的 1978 年新版中則顯露之前不曾出現的議題：男同志、色情照片和裸露。馬羅系列電影當中拍得最好的是導演阿特曼（Robert Altman）的《漫長的告別》（*The Long Goodbye*）。

㉙ 湯馬斯・哈里斯（Thomas Harris, 1940- ），出生於田納西州的傑克森鎮，為美國最出名的恐怖驚悚小說家之一，其代表作為《沉默的羔羊》（*The Silence of the Lamb*, 1988），於 1991 年由強納森・德米拍成電影。《紅龍》（*Red Dragon*）為他 1981 年的小說，書名取自威廉・布萊克的畫作，算是《沉默的羔羊》裡的吃人博士漢尼拔的前集，有兩部改編的電影，其一為 1986 年麥可・曼導演的鬆散改編版本，片名為 *Manhunter*，由《犯罪現場》（*CSI*）影集的主角 William Petersen 主演警探，由英國演員 Brian Cox 飾演漢尼拔，新版 2002 年由 Brett Ratner 導演，愛德華・紐頓飾演警探，英國演員雷夫・范恩斯主演變態殺人魔。哈里斯約五到十年寫一本漢尼拔小說，《沉默的羔羊》之後還有兩本，《漢尼拔》（*Hannibal*, 1999）及 *Behind the Mask*（2006）。這十年的三部漢尼拔系列電影皆由英國演員安東尼・霍普金斯主演漢尼拔。最新的 *Behind the Mask* 即將改編成電影。

㉚ 彼得・古洛尼克（Peter Guralnick），為美國流行音樂作傳的先驅。《甜蜜靈魂樂》（*Sweet Soul Music*）一書側寫多位六〇年代美國靈魂樂的重要人物。他還寫了兩本貓王專書 *Last Train to Memphis* 及 *Careless Love*，以及早年藍調爵士的吉他大師羅柏・強生的專書 *Searching for Robert Johnson* 等等。

㉛ 道格拉斯・亞當斯（Douglas No 嬌 Adams, 1952-2001），生於英國劍橋的科幻小說家、業餘音樂家、廣播劇作家，其代表作為《銀河便車指南》（*The Hitchhiker's Guide to the Galaxy*，也縮寫為 HHGG 或 H2G2）系列小說（共五本，首本於 1979 年出版），原本為 BBC 廣播劇，後來才以小說形式出版，是最受喜愛、充滿喜感的科幻系列（賣量超過一千五百萬份），其銀河便車指南所設計的電腦百科書，靈感來自《歐洲旅遊指南小百科》，其逗笑處就在一條毛巾跟一個信念：Don't Panic!（別慌張！）。還有一個患有嚴重憂鬱症的機器人馬文，和一組計算生命之意義的電腦「深思」（答案為一組兩位數的數字）。自稱深受馮內果、「蒙蒂蟒蛇」、P. G. Wodehouse 和路易斯・卡羅的影響，他還寫了好幾部系列小說。早年曾出現在「蒙地蟒蛇」節目影集當中。2001 年 5 月 10 日他因為心臟病突發，死於美國加州的一家健身房。其簽名經常為其名字縮寫 "DNA"。

❸ 威廉‧吉普生（William Gibson, 1948- ），為出生於美國加州，但為了逃避上越戰前線而逃到加拿大，現住在加拿大溫哥華的科幻小說家。從最早的一系列未來主義風格的短篇開始，吉普生就在描寫電子媒體控制論跟電子空間（cyberspace）科技對人類的影響，他的第一本短篇小說集《燃燒的鉻合金》（*Burning Chrome*），其好友兼合作作者 Bruce Sterling 稱之為「將高科技和下層生活兩者合一的作品」，他的代表作為 1984 年出版的長篇小說 *Neuromancer*，此書成為「數位龐克」（Cyberpunk，簡稱 CP）的代表作，而吉普生也成為開山代表。他在隨後的小說中越加趨向將科技、肉體和精神的超越主題與日常生活的細節連結起來。他於 1992 年跟畫家及出版商合作，出版一張軟碟的電子長詩《阿格利帕（逝者之書）》（*Agrippa, A Book of Dead*），有關記憶虛無飄渺的本性，而其標題則指涉照相簿，這首長詩一旦被打開閱讀後會自行銷毀，也就是「把自己吃掉」。他也寫了一篇專論《異形》的文章，隨後《異形第三集》拍攝時採用了他文內不少的點子。雖說他大量描寫電腦跟人的關係，他卻是一個不那麼使用 email，或說電腦程度並不特別驚人的作家，他曾在訪談中說到：「我感覺到自己是在描寫不可思議的現在，而我真的覺得科幻小說在今天最好的用途就是對當代現實的探索，遠多過任何對我們將終如何做出預言的嘗試。在今天科學對你最好的事就是探索當下。地球現在已是一顆異形的行星。」他曾將自己的短篇故事改編成電影劇本，就是基努‧李維主演的《捍衛機密》（*Johnny Mnemonic*, 1995），並編寫過兩集《X 檔案》劇本，"Kill Switch" 與 "First Person Shooter"。其短篇故事改編成電影的，還包括紐約最硬的獨立製片導演亞伯‧費瑞拉（Abel Ferrara）的《豪門誘惑》（*New Rose Hotel*, 1998）。

❸ 馮內果（Kurt Vonnegut Jr., 1922- ），出生於印地安納州的印第安納波里斯城，為第三代德裔，其生命中最重要的事件則是在二次大戰期間為德軍所俘虜，關在德勒斯登城，親眼見聯軍將德勒斯登一夕之間炸平。這段事件隨後成為他最重要的經典（科幻）小說《第五號屠宰場》（*Slaughterhouse-Five, or The Children's Crusade*, 1969）當中。他的成名暢銷小說始於《貓的搖籃》（*Cat's Cradle*, 1963），以其辛辣的幽默和反諷見長，馮內果雖被許多作家公認為是美國現代科幻小說之父，但他自己卻不以為然，因其小說裡極其稀疏的科幻元素其實是小說人物逃離現實之苦的媒介，其故事經常將自傳元素、受命運擺布而蒙受其苦（如《槍手迪克》〔*Deadeye Dick*, 1982〕）、美國郊區貧乏無味的生活（如《冠軍的早餐》），以及政治軍事騙局（如《夜母》

〔*Night Mother*, 1961〕或《戲法》〔*Hocus Pocus*, 1990〕），及集體屠殺事件（如《藍鬍子》〔*Bluebear*, 1988〕）以反諷、幽默和讓人傷懷的方式表達，代表作除了《第五號屠宰場》外，還有《冠軍的早晨》（*Breakfast of Champions*, 1973）、《自動鋼琴》（*Player Piano*, 1952），在他出版小說《時震》（*Timequake*, 1996）後他宣稱將不再寫任何小說。2000年1月31日因其住宅失火，他因濃煙窒息送醫急救四天昏迷不醒，隨後倖存下來。他於2005年出版最新的作品 *A Man Without A Country*，收集他幾年來的論文，依然是暢銷書，他將書的反應如此良好比作「生命終了前的一杯好香檳酒」。

❸❹《新音樂快報》（*NME*），*New Music Express* 的縮寫，英國流行音樂的指標性雜誌，於1952年3月創刊，*NME* 每年舉辦的 NME Carling Awards 是英國流行樂壇最悠久的音樂獎，從1953年開始頒發，是經由 *NME* 讀者與網友共同票選。

❸❺《巴黎野玫瑰》（*Betty Blue*），為法國導演尚—賈克·貝內（Jean-Jacques Beineix, 1946- ）1986年的電影，原題為 *37°2 le matin*，改編自 Philippe Djian 的限制級同名小說，由 Jean-Hugues Anglade 和 Béatrice Dalle 主演，描寫一個到處打零工的小說家和瘋狂少女之間的狂愛。在台放映時，片名為《巴黎野玫瑰》。其海報在台灣電視偶像劇背景的出現率，可以占居排行榜第一位。

❸❻《地下鐵》（*Subway*），為法國導演盧·貝松1985年的第二部劇情長片，由克利斯多弗·藍伯特（Christopher Lambert）跟伊莎貝·艾珍妮（Isabelle Adjani），描寫在地下鐵活動的游離份子，他們生活在巴黎地下鐵的地下世界，最後還組了一個在地鐵站表演的樂團。

❸❼《捆著你困著我》（*Tie Me Up! Tie Me Down!*），為西班牙近年來最具國際知名度的導演阿莫多瓦1990年的電影，原名為鍋 *¡Átame!*。描寫一個有精神疾病的病患，離開病院綁架他最愛的色情女星好讓她愛上她，S/M 氣味濃重通俗的電影。主角安東尼歐·班德拉斯因為本片進入美國好萊塢。

❸❽《神祕失蹤》（*The Vanishing*），為出生法國的導演 George Sluizer 於1988年拍攝的荷語片，以荷法雙語演出，原名 *Spoorloos*，為神祕驚悚電影，改編自荷蘭小說家 Tim Krabbé（為主演過《第四個男人》的荷蘭最重要演員 Jeroen Krabbé 的哥哥）的1984年小說《金蛋》（*Het Gouden Ei*）。描寫一對情侶於法國渡假，在一家加油站，女的進去喝杯咖啡，然後憑空消失不見，男的一直執迷於找尋她的蹤影，三年後，他來到相同的地方，某個中年男人告訴他去喝同樣的咖啡，消失不見的她就會再次出現，等他醒來，卻發現自己被活

埋。因為影片熱門搶手，隨後由相同的導演於1993年改拍成好萊塢版，故事卻從活埋開始，而且結果大相逕庭，而引起影評人的譏評。

❸ 《歌劇紅伶》（*Diva*），為法國導演尚—賈克‧貝內1981年的處女劇情長片，改編自Daniel Odier的小說，描寫一個熱愛某個女黑人歌劇紅伶的少年郵差在盜錄她的現場表演後，因為意外將偷錄錄音帶和一個妓女目睹犯罪的告白錄音帶錯放，導致一連串離奇的黑色搶殺，本片的廣告美學、離奇古怪的場景和情節設計，成了一部相當經典的後現代巴洛克電影。當然，最知名的莫過於那把一打開就壞掉的Made in Taiwan的雨傘。

❹ 《霸道橫行》（*Reservoir Dogs*），為美國獨立製片導演昆亭‧泰倫提諾（Quentin Tarantino, 1963- ）於1992年一舉成名的處女劇情長片，是美國獨立製片九〇年代的「奇蹟」，重新掀起「黑色電影」旋風。以非線性，不時倒敘穿插的方式、古怪幽默的對白、血腥的場面等獨特風格出名，內容描寫一個臥底警察混進一群準備搶珠寶的搶匪（除了頭頭外，每人都有一個專屬顏色的名字），在搶劫過程中出了意外，每個人開始懷疑哪個人其實是窩裡反。當影片首次於桑丹斯影展放映時，《紐約日報》的記者寫說：「我不認為觀眾已經準備好可以看這部電影了。他們不知道影片怎麼拍出來的。這就像默片時期當觀眾第一次看見一輛火車從螢幕衝向觀眾時都嚇得趕緊逃開。」昆亭‧泰倫提諾這位錄影帶店收銀員，因近便看了大量電影錄影帶而學會拍電影的導演，隨後當他的第二部電影《黑色追緝令》（*Pulp Fiction*, 1994）得到坎城金棕櫚最佳影片獎時，全世界掀起一股泰倫提諾風潮，成為重要的電影現象。但之後他卻一直拍不出讓人「驚訝」的新電影，直到2004年切成兩部放映，其實是同一部電影的《追殺比爾》（*Kill Bill*），以新鮮的章回小說體為敘述，融合日本動畫、中國功夫、西部片和義大利恐怖片等等類型。他還拍過第一季的《急診室的春天》（*ER*）一集 "Motherhood"，跟《犯罪現場》（*CSI*）第五季額外加放、長度近兩個小時的一集 "Grave Danger"。

❹ 彼得‧蓋布瑞爾（Peter Gabriel），為「創世紀」合唱團（**Genesis**）七〇年代早期的靈魂人物，七六年單飛，由菲爾‧柯林斯接手，單飛後的蓋布瑞爾更專心於更黑暗更宗教的領地，深受前衛、電子和世界樂的影響，出版了三張同名專輯，自稱專輯的標題取法就像雜誌一樣，只有期數。從1993年開始，他醉心於推動WOMAD世界音樂節的活動，成立了專門出版世界音樂的廠牌Real World，有個風景相當優美的錄音間，發行了巴基斯坦歌手Nusrat Fateh Ali Khan、拉普蘭女歌手Mari Boine Persen等等世界樂手，而廠

牌的創業專輯即為他為馬丁·史柯西斯電影《基督最後誘惑》所做的原聲帶。近年來他專心於影音多媒體的計畫。

❷《蒙蒂蟒蛇》(*Monty Python*)，為七〇年代的英國喜劇電視影集及團體，以其無厘頭式的搞笑與對時事或歷史的嘲諷聞名。台灣曾引進同一製作團隊拍攝的電影《聖杯傳奇》(*Monty Python and the Holy Grail*)。該製作演員導演群隨後亦進入電影界，著名的例子包括 Terry Jones 所拍攝的《生命的意義》(*Monty Python's The Meaning of Life*, 1983)、Charles Crichton 和 John Cleese 合導的《笨賊一籮筐》(*A Fish Called Wanda*, 1988)，其中最知名的導演為泰瑞·吉廉(Terry Gilliam，為逃避上前線打越戰而跑到英國的美國導演)，他的電影有《向上帝借時間》(*Time Bandits*, 1981)、《終極天將》(*The Adventures of Baron Munchausen*, 1988)和《巴西》(*Brazil*, 1985)等等。

❸ *Fawlty Towers*：為英國 BBC 製作的情境喜劇，當《蒙蒂蟒蛇》在 Torquay 的旅館拍攝影集完工後，其中的演員兼工作人員 John Cleese 跟 Connie Booth 繼續留在飯店。受到此飯店的啟發，創造這齣古怪的笑料喜劇。影集本身只有十二集，分兩個階段製作和播出，1975 年跟 1979 年。2000 年時英國電影協會所選的百大電視節目，將其列入第一名。本影集影響極大，隨後不少國家都有各的飯店翻版影集。美國後來極為流行的影集《歡樂酒店》(*Cheers*)宣稱此影集為其靈感來源。

❹《歡樂酒店》(*Cheers*)，為美國最長青的情境喜劇(sitcom)電視影集，由 James Burrow、Glen Charles 及 LesCharles 三人所開創，於 1982 年 9 月於 NBC 電視台首播，一直到 1993 年 5 月完結篇，共十一季。每集二十四分鐘。故事設定在麻州波士頓市的「歡樂」酒吧，情節環繞在酒吧的服務人員、經營者跟客人之間。本影集入圍愛美獎一百一十七個獎項，共得二十六座。

❺「瘋子」合唱團(**Madness**, 1978-1986)，為英國七〇年代末八〇年代初期最受歡迎的「現象」，深受 ska 舞曲的強烈影響，加上五〇年代「摩城」唱片廠牌式的靈魂樂和英式流行曲。團名取自他們最愛的歌手 Prince Buster 的一首歌名，他們在八〇年代所造成的英國狂熱，樂迷的涵蓋面極為廣大，從小孩到老人。

❻「舞韻」合唱團(Eurythmics)，由 Annie Lennox 和 Dave Steward 於 1980 年於倫敦合組(從最早的情侶檔到合作夥伴)的二人團。在八〇年代初崛起，是 New Wave 當紅的樂團之一，讓這位老是剪一頭超短頭髮的 Annie Lennox 成為 vocals 的紅星，Dave Steward 成為極為成功的詞曲創作者。當 New Wave 於

1984年沒落後，他們繼續熱門到 1990 年，兩人決定單飛。Lennox的首張個人專輯*Diva*依舊是熱門專輯，賣超過兩百萬張。兩人於 1999 年復合，再度發行「舞韻」新專輯*Peace*。

④ 瓊妮‧蜜雪兒（Joni Mitchell, 1943- ），出生加拿大小鎮，本名Roberta Joan Anderson，取名Joni Mitchell是在她嫁給民謠歌手Chunk Mitchell並開始表演歌唱之後。瓊妮‧蜜雪兒是最重要、影響力最大的女性創作歌手，其詩意的歌詞、陰鬱的內視個人深處的失落和愛，以及取用流行、爵士、前衛和世界樂等複文化的實驗性格，加上她毫不讓步以及破除偶像，每每出乎聽眾意表，都讓她標誌出女性創作歌手不屈不撓的里程碑地位。其代表專輯有 1971 年的*Blue*等。

④ 巴布‧馬利（Bob Marley, 1945-1981），爲第一位成爲國際巨星的牙買加雷鬼歌手。中年的白人父親和青少女的黑人母親所生的小孩，本名Robert Nesta Marley。對牙買加當地人而言，巴布‧馬利就如同詩人先知，歌中的每句每字都傳達當地人民的心聲。他的地位被某些當權派視爲威脅，1976 年 12 月 3 日遇刺受傷，離開牙買加一整年。他於 1981 年 5 月 11 日年因癌症死於佛羅里達州邁阿密，年僅三十六，死前癌細胞已蔓延到他的腦、肺和肝。

④ 《玉女神駒》（*National Velvet*），爲 1944 年的電影，由伊麗莎白‧泰勒主演，當時她才十二歲。

⑤ 《甘地》（*Gandhi*），爲英國導演李察‧艾登堡祿（Ri-chard Attenborough）於 1982 年所導演的電影。主演甘地的英國演員班‧金斯利（Ben Kingsley）得到當年的奧斯卡最佳男主角。

⑤ 《失蹤》（*Missing*），爲希臘導演柯斯達‧加華斯（Costa-Gavras, 1933- ）於 1982 年所拍的電影，由喜劇演員傑克‧李蒙（Jack Lemmon, 1925-2001）和西西‧史派克主演，改編自Thomas Hauser的小說，描寫一個在中南美洲軍事政權的國家中突然失蹤了的美國作家，其妻子在展開尋人的過程中揭露了整個世界政治在「冷戰時期」的齷齪黑暗面。

⑤ 改編自愛蜜麗‧白朗黛（Emily Brontë）經典小說《咆哮山莊》（*Wuthering Heights*）的電視影集和電影版本相當多，早年最著名是由勞倫斯‧奧利佛（Laurence Olivier, 1907-1989）所主演的 1939 年版本。其他版本還有提摩西‧達頓（Timothy Dalton）所主演的 1970 年版本，最近的電影版則是雷夫‧范恩斯（Ralph Fiennes）與法國女演員茱麗葉‧畢諾許（Juliette Binoche）的 1992 年版本。另外法國新浪潮最重要的導演賈克‧希維特

（Jacques Rivette）也在1985年拍了法國版，片名叫做 *Hurlevent*，編劇（影評人）帕斯卡‧波林澤（Pascal Bonitzer）也為法國導演安德列‧泰希內（André Téchiné）編劇他1979年的重要經典電影《白朗黛三姊妹》（*Les Soeurs Brontë*），由依莎貝拉‧艾珍妮、伊莎貝‧雨蓓主演，其中羅蘭‧巴特還軋了一個語言老師的小角色。

❸《一家之主》（*Man About the House*），為BBC於1973年時製作、極受歡迎的情境喜劇，後來改拍的美國電視版就是《三人行》（*Three's Company*）。

這時候……

1

❶ 西洋棋唱片公司（Chess Records），為李歐納和菲爾．契斯（Leonard & Phil Chess）兩兄弟於五〇年左右於美國伊利諾斯州芝加哥所開創的唱片廠牌，搖滾樂史上最重要的唱片廠牌之一。主要以藍調、靈魂樂和搖滾樂為主，重要的歌手和樂手有 Muddy Waters，「嚎叫野狼」、查克．貝瑞等。1969年契斯兄弟以六百五十萬美金將廠牌賣給 General Recorded Tape，幾經轉手，現在大多數的唱片版權已由 MCA 所收購。其廠牌的標誌即為西洋棋。

❷ 史代斯（Stax）唱片公司（1959-1976），為1957年由 Jim Stewart 跟 Estelle Axton 於田納西州孟菲斯城開創的唱片廠牌，一開始稱之為 Satelite 唱片公司，1961年改稱史代斯，是推動南方靈魂樂和孟菲斯靈魂樂最重要的唱片廠牌，重要的樂手和歌手有 Booker T. & MGs，Otis Redding 等，1976年史代斯再也無法支撐下去，終告破產。其廠牌的標誌即為一隻以大拇指跟中指打拍子的手。

❸ 摩城（Motown）唱片公司，在美國之外的地方稱之為 Tamla Motown，於1959年由 Berry Gordy Jr. 於密西根州底特律城（即 Motor City）所創的唱片公司，一開始時稱之為 Tamla 唱片公司，其廠牌主要發行非裔美國藝人的音樂，各種音樂類型皆有，特別是靈魂樂和 R&B，以及放克和流行樂，是成功於國際的唱片廠牌，1972年公司由底特律遷至洛城，1988年賣給 MCA。重要的樂手和歌手有馬文．蓋、「傑克森五兄弟」、史蒂夫．汪達、戴安娜．羅絲等等。其標誌為三道直圓線，中間道比較細長。

❹ 特洛依人（Trojan）為1968年創立的唱片廠牌，主要以 ska、雷鬼、疊錄音樂為主，隨後則有更現代的曲風，包括 jungle 等。其廠牌標誌是 Trojan 中間的 "O" 字裡有個希臘騎士的頭盔。

❺ ska，四、五〇年代出現在加勒比海的牙買加島上，島上的居民擷取爵士、節奏藍調和當地傳統的民族音樂 Mento（Mento 是以吉他、五弦琴、鈴鼓等樂器演奏，並傳唱著幽默詼諧歌詞的一種音樂），衍生出 ska 音樂。

❻ 哈洛威（Holloway），為倫敦伊斯林頓（Islington）區的一個區域，位居北倫敦，離作者尼克．宏比居住多年的海布里（Highbury）不遠。

❼ **Stiff Little Fingers**，為一九七七年成立於北愛爾蘭的龐克團，被稱之為愛爾蘭的 **The Clash**，歌曲多描寫在愛爾蘭成長的艱難，和在政治上北愛和英國之間的恐怖暴力。

❽ 白標唱片（White label），原本為有白色貼紙的12吋黑膠唱片，通常是小唱片公司或音樂 DJ 所壓製量少於三百的唱片，特別在浩室（house music）和嘻哈音樂的 DJ 流行，好讓他們撕開唱片後不會被外人辨識出樂手和歌曲名，並成為他們播放音樂時的獨門武器。現在白標唱片多用於唱片發片前幾個月當作宣傳用。有時會有其實之後沒有真的收錄或發行的特殊版本或錄音。

❾ *Blonde on Blonde*（《金髮美女》），為巴布‧狄倫1966年的專輯名。

❿ 英格蘭曼徹斯特小鎮，蘇格蘭格拉斯哥和加拿大英語區的大城渥太華，都是一些傳奇樂團和歌手的起源地。曼徹斯特，八〇年代崛起的樂團包括有 **Colourfield**、**Durutti Column** 等，特別是當 **Joy Division**、**Happy Mondays**、**New Order**、**The Smiths** 等席捲英國之時，2002 年英國導演 Michael Winterbottom 就以創立「工廠」唱片公司（Factory Records）兼地方節目主持人 Tony Wilson 為中心人物，拍攝以這段時期的音樂史為經緯的電影《二十四小時狂歡派對》（*24 Hour Party People*）。特別是 **Joy Division** 的主唱 Iain Curtis 的自殺事件，以及 **Happy Mondays** 引發的浩室迷幻風潮，其中還有不少當年的樂手真人穿梭在影片當中。曼徹斯特現在當紅樂團還有「綠洲」（**Oasis**）合唱團等。格拉斯哥則是 Irvin Walsh 小說《猜火車》（*Trainspotting*）的根據地，代表的樂團包括有 Welsh 曾經參一腳錄過一張單曲的樂團「原始吶喊」（**Primal Scream**）、Roddy Frame 領軍的「阿茲塔克照相機」（**Aztec Camera**）、「耶穌和瑪莉之鑰」合唱團（**Jesus and Mary Chain**）以及「青少年歌迷俱樂部」（**Teenage Fanclub**）等等。

⓫ 法蘭克‧薩巴（Frank Zappa, 1940-1993）：All Music Guide 寫著：「Frank Zappa 是搖滾時代最有創意、也是最有成就的作曲家，他的音樂建立在以下幾個基礎之上：1. 對當代古典音樂如斯特拉文斯基、斯托克豪森及瓦雷斯的理解；2. 對五〇年代後期的 doo wop 搖滾樂的喜愛；3. 對七〇年代統治樂壇的重型吉他音樂的癡迷。同時 Zappa 也是一位出色的諷刺作家，他的歌詞深奧難解，帶有一種邪惡的幽默感和荒謬感。然而這也是他的歌迷為之興奮之處，甚至在他跳躍式地不斷變換題材和口味時候也是如此。而且 Zappa 也可能是他那個時代最多產的錄音藝術家。在他自己的 Barking Pumpkin 公司他製作了近百張專輯。」

❷「音速青春」（**Sonic Youth**），爲1981年成立於紐約市的後龐克噪音團。是影響整個九〇年代年輕樂團和歌手最大的傳奇性樂團。極力擺脫搖滾或龐克音樂曲風的**Sonic Youth**，深受「地下絲絨」（**Velvet Underground**）電子噪音和硬蕊龐克的影響，加上前衛實驗的噪音，以及突如其來的不和諧調性、猛暴性的曲風轉變，都是**Sonic Youth**的註冊標準。他們最早的專輯是由英國在八〇年代最另類的廠牌「隨性交易」（Rough Trade）所發行，直到*Goo*這張專輯後，才讓他們眞正成爲成功的熱門樂團，美國獨立製片導演霍爾·哈特萊（Hal Hartley）在電影《簡單之人》（*Simple Men*, 1993）就以這張專輯裡的歌曲*Kool Thing*，拍了讓人噴飯的跳舞畫面；法國導演奧利維耶·阿薩亞斯（Olivier Assayas）也經常在他的電影裡選用他們的歌曲（如《迷離劫》〔*Irma Vep*, 1996〕、《我的愛情遺忘在秋天》〔*Fin août, début septembre*, 1998〕等），他們並爲他的電影《惡魔情人》（*Demonlover*, 2002）編寫電影原聲帶。

❸ 出生紐約長島富裕之家的路·瑞德（Lou Reed）在1964年因安迪·沃荷的協助，和曾在John Cage現場表演的英國樂手John Cale，以及來自歐洲不知所在的模特兒妮可（Nico）在1966年發行了「地下絲絨」（**Velvet Underground**）的首張專輯。這張專輯被戲稱爲「香蕉專輯」，雖然在當時沒有賣出多少張（而且被戲稱買的人都自己組了樂團，而且曲風深受其影響），卻在十幾年後成爲流行音樂史上最最經典（其中不少曲子包含了藥物、古怪突梯的性描寫等等），妮可在「香蕉專輯」之後，就開始自己的歌唱生涯，將她跟亞蘭·德倫所生的兒子阿里養成毒蟲，1988年從腳踏車上摔死，她曾主演法國實驗前衛導演 Philippe Garrel 多部電影，他於1992年拍了一部「妮可跟他」的自傳性虛構電影《餘音不再》（*J'entends plus la guitare*）。「地下絲絨」在1973年解散之後，路·瑞德完全變了樣，走上大衛·鮑依（David Bowie）的華麗搖滾路線、雙性的妖嬈打扮，歌曲涉及雙性戀、同性戀、變性人、藥物等等。八〇年以後，又搖身一變，成了異性戀的搖滾歌手，然後，就像現在，尋常的人，2003年年初他還發行一張唱艾倫·坡（Allen Poe）的詩的專輯*The Raven*，由《海邊的愛因斯坦》的劇場導演Robert Welson改編成音樂劇。1998年美國獨立製片最重要的導演Todd Haynes以他、鮑依、Iggy Pop、Marc Bolan和Brain Eno（**Roxy Music**）等人的形象和故事，拍了電影《絲絨金礦》（*Velvet Goldmine*）。而在接近1993年所出版的路·瑞德的傳記書中則提到他的父母爲了治療他的同性戀傾向，將他關進精神病院接受悲慘的電擊，隨後，將他電成了華麗搖滾的年代標誌：「雙性戀」。

⑭ 狄克（Dick）是英文男子名理查（Richard）的暱稱。

⑮ Liquorice Comfits：爲作者虛構的樂團。

⑯ 海蒂·賈戈（Hattie Jacques，1924-1980），爲英國女演員，爲諜報喜劇影集 Carry On 的女主角。

⑰ 「檸檬頭」合唱團（**Lemonheads**），由 Evan Dando 爲主唱 1984 年於美國波士頓組成的另類搖滾樂團，在九〇年代早期成爲媒體的寵兒，Evan Dando 爲時裝模特兒之子，長相俊帥在當時幾乎成了 X 世代的偶像代表，後因藥物過量而形象破敗，當時的偶像強尼·戴普也有相似的境遇。他們的成名來自翻唱蘇珊·薇格（Suzanne Vega）的冠軍單曲 *Luka*。Evan Dando 還出現在美國獨立製片電影《愛你的心》（*Heavy*, 1995），飾演麗芙·泰勒的男友。

⑱ 1955 年出生英國利物浦的皇帝艾維斯（Elvis Costello）被視爲是自巴布·狄倫之後最聰明、最有革命性和影響力的詞曲創作者。爲了輔助他文學性濃厚、辛辣的歌詞，他以截然不同的曲風完成歌曲，被稱之爲，他可以把整個搖滾音樂史的教科書拆了，隨時活用在他的歌曲上，其多變怪異的曲風，涵納了所有不同的類型。宏比的這本小說的原名 *High Fidelity* 就是取自他的一首歌名。

⑲ 維京多媒體大賣場（Virgin Megastore），是國際性的連鎖大唱片行，由 Richard Branson 所創，第一家 Virgin 唱片行於 1971 年開於倫敦牛津街開幕，1979 年第一家多媒體大賣場開幕，現在全英已有一百二十多家店。全世界最大的維京多媒體大賣場位於紐約的時代廣場，共三層樓，有細分的音樂類別和 DVD 等。

⑳ 丹娜（Dana Rosemary Scallon, 1951- ），一般也直接只稱之爲 Dana，本名爲 Dana Brown，出生北愛爾蘭，青少年時期跟愛爾蘭廠牌錄製單曲〈萬事萬物〉（*All Kinds of Everything*, 1970）成名，曾經進入英國排行榜第一，隨後她錄製不少單曲和專輯，以宗教性歌曲爲主。八〇年代她跟著丈夫遷居美國，開始有政治的活動，隨後回到愛爾蘭，成爲政治人物，在 2002 年選舉失利後，2005 年再度回到娛樂圈。

㉑ 「衝擊」合唱團（The Clash）出現的時間跟「性手槍」幾乎同時，一開始時還幫他們暖過場，隨後擁有同樣的「怪腳」經紀人 Malcom McLaren。**The Clash** 是英國最具有影響力的龐克樂團始祖之一。不同於「性手槍」的虛無，在社會政治上，**The Clash** 是理想主義的實踐派，他們常被視爲「法外之徒」——以實際行動，被關進監獄。而其音樂，在歌曲的風格上，遠比

「性手槍」來得有建設性 —— 雷鬼、疊錄和饒舌等。其代表作為*London Calling*。其兩大靈魂人物為Joe Strummer和Mike Jones。樂團於一九八六年解散。Joe Strummer隨後主演Alex Cox的西部牛仔片*Straight to Hell*（1987），並為Alex Cox的荒腔走板的傳記片*Walker*（1987）編寫配樂。他最出名的電影就是吉姆・賈木許（Jim Jarmusch）的《神祕火車》（*Mystery Train*, 1989），飾演一個在貓王發跡地曼菲斯被解雇、老是被叫做貓王、老是倒大楣的英國勞工。Joe Strummer於2002年底因心臟病突發過世。

㉒ 泰瑞・普拉希特（Terry Pratchett, 1948- ），英國奇幻小說家，著有著名的Discworld系列小說，此系列至今出版了二十八本，小說中充滿了幽默和慧點，是英國最流行的作家。

㉓ 蓋瑞與絲維雅・安德森（Gerry and Sylvia Anderson），為英國電視影集製作夫妻檔。以模型木偶主演的太空科幻片為內容，製作了一系列的電視影集，於六、七〇年代時風靡一時。台灣也曾於民國六十年左右開始引進。最著名的影集是《雷鳥神機隊》（*Thunderbirds*），《不死紅上尉》（*Captain Scarlet*）也是其中一個系列。後來安德森夫婦也有製作以真人演出的電視影集。
http://home.kimo.com.tw/leonchentvbs/

㉔ 雙色糖（Rhubarb and Custard），為一種酸酸甜甜的雙味糖，一邊是粉紅色有酸味的大黃根口味，另一邊是蛋黃色甜甜的蛋塔口味。

㉕ 「卡翠娜及搖擺」（**Katrina and the Waves**），為八〇年代的英國女子搖滾團體。*Walking On Sunshine*是她們1985年的冠軍曲。

㉖ *Little Latin Lupe Lu*為**Mitch Ryder and the Detroit Wheels**1965年錄的暢銷節奏藍調情歌，後來「正義兄弟」（**The Righteous Brothers**）也錄過。Mitch Ryder（1945- ）以在唱腔上受Little Richard影響而以低沉哀鳴的嗓音出名，而在舞台表演上則受詹姆斯・布朗的影響，跟他的樂團**The Detroit Wheels**於六〇年代中尾時期有幾張熱門歌曲，像是〈藍領惡魔〉（*Devil with a Blue Dress On*）等。

㉗ 《艾比路》（*Abbey Road*），為「披頭四」1969年發行的專輯，雖然比*Let it Be*還早發行，卻是他們最後的錄音，此專輯被視為「披頭四」的「天鵝之歌」，眾多爭論這是他們的最佳專輯。

㉘ 《救命！》（*Help!*）為美國導演李察・賴斯特（Richard Lester, 1932- ）於1965年所拍的「披頭四」電影，之前他們也合作拍了《一夜狂歡》（*A Hard Day's Night*, 1964）。

㉙《黃色潛水艇》（*Yellow Submarine*），是「披頭四」於1968年為George
Dunning導演的動畫所作的電影配樂，算是早期的動畫經典，讓「披頭四」
進入了年輕小孩的印象當中，一部如同《幻想曲》的手工動畫片。雖然其中
有些曲子並非「披頭四」的創作曲。

2

❶ 朱利安・拔恩斯（Juilan Barnes, 1945- ），被稱之為英國文學中生代三巨頭之
一（其他為馬丁・艾米斯〔Martin Amis〕和伊安・麥克尤恩〔Ian McEwan〕），
他是以後現代的技巧玩要最為出名的小說家，作品多變而充滿巧思，代表作
有《福婁拜的鸚鵡》（*Flaubert's Parrot*），以及*Talking it Over*及其十年後續
集*Love, etc*。

❷《溪畔》（*Brookside*），一般也稱之為*Brookie*，為英國「第四頻道」（Channel
Four）的金字招牌肥皂劇影集。從1982年11月開播以來，連演二十多年，
2003年11月播出完結篇。影集設定的地點為「披頭四」的家鄉利物浦，影
集由Phil Redmond開創，由Mersey電視台製作，每集播出的長度不一，從
三十分鐘到九十分鐘不等。此影集會如此歷久不衰的主因在於它以社會寫實
風格加上極有挑戰性的議題見稱，包括嗑藥、謀殺、亂倫、邪靈崇拜或家暴
等等。最新的《溪畔》影集還在製作當中。請參看：http:// www.museum.tv/
archives/etv/B/htmlB/brookside/brookside.htm

❸ 吉米與賈姬・寇克希爾（Jimmy and Jackie Corkhill），為英國電視影集《溪
畔》裡的夫妻，分別由Dean Sullivan跟Sue Jenkins主演。吉米・寇克希爾是
影集中最出名的角色，做過各式各樣的工作，因為嗑藥問題，不時跟妻子賈
姬爭執不休，關係幾近破裂。

3

❶ 羅伯・強生（Robert Johnson, 1911-1938），為藍調音樂史上最傳奇的名字。
其傳奇開始於他死的那一瞬間，二十七歲，二十九首遺留下來的錄音。傳說
包括：他的神乎奇技（特別是吉他）是和魔鬼換來的（「那麼好，那麼
快」）；他是被毒死的，因為一瓶威士忌等等。有關他的故事，如同想像編出
來的，由片片斷斷的浸泡著「傳說」的回憶所組成。如同很多早年黑人傳奇

爵士樂手一般，像小說家翁達傑（Michael Ondaatje）所寫古怪「傳記」小說 *Coming Through Slaughter*，描寫不曾留下任何錄音的爵士傳奇人物Buddy Bolden一樣，環繞著美國南方破敗貧窮的黑人景象、酒館綠燈戶的色情印象、強烈憤怒的情緒，音樂就是其本人、其身體相當具體的體驗。羅伯·強生的傳奇，就在他死時開始。

❷ 「嚎叫野狼」（Howlin' Wolf, 1910-1976），為藍調爵士的重量級人物──六呎三，三百磅。出生美國南方West Point，他父親以美國第二十一任總統為他命名，本名Chester Arthur Burnet，而現在他已經是美國歷史的一部分，人們會記得他遠遠超過這位第二十一任總統。他父親是農夫，他也是。早年在週日做禮拜時唱福音歌，直到十八歲，他父親買了一把吉他給他，同時遇見「三角洲藍調」（Delta blues）的傳奇大師Charley Patton教導他音樂，並一起演奏。1951年的首張錄製唱片，奠定了他的經典，那時他已經四十歲了。Howlin' Wolf以他的吉他飆勁出名，及其嚎叫的力道。

❸ 〈性愛癒療〉（*Sexual Healing*）為馬文·蓋（Marvin Gaye）的名曲。

❹ **Ziggy Stardus**，指的是大衛·鮑依的音樂專輯和他主演的電影，音樂專輯為1972年的 **The Rise & Fall of Ziggy Stardust**，電影則是鮑依自己主演的電影 *Ziggy Stardust and the Spiders from Mars*（1973）。電影已是小經典，而專輯則是華麗搖滾（glam rock）的代表。

❺ 《湯米》（*Tommy*），為「誰」合唱團（**The Who**）1969年發行的知名搖滾劇，1975年由英國最怪胎的導演肯·羅素（Ken Russell）拍成電影版，台灣上映時翻作《衝破黑暗谷》，就像最早年的巨型MTV，其中充滿了讓人目不暇給的場景和人物設計，像艾爾頓·強的銀邊大眼鏡，腳踏幾公尺的大鞋，安·瑪格麗特把電視遙控器丟向電視，電視湧出廣告中的罐頭豆子、巧克力，或是拿著針筒的吉普賽女王蒂娜·透娜，或是一群盲眼耳聾腳瘸的殘廢去供著瑪麗蓮·夢露的殿堂朝聖膜拜，隨著帶著夢露面具、裙子搖擺的女子前進，祈求耳聰目明。隨後則又有百老匯的音樂劇。搖滾歌劇，或是以搖滾架構史詩般的「小說」敘述，在當時已逐漸成形，包括「平克·佛洛依德」的 *The Wall*，還有Rick Walman最常被台灣布袋戲播放的《圓桌武士》（*Myths and Legends of King Arthur and the Knights of the Round Table*），或是 **King Crimson**、**Jethro Tull**、**Third Ear Band** 等樂團。

❻ 「佛萊明學」（Flemingology），指的是本小說男主角洛對自己一生傳記的說法，佛萊明（Fleming）為其姓氏。

❼《藍》(*Blue*)，爲瓊妮‧蜜雪兒1971年的專輯。哀傷、簡約而且美麗，是創作歌手最衷心的內在告白，直指內心的坦白，充滿詩意，有關愛與失落（或者說：愛的失落，以及失落的愛），濃濃罩著哀傷與寂寞的暗影。*Blue*，已是一張經典專輯。

❽ 大衛‧寇曼（David Coleman, 1926- ），爲英國BBC著名的電視運動節目評論員。原爲長跑選手，因爲腳傷退出運動場，於1954年加入BBC當新聞助理，隨後不久就成爲運動節目的主播。他經常主播奧林匹克運動會的實況，1984年開始主持運動機智問答節目 *A Question of Sport* 直到1997年，長達十八年之久。

❾ *A Question of Sport*，爲英國BBC電視台的運動機智問答節目（每次節目時間爲三十分鐘），從1970年1月至今。其運作方式如下，有兩隊不同運動的人馬，針對不同的機智問題做出回答。

❿ 約翰‧諾亞奇斯（John Noakes），英國BBC專爲六到十四歲兒童所製作的節目 *Blue Peter* 的演員。該節目從一九五八年至今，請參看網站：http://www.bbc.co.uk/cbbc/bluepeter/

⓫ 方‧度尼康（Val Doonican, 1925- ），出生愛爾蘭的歌手，經常出現在英國的電視秀。

⓬ 作者用英國的哈瑞‧洛德爵士（Sir Harry Lauder, 1870-1950）來命名。他是英國二十世紀初期極爲成功的歌手與演藝人員。

4

❶ 安迪‧克簫（Andy Kershaw），爲英國BBC第一和第四廣播台的著名節目主持人，其重要性就是引領世界樂到英國。身爲DJ，他也經常在節目中播放藍調、民謠、西部鄉村歌曲和非洲音樂等等。他並不著迷於流行音樂，而是竭盡心力於將他在音樂上的發現喜悅分享給他的聽衆。

❷《號外》(*Time Out*)，發行於倫敦的週刊，會有每週的各種娛樂活動細節、詳細的電影放映場地和時間表、音樂（專輯）表演的場地與時間等等最實用的資訊，會有簡潔的人物介紹或小特集，請參看網站：http://www.timeout.com/london/。紐約也有類似的週刊，稱之爲 *Time Out New York*（*TONY*）。

❸ 南西‧葛瑞芬（Nanci Griffith, 1954），出生於德州奧斯汀，十四歲開始在家鄉的俱樂部演唱，七〇年代晚期將她自稱的「山地民謠」（Folkabilly）風格

帶入鄉村音樂之都——納許維爾，成爲鄉村／民謠／流行混合樂風的新生代之一。

❹ 彼得‧佛萊普頓（Peter Frampton, 1950- ），生於英國肯特，是搖滾流行樂七〇年代的當紅炸子雞。1976年的專輯 *Frampton Comes Alive* 在美共賣出六百萬張，在全球各地賣出一千六百萬張，隨後他又在1995年出了 *Frampton Comes Alive* 續集。

❺《洛城法網》（*L.A. Law*, 1986-1994）爲八〇年代尾九〇年初最流行的電視影集，由Steven Bochco開創，主要環繞在洛城一家律師樓，以各式各樣的法律案件處理美國當時的文化和社會議題，是極具教育意味的電視影集。

❻ 蘇珊‧戴（Susan Dey, 1952- ），出生於伊利諾斯州的美國女演員，1970年芳年十七歲，沒有任何演出經驗但挑大樑主演電視影集《鷓鴣家庭》（*Partridge Family*, 1970-1974）裡的女兒角色，當時她開始患有嚴重的厭食症，唯一只吃得下胡蘿蔔，隨後經過治療，恢復健康，不過還是相當瘦。八〇年代尾到九〇年初，她再次以電視影集《洛城法網》受人矚目。曾因這個角色得到金球獎和艾美獎多次。

❼「現場直播」（*Going Live*）：英國BBC製作的週六晨間兒童節目。莎拉‧葛林（Sarah Greene）是其中一位主持人。請看網站http://www.paulmorris.co.uk/satkids/goinglive.htm

❽ *Sloop John B*：一首傳統民謠。其中最出名的翻唱就是美國衝浪壞男孩樂團「海灘男孩」（**The Beach Boys**），它唱著：

So hoist up the John B. sails, and scrub down all of the rails

Oh Captain please come aboard and sail me back home

The sloop John B. will sail the sea, for sure

Next time without me I wanna go home

❾「新浪潮」（new wave）是一個屬性不明確的音樂過渡期（約七〇年代末、八〇年代早期），唯一的共同點就是對流行音樂的喜愛。當龐克如火如荼地席捲歐美，過了一陣子之後，開始回復動作，一方面是依舊挑釁氣味、實驗風格濃重的後龐克，一方面則靠回流行樂多一點。新浪潮就是靠流行樂多一點，其中包括有比較邊緣的皇帝艾維斯、雷鬼流行的「警察」（**The Police**）、ska味道濃重的「瘋子」（**Madness**）合唱團和「特別」（**The Specials**）合唱團，或是古怪的**XTC**等等，不過隨後最常被認定爲新浪潮的樂團，大多是那些電子團，像**Spandau Ballet**、「杜蘭杜蘭」（**Duran Duran**）、「日本」

（**Japan**）等等，這個時期最大的推動力量就是 MTV 電視頻道一天二十四小時不斷地播放音樂錄影帶，拍攝音樂錄影帶變成最快速的知名途徑。「新浪潮」一般認定到了一九八四年時漸漸衰竭，代之而起的，就是現在所稱的另類音樂，像 REM、「史密斯」合唱團等以吉他為主，崛起於校園和地下樂迷，但音樂錄影帶，已經變成一種風潮，像「史密斯」和「寵物店男孩」（**Pet Shop Boys**）有幾部經典音樂錄影帶是由英國實驗氣味濃重的導演德瑞克・賈曼（Derek Jarman）所拍攝。

⑤

❶ 小型計程車（minicab）：倫敦的計程車有兩種，一種是正規的黑色計程車（black cab），但不一定是黑色，照表計費。另一種就是小型計程車（minicab），比較便宜，但需事先議價。

❷ 露絲博士（Dr. Ruth），為著名美國性愛學家。

❸ 「旋律電台」（Melody Radio），為英國每天播放二十四小時的音樂電台。

❹ 這裡玩弄了雙關語：soul，靈魂樂，也是靈魂的意思。

❺ blues：雙關語，藍調音樂，但作者這裡是指憂鬱的意思。

⑥

❶ 「電光交響樂團」（**Electric Light Orchestras**），1970 年成軍於英國伯明罕的多人樂團，成名於七〇年代，風格上企圖鎔鑄「披頭四」風的流行搖滾、古典樂的編排，以及未來派的偶像。樂團於 1988 年解散，領隊為 Roy Wood。

❷ 「國王唱片」（King Records），為 1943 年於美國俄亥俄州辛辛納堤由 Syd Nathan 所創的唱片公司，特別以鄉村音樂為主，當時還稱之為「鄉巴佬音樂」（Hilllbilly music），其廠牌名稱來自其廣告詞：「若是國王，那就是鄉巴佬，若是鄉巴佬，那就是國王。」它還有副廠牌叫做「皇后」，以非裔美國藝人 R&B 音樂為主。

❸ 奧提斯・瑞汀（Otis Redding, 1942-1967），為六〇年代最具影響力的靈魂樂歌手，他向大多數的樂迷示範了美國南方「靈魂（樂）深處」的強勁力道。死時二十六歲。

❹ 查克・貝瑞（Chuck Berry, 1926- ），出生於美國聖・路易斯城，本名 Charles

Edward Anderson "Chuck" Berry，為美國搖滾樂最偉大的先驅，精彩的吉他作曲歌手。約翰·藍儂甚至說：「要是你試圖給搖滾樂另一個名稱，你也許可以叫它『查克·貝瑞』。」他是最早將藍調風格轉成搖滾的音樂家之一，影響力甚大。

❺ 傑利·李·路易斯（Jerry Lee Lewis, 1935- ），出生於路易斯安納州Ferriday鎮的窮苦人家，為美國搖滾樂先驅和鄉村歌手，曲風獨特地混合了藍調、福音歌和鄉村樂。早年他的母親將他送到德州的聖經協會，希望他能唱歌頌揚上帝，但他故意隨著彈鋼琴唱的又跳又叫（boogie-woogie），於是被退學。多年後當年跟著他一起而被退學的同學問他：你彈的是惡魔音樂嗎？他回答說：「是的，我是。但怪哉，當年這樣的音樂讓他們把我踢出學校，現在他們在教堂就彈唱同樣的音樂。不同的是，我知道自己在為魔鬼又彈又唱，他們則渾然不覺。」離校後他開始偏向搖滾樂風，隨後他跟強尼·凱許（Johnny Cash）及貓王同為同一廠牌Sun唱片公司（位居田納西州的孟菲斯城）旗下的傳奇歌手。但他的表演經常極其瘋狂，站著彈鋼琴又搖又擺，隨著極其戲劇化的表演彈鍵盤，甚至還坐在鋼琴上彈鋼琴，貓王就說了，要是他也能那樣子彈鋼琴他就根本不用動嘴唱歌了。所以他被稱之為「搖滾樂的第一位偉大的狂人，同時也是搖滾樂的第一位博採眾長的大人物。」他的作風後來深深地影響了早年的艾爾頓·強。1957年他的歌曲 *Great Balls of Fire* 成為大熱門暢銷曲。雖其私生活一直很隱諱，但隔年1958年被報料他當時年已二十三歲的第三任妻子Myra Gate Brown其實兩人在她十三歲時結婚（Myra是他遠房表妹），而成為大醜聞人物。他整個人幾乎消失於音樂界。六〇年代某時期他雖然又復出，雖偶有歌曲進入暢銷榜，不過曲風已偏回鄉村樂。七〇年代路易斯整個狀態更是跌到谷底，隨著跟Myra於1970年離婚，他除了酗酒，患毒癮，十九歲的長子被殺，三歲的小兒子溺斃，還因為潰瘍流血差點致死。而其綽號「殺手」（The Killer），則因為1976年他拿槍指著他的貝斯手Butch Owens，他自認沒有裝子彈所以開槍，Owens中彈差點當場斃命，然而奇蹟地倖存下來。幾個星期後他又因為拿槍在貓王的住宅大門遭到逮捕，雖然是赴貓王的邀約，但安檢不知道有這回事，於是他大開玩笑說他跟守衛講他是來殺貓王的。1989年好萊塢根據他前妻Myra的傳記拍了路易斯的傳記電影《大火球》（*Great Balls of Fire*），由丹尼斯·奎德主演，再度讓他的音樂天才為世人所知。傑利·李·路易斯至今還經常巡迴演唱。當年的三大人物，在2006年上映的凱許傳記電影《為你鍾情》（*Walk* the Line）裡再次老調重「彈」。

❻ 凱特‧史蒂文斯（Cat Stevens, 1947- ），生於英國倫敦，瑞典母親，希臘父親，本名 Steven Demetre Georgiou。1966 年因一首創作曲 *I Love my Dog* 被 Decca 唱片公司簽約，取藝名 Cat Stevens。1968 年因為肺結核養病一整年，之後於 1970 年出版死亡氣息濃厚的專輯 ***Mona Bone Jakon***，不久又出版描寫棄絕摩登現代生活尋求精神領地的專輯 ***Tea For The Tillerman***，讓他成為最成功的民謠歌手，和詹姆斯‧泰勒以及卡洛‧金齊名。1973 年因為他的唱片賣得過好，被稅務局盯住，他逃到巴西，並將所有的稅金捐給慈善機構。他隨後的幾張專輯依舊熱門成功。就在 1977 年 12 月 23 日，他改信伊斯蘭教，取了一個阿拉伯名字 Yusuf Islam，娶了妻生了五個小孩，並在倫敦近郊成立一座穆斯林學校。在將近十年不見於唱片世界之後，在 1987 年因為伊朗總理何梅尼要獵捕《魔鬼詩篇》小說家魯西迪，Yusuf Islam 因為聲援死刑，被媒體拿來大做文章，媒體一致封殺播放他的所有成名歌曲，「一萬個瘋子」樂團（**10,000 Maniacs**）更臨時將專輯中翻唱向他致敬的一首歌拿掉。他自稱是被媒體操控的受害人。但他的歌依舊盛行，到 2000 年他以 Yusuf Islam 之名宣傳 Cat Stevens 的重發專輯。他更以 Yusuf Islam 出版了幾張阿拉伯 spoken words 專輯。

❼ 「霍爾與奧茲」二重唱（**Hall & Oates**）：1972 年到 1986 年賣座最佳的雙人檔（Daryl Hall 和 John Oates），曲風深受白人（藍眼）靈魂樂的影響。兩人的形象經常是金髮碧眼的 Daryl Hall，搭上黑捲髮、留八字鬍樣子的 John Oates。

7

❶ 「丁牆」（Dingwalls），位於肯頓的舞廳。

❷ 「電力舞廳」（Electric Ballroom），位於肯頓主街上的舞廳。

❸ 葛魯丘‧馬克斯（Groucho Marx, 1890-1977），本名 Julius Marx，美國著名喜劇演員。

❹ 巴比‧布蘭德（Bobby Bland, 1930- ）贏得他藍調的巨星地位，並非任何演奏樂器，而是他的嗓子。

❺ 珍‧奈特（Jean Knight, 1943- ），出生紐奧爾良的靈魂樂女歌手，*My Big Stuff*（1971）是她唯一大熱門的放克經典舞曲。

❻ 「傑克森五兄弟」（**Jackson Five**）：由傑克森五兄弟組成，七〇年代早期流行

音樂界最大的現象，由其中最小的弟弟麥可‧傑克森擔任主唱。

❼ 唐尼‧海威瑟（Donny Hathaway, 1945-1979）：是黑人靈魂樂在七〇年代最閃亮的新聲。三歲開始就跟著祖母在教堂唱福音歌，在哈佛念音樂，然後進入唱片工業，1970年出版第一張專輯 *Everything is Everything*，其中 *The Ghetto*（之前出過ep），至今仍是一首經典曲，同時也被大量嘻哈（hip-hop）藝人取樣（sampled）。就在他的璀璨生涯即將展開之時，於1979年1月13日他被發現死於路邊，在住所窗戶往下十五樓的位置，他跳樓自殺，死時年僅三十三。

❽ 席娜‧伊斯頓（Sheena Easton, 1959- ），出生於蘇格蘭，受到芭芭拉‧史翠珊在《往日情懷》的震盪，而立志於歌唱事業，是八〇年代當紅的流行歌diva，她最有名的，就是電影〇〇七某一集的主題曲 *For Your Eyes Only*，台灣的偶像劇《流星花園》裡也選放她的歌 *Almost Over You*。

❾ *Holiday* 出自瑪丹娜1983年的同名專輯，也就是她的首張專輯，樂評人在回過頭重新評價它時，確認了瑪丹娜迪斯可舞曲在主流流行樂還視之為禁咒的時候，就具有其diva地位，還有她強烈的個人風格。

❿ 柴契爾主義（Thatcherism）為英國前首相柴契爾夫人執政期間（1979-1990）諸多革新措施，對於其後中央政府「組織與員額」精簡體制影響至深且鉅，柴契爾夫人的改革理念與其革新體制統稱之為「柴契爾主義」（Thatcherism）。

8

❶ 蓋‧克拉克（Guy Clark, 1941- ），出生德州的鄉村／民謠歌手，喜歡將自己的形象比做木匠，對於歌曲總是鉅細靡遺仔細推敲，雖非大熱門歌手，只有數首擠入美國鄉村樂排行榜，卻是美國鄉村樂裡最受景仰的人物之一。

❷ 吉米‧戴爾‧吉摩（Jimmie Dale Gilmore, 1945- ），出生德州的鄉村／民謠／藍調／搖滾歌手，和高中密友 Butch Hancock 及 Joe Ely 合組了美國鄉村樂重要樂團 The Flatlanders。

❸ 彼得‧格林那威（Peter Greenaway, 1945- ），生於英國威爾斯新港的英國電影導演，早年受畫家訓練，於1965年開始在英國情報中心做電影剪接師，同時期拍了大量的個人實驗影片，直到1980年完成虛構的92個人物傳記片《姓弗的人略傳》（*The Falls*），取用92種不同視覺風格。格林那威已經是電影界最激進、以最多量的視覺速度和元素嚇唬觀眾的導演之一，以賈克賓戲

劇的結構和後現代的解構，格林那威總是在拍百科全書式的電影，他說：「我不覺得我們已經看過任何電影了，我認為我們只是已經看了一百年的圖解教科書。」「要是你想要說故事，去當個作家，而不是電影導演。」以遊戲的編排（如二十六個字母和希臘神話結合的《一加二的故事》〔*A Zed & Two Noughts*, 1985〕、英國田園景觀和死亡數數兒的《淹死老公》〔*Drowning by Numbers*, 1988〕）等各種點子的收集和排列，格林那威同時也製作過歌劇，個人在世界大城市所做的巨大展覽（名為：一百種呈現世界的物體），以及出版小說和個人視覺讀本等等。近年來他拍的電影包括有《廚師、大盜、他的妻子和她的情人》（*The Cook the Thief His Wife & Her Lover*, 1989）、《魔法師的寶典》（*Prospero's Books*, 1991）、《枕邊書》（*The Pillow Book*, 1996），以及《八又二分之一個女人》等等，他最新的電影為九十二隻旅行箱走過二次大戰戰亂之人類歷史的《塔斯魯波的旅行箱》（*The Tulse Luper Suitcases*, 2003-2005）。他於1999年離婚，賣掉威爾斯的房子，定居荷蘭。

❹「典範」合唱團（**The Paragons**），為六〇年代牙買加最紅的樂團之一，深受美國靈魂樂和牙買加三、四重唱的合音影響，因樂團的領導人物John Holt的走向，曲風轉向比較重型的搖滾，在牙買加和英國最流行的樂團之一，雖有大量的熱門曲，樂團本身依舊十分貧窮，導致隨後解散。他們所錄製的專輯不多，*Happy Go Lucky Girl* 出自他們1967年的首張專輯 *On the Beach with the Paragons*。

❺「耶穌和瑪莉之鍊」合唱團（**Jesus and Mary Chain**），為出生蘇格蘭格拉斯哥的樂團，深受紐約「地下絲絨」樂團的影響甚重，特別是龐克和噪音。1984年成立，1999年解散。雖然不曾位居熱門排行榜，但其音樂的衝擊強度卻難以等閒視之。讓他們終於在美進榜的單曲，就是由「迷惑之星」（**Mazzy Star**）主唱Hope Sandoval所唱的 *Sometimes Always*。

❻ 安‧派柏絲（Ann Peebles, 1947- ），生於美國南方東聖路易城，父親為牧師，她從小就在父親教堂的唱詩班。最大的轉變在於她來到孟菲斯城，在當地的酒吧演唱，約二十歲時就被靈魂樂重要唱片公司Hi Records簽約，她是美國南方靈魂樂七〇年代最好的女歌手之一。

❼ Merseybeat：英式的原創曲風，混合了美式搖滾、R&B以及英式skiffle（混合爵士與鄉村樂）。「披頭四」早年的專輯 *Please Please Me* 和 *Love me Do* 就是最典型的範本，同時他們也將之發展到極致。稱之為Merseybeat是因為來自「披頭四」家鄉利物浦的一條河流名Mersey。這個曲風由「披頭四」在約

1963年發展成形，隨後有不少流行團深受影響。

9

❶ 艾柏特‧金（Albert King, 1923-1992），美國黑人藍調吉他三王（King）之一（其他兩王爲B. B. King及Freddie King），本名Albert Nelson，出生於密西西比州的Indianola小鎮。原本爲棉花田農人，音樂的影響來他父親，童年時即在家族的教堂唱福音。1966年他跟Stax唱片公司簽約，次年出版他的傳奇專輯 ***Born Under A Bad Sign***，他最有名的是以左手彈吉他，隨後號稱搖滾吉他之王的Jimi Hendrix受其影響甚深。

❷ 艾柏特‧柯林斯（Albert Collins, 1932-1993），爲黑人藍調吉他歌手。他的樂迷給他取的小名叫做「冰人」（The Ice Man）。早年深受德州、密西西比和芝加哥藍調曲風影響。其音樂天才直到1983年才進入世界，以其專輯 ***Don't Lose Your Cool*** 得到W. C. Handy大獎，1985年獲得葛萊美獎，是極具影響力的吉他歌手（右手彈琴）。

❸ 米亞‧法蘿（Mia Farrow, 1945- ），爲美國重要的女演員之一，本名Maria de Lourdes Villiers Fallow，父親爲奧地利導演，母親爲愛爾蘭人，她頭一次領銜演女主角即在波蘭導演羅曼‧波蘭斯基執導的電影《失嬰記》（*Rosemary's Baby*, 1968），這部極其神經質的電影讓她一夕之間成名，本書提到她的短髮，指的就是她在《失嬰記》裡的造型，在片中她飾演一個被自己丈夫賣給魔鬼、懷上惡魔之子的瘦弱妻子，求救無門，對懷中的孩子既恐懼又飽受母愛之苦。就在拍《失嬰記》時她跟歌手法蘭克‧辛納屈結婚。米亞‧法蘿在八〇年代之後主演非常多部伍迪‧艾倫的電影，代表作有《漢娜姐妹》跟《開羅紫玫瑰》等等，兩人形同夫妻但沒有結婚。當艾倫跟他們未成年的養女順儀（Soon-Yi）發生關係時，兩人的狀態進入長期的訴訟，艾倫隨後娶了順儀。而米亞繼續擁有小孩撫養權。到1994年除了跟前兩次婚姻及伍迪‧艾倫所親生的四名子女之外，米亞‧法蘿還領養了近十名的子女。

❹ 《相見恨晚》（*Brief Eucounier*），爲英國導演大衛‧連1945年的電影。由希莉雅‧強森（Celia Johnson）和佛霍華德（Trevor Howard）主演。改編自Noel Coward的1936年舞台劇本《平靜的生活》（*Still Life*），得到該年坎城的金棕櫚大獎。爲描寫兩個已婚、有小孩的中年男女相戀，最後選擇分離的電影。

1⓪

❶ 克里薩斯（Croesus），為里底亞（Lydia）的末代國王（約西元前五六〇至前五四六在位）。他使小亞細亞的希臘人臣服，並將王國版圖從愛琴海向東擴展至哈利斯河。他靠征服掠奪的財物和擁有的礦產而成巨富。

❷ 埃洛·弗林（Errol Flynn, 1909-1959），為澳洲籍電影演員、偶像明星，大多在電影中扮演英雄人物，尤其擅長西洋劍，代表作為《俠盜羅賓漢》（*The Adventures of Robin Hood*, 1938）。

❸ 克里夫·詹姆斯（Clive James, 1939- ），生於澳洲雪梨的英國作家，著名的當代文化與電視評論。

❹ bonkus mirabilis：這是作者自己創造的字。bonk 是英國俚語中 fuck 的意思，他把字尾加上 us 讓它看起來像拉丁文。Mirabilis 是拉丁文中 wonderful 的意思，指的是「美好的、美妙的」。兩個字合起來指的就是 great fuck。但他故意寫成看起來像拉丁文的樣子，感覺上沒有那麼粗俗。

❺ 佩西·克萊恩（Pasty Cline, 1932-1963），為美國流行音樂最具有影響力的鄉村樂女歌手，本名 Virginia Patterson Hensley，克萊恩（Cline）來自她第一任丈夫的姓。1961 年六月佩西·克萊恩出了車禍，她整個人被撞出擋風玻璃，幾乎斃命。兩年後，她死於飛機失事，年僅三十。開飛機的機長是她的經紀人，隨機去世的還包括三位鄉村音樂歌手。而另一位鄉村樂歌手 Jack Anglin 在前往她葬禮的途中因車禍而斃命。

❻「煙槍牛仔」合唱團（**Cowboy Junkie**），1985 年在加拿大多倫多成軍的四人樂團，曲風偏向鄉村／民謠傳統。早年的運氣相當不順，但在 1988 年他們在廢棄的教堂，以一隻麥克風，只花了二百五十美金搞定錄音的專輯 *The Trinity Session*，卻讓他們一夕之間成名。這張經典專輯翻唱了不少老歌，包括像貓王的 *Blue Moon*，等。「煙槍牛仔」隨後的曲風皆節奏相當緩慢、有氣無力，吉他彈得懶洋洋，而聲音迷人的主唱 Margo Timmins 則唱得相當無動於衷的樣子，有點像「迷惑之星」（**Mazzy Star**）樂團的女主唱 Hope Sandoval。

❼《皮威赫曼》（*Pee Wee Herman*），皮威其實是由 Paul Reubens 創造出來的人物，此為深受美國人喜愛的電視影集，拍《火星人入侵》、《陰間大法師》、《剪刀手愛德華》、《愛德·伍德》等片的導演提姆·波頓的處女電影就是《皮威歷險記》（*Pee-wee's Big Adventure*, 1985），本片已經是一部小經典電影。

❽ 希斯・羅賓森（Heth Robinson），為1872年出生的英國插畫家與紙上發明家。以繁複精細的機器插畫最為人所知。卒於一九四四年。

❾ 約翰・厄文（John Irving, 1942-），為美國當代深受讀者和書評人喜歡的小說家之一，作品多細膩於命定的生命軌跡，並於其中充滿不可知的變數。他的幾本小說多為厚度很高，而娛樂性也跟其厚度一樣高。代表作有《心塵往事》、《寡居的一年》等。

❿ 查理・瑞奇（Charlie Rich, 1932-1995），「銀狐」查理・瑞奇是美國二次大戰以來評價最高也最逸出常軌的鄉村樂歌手。其音樂生涯起於五〇年代他還在美國空軍時期，經常有意將鄉村樂、爵士、藍調、福音和靈魂樂鎔鑄在一起。這位長達四十年的長青樹，至少有四十五次進入熱門鄉村樂排行榜。*Behind Closed Doors*出自他一九七三年的同名專輯。

⓫ 曼卡諾（Meccano），為1901年由Frank Hornby（1863-1936）所發明，由英國曼卡諾公司經營（1908-1980）建構玩具，有點類似樂高積木遊戲。

⓬ *Biggles*，為英國作家Captain William Earl Johns（1893-1968）所創作的一系列小說與短篇，主角James Bigglesworth是一名飛行員兼地下情報員，Biggles是他的暱稱。

⓭ *ABC Minors*，為英國早年於星期六早晨在電影院專門放給兒童與青少年看的電影。

⓮ 萊爾・勒維特（Lyle Lovett, 1957-），為美國著名的鄉村樂歌手，曾得過四座葛萊美獎，茱莉亞・羅勃茲不知多少個前的前夫。曾在阿特曼的電影裡演出幾個怪異的角色，如在《銀色・性・男女》（*Short Cuts*, 1993）裡演出個性古怪的麵包師傅。

11

❶《吉納維芙》（*Genevieve*），為1953年出品的英國喜劇電影，由Henry Cornelius導演，描寫兩個好友開著各自的名貴車競賽的故事。吉納維芙為其中一輛車的名字。

❷《殘酷之海》（*The Cruel Sea*），為1953年出品，描寫英國二次大戰海軍艦艇的戰爭電影，改編自蒙薩拉特（Nicholas Monsarrat）的小說，由Leslie Norman導演。

❸《祖魯戰爭》（*Zulu*），為根據歷史、描寫英軍在南非殖民地跟當地祖魯人的

戰爭的電影，1964年出品，由Cy Endfield導演，米高‧肯恩首次演出。片中有大量不合史實的描寫。

❹《我的腳夫》（*Oh! My Porter*），為1937年出品的英國喜劇片，由巴黎出生的導演Marcel Varnel導演。被視為是典型英式幽默的喜劇電影。Oh! My Porter為傳統音樂劇歌謠。

❺《往日情懷》（*The Way We Were*），為芭芭拉‧史翠珊和勞伯‧瑞福主演的1973年電影，由薛尼‧波拉克（Sydney Pollack）執導，在三〇年代大學時期相戀的一對情侶，因為彼此政治理念的不同而導致分手，多年後他們再度重逢。由芭芭拉‧史翠珊唱的主題曲極為流行。

❻《妙女郎》（*Funny Girl*），為1968年出品的音樂劇電影，近乎傳記的描寫百老匯歌舞明星Fanny Brice的生平。由Bob Merrill作詞，Jule Styne譜曲，由芭芭拉‧史翠珊和奧瑪‧雪瑞夫主演，芭芭拉‧史翠珊還因為本片得到奧斯卡最佳女主角。

❼《七對佳偶》（*Seven Brides for Seven Brothers*），為1954年出品的音樂歌舞片，由Johnny Mercer作詞，Saul Chaplin與Gene de Paul譜曲，Michael Kidd編舞，Stanley Donen導演，改編自Stephen Vicent Benét的短篇小說，為「速」配的婚姻喜劇。

❽卡茲威爾（Catweazle），英國七〇年代的電視影集。主角Catweazle是十一世紀的魔法師，但無論如何努力，他的法術就是不成功。

❾肯尼斯‧摩爾（Kenneth Moore），為英國演員，他是電影《吉納維芙》的男主角。

❿這是個玩笑話，這兩部電影皆改編自E. M.佛斯特（E. M. Foster）的小說，有相同的製作群，甚至相類似的演員和情節，但兩者之間，頂多只有上一本下一本小說，以及上一部下一部電影的差別。

⓫莫謙特－艾佛利（Merchant-Ivory），為著名電影雙人檔，製片伊斯瑪‧莫謙特（Ismil Merchant）和導演詹姆斯‧艾佛利（James Ivory）組成的電影公司。再加上他們長期小說家出身的編劇Ruth Prawer Jhabvala，形成鐵三角。他們經常改編描寫英國二次大戰之前的上流社會，那種溫吞的情感流動，大多出自文學作品，包括有改編亨利‧詹姆斯（Henry James）的《歐洲人》（*The Europeans*, 1979）、《波士頓人》（*The Bostonians*, 1984）、《金色情挑》（*The Golden Bowl*, 2000），E.M. 佛斯特的《窗外有藍天》（*A Room with a View*, 1986）、《墨利斯的情人》（*Maurice*, 1987）、《此情可問天》（*Howards*

End, 1992），或是編劇 Ruth Prawer Jhabvala 的成名小說《熱與塵》（*Heat and Dust*, 1983）、珍‧萊斯（Jean Rhys）的《四重奏》（*Quartet*, 1981）、石黑一雄（Kazuo Ishiguro）的《長日將盡》（*The Remains of the Day*, 1993）等等。

⓬ 丹尼斯‧泰勒（Dennis Taylor），為北愛爾蘭出身的英國撞球名人，眼鏡和暴牙是他的註冊商標。

12

❶ 在電影《霸道橫行》當中，一群人決定結夥搶珠寶，但策畫人為了不讓彼此洩漏彼此的真名和來歷，所以每人都用一個顏色來命名。像哈維‧凱托是白先生、提姆‧羅斯是橘先生。至於什麼顏色先生殺了什麼顏色先生，則為土黃（泰倫提諾主演）被路人意外射中頭，死於腦傷；粉紅先生為警察逮捕；金先生在虐待警察時為橘先生射殺；橘先生在搶車時誤中槍，電影一開始就躺在血泊當中，直到片尾他告訴為他鋌而走險中槍的白先生他是臥底警察，而為白先生射中頭斃命；而白先生則在片尾為警察射殺。

13

❶「超脫」合唱團（**Nirvana**），為美國九〇年代最讓人不可置信、立即成名的另類音樂團，其主唱 Kurt Cobain 在一夕之間成了青少年的偶像。樂團於1987年成立，將龐克、後龐克和獨立搖滾推向美國主流，是前所未見的傳奇例子。當他們於1991年發行第二張專輯 *Nevermind* 時，一切就這樣發生了。Kurt Cobain 在演唱會時總是努力地推銷他自己最愛的樂團，像是七〇年代的傳奇女子龐克團 **Raincoats**，或是鄉村硬蕊的 **Meat Puppets** 等，現場更是以後工業噪音和重金屬的強勁，加上主唱 Kurt 憤怒陰鬱的歌詞，他將原本相當地下的 grunge 曲風帶進了主流。就在1994年4月5日，長期有憂鬱症、毒癮和自殺傾向的 Kurt Cobain，在西雅圖的豪宅舉槍朝自己頭開了一槍身亡，屍體到了八日因為觸及電線，保全人員到場才發現。他的死因眾說紛紜，特別是他老婆 Courtney Love 的父親隨後出版專書指稱自己的女兒派殺手暗殺他，好奪取大量的遺產。Courtney Love 這位一夕之間成為富婆的女子龐克樂團 **Hole** 領導人，則死命將 Cobain 的一切占為法定持有人，所以 **Nirvana** 樂團本身就隨著他那一槍一起「喪命」。其中團員 David Grohl 組了新團「幽浮一

族」(**Foo Fighters**)。1998年英國導演Nick Broomfield追蹤調查,拍了駭人聽聞的紀錄片《搖滾風暴》(*Kurt & Courtney*)。Kurt Cobain的日記則拖到了2002年才出版。英年猝死的Kurt Cobain,已被類比六〇年代同樣英年猝死的傳奇人物Jimi Hendrix、Janis Joplin以及Jim Morrison。

❷ 號稱鄉村搖滾之父的葛萊姆·帕森斯(Gram Parsons),就像Tim Buckely以及其子Jeff一樣,都是英年早逝的傳奇人物。1946年生於佛羅里達州Winter Heaven鎮,本名Cecil Ingram Connor,他的外祖父是柑橘田占全佛羅里達州三分之一的大地主。其父親在他十二歲時自殺,母親改嫁Robert Parsons,於是他改了姓名,成了Gram Parsons。在九歲時貓王到他就讀的小學表演,當下,他就決定要當音樂家。就在他高中畢業當天,他母親死於酒精中毒。畢業後,他在哈佛就讀,但花時間在玩音樂遠超過坐在教室。早年是「飛行玉米捲兄弟」(**Flying Burrito Brothers**)的重要成員之一。1972年出版他的第一張個人專輯 *G. P.*。第二年夏天,他開始錄製他的第二張專輯 *Grievous Angel*,因為之前和「滾石」合唱團成為密友之後,滾石的毒蟲們將他推進藥物世界當中,就在專輯錄製完成不久,他到加州的Joshua Tree國家紀念館附近旅行,隨伴大量酗酒和嗑藥,就在1973年9月19日暴斃。依照其家人計畫,屍體將運回紐奧爾良下葬,他的經紀人卻依其遺言將屍體偷走,帶回他所死的Joshua沙漠火化,灰燼隨風飄散在沙漠當中。雖無法確認他偷了屍體,法院卻以他偷棺材並將之焚毀逮捕。Gram Parsons自己則沒有看見他的新專輯發行。他的傳奇直到兩個年代之後不斷地茁壯,他將搖滾和鄉村樂兩者膠融成了先驅。當年和他合作的女歌手愛美蘿·哈里斯(Emmylou Harris),以及隨後英國被視為最有創作才華的皇帝艾維斯都受他的影響甚鉅。

❸ 從原文看來,宏比所指的可能不只是哪一單一樂團的哪一單一第一面第一首。根據All Music Guide所列的,第一面第一首的*Fire Engine*,包括有**Big Fish Ensemble** 1992年的專輯 *Field Trip*;紐約吉他傳奇團「電視」(Television)團員Richard Lloyd於1987年單飛的現場演唱專輯(被喻為最佳的現場專輯之一)*Real Time*的第一面第一首,他翻唱美國最具原創之迷幻搖滾(acid-rock)「第十三樓電梯」樂團(**13th Floor Elevators**)的同名歌;這首歌也收在「第十三樓電梯」1968年的現場演奏會專輯 *Live: I've Seen Your Face Before*,第一面第一首。

❹ 這裡所指的Creation可能是英國80、90年代獨立音樂界的重要廠牌。其所發行的樂團,包括有**Weather Prophets**(Peter Astor)、**Primal Scream**、**Felt**、

Felt、**My Bloody Valentine**、**Momus**、**Slowdive**等等，和 Cherry Red 以及 el 或 4AD 都是當時相當重要的廠牌。

❺ 安娜・尼歌（Anna Neagle），爲從四○年代到六○年代著名的英國女星。

❻ 此處指的是加拿大著名小說 *Anne of Green Gables*，中文書名是《清秀佳人》。

❼ 安娜・康達（Anna Conda）與 anaconda 同音，後者指的是南美洲產的大蟒蛇。

❽ Moss 是苔蘚的意思。

❾ 因爲蘿拉姓萊登（Lydon），lie-down（躺平）與 lied-on（被躺上去）的發音聽起來都有點類似。

14

❶ 這裡所指的，有可能是宏比的筆誤，或是故意虛構，其實有個叫「色盲詹姆斯體驗」（**Colorblind James Experience**）的紐約團，曲風如同雞尾酒，什麼都混那麼一點，其中還包含古怪的幽默，以及馬戲團般的喜氣。這個團名的取法，就像另一個紐西蘭清新民謠團「沙特經驗」（**Jean-Paul Sartre Experience**）一樣。席德・詹姆斯爲英國著名的喜劇電影演員，最後死在舞台上。

❷〈巴比・珍〉（*Bobby Jean*）出自布魯斯・史普林斯汀（Bruce Springsteen）1984 年暢銷冠軍專輯《生在美國》（***Born in USA***）；〈雷聲路〉（*Thunder Road*）出自他 1975 年的專輯《天生勞碌命》（***Born to Run***）。

15

❶ *I Want to See the Bright Lights Tonight* 是英式民謠夫妻檔 **Richard & Linda Thompson** 在一九七四年發行的專輯名，其中有一首歌的歌名就叫做：*Has He Got a Friend for Me?*

❷ 李歐・塞爾（Leo Sayer），1948 年出生、六○年代組過搖滾樂團、到七○年代早期真正崛起英國的歌手，是相當出名的流行歌星。他有一頭蓬蓬的捲髮。

❸「鮑伯・威爾斯與德州花花公子」（**Bob Wills and the Texas Playboys**）：鮑伯・威爾斯爲號稱「西部搖擺（Western Swing）之王」的鄉村歌手。**The Texas Playboys** 是他的樂隊。代表作有 *I Ain't Got Nobody*。

❹ 桃樂絲‧黛（Doris Day, 1924- ），本名 Doris Mary Ann von Kappethoff，生於俄亥俄州的 Evanston 鎮，為德裔。取名桃樂絲是因為她母親喜歡默片演員 Doris Kenyon。她一開始是個舞者，隨後因為腳受傷，開始展開歌唱事業，將姓改為 Day 是肇因她所唱的一首歌 *Day after Day*，不過她本人並不喜歡，覺得太像脫衣舞孃的名字。桃樂絲‧黛最出名的歌曲是她為希區考克的電影 *The Man Who Knew Too Much* 所唱的主題曲 *Whatever Will Be*（Que Seráá, Será），1959 年起她跟洛‧赫遜（Rock Hudson）合演浪漫性喜劇《枕邊細語》而極為成功，隨後兩人還合演了其他兩部同樣逗笑的喜劇電影，*Lover Come Back*（1961）以及《名花有主》（*Send Me No Flowers*, 1964），兩人成為終生好友。她是極為流行的女歌手和喜劇明星。

16

❶ *Fireball XL5*：為英國電視製作人安德森夫婦（《雷鳥神機隊》）製作的另一木偶科幻影集。

❷ 道格拉斯‧赫德（Douglas Hurd），為英國著名政治人物，歷任駐北京、聯合國、羅馬外交官，北愛首長，英國外相。同時也是一名作家。

❸ 大衛‧歐文（David Owen），英國政治人物。一九八一年離開工黨成立社會民主黨，並擔任黨魁多年。於一九九二年引退。

❹ 尼可拉斯‧維雀爾（Nicholas Witchell），英國國家廣播公司（BBC）的著名主播。

❺ 凱特‧艾蒂（Kate Adie），英國國家廣播公司（BBC）的著名戰地特派員，對於私人生活高度保密。

❻ **Booker T and the MGs**：Stax-Volt Records 六〇年代的當家樂團（house band）。主要成員有以 Booker T. Jones 為主的四人，**MGs** 是指他們後面的樂團 **The Mar-Keys**。

❼ 艾爾‧葛林（Al Green），美國靈魂樂大師，得過八次葛萊美獎，並於 1995 年入選搖滾樂名人堂，同時是一名牧師。後面提到的 *Sha La La*（*Make Me Happy*）是他的歌曲。

❽ Hi Label，即為 Hi Records。為位居美國德州孟菲斯的唱片廠牌，主要錄製出品黑人靈魂樂。在六〇和七〇年代極為成功，而且極具影響力。最具國際知名度的歌手為艾爾‧葛林和安‧派柏絲（Ann Peebles）。1970 年當老闆 Joe

Coughi去世時，由音樂家兼製作人Willie Mitchell接手經營，主要都在他的Royal Recording錄音室錄音。

17

❶ 這裡所指的電影是張藝謀導演的《大紅燈籠高高掛》（1991）。

❷ 維吉妮雅‧巴特莉（Virginia Bottomley），為英國保守黨國會議員。

18

❶「麥迪遜廣場公園」（Madison Square Garden），簡稱MSG或是直接稱之為The Garden。為紐約市的大型表演場所，目前在紐約有四家（其表演活動不只是音樂演唱會而已）。其命名即來自最早皆位居麥迪遜廣場附近。於1968年開幕演出。其最著名的表演活動為911過後的大型慈善演奏會，以及約翰‧藍儂於1980年被槍殺身亡前最後的一場演唱會。

20

❶ Papa Abraham and the Smurfs，正確團名應該是 **Father Abraham and the Smurfs**。來自荷蘭，於七〇年代晚期在歐洲造成轟動的團體。他們用尖銳、裝瘋賣傻的方式唱當時的流行歌。他們有幾首口水歌曾登上英國排行榜。

❷「織工酒館」（The Weavers Arms），為倫敦歷史悠久的知名民謠音樂現場表演場所。

21

❶ 施維雅‧席姆斯（Sylvia Sims），英國女演員，活躍於六〇年代。她曾演出電影《蘇絲黃的世界》的女配角。

❷「湯姆‧羅賓森樂團」（**Tom Robinson Band**），為七〇年代的龐克團，靈魂人物Tom Robinson的政治議題和立場鮮明，像是他的歌 *Glad To Be Gay* 或 *Right On Sister* 等，或是他們經常出席「搖滾對抗種族主義」的演唱會。Stiff Records的老闆Jake Riviera說其音樂為fucking queer music。他們的單曲專輯

隨後由EMI發行。1977年樂團發行單曲，1979發行的張專輯*Power In the Darkness*，暢銷榜曾排行第四，樂團於1979年拆夥解散。在《失戀排行榜》小說的情節裡正好是小說主角洛跟查理有關係的年份。

❸ 此處的原文是 "right up my street"，意思是「正合我的口味」，但字面直譯的意思是「在我的街上」。

❹ 肯德老街（Old Kent Road），大富翁遊戲倫敦版上最便宜的街道。

❺ 公園道（Park Lane），位於倫敦市中心，是高級飯店、住家聚集的地區。

❻《費城故事》（*The Philadelphia Story*），為喬治‧庫克1940年導演的經典名片，改編自菲利普‧巴瑞（Philip Barry）的同名浪漫荒唐喜劇（screwball comedy），由原本的舞台劇女主角凱薩琳‧赫本擔綱，環繞兩大男名星卡萊‧葛倫（Cary Grant）和詹姆斯‧史都華（Jimmy Steward），以赫本主演的富家女崔西‧羅德為中心，在她即將再婚前夕，她的前夫（葛倫主演）前來「攪局」，加上八卦雜誌*Spy*派出記者（史都華）想要寫挖內幕的專訪，卻意外愛上崔西，在赫本如刀子嘴般的尖銳機智，和滾雪球與打乒乓球的對白加上荒謬情境（幾個角色曖昧不清的情感糾紛），《費城故事》榮獲當年奧斯卡最佳男演員（史都華）和最佳改編劇本。導演喬治‧庫克（George Cukor, 1899-1983），出生於美國紐約市的重要電影導演，為匈牙利猶太移民，cukor在匈牙利文意思為「糖」（sugar）。他是影史上極為經典的導演，號稱「女人的導演」，亦即他最擅長於使用女演員跟有關女性議題的電影。其經典電影包括由凱薩琳‧赫本主演的《費城故事》、嘉寶主演的《雙面女郎》（*Two Faced Woman*, 1941）、英格麗‧褒曼主演的《煤氣燈下》（*Gaslight*, 1944），及眾女明星雲集的《仕女圖》（*The Women*, 1939）等等。

❼ 凱薩琳‧赫本（Katharine Hepburn, 1907-2003），為美國當代最重要而且也最特立獨行的女明星（電影和舞台）。曾入圍十二次奧斯卡，四次得獎。在1999年美國電影協會所選的百大名單中，赫本在美國影史最佳傳奇名單裡排行第一。其代表電影甚多，最經典的為約翰‧休斯頓導演的《非洲皇后》（*The African Queen*, 1951），她跟同樣出名的奧黛莉‧赫本並沒有特別的關係，不過她們的確是隔了十九代的遠房親戚。2004年美國導演馬丁‧史柯西斯拍了有關霍華‧休斯（Howard Hughes）的史詩傳記片《神鬼玩家》（*The Aviator*）時，有點過於渲染她跟休斯的關係（他們一度是情人）。澳洲女演員凱特‧布蘭琪飾演凱薩琳‧赫本，精彩的演出讓她得到奧斯卡最佳女配角。

❽《若達》（*Rhoda*），七〇年代的美國電視影集，是著名影集《瑪莉‧泰勒‧

摩爾秀》（*The Mary Tylor Moore Show*）的姊妹影集。由維樂莉‧哈波演出主角若達‧摩根史坦。她先是扮演瑪莉的鄰居，後來主演續集。

❾ 暈眩葛拉斯比（Dizzy Gillespie, 1917-1993），美國著名爵士小喇叭手，咆勃（Be-bop）爵士樂風的開山始祖，也是拉丁爵士的創始者。Dizzy是他的外號，指他的演奏讓人目眩神迷。

❿ 約翰‧麥卡錫（John McCarthy）是英國電視記者，一九八六年時在貝魯特遭到綁架做為人質長達五年。吉兒‧莫瑞爾（Gill Morrell）當時是他的未婚妻。他們於一九九四年出版自傳《另一道彩虹》（*Some Other Rainbow*）。

⓫ 「慟哭者」樂團（**The Wailers**），為雷鬼之父巴布‧馬利（Bob Marley）的後台樂團。

22

❶ 「麂皮」合唱團（**Suede**），為英國九〇年代最重要也最流行的樂團之一。帶動近十年的Britpop音樂風潮。被視為跟八〇年代的「史密斯」樂團、七〇年代的「羅西音樂」（Roxy Music）一樣深具影響力。樂團於1989年在倫敦成立，靈魂人物為主唱Brit Anderson。第一張同名專輯於1993年發行，成為大熱門專輯。幾經變遷，團員更動，樂團已於2003年年底前解散。因為美加地區也有個同名樂團，所以在美加兩地將團名改為The London Suede。

❷ 「作者」合唱團（**The Auteurs**），1992年由Luke Haines組成的英國樂團，首張專輯 *New Wave* 於1993年發行，樂風則接近「麂皮」合唱團的Britpop，隨後跟舞曲混音師 μ-Zip 合作，樂風丕變，轉向techno和浩室舞曲（house），樂團於1999年發行第四張專輯 *How I learn to Love the Bootboy* 後接近解散。Luke Haines跟兩位不同的樂手合作了「黑盒子飛行記錄器」（**Black Box Recorder**）的專輯。2001年發表了他的個人首張專輯。

❸ 「聖埃蒂安」合唱團（**St Etienne**），正確團名樂實是 **Saint Etienne**，成立於1989年的英國電子樂團，由一女二男組成（Pete Wiggs、Bob Stanley及Sarah Cracknell），團名取自法國著名的足球隊 A S Saint-Étienne。深受六〇年代搖滾影響，加上舞曲的節奏，為Indie後迷幻浩室（post acid-house）舞曲的代表團。

❹ 這是尼克‧宏比所開的玩笑，巴瑞鎮是愛爾蘭小說家魯迪‧道爾（Roddy Doyle, 1958- ）早年三本小說（「巴瑞鎮三部曲」*The Barrytown Trilogy*）的虛

構小鎮，位於都柏林郊區。三部曲都環繞在 Jimmy Rabbitte 一家人的故事，首部《追夢者》（*The Commitments*），由英國導演亞倫·派克（Alan Parker）1991 年拍成電影，描寫 Rabbitte 家兒子及一群年輕人在險惡環境下玩樂團的故事。二部 *The Snapper* 於 1993 年由《豪華洗衣店》、《危險關係》的英國導演史蒂芬·佛瑞爾斯（Stephen Frears）改編成電影，描寫 Rabbitte 家女兒未婚生子的故事，三部 *The Van* 於 1997 年也由史蒂芬·佛瑞爾斯拍成電影，描寫 Rabbitte 家爸爸開著炸魚薯條車做生意的故事。出生都柏林的魯迪·道爾，是愛爾蘭現在最知名的小說家，在台灣已有中譯的有得布克獎的《童年往事》（*Paddy Clarke Ha Ha Ha*）以及隨後 BBC 改編成電視影集的《撞上門的女人》（*The Woman Who Walked into Doors*）。在巴瑞鎮三部曲之後，他已經寫了另一套連續小說，已經出兩本由 Henry Smart 為主角的小說集，另外他還寫了三本童書。

❺ 史提利·丹樂團（**Steely Dan**），為 1972 年成立於美國洛杉磯、由 Walter Becker 和 Donald Fagen 組成的樂團，團名取自威廉·S·波羅（William S. Burroughs）的小說 *Naked Lunch*。以其帶著反諷氣味的幽默和辛辣的歌詞知名，深受樂評人極高的評價。其曲風偏向爵士、傳統流行樂、藍調和 R&B。其最有名的歌就是 *Walkin' In The Rain*。樂團雖於八〇年代早期解散，兩人各自單飛出版個人專輯，但 1993 年兩人再度聯手，總是 Donald Fagen 的專輯由 Walter Becker 製作，或者反過來。2000 年以此樂團名義發表專輯 ***Two Against Nature***，於 2001 年的葛萊美獎上奪得「年度最佳專輯」、「最佳流行重唱團體」和「最佳流行演唱專輯」三項大獎。

23

❶ *Brown Sugar*，為「滾石」合唱團的歌。

❷ *Hi Ho Silver Lining*，為英國歌手／電吉他手 Jeff Beck 的歌曲。這是他 1967 年首張專輯的同名單曲。

❸ 唐諾·費根（Donald Fagen），為「史提利·丹」樂團的靈魂人物之一。樂團解散後，他的首張 solo 專輯 ***The Nightfly***，是一張極具經典性的專輯，充滿甘乃迪年代的懷舊氣氛，浪漫卻不多愁善感。專輯雖然相當成功，但他卻陷入瓶頸，直到十年後，1993 年，才出版第二張 solo 專輯 ***Kamakiriad***，由「史提利·丹」樂團另一個靈魂人物 Walter Becker 製作，兩個人又在一起了。

❹ 小華特（Little Walter, 1930-1968），本名Marion Walter Jacobs，芝加哥藍調大將，可說是戰後藍調口琴第一人。他用無與倫比的熱力將口琴的音色表現得淋漓盡致，暢快而驚人。小華特1930年5月1日出生於洛杉磯，後在路易斯安那州的鄉間成長，十二歲就因嚮往紐奧良而離家，一路晃蕩北上，終於在十六歲時到達芝加哥——這個即將給予他閃耀發光舞台的城市。小華特最著名的搭檔是擁有迷人嗓音的Muddy Waters，兩人合作始於1948年，激發的能量火花至今仍令人炫目震顫。這兩個好傢伙和Jimmy Rogers、Baby Face Leroy Foster當時一起組成獵頭者樂團（**The Headhunters**）專門去南芝加哥的夜總會踢人家的場子；他們就在表演中大搖大擺走進去，爬上舞台，然後用嚇死人的高超表演為該場演出的倒楣樂團「斬首」。五〇年代初，小華特和Muddy Waters拆夥，雖然令人扼腕，但此時的小華特已逐漸成為獨立的巨星，他和*the Aces*樂團之後幾年間灌錄的作品都展現驚人的口琴造詣，並開發出前所未有的可能性。從1952到1958年間，他們共有十四首R&B榜冠軍曲。然而好景不常，進入六〇年代，這位傳奇一時的藍調口琴大師因酗酒而開始技藝蹣跚，曾經英氣逼人的臉上也布滿瘡疤。一九六四年他應邀和正攀向高峰的「滾石」合唱團一起在英倫巡迴，一九六七年他和Bo Diddley、Walter for Chess一起組成*The Super Blues Band*，但曾經駭人的小華特已熱力不再。然而小華特暴戾的脾氣依舊，1968年他在一場街道鬥毆中遭痛毆，之後傷重過世，死時才三十七歲。小華特的影響力至今不減，只要是玩藍調口琴的傢伙，沒有誰不是小華特那火焰一般的口琴的衷心崇拜者。

❺ 威爾斯二世（Junior Wells, 1934-1998），本名Amos Blakemore，出生於美國田納西州孟菲斯城，於堪薩斯州長大的藍調歌手，他的拿手樂器是口琴。1948年18歲來到芝加哥加入Muddy Waters的樂團，他最出名的專輯為1965年的《巫毒人藍調》（*Hoodoo Man Blue*）。他還常跟不同的樂手或樂團一同演出，包括Buddy Guy、Magic Sam、「滾石」及范・莫里森。

24

❶ Sod's Law是由「莫非定律」延伸出來的概念。最原始的條文是：「如果有兩種選擇，其中一種會將導致災難，則必定有人會做出這種選擇。」隨後這個原始句型，有為數眾多的變體，來自不同的人。其最早的出處來自愛德華・莫非，一個工程師，曾參加美國空軍於1949年所進行的MX981實驗，這個

實驗的目的是爲了測定人類對加速度的承受極限。其中一個實驗項目是將十六個火箭加速計懸空裝置在受試者上方，當時有兩種方法可以將加速計固定在支架上，而不可思議的是，竟然有人有條不紊地將十六個加速計全部裝在錯誤的位置上。於是莫非做出了這個著名的斷論，並被那個受試者在幾天後的記者會引用。多年後，這個定律進入了習慣語的範圍，產生大量充滿創意的「消極」想法；例如：「好的開始，未必就有好結果。」「壞的開始，結果往往會更糟。」

❷ 史卡拉（Scala），位於倫敦國王十字區（Kings Cross）的複合式場所，裡面有電影院、現場音樂表演、舞廳、餐廳等等。

❸ 凱托洋芋片（Kettle Clips），標榜純天然、純手工、無基因改造等等的健康洋芋片。

❹ 黑野獸（bête noire），指的是在某人眼中特別不喜歡的哪個人或哪樣東西。法文直譯爲「黑野獸」。另外英國歌手布萊恩·費利（Bryan Ferry）於1987年也發行了一張叫做 *Bête Noire* 的專輯。

❺ 禮盒日（Boxing Day），爲聖誕節後一日，12月26日。有錢人將聖誕節過後剩下來的食物，用當初買東西回來裝的箱子裝好，在26日丟出家門外，窮人這時可以上街去，看哪一家門口有禮盒，撿回家去過他們的節日。

❻《男爵》（*The Baron*），英國的犯罪冒險電視影集，1966-1967年共播了三十集。史蒂芬·佛瑞斯特（Steve Forrest）飾演主角 John Mannering（manner的意思是禮儀，又是一個雙關語）。

❼《公事包裡的男人》（*Man in a Suitcase*），爲英國六〇年代的電視影集。主角是一名倫敦私家偵探。它的主題曲相當知名，由 Ron Grainer 作曲。

❽《來自陰影的聲音》（*Voice from the Shadows*），1986年於英國開始出版的靈魂音樂雜誌。主要以販賣郵購唱片和CD爲主。標榜有四十到五十萬張的存貨。http://www.soul45.com/index.html

❾ 史蒂夫·戴維斯（Steve Davis），英格蘭撞球好手，於八〇年代時拿下多項國際撞球公開賽冠軍。

25

❶ 由倫敦原班人馬灌錄的《窈窕淑女》（*My Fair Lady*）所指的，是1958年4月於倫敦首演的《窈窕淑女》的音樂劇，有超過兩千場的演出。它原本爲紐約

的百老匯音樂劇，由 Alan Jay Lerner 作詞，Frederic Loewe 作曲，於1956年三月於紐約的 Mark Hellinger Theatre 首演，共演出近兩千七百場。《窈窕淑女》的音樂劇主要改編自1938年的好萊塢電影《賣花女》（*Pygmalion*，本字原為希臘神話裡的塞普勒斯國王，愛上自己塑造出來的完美女人，並懇求愛神讓她成為真實的活人）劇本，它又改編自英國劇作家伯納·蕭（George Bernard Shaw）的舞台劇，描寫一名自命不凡、脾氣暴躁的語言學教授，跟一個上校打賭，他可以讓一個說話粗里粗氣的賣花女透過語言訓練變成一個上流的女伯爵。在訓練過程中，他特別要賣花女念一連串 H 字首的字。最後，賣花女成為一個不為人所知的上流女伯爵（發音矯正成為上流人士隨後成為美國不少電影和影集最喜歡拿來嘲謔的戲仿）。這個音樂劇版本隨後於1964年改編成電影版，由喬治·庫克導演，奧黛莉·赫本主演，原本片長近三個小時。本片讓庫克得到奧斯卡最佳導演獎。並在電影一百週年時，由美國電影協會票選的電影百年的百大電影裡排行91。花絮是當時原本要由當時音樂劇的主角茱莉·安德魯絲主演，但出品的華納不願意用原本百老匯的舞台女主角，另外，奧黛莉·赫本的歌唱部份當時放映時是由另外的歌手配音，而讓她遭到指責，但在1990年代重新放映的奧黛莉·赫本歌唱版本時發現，其實她不只能演也能唱。

❷ *Leader Of The Pack* 為六〇年代美國團體 **The Shangri-Las** 的歌曲。內容描述一個女孩愛上飛車黨的男孩首領，但受到家庭壓力而被迫提出分手，男孩在飆車離去時出車禍身亡。

❸ 「傑與狄恩二重唱」（**Jan and Dean**）為六〇年代的美國重唱二人組，由 Jan Berry 與 Dean Torrence 組成。音樂風格以加州衝浪搖滾（surf rock）為主，有過十三支冠軍單曲。

❹ *Dead Man's Curve*，這首歌的歌詞是關於兩輛車飆車競逐，而其中一輛在著名的死亡彎路飛落墜崖。

❺ 閃爍（Twinkle），為英國六〇年代的流行歌手，本名 Lynn Annette Ripley（1948- ）。*Terry* 是她在十六歲出道時創作的成名代表作，因為內容屬於死亡類型（death genre）音樂，在當時 BBC 以保護大眾道德為由予以禁播，是當時轟動一時的八卦話題。

❻ 巴比·葛斯波洛（Bobby Goldsboro），六〇年代美國民謠歌手。

❼ *And Honey, I Miss You...* 這首歌正確的歌名是 *Honey*，內容是一名男子對於已逝的女友（或妻子）的懷念。

❽ 《大寒》（*Big Chill*），為美國導演勞倫斯‧卡斯丹（Lawrence Kasdan, 1949- ）1983年的電影。描述一群大學同學因其中一名好友自殺身亡的葬禮而重聚一堂，藉此重新回顧自己的人生。是八○年代回顧六○年代的經典名片，也是最早探觸 "Baby Boomer" 一代的重要影片。

❾ 《體熱》（*Body Heat*）是勞倫斯‧卡斯丹導演、1981年出品的處女劇情長片，由威廉‧赫特（William Hurt）和凱薩琳‧透納（Kathleen Tuner）主演。描寫一個想要謀害丈夫取得意外保險金的妻子，利用自己的性魅力誘拐小鎮律師的激情犯罪，本片的靈感來自1944年雷蒙，錢德勒編劇，比利‧懷德（Billy Wilder）導演，改編自James M. Cain小說的《雙重保險》（*Double Indemnity*），是典型的黑色電影，裡面必有個蛇蠍美女（Femme fatale）。

❿ *Abraham, Martin, and John*，為馬文‧蓋（Marvin Gaye）演唱的歌曲，紀念為人權奮鬥而犧牲的人。這裡的亞伯拉罕指的是美國總統林肯（Abraham Lincoln），馬丁是黑人民權領袖金恩博士（Dr. Martin Luther King），約翰是美國總統約翰‧甘乃迪（John F. Kennedy）。三人都遭人暗殺而死。

⓫ 「黑色安息日」（**Black Sabbath**），來自英國伯明罕的重金屬搖滾四人組，成軍於1970年。創團團員有主唱Ozzy Osbourne和吉他手Tony Iommi。

⓬ 吉米‧克里夫（Jimmy Cliff, 1948- ），本名James Chambers，為牙買加當紅的歌手。他進入國際主流最重要的歌曲 *Many Rivers to Cross* 原本是他在牙買加主演的電影 *The Harder They Came*（1971）的電影配樂。最重要的是他將雷鬼樂帶進了國際。

⓭ 葛蕾蒂絲‧奈特（Gladys Maria Knight, 1944- ），為美國的傳奇R&B／靈魂樂女歌手，也演過幾部電影。她於六○和七○年代成名，有時會跟她弟弟及堂兄弟的樂團 **The Pips** 一同演出和錄音，有時候則為solo。她最出名的唱片大都由「摩城」唱片錄音發行。

27

❶ 以 *Scarborough Fair/Canticle*，*The Sound of Silence* 等曲子成為六○年代最成功的民謠二重唱，讓高中教師拿他們的歌當做教材，「賽門和葛芬柯」（**Simon & Garfunkel**）於一九七○年分裂，保羅‧賽門和亞特‧葛芬柯各自展開個人歌唱生涯，但景況再也無法達到解散前的專輯 *Bridge Over Troubled*

Water 那樣的盛況.。由於他們的成名曲都是保羅‧賽門所寫的，亞特‧葛芬柯隨後出版的個人專輯，大多由不同的寫手寫詞作曲。除了歌唱，他還主演了《畢業生》導演 Mike Nichols 的電影《二十二支隊》（*Catch 22*），以及英國最好的導演之一的羅格（Nic Roeg）的神祕電影 *Bad Timing*（1980）等片。

❷ 所羅門‧柏克（Solomon Burke, 1936- ），出生賓州費城，最早為佈道家，六〇年代開始音樂表演，是早期靈魂樂和鄉村樂的重要先鋒，影響力深遠，但其歌曲從未進入熱門排行榜。

❸ 吹奏組（horn section），為負責詮釋樂曲之旋律及其變化。常用的樂器有小號、長號、薩克斯風、單簧管、長笛、顫音木琴、口琴等，甚至小提琴、歌手都可以被歸為此類。

❹ 懷特島（Isle of Wight），為英國南端的度假小島。

❺ 這裡指的是英國電視影集 *Coronation Street* 裡的一對夫妻。

❻ *Get Happy!*，為皇帝艾維斯 1980 年發行的專輯名。

❼ 達斯汀‧史普林菲爾德（Dusty Springfield, 1939-1999），為六〇年代走紅於英美各地的英國天后，以演唱白人靈魂樂（Blue-Eyed Soul）風格的音樂著稱。除了她的招牌沙啞歌聲外，她高聳的雲鬢，以及極為強調眼部、深色的熊貓眼粧都是她的註冊商標。

❽ 菲莉西蒂‧肯鐸（Felicity Kendall），為英國電視女演員，以主演影集 *The Good Life* 成名。

❾ 伯納‧曼寧（Bernard manning），英國喜劇演員。他的幽默以政治不正確著稱。他是一個特大號的胖子。

❿ 這是〇〇七系列電影的第一部《第七號情報員》（Dr. No 7），發行於 1962年。烏蘇拉‧安德絲飾演的 Honey Rider 在電影中以超過當時性感尺度的泳裝亮相，也奠定龐德女郎性感花瓶的地位。值得特別注意的是，寫下〇〇七系列小說、創造出龐德角色的作家叫做伊恩‧佛萊明（Ian Fleming）。伊恩加上佛萊明，正是書中兩位情敵的名字——伊恩‧雷諾斯以及洛‧佛萊明。這是作者另一個雙關語的玩笑。

⓫ 桃樂絲‧黛和洛‧赫遜（Rock Hudson）一共合演了三部性喜劇，多演情人或夫妻，其中以《枕邊細語》（*Pillow Talk*, 1959）最為經典。

28

❶ 唐‧法蘭琪（Dawn French）英國電視喜劇女演員，同時也涉足劇場及電影。身形相當豐滿，可以算是胖，但還不到過重的地步。

❷ 擴充教育（Further Education），縮寫為FE，擴充教育學院即提供技職教育，亦開設術科、英語及大學銜接課程。以教育制度面來看，擴充學院的層級相當於台灣中學到大一之間的高等教育，學生年齡約從十六歲到十九歲。擴充教育學院亦為想獲得職業與專業證書的學生開設所需課程。

❸《三十而立》（*Thirtysomething*），為美國ABC電視台所播出的影集，於1987年9月29日首播，直到1991年5月28日播出完結篇，共四季，八十五集，每集約六十分鐘。影片的內容環繞在兩對三十出頭的夫妻（丈夫皆為廣告人，妻子為作家或藝術家）和他們的朋友（教授、攝影師等），他們的世界觀和生活形態，即所謂美國中產雅痞世代，影片設定的地點在賓州的費城。由Marshall Herskovitz與Edward Zwick兩人開創，在當時引起極大的討論風潮，是第一部精密描繪當時三十幾歲前中年的樣態，即所謂戰後嬰兒潮世代。1994年這部影集的名稱thirtysometing進入《牛津字典》的詞條當中。而相對在1991年加拿大作家拉普蘭（Douglas Coupland）寫了《X世代》描寫當時二十幾歲年輕世代的生活，也就是所謂baby buster世代，在隨後還有電視影集《飛越比佛利》（*Beverly Hill 90210*）描寫當時十幾歲的富家青少年生活。《三十而立》的影響甚大，除了描寫當時三十老幾的世代，還包括一些極為嚴肅的議題，如AIDS等。其中一集有關一對同性戀情侶（羅素和彼得）在床上的鏡頭畫面，曾引起衛道人士的攻伐、廣告商抽掉廣告的風波。

❹ 康渥（Cornwall），有「英國夏威夷」之稱，氣候溫和，是度假勝地。

❺ 吉寶蜂蜜香甜酒（Drambuie）：英國最著名以威士忌為基酒，摻以蜂蜜及未曾透露的藥草祕方製成的香甜酒，酒精度百分之四十。

29

❶ HMV，為大型多媒體賣場，以音樂和電影為主。

❷「電廠」合唱團（**Kraftwerk**），為1970年於工業城市杜塞道夫由Florian Schneider-Esleben與Ralf Hütter兩個靈魂人物所組的四人樂團，主要以電子樂為主，有自己的錄音間，稱之為Kling Klang錄音室。對於二十世紀晚期

的流行樂有劃時代的影響力（有人稱之改寫音樂史）。其音樂經常以透過電子儀器的聲音出現，加上對電子樂的實驗（電子媒體的聲音取樣），表達對當代科技生活的矛盾。而且專輯經常出版德、英兩種不同口白、聲線的版本，英國報紙有一陣子稱他們為 KrautRock（德國佬搖滾），除了 Kraut 跟 Kraft（電）相近之外，Kraut 其實是英國人對「德國人」的輕蔑用語。

❸ 巴布‧葛爾多夫（Bob Geldof, 1954- ），生於愛爾蘭都柏林的流行音樂歌手。早期組成龐克樂團 **The Boomtown Rats**。曾主演過亞倫‧派克執導以平克‧佛洛伊德的《牆》專輯為概念的同名電影。他最為人所知的事，是於 1983 年聯合其他英國藝人共同灌錄〈他們知道耶誕節到了嗎？〉（*Do They Know It's Christmas Time?*）這支單曲為非洲饑民募款。這首歌推出後馬上登上英國排行榜冠軍，並在全球大賣。這項舉動促成隔年美國歌手麥可‧傑克森發起美國藝人灌錄〈四海一家〉（*We Are The World*）一曲。這兩個事件後來促成八五年的「現場援助」演唱會的產生。

❹ 「現場援助」演唱會（Live Aid），為 1985 年 7 月 13 日，由巴布‧葛爾多夫策畫橫跨英國倫敦與美國費城的馬拉松式現場演唱會，為非洲的饑民募款。參與的音樂人包括當時所有重量級的人物，全球收看的觀眾號稱有十五億人。葛爾多夫因此還被愛爾蘭政府提名諾貝爾和平獎，同時在英國受冊封為騎士。

❺ 愛美蘿‧哈里斯（Emmylou Harris, 1947- ），出生於美國阿拉巴馬州，擁有令人豔羨的清麗聲線，多年累積的秀異作品不僅成為鄉村樂迷的必聽經典，亦影響不少繼起樂手。說到愛美蘿‧哈里斯，不能不提鄉村樂另一個傳奇人物 Gram Parsons。1971 年，哈里斯在闖蕩紐約後身心俱疲地帶著女兒投靠居住華盛頓特區的雙親，在這裡她經友人引介結識了 Gram Parsons，才華洋溢的 Parsons 正在尋找一個優異女聲，好為自己融合鄉村與搖滾（他稱之為 Cosmic American Music）的個人音樂作品呈現不同面貌。Parsons 和哈里斯一拍即合，哈里斯參與 Parsons 存世的兩張經典 *GP* 與 *Grievous Angel* 的灌錄。Parsons 於 1973 年因藥物猝逝後，哈里斯接下他手中的火炬，在此後二十多年的歲月裡，經常可見其重唱 Parsons 的作品。和哈里斯合作過的知名樂手多不勝數，其中包括尼爾‧楊、琳達‧朗斯黛（Linda Ronstadt）、桃莉‧芭頓（Dolly Parton）等，她後來組成的樂團 **Hot Band** 也培養了不少日後的鄉村樂巨星。哈里斯曾應邀在舊日偶像巴布‧狄倫的 Desire 中獻聲，在大導演史柯西斯紀錄 The Band 傳奇性告別演唱會 *The Last Waltz* 的紀錄片中也可看

到哈里斯身影。一般樂迷對哈里斯印象最深刻的大概是1987年她和琳達·朗斯黛、桃莉·芭頓合作所灌錄的 *Trio*，幾首翻唱曲如 *To Know Him is to Love Him* 和 *Telling Me Lies*，許多樂迷至今仍能朗朗上口。而哈里斯的個人專輯，不管是早年淒美的 *Pieces of the Sky*、*Elite Hotel*，或是近期如1995年大膽亮眼的 *Wrecking Ball*，都是值得一聽再聽的佳作。

❻ 布區·漢卡克（Butch Hancock, 1945- ），出生美國德州的鄉村／民謠歌手。曾和他的三個高中同學 Joe Ely 以及 Jimmie Dale Gilmore 組了樂團 **Flatlanders**，他們1972年錄製的專輯直到1980年才在倫敦發行。三人經常單飛又重組，漢卡克也發行過數張個人專輯。除了音樂之外，他也醉心於攝影，開過攝影展。

❼ 歐洲歌唱大賽（Eurovision Song Contest），發源自義大利的歌唱比賽。Eurovision 是第二次世界大戰後成立的組織，目標是透過媒體，主要是電視，來團結歐洲國家。成員國家1956年第一次在瑞士舉辦歌唱大賽。現在已經成為國際性的比賽。

❽ 保羅·麥卡尼在「現場援助」演唱的歌曲就是 *Let It Be*，他的麥克風在唱到一半時壞了，完全發不出聲音來。

3O

❶ 克莉絲·韓德（Chrissie Hynde），後龐克（Post-Punk）搖滾團「偽裝者」合唱團（**The Pretender**）的主唱兼吉他手。出生於美國，七○年代後移居倫敦。

❷ 丹尼·貝克（Danny Baker）英國流行文化界的名人。他是BBC的廣播主持人、劇作家，主持電視脫口秀，在報紙發表文章。他在七○年代末期曾為 *NME* 寫音樂評論。

❸ 大西洋唱片（Atlantic Records）為1947年由 Ahmet Ertegun 及 Herb Abramson 所創的唱片廠牌，早年主要以爵士和R&B音樂為中心，起先是獨立公司，到了六○年代成為大廠，也發行主流的流行音樂。1967年起為華納音樂收購，成為其所屬的廠牌。

❹ 威爾森·皮克（Wilson Pickett, 1941- ）：六○年代靈魂樂的明星之一，其名字常跟艾瑞莎·佛蘭克林以及奧提斯·瑞汀掛在一起，被稱為「最粗魯也最甜蜜的歌手之一」。有不少熱門舞曲，代表歌曲有 *In the Midnight Hour*，

Land of 1000 Dances，*Mustang Sally* 以及 *Funky Broadway* 等等。

❺ 曼菲斯號手（**The Memphis Horns**），由兩位樂手組成的合奏團體。安德魯‧拉夫（Andrew Love）吹奏薩克斯風，偉恩‧傑克森（Wayne Jackson）是小喇叭手。他們兩人從六〇年代於史代斯唱片開始合作後，至今創作不懈。音樂風格以節奏藍調爲主。他們也爲許多超級巨星伴奏專輯。

❻ 吉米‧韓崔克斯（Jimi Hendrix, 1942-1970）：出生美國西雅圖、死於倫敦的黑人傳奇樂手，特別是他的電吉他──他可以雙手背後彈、用牙齒彈以及把吉他放在火裡彈。六〇年代早期，曾和所謂「搖滾樂祖師爺」的 R &B 重量級人物 Little Richard 合作，一九六七年成爲國際巨星，不到四年，於一九七〇年九月十八日因藥物所引發的併發症猝死，然其影響力有增無減。

❼ 這裡指的是「滾石」合唱團（**Rolling Stone**）的靈魂人物，主唱米克‧傑格（Mick Jagger, 1943- ），本名 Michael Phillip Jagger，英國搖滾樂的早年先驅，在六〇年代是出了名的毒蟲。他主演的電影，以六〇年代經典電影《表演》（*The Performance*）裡的陰陽莫辨的藝術家最著名，他近日最讓人耳目一亮的表演，就是電影《生命中無法承受之情》（*Bent*, 1997），飾演一個在納粹在柏林崛起之前的小酒館表演歌舞的「扮裝皇后」Greta/ George。

❽ 奇斯‧理查斯（Keith Richards），「滾石」合唱團的吉他手。

❾ 比爾‧懷曼（Bill Wyman），「滾石」合唱團的貝斯手。

𝟑𝟏

❶《檢察官摩斯》（*Inspector Morse*），英國電視喜劇，爲連續劇，播映時間從 1987-2000 年。

𝟑𝟐

❶ 法蘭克‧布魯諾（Frank Bruno, 1961- ），出生於英國倫敦的拳王。於 1995 年成爲本世紀英國第二位世界重量級冠軍（WBC）。1996 年布魯諾三回合敗於復出的泰森拳下，王位拱手相讓。有「紳士」之稱的布魯諾多年來一直是英倫三島家喻戶曉的英雄。

❷「獵犬與雉雞」（The Dog and Pheasant）是英國很普遍的酒館名。起源於英國的打獵風俗，獵人帶著獵犬去獵捕野生雉雞，完畢之後，到酒館喝酒慶祝。

33

❶ 英國BBC第四廣播電台的《荒島唱片》(*Desert Island Discs*) 節目,是最長壽的電台節目之一,於1942年1月開始,最初的節目名稱爲 *Guinness Book of Records*,該節目邀請來賓回答底下的問題:假設你將被放逐到一個荒島,只可攜帶八片鐳射唱片以消遣,你會選哪些?另外倘若還能帶一本書,除了《聖經》和莎士比亞的書不能選以外,你會帶哪一本?底下提及的洛依‧普羅里(Roy Plomley,爲原創人)、麥可‧帕金森(Michael Parkinson)及蘇‧羅莉(Sue Lawley)爲歷代的節目主持人。

❷ *Sin City* 最早出現在「飛行玉米捲兄弟」(**Flying Burrito Brothers**)1969年的首張專輯 *The Guided Palace of Sin*。這張專輯爲鄉村／搖滾畫出了重要藍圖,由 Gram Parsons 和 Chris Hillman 取走了原本在洛杉磯磯成軍的樂團名,成立新團,加上兩個新團員。就在1970年第二張專輯出版時,Gram Parsons 離團出版個人專輯,換了新主唱,就這樣離了又離,換了又換,直到七〇年代尾再度成軍,樂團繼續活動至今。

❸ *A Horse With No Name*,爲「亞美利加」合唱團(**America**)的曲子,該樂團是由三位美國人於英國組成的民謠團,於1972年登上英國排行榜冠軍的專輯。

❹ *Beep Beep*,爲 **The Playmates** 樂團(1956-1964)的熱門曲。

❺ *Ma Baker*,依字面上的意思是我的麵包師(My Baker),但此歌曲所指的「馬貝克」(Ma Baker)是芝加哥的黑幫分子。這是英國狄斯可舞曲團體 **Boney M** 的歌曲。他們於七〇年代末期到八〇年代出奇走紅於英倫。

❻ *My Boomerang Won't Come Back*,爲澳洲民謠。這句話的意思是自作自受。

❼ *Louie, Louie*,爲 **The Kingsmen** 樂團的曲子,該團爲1957年成立於美國波特蘭的搖滾樂團,Jack Ely 爲主唱吉他手。*Louie, Louie* 這首曲子定義了美式車庫搖滾(garage)的風格,成了熱門經典曲。當初錄音時只花了五十塊美金、三隻麥克風,Ely 的嗓音唱入高過頭的麥克風,卻古怪地成爲熱門曲。到1964年,原先的鼓手 Lynn Easton 取得團名 **Kingsmen** 的權利,成了樂團的新主唱和領隊。Ely 也組了自己的 **Kingsmen**,兩個 **Kingsmen** 同時做巡迴演出。而其正名史,及其 *Louis, Louis*「原曲」,則繼續有其史蹟「變奏」。

❽ *Papa's Got A Brand New Bag*,爲詹姆斯‧布朗(James Brown)的曲子,收在他1965年跟歌名同名的專輯內。

❾ 迷幻爵士（acid jazz），也稱 groove jazz 或 club jazz。是將靈魂樂、放克、迪斯可和九〇年代英式舞曲的元素跟受爵士樂影響的曲風混合起來，其中特別鮮明之處，為反覆的節拍和調式的和諧。迷幻爵士歷經八〇和九〇年代的持續演變，已跨越爵士的疆界，而鎔鑄成新的音樂類型。其特質就是企圖回到二、三〇年代爵士舞廳的根源，也就是企圖吸收「悅耳易記」（catchy）、「爵士節奏／新潮興奮」（groovy）的聲音。

❿ 車庫舞曲（garage），一般指的是跟浩室舞曲和迪斯可有密切相關的各式各樣當代電子舞曲。在美國和英國這個詞的說法有所不同，發音方式不同（英：GARR-idge；美：grr-AHGE）。在美國原指七〇年代末八〇早期在紐約市一家叫「極樂車庫」（Paradise Garage）的夜店所播放的各式各樣舞曲唱片，隨後多用來指迪斯可或浩室舞曲裡有更鮮明的靈魂樂或福音歌曲風。在英國到九〇年代末，指的是新形態的舞曲曲風，其中混合更多元的音樂，像是嘻哈、饒舌和 R&B 等等。

⓫ 提到環境音樂（ambient），一般都會想到英國當代樂的重要里程碑人物 Brian Eno，這個詞首次出現在他自己的唱片系列專輯標題 Ambient（1978 年），其音樂源自他 1975 年因車禍後於醫院開始思考音樂的「氣氛」。環境音樂特別著重在音樂所給予的空間感，類似極簡的背景音樂，讓聽者似乎渾然不覺，但已身在其中。甚至營造出漂浮的太空感。這裡所指的環境音樂舞曲，是在電子舞曲的節拍和節奏裡混入鮮明環境音樂的虛無飄渺。

⓬ In The Ghetto 是貓王 1969 年唱紅的歌曲。Mac Davis 作詞作曲。原來的全名為 In The Ghetto，但在此為作者的玩笑，說記者有筆誤，意思變成「在『貧民窟』（The Ghetto）」，歌名剩下只有 The Ghetto。原本無傷大雅，但在此作者故意以標點符號的誤差，表示主角洛太過在意的神經質心理。

35

❶ 「歐傑斯合唱團」（O'Jays），為費城出名的靈魂樂樂團。成軍於 1958 年，當時他們還是高中生，開始時樂團名為 The Triumphs，幾經改動，於 1963 年為了向廣播的音樂 DJ Eddie O'Jay 致意而改名 O'Jays。有不少暢銷曲，樂團至今仍活躍。

❷ 「哈洛‧梅爾文與藍色音調」（Harold Melvin and the Bluetones），是七〇年代當紅的費城靈魂樂樂團，隨後加入舞曲曲風。樂團直至 1997 年靈魂人物

哈洛‧梅爾文去世而結束。

❸ 「特別」合唱團（**The Special**），1977年成立、到1985年解散的英國新浪漫ska的代表團，常和「瘋子」（**Madness**）合唱團並排在一塊。由幾個白人和幾個黑人所組，喜歡塑造外型如六〇年代粗魯男孩的模樣。結合了ska舞曲、搖滾樂beat以及龐克能量和姿態。其中的主唱之一Terry Hall，則在其後「洗」過好幾個樂團，在「特別」合唱團解散之後，和其中兩個黑人團員組了 **Fun Boy Three**，Hall每組一次新團就轉換一些不同的曲風，包括有 **Colourfield**、**Terry, Blair, and Anouchka** 及 **Vegas** 等。每一次移動，都讓他更接近主流大眾多一些，但同時，又身在局外，他是最沒有興趣成為音樂明星的歌手，到了九〇年代中葉，和他合作新生代的樂團包括有「布勒」（**Blur**）以及 **Tricky** 等。1995年開始出版個人solo專輯。

❹ 1993年英國導演Iain Softley拍了一部叫做 *Backbeat* 的電影，內容有關「披頭四」的史前史，有關「披頭四」的第五個成員 Stuart Sutcliffe（全名為 Stuard Fergusson Victor Sutcliffe, 1940-1962）的故事（由 Stephen Dorff 主演）——他是約翰‧藍儂藝術學院時最要好的同學，隨後離團，進入藝術學院畫抽象表現主義繪畫，1962年4月因腦出血去世——其德國女友 Astrid Kirchherr 以法國尚‧考克多等20年代超現實派前衛藝術家的風格打造了「披頭四」的造型，包括出名的「蘑菇頭」髮型。在片中對約翰‧藍儂有出乎意表的描寫，特別是大家對他雙性戀的猜疑，尤其是 Stuart Sutcliffe 讓保羅‧麥卡尼飽受威脅，而極力排擠他。Stuart的死因，根據其妹的說法是因為他們稍早在漢堡演唱時起了騷動，在打群架時，約翰‧藍儂一直踢他的頭而造成他頭傷無法復原。而在當時，「披頭四」另一個沉默寡言、但是一出場就讓全部女孩子尖叫的鼓手 Pete Best（1941- ），「披頭四」初始時就在他媽媽的酒館裡演出，他在「披頭四」跟大唱片公司 EMI 簽約即將走紅前夕，毫無特別理由地被臨時換掉，換上長相不及的 Ringo Starr。本片中飾演約翰‧藍儂的 Ian Hart 是第二次扮演他，第一次是在美國獨立製片電影《藍儂時代》（*The Hours and Times*, 1991，導演為 Christopher Münch）本片則拍攝藍儂和同性戀的經理人 Brian Epstein 一個神祕未知的巴賽隆納週末假期，於假期多年之後，Brian Epstein 在1967年因藥物過量自殺身亡。藍儂則於1980年12月8日被暴徒 Mark David Chapman 槍殺身亡，享年四十。

❺ Bert Russell 和 Phil Medley 作詞作曲的 *Twist and Shout*，最早出現在黑人團 **The Isley Brothers** 1962年的同名專輯，「披頭四」的翻唱曲出現在一九六三

年專輯 *Please Please Me*。

❻ *Route 66*，爲1918年出生於美國賓州的爵士、搖擺樂鋼琴手 Bobby Troup 所寫的大熱門名曲，翻唱的人包括有查克‧貝瑞、Nat King Cole、「滾石」合唱團以及「流行尖端」（**Depeche Mode**）等。

❼ *Long Tall Sally* 原爲影響60年代搖滾樂最劇的美國紐奧爾良R&B和福音歌手 Little Richard 於1958年同名專輯裡的歌曲，「披頭四」在1964年的專輯 ***The Beatles' Second Album*** 翻唱，是一首極爲成功的流行曲。

❽ *In The Midnight Hour* 是 Wilson Pickett 在60年代舞廳的熱門舞曲，有大量的翻唱曲。

暢／小說

024

失戀排行榜

● 原著書名：High Fidelity ● 作者：尼克‧宏比 Nick Hornby ● 翻譯：盧慈穎 ● 責任編輯：林則良（一版）巫維珍（三版）● 封面設計：聶永真 ● 編輯總監：劉麗真 ● 總經理：陳逸瑛 ● 發行人：涂玉雲 ● 出版社：麥田出版／10483台北市中山區民生東路二段141號5樓／電話：(02)25007696／傳真：(02)25001966 ● 發行：英屬蓋曼群島商家庭傳媒股份有限公司城邦分公司／10483台北市中山區民生東路二段141號11樓／書虫客戶服務專線：(02)25007718；25007719／24小時傳真服務：(02)25001990；25001991／讀者服務信箱E-mail：service@readingclub.com.tw／劃撥帳號：19863813／戶名：書虫股份有限公司 ● 香港發行所：城邦（香港）出版集團有限公司／香港灣仔駱克道東超商業中心1樓／電話：(852)25086231／傳真：(852)25789337／E-mail：hkcite@biznetvigator.com ● 馬新發行所：城邦（馬新）出版集團【Cite(M) Sdn. Bhd. (458372U)】／41, Jalan Radin Anum, Bandar Baru Sri Petaling, 57000 Kuala Lumpur, Malaysia./電話：+603-9057-8822／傳真：+603-9057-6622／E-mail：cite@cite.com.my ● 麥田部落格：http://ryefield.pixnet.net ● 印刷：前進彩藝有限公司 ● 2011年11月初版 ● 2018年8月三版七刷 ● 定價NT$360

國家圖書館出版品預行編目資料

失戀排行榜／尼克‧宏比（Nick Hornby）
著；盧慈穎譯. -- 三版. -- 臺北市：
麥田出版：家庭傳媒城邦分公司發行，
2011.11
　　面；　　公分. --（暢小說；RQ7024）
譯自：High fidelity
ISBN 978-986-173-692-1（平裝）

873.57　　　　　　　　　　100019570

城邦讀書花園
www.cite.com.tw

High Fidelity © Nick Hornby, 1995
First Published in the United Kingdom by Penguin Books Ltd.,
Chinese translation © 2011 by Rye Field Publications,
a division of Cité Publishing Ltd.
Published by arrangement with Penguin Books Ltd.
Through Big Apple Agency, Inc., Labuan Malaysia
All rights reserved.